Marianne Fredriksson • Simon och ekarna

MARIANNE FREDRIKSSON

Simon och ekarna

Wahlström & Widstrand Stockholm

© Marianne Fredriksson 1985

Omslag av Anders Rahm

Originalutgåvan utkom 1985

Tryckt i Danmark hos

Nørhaven Rotation 1991

ISBN 91-46-15442-6

Till Ann

1

– En vanlig jävla ek, sade pojken till trädet. Knappt femton meter hög, det är inte mycket att vara mallig för.

– Och inte är du hundratusen år heller.

– Knappt hundra, sade han och tänkte på sin farmor, som var nära nittio och bara en vanlig gnällig käring.

Namngivet, uppmätt och jämfört fjärmade sig trädet från pojken.

Men än kunde han höra hur det sjöng i den stora kronan, vemodigt och förebrående. Då tog han till våld och dängde den runda stenen, som han sparat så länge i byxfickan, rakt in i stammen.

– Där fick du så du teg, sade han.

I det ögonblicket tystnade det stora trädet och pojken som visste att något väsentligt hade skett, svalde klumpen i halsen och kändes inte vid sorgen.

Det var den dagen han tog avsked från sin barndom. Han gjorde det i en bestämd stund och på en bestämd plats och därför skulle han alltid minnas det. I många år skulle han grubbla över vad det var som han avstått från den här dagen långt borta i barndomen. Vid tjugo skulle han få en aning om det och sedan skulle han tillbringa livet med att försöka återerövra det.

Men nu stod han på berget ovanför Äppelgrens trädgård och såg ut över havet, där dimman samlade ihop sig bland skären för att långsamt vältra sig in mot kusten. I hans barndoms land hade dimman många röster, från Vinga till Älvsborg sjöng mistlurarna en dag som den här.

Bakom sig hade han berget och ängen med landet som är men inte finns. Vid ängens slut där myllan djupnade fanns ekskogen, där träden talat till honom genom åren.

Det var i deras skugga han mött den lille mannen med den besynnerliga runda hatten. Nej, tänkte han, så var det inte. Han hade alltid känt mannen, men det var i lövträdens skuggor som han sett honom.

Nu kunde det göra detsamma.

— Det var bara skit alltihop, sade pojken högt och kröp under taggtråden i Äppelgrens staket.

Han slapp tanten, Edit Äppelgren, som brukade jaga kvickrot ur snörräta rabatter tidiga vårdagar som den här. Mistlurarna hade skrämt henne inomhus, hon tålde inte dimman.

Pojken förstod det, dimman var havets sorg, lika oändlig som havet. Egentligen inte till att uthärda . . .

— Skitsnack, sade han sedan, för han visste ju bättre och hade just beslutat sig för att se på världen så som andra såg den. Dimman var Golfströmmens värme som steg mot himlen när luften kyldes av.

Mer var det inte med det.

Men han kunde inte riktigt förneka bedrövelsen i mistlurarnas långdragna tjut över hamninloppet när han sneddade över Äppelgrens gräsmatta och slank in i köket därhemma. Där fick han varm choklad.

Han hette Simon Larsson, var elva år, småväxt, mager och mörkhyad. Håret var strävt, brunt eller nästan svart och ögonen så mörka att det kunde vara svårt ibland att urskilja pupillerna.

Det egendomliga med hans utseende hade hittills undgått honom, för fram till denna dag hade han inte varit fallen för jämförelser och sluppit många plågor. Han tänkte på Edit Äppelgren och hennes svårigheter med dimman. Men mest tänkte han på Aron, hennes man. Simon hade alltid gillat Aron.

Pojken hade varit ett rymmarbarn, en av dessa ungar som likt livade hundvalpar följer landsvägens lockelser. Det kunde börja med ett färggrant kolapapper i diket utanför grinden, fortsätta med en tom ask Tiger Brand och lite längre bort en flaska, och en till och en röd blomma och längre bort en vit sten och sedan kanske en skymt av en katt.

Det var på det sättet han hamnade längre och längre bort från hemmet och han mindes mycket tydligt när det gick upp för honom, att han var förlorad. Det var när han fick syn på spårvagnen, stor och blå på sin skramliga färd ut från staden. Den skrämde honom nästan från vettet, men just i samma stund som han öppnade munnen för att skrika, var Aron där.

Och Aron böjde sin långa gestalt över pojken och hans röst kom från himlen när han sade:

– Herrejösses, unge, är du på rymmen igen.

Sedan hivade han upp pojken på pakethållaren på den svarta cykeln och började gå hemåt. Han talade om fåglarna, om den feta bofinken och de beskäftiga talgoxarna och om gråsparvarna som hoppade runt dem i landsvägsdammet.

För dem hade han bara förakt, flygande råttor, sade han.

Om vårarna ginade de över gärdet och pojken fick lära sig att urskilja lärksången. Sedan sjöng Aron med väldig stämma en sång som rullade utför backarna och slog eko mot klipporna:

– När det våååras ibland bergen . . .

Bäst var det när Aron visslade. Han kunde härma varje fågelläte och pojken höll på att spricka av spänning, när Aron fick koltrasthonan att svara honom, kättjefullt och villigt. Då flinade Aron sitt stora goda flin.

Nu var det så att den fåglalåt som överträffade all annan där bland bergen vid älvmynningen var måsarnas skrän. Aron kunde härma dem också och det hände att han retade dem till ursinne och arga dyk ner mot mannen och pojken.

Då skrattade Simon så att han höll på att kissa på sig. Också grannarna, som ilade förbi i sina ständiga ärenden längs vägen, stannade till och drog på mun åt den långe mannen som hade lika roligt som den lille pojken.

– Aron blir aldrig vuxen, sade de.

Men det hörde inte Simon. Ända fram till denna dag hade Aron varit kung i hans värld.

Nu satt pojken där vid köksbordet med den äckliga chokladen och såg på Aron som andra såg honom. Förstod först och främst, att mannens märkvärdiga förmåga att rädda Simon, när han var liten och hade kommit bort, sammanhängde med Arons arbetstider. Simon hade rymt efter middagsmålet, Aron slutade ofta tidigt och hade just hunnit av spårvagnen, när pojken nått hållplatsen och insett att han var förlorad. Där hämtade Aron sin cykel och när det begav sig denna underliga unge som så ofta gick vilse.

Plötsligt såg Simon föraktet, de sneda flinen och de halva orden som alltid funnits kring Aron. Han var utkastare på en illa beryktad krog i hamnen och hade ett öknamn, som Simon inte begrep men som var så fult att det fick hans mamma att rodna av förtrytelse.

Simon kom återigen att tänka på tant Äppelgren, hon som alltid städade och hade ett kök som var så fint att han aldrig fick gå in där. Han tyckte att han förstod hur snyggt man måste ha det i kök och trädgårdsland om ens man har ett öknamn så fult att fruarna rodnade.

När Simon svalt den sista bullbiten och rensat choklad-koppen med skeden tänkte han, att Aron aldrig hade tagit det steg som han själv gjort i dag. Aron Äppelgren hade aldrig stått på ett berg och tagit avsked av sin barndom.

Pojken sov i kökssoffan. Det gjorde honom till socialist.

Det var ett rymligt kök, soligt, med stora spröjsade fönster i väster och söder, vita gardiner, blommande krukväxter och gamla äppelträd utanför. Under söderfönstret löpte zinkbänken med sitt kallvatten, i vrån mitt över tryckte järnspisen med vedlåren i vinkel och ett tvålågigt Primuskök ovanpå. På lång-väggen under fönstret sträckte kökssoffan ut sig, blåmålad som stolarna och det stora köksbordet med vaxduk till vardags och broderad bomullsduk om söndagarna.

Långkok, ofta köttsoppa. Kaffe. Bak, godlukt på onsdagarna när vetebrödet gräddades. Skvaller. Man kunde suga i sig det från vedlåren om man gjorde sig liten och osynlig, oändliga turer om nästan, vem som väntade barn och vem det var synd om.

Det var synd om många, de flesta rent av. Pojken lärde att tycka synd om, inte tycka illa om. På det sättet tappade han bort ilskan så tidigt, att han egentligen aldrig fann rätt på den. Den fanns, den skrek till ibland genom livet, men alltid för sent och ofta på fel ställe.

Han blev en snäll pojke.

Själv hade han det bra, det lärde han också tidigt och så grundligt att det aldrig genom åren kunde bli tal om att tycka synd om sig själv.

Där var Hansson som var arbetslös och därför måste slå sin fru om lördagarna när han köpt ut från systemet. Där var Hilma, som hade två döttrar på sanatorium och vars minsta redan hade dött i lungsoten. Och så var där Anderssons vackra jänta, som alltid hade nya kläder och gick på gatorna i stan.

Men när de kom till vad hon gjorde på gatorna körde de ut pojken. Tanter såg barn.

Det gjorde inte farbröder. Det var det som var det fina med att sova i kökssoffan. På kvällen var det karlarna som satt i köket, öl i stället för kaffe, politik i stället för människoprat och så den förbannade bilen som var sönder igen.

De hade åkeri, med det menades att de ägde en lastbil. Den rullade på dagarna och drog virke till byggena runt den växande staden. Och mat till huset. Om nätterna lagades den, för lagren höll dåligt och ventilerna måste slipas om och växellådan gick åt helvete.

Det var kunnigt folk, fadern och morbrodern. De bytte, smidde och tillverkade. Lyckan var stor en dag när de kom över en sexcylindrig motor i stället för den utslitna gamla fyrcylindriga. Men bytet tvingade dem att förlänga kardanaxeln, som fick en extra polhemsknut. Eftersom det envist höll fast vid den rejäla kugghjulsöverföringen hade de snart en bil som kunde snigla sig upp i de brantaste av stadens alla branta backar och det även om det var isgata.

Bilen kom så småningom att bli hantverk i nästan varje detalj. Det stod Dodge på den men frågan var till slut om det fanns så mycket mer än det granna röda skalet kvar från Detroit.

De tog rast varje kväll klockan tio över en pilsner och den sena nyhetsuppläsningen i radion, som stod på en pall vid kökssoffans fotända. Vid huvudändan låg Simon under ett skärt tält, ett stycke röd-vit-rutigt tyg som spänts mellan soffans lock och rygg och hakats fast i dess framben sedan pojken krupit ner och ansågs sova.

Det var så han fick veta om skräcken som kröp ut från Europas hjärta och som hette Hitler. Ibland vrålade han själv där i radion och tyskarna skrek sitt Heil och efteråt sade fadern, att förr eller senare går det åt helvete och snart skulle det slås

11

sönder allt det som arbetarna och Per Albin byggt upp.

En gång kom det en man med specialsmidda muttrar, han hade gjort dem av sitt hjärtas godhet, sade modern efteråt sedan fadern kastat ut honom.

– Hjärtats godhet, röt fadern. En judehatare, en nasse i mitt kök. Är du inte klok, kvinna!

– Du skriker så du kan väcka pojken, sade hon.

– Allvarligare saker kan hända honom, sade fadern men då började modern gråta och grälet rann ut i lugnande ord.

I soffan under tältet låg pojken och var rädd och försökte förstå. Jude. Ordet hade slängts efter honom i skolan. Hans pappa hade blivit blek när han berättat om det och en osannolik men underbar kväll hade han lärt pojken att slåss. Timme efter timme hade de övat i källaren, rak höger, snabb vänsterkrok och så en uppercut om tillfälle gavs.

Dagen därpå hade pojken prövat sina nya färdigheter i skolan och sedan dess hade han inte hört ordet.

Förrän i kväll.

2

Simons mor var god.

Det kunde inte glömmas bort, för hennes godhet var på något vis alltid närvarande. Den byggde världen som pojken växte upp i.

Hon var vacker också, högväxt och blond med stor och känslig mun och överraskande bruna ögon.

Hennes godhet var inte av den klibbiga sorten, hon var stark i sig själv och hotades inte av andras tillväxt. Karin var kanske rent av en av dessa sällsynta människor som vet att kärlek inte kan odlas, ges näring och vatten.

Därför att den bara är frånvaro av rädsla.

Hon hade också förstått, att den rädsla som vibrerar genom människornas liv nästan aldrig kan åtgärdas, att invärtes kan ingen hjälpa någon annan. Och att det gör behovet av tröst oändligt.

Så blev hon den som alla tydde sig till. Det fanns inte en illa hanterad kvinna eller man, som inte fick kaffe och återupprättelse i hennes kök. För att inte tala om alla de ungar som for illa och fick gråta ut och choklad.

Hon torkade inga tårar och fann inte på lösningar.

Men hon kunde lyssna.

Hon var inte god för att få ut något av det, tålamodet och det stora hjärtat skänkte henne föga glädje. Tvärtom var det nog så, att allt det livets elände, som hon gav tröst mot i sitt kök, ökade hennes sorg. Men nytt bränsle för sin socialistiska övertygelse fick hon, folk hanterar varandra som djur för att de behandlas som djur, sade hon.

Som alla goda människor trodde hon inte på det onda. Det fanns, men inte i sig, var bara ett misstag som växte ur orättvisan och olyckan.

Pojken var rättvist behandlad och lycklig. Så kom han att

dämma utloppet för den svarta sorgen och det röda hävdelsebehovet. De förnekades, frodades och gavs näring av skulden.

Ågrenskan hade åtta barn och hatade dem alla. Simon var troligen den enda människan i byn som drogs mot henne, han gick så långt att han gjorde sig till vän med en av hennes söner. Det var ingen lätt vänskap, som alla Ågrens ungar var pojken lömsk och misstänksam.

Men vänskapen gav Simon tillträde till Ågrens kök och eftersom han hade talang att göra sig osynlig fick han se och höra på hatet. Det var så fullt av kraft att det ständigt sjöd över, omfattade alla.

– Din jävla kossa, skrek hon till äldsta dottern som kammade sig framför köksspegeln. Det där har du ingenting för, du ser ut som en eländig kviga och är så mager att du inte är värd slaktpengar en gång. Du ska inte tro att någon vill betäcka dig.

Hon var värst mot döttrarna, sönerna skällde hon ut mer i förbigående.

– Er har jag fått för mina synders skull, skrek hon. Ut ur mitt kök så jag slipper se er.

En dag fick hon syn på Simon och plötsligt var han där mitt i brännpunkten för hennes hat:

– Du din lille fan, sade hon långsamt, lågt, utdraget. Du kan dra åt helvete och ta din förbannade skenheliga morsa med dig. Men glöm för all del inte att fråga henne var hon fick dig ifrån.

Simon drog djupt efter andan när han kände hur hennes raseri tände hans. Men han hittade inga ord utan rusade ut, sprang mot stranden och klipporna vid badplatsen. Det var höst, sjön var grå och arg och hjälpte honom finna orden.

– Ditt as, sade han. Ditt onda as.

Men det räckte inte långt, snart fick han ta till handling. Han skar av henne brösten, slog in hennes ögon. Sedan sparkade han ihjäl henne.

Efteråt kände han sig besynnerligt glad.

Ågrenskan var inte gammal till åren. Men hon hade haft fyra missfall och fått åtta barn på tretton år och hon hade hatat vartenda ett av dem redan i magen. De jävla ungarna åt henne, slukade hennes liv, hackade sönder hennes nätter och fyllde

14

hennes dagar med gallsprängd harm. De stal hennes självkänsla och hennes glädje. Bara ilskan höll henne igång, fick mat på bordet och rena kläder på karln och barna.

– Hon är som en frögurka, sade Karin. Det är det som är hennes olycka.

Själv skyllde hon på Ågren, en liderlig jävel. Men han kom ändå hem om fredagarna med avlöningen så hon vågade sig inte riktigt på honom.

Hon hade gift sig tidigt med en snäll man i goda omständigheter, en kronans karl, en tullare. Många ansåg nog att hon haft stor tur här i livet, själv hade hon kanske ägt drömmar en gång kring livet i det nya huset vid havet.

En vår gick äldsta dottern i sjön. Hon var sexton år, men när polisen hittade kroppen befanns det att hon var havande. I speceriaffären sade Ågrenskan, att det var väl att jäntan haft vett att göra av med sig, annars hade hon själv, modern, strypt den förbannade horan.

Men sedan gick hon hem och fick missfall.

Mot vintern växte buken på henne igen, men den här gången var det ingen unge. Ågrenskan dog i sitt trettiosjunde levnadsår i en cancer lika rasande som hennes hat.

Simon sörjde henne. Och när Ågren rätt snart gifte om sig med en vanlig tant, en som var undergiven, höll rent och bakade kakor, slutade pojken att besöka hemmet.

Men nu var det kvällen efter den dag, då han hade bestämt sig för att bli vuxen. Dimman hade lättat mot eftermiddagen. Majs ljusa himmel utanför köksfönstret färgades skär av det röd-vit-rutiga tyget över kökssoffan när han låg där och tänkte på sitt beslut.

Han hade gjort det för mammas skull, så mycket var klart. Men han hade inte hittat orden som skulle förklara det för henne. Så han hade gått miste om belöningen som alltid var att se sorgen försvinna ur hennes bruna ögon.

Den sorgen var det enda riktigt farliga i pojkens liv, det enda outhärdliga. Han skulle inte förstå förrän långt senare, när han var vuxen och hon var död, att hennes sorg hade föga med honom att göra.

Han kunde göra henne glad, han hade genom åren funnit på många knep att få skrattblänk i det bruna. Därför trodde han alltid att det var han som gjort henne ledsen.

Några dagar tidigare hade de fått veta, att Simon kommit in på läroverket. Han var den första i släkten som skulle få studera. Trots att han inte var mer än elva hade han själv fyllt i ansökningshandlingarna och ensam cyklat den långa vägen in till högfärdsskolan, som föräldrarna kallade den, när det var dags för inträdesprovet.

Pojken hade sett glimten av glädje i moderns ögon när han kom hem med beskedet att han blivit antagen.

Men den slocknade genast när fadern sade:

– Så du ska bli något du. Och jag ska betala, förstås. Är du säker på att vi har råd?

– Med pengarna ordnar det sig nog, sade modern. Men resten får du sköta själv. Det är ju du som har hittat på det.

Några år senare, i brytningsåren, skulle han hata dem för orden som föll i köket den kvällen. Och för ensamheten som följde. Men längre fram i livet kom han att förstå dem, föräldrarna. Förstå den kluvna inställningen till borgarskolan, som slök de läsbegåvade barnen och åt arbetarklassen inifrån. Då skulle han också kunna ana sig till deras känslor, när de satt vid sin middag och lite vagt besinnade, att nu skulle pojken gå förbi dem.

Men man ville ju att barnen skulle få det bra.

Så när Karin dukat av och torkat vaxduken tog Erik fram räkenskapsboken och förhörde sig om terminsavgifterna. Sedan räknade han på böcker och spårvagnspengar och såg bekymrad ut. Men det var i mångt och mycket ritual, de hade egentligen inte ont om pengar.

Bara en evig skräck för fattigdomen.

Modern tänkte knappast på pengarna. Men hon var inte väl till mods och ögonen svartnade av tyngden i hennes ord när hon sade:

– Då får det bli slut på drömmerierna.

Kanske gällde hennes oro något helt annat än att Simon inte skulle klara skolan, kanske tänkte hon mera på, att hennes pojke nu skulle bli av den sorten, som varken är det ena eller det andra, folk som måste bli något i sig själva eller gå under.

Men Simon hörde bara orden och nu låg han där i köksoffan och tänkte på hur glad hon skulle bli om han bara kom på något sätt att tala om för henne, att han skulle bli som andra barn, men mer och bättre. För han hade ju märkt att hon var stolt över de fina betygen och frökens ord på skolavslutningen förra året.

– Simon är mycket begåvad, hade hon sagt.

Fadern hade grymtat, han värjde sig mot ordet. Och så blev han generad å lärarinnans vägnar. Säga sånt när pojken hörde på, det var ju inte klokt.

– Grabben kan ju bli högfärdig, sade han när de långsamt gick hemåt i den blomstertid som just kommit. Begåvad, sade han, smakade på ordet, spottade ut det.

– Han är duktig, sade Karin.

– Det är klart att han är duktig, sade Erik. Han brås ju på oss.

– Och du ska tala om högfärd, sade modern men hennes skratt var lyckligt.

Pojken hade alltid varit boklig, som man sade. Det var en egenskap, den godtogs som småväxtheten och det svarta håret. Men den fick inte gå till överdrift.

Simon hade slukat husets alla böcker redan första sommarlovet. Han mindes en tant som hittat honom i soffan i finrummet med Gösta Berlings Saga:

– Läser ungen Lagerlöf. Rösten var ogillande.

– Det går inte att hindra honom, sade Karin.

– Men han kan ju inte förstå en sådan bok.

– Något måste han ju förstå annars skulle han väl sluta.

Mammas röst hade slutat be om ursäkt men tanten fick ändå sista ordet.

– Tro mig, det kan aldrig vara bra.

Blev det en skugga av oro hos Karin? Kanske, för hon måste ha berättat det för fadern som sade:

– Du ska inte tro att världen består av herrgårdsfröknar och galna präster. Läs Jack London.

Och Simon läste Jack Londons samlade skrifter, marmorerade bruna band med röda bårder på ryggarna. Från den tiden hade han kvar några nära människor, Varg-Larsen, prästen som åt människokött, en vansinnig fiolspelare. Och några bilder, Lövens långa sjö i solen och slummen i East End.

Resten sjönk i det omedvetna och växte sig rikt där.

Nu vid elva hade han funnit vägen till folkbiblioteket i Majorna, hans törst hade blivit mindre pockande som den blir hos den som vet att han alltid har tillgång till vatten. Han hade också blivit försiktigare, hade sett ängslan som spökade i moderns ansikte, när hon frågade sig om det kunde vara något allvarligt annorlunda med hennes pojke.

– Ut och spring innan blodet ruttnar i dig, kunde hon säga. Det var ett skämt, men under fanns oron.

En gång fann hon honom på vinden innesluten i Joan Grants bok om Egyptens drottning, hans ögon stirrade på Karin från faraoniska höjder och han hörde inte vad hon sade. Först när hon ruskade honom tillbaka genom seklerna såg han att hon var rädd.

– Du får inte tappa taget om livet så där, sade hon.

Det gjorde ont ännu, när han försökte att inte minnas det.

I kväll i kökssoffan gjorde han hennes fråga till sin: Var det något allvarligt fel på honom?

Han hade tagit steget över i jämförelsernas värld.

Men dagen efter hade han nästan glömt bort alltsammans. Han följde med kusinen i kanot ut mot inloppet, låg där med paddeln i beredskap och väntade på färjan från Danmark. Den kom så regelbundet att man kunde ställa klockan efter den och var långt ifrån det största fartyget på väg mot storhamnen. Men till skillnad från amerikabåtarna och de vita skeppen från Fjärran Östern, fick färjan passera älvmynningen i full fart.

Hon rev upp grov sjö och pojkarna hade blivit skickliga i konsten att få kanoten upp på första vågen för att rida med den in mot stranden.

Där kom hon, snabb och grann. Simon hörde kusinen skrika av spänning när de balanserade sig upp på vågkammen. Men de kom snett, kanoten slog runt och slängde ut pojkarna som kanade med vågen ner mot djupet.

För ett ögonblick högg rädslan efter Simon, men han var en

god simmare liksom kusinen. Han visste vad han hade att göra för att inte sugas med av nästa våg och flöt med, motståndslöst, och nästa, och nästa.

När sjön lagt sig sam pojkarna upp mot kanoten och bogserade den i land. Där stod gänget, lite uppskrämt och hånfullt.

Men kusinen skröt om den enorma vågen, högre än någon annan någonsin – det godtogs och äran var räddad.

Simon hade annat i sinnet: bilden av mannen han mött på sin väg mot djupet i farleden. Den lille hade varit där, gubben han sagt ajö till för alltid dagen innan.

Hemma fick han skäll och torra kläder. Sedan klättrade han uppför berget, sprang över ängen mot ekskogen. Han fann sina träd, mellan tio och femton meter höga, tysta, just som de skulle. Överenskommelsen hölls, det var bra, det var bara det han ville veta.

Men i sömnen om natten mötte han sin man igen, satt där på havets botten och förde långa samtal med honom. Och när han vaknade på morgonen kände han sig besynnerligt styrkt.

Först långt fram på dagen, när han lämnat in provräkningen i skolan och hade en stund över, kom han att tänka på att han glömt att fråga vem mannen var och att han inte kom ihåg ett ord av vad som sagts.

Det var en ovanligt varm sommar, tung av oro. I köket vaktade de vuxna på varje nyhetsutsändning.

– Det mörknar, sade fadern.

– Vi behöver regn, sade modern. Potatisen torkar bort och brunnen sinar.

Men regnet kom inte och till slut fick de köpa vatten och fylla brunnen från tankbil.

3

Så började han skolan om hösten, samma dag som Ribbentrop for till Moskva.

Simon var minst i klassen och den enda som kom från ett arbetarhem. Han förstod dåligt att skicka sig, stod inte upp när lärarna talade till honom, sade ja utan tack och nej likaså.

– Tack-tack, tack-tack, sade kamraterna, Simon tyckte att det var löjligt. Men insåg att han måste lära sig, lära för skolan och hålla isär. Hemma skulle han bli utskrattad.

Där var man tacksam, man tackade inte.

Han var den enda som tog emot ansökan om nedsatt terminsavgift. Men som alla andra fick han en tysk läsebok och en tysk grammatik.

Det var över halvmilen att cykla hemåt. Simon var ovan vid storstadstrafiken, tunga lastbilar och stora spårvagnar. Han kom hem i behov av tröst.

Men Karin var upptagen av Erik, som satt där framför radion i köket och en sönderslagen världsbild. Hans politiska skarpsinne hade aldrig omfattat Sovjet. Pakten i Moskva var ett svek mot världens arbetare.

Simon förstod inte hur allvarligt det var förrän Karin tog fram brännvinet ur skafferiet, fast det bara var en vanlig dag mitt i veckan.

Till kvällen hade brännvinet och Karins många tröstande ord gjort sitt. Erik hade nödtorftigt reparerat den grund han stod på och kommit fram till att ryssarna hade skrivit under för att få tid att rusta för det stora och avgörande slaget mot nazisterna. Karin kunde andas ut, se på sin pojke och ställa frågan:

– Nå, hur var det i den nya skolan?

– Bra, sade pojken och mer blev egentligen aldrig sagt under de många åren genom realskolan, gymnasiet och universitetet.

Han tog inte fram de tyska böckerna ur ryggsäcken den kvällen.

Redan på första rasten nästa dag kom det:

– Din lille judejävel, sade klassens längste och blondaste, en pojke med ett så fint namn att det susats om det vid uppropet.

Simon slog, armen sköt sin raka höger rätt från axeln, snabbt och överraskande som han blivit lärd, och den långe föll med blodet sprutande ur näsan.

Det blev inte mer för det ringde in. Och det blev aldrig värre, för Simon hade satt sig i respekt och visste att nu var den stora ensamheten hans, här som i folkskolan.

Men där tog han fel.

När pojkarna sprang uppför trappan till fysiksalen fick han en arm om sina axlar, såg upp i bruna och ganska ledsna ögon.

– Jag heter Isak, sade pojken. Och jag är jude.

De satte sig bredvid varandra i fysiksalen som de kom att sätta sig bredvid varandra genom alla skolår. Simon hade fått en vän.

Men det förstod han inte så här med en gång, hans förvåning var mycket större än hans glädje. En riktig jude! Simon tittade på Isak under lektionen och kunde inte förstå. Pojken var lång, mager, hade brunt hår, såg snäll ut.

Alldeles som en vanlig människa.

På frukostrasten tog Isak med sig Simon hem, bjöd på smörgås. Där fanns en jungfru, som var lik tant Äppelgren och som lade tjocka skivor leverpastej på smörgåsarna och trugade i dem tomater.

Simon hade aldrig sett en jungfru och sällan ätit tomater, men det var inte det som tog honom. Nej det var de stora mörka rummen i fil, den tunga sammeten för fönstren, de plyschröda sofforna, bokhyllornas oändliga rader – och lukten, den fina doften av bonvax, parfym och rikedom.

Simon sög i sig alltsammans och tänkte när han cyklade hemåt på eftermiddagen, att nu hade han fått veta hur lyckan såg ut. Han hade hälsat på Isaks kusin, hon var fin som en prinsessa och hade långa, målade naglar. Simon undrade om hon någonsin behövde kissa.

Sedan kom han att tänka på att Karin skulle fråga om han

kom hem igen med sina frukostsmörgåsar, så han tog vägen om ekskogen, satt där och åt upp dem.

Träden var tysta.

I utförslöpan vid Äppelgrens trädgård mötte han en av kusinerna, den efterblivne, och skämdes för honom, för hur skitig han var och hur outhärdligt det inställsamma flinet.

Jag hatar honom, tänkte Simon. Jag har alltid hatat honom. Sedan skämdes han än värre.

De var lika gamla, hade börjat skolan samtidigt. Men kusinen hade snart hamnat i hjälpklass och nu hade skolan givit upp honom. Han hölls mest i ladugården hos Dahls, de som hade kvar ett litet jordbruk mitt bland egna-hemmen här i den växande förorten. De hade en dräng som var fåne, men snäll och stark nog för de tunga arbetena på gården.

Hemma hade Karin fått ner en turistsäng från vinden och visade honom hur han varje kväll skulle fälla ut den och bädda åt sig i finrummet. För sängkläderna hade hon röjt en hylla i ekbuffén. Så hade hon tagit av duken på det stora bordet vid fönstret och gjort i ordning en låda och en hylla för hans böcker. Han skulle flytta från köket till finrummet. Det var ett erkännande av det allvarliga med den nya skolan.

Så led den den långa första veckan mot sitt slut och söndagen kom, den söndag som världen aldrig skulle glömma. Hitlers trupper tågade in i Polen, Warszawa bombades. Och England förklarade krig och alltsammans kändes på något sätt som en lättnad.

Det märktes mest på Erik, som sträckte på sig när han sade sitt: Äntligen, och på människornas röster när de samlades i köket runt radion. Bara Karin var sorgsnare än vanligt när hon hjälpte Simon att bädda den kvällen och sade:

– Om jag hade haft en Gud skulle jag tacka honom på mina bara knän för att du inte är mer än elva år.

Simon förstod inte, kände bara skuld som alltid när hans mamma var ledsnare än vanligt.

Även i skolan nästa dag var något förändrat, som om luften rensats och förenkling skett. Detta var landets stora hamn mot väster, mot havet och England. Nazisterna var få.

De hade historia första timman, men det dröjde innan de slog upp sina böcker. Läraren var ung och förtvivlad och såg som sin uppgift att försöka förklara för pojkarna vad som skett. De kom nästan allesammans från hem där man skyddade barn från verkligheten.

För Simon blev det mesta repetition: Fascism, nazism, rashets, judeförföljelser, Spanien, Tjeckoslovakien, Österrike, München. Plötsligt hade han nytta av kökssoffan, han var den som kunde, som mötte läraren och snart befann sig i dialog.

– Det är skönt att veta att det finns någon här i klassen som vet vad det handlar om, sade läraren till sist. Bakom orden fanns en uppmaning till de andra, till borgarbarnen vars världskarta fick sina första realistiska konturer denna morgon.

Isak sade inte mycket, men lärarens ögon vilade på honom ibland som om de visste att den teg som hade störst insikt.

Simon satt där i bänken och tänkte att det fanns broar mellan hans två världar och att mycket av det som Erik och Karin stod för hade värde här också, i högfärdsskolan. Att allt inte måste förnekas, skämmas för.

För det värsta i det nya hade Simon insett, detta att han skämdes för de sina. Den eftermiddagen kunde han säga till Isak att vill du följa med mig hem en dag.

Men hur Isak kom att finna Karin och en famn och en grund att stå på i hennes kök är en senare historia. För i denna stund sade läraren:

– Vad som än händer i världen måste var och en göra sitt. Vi slår upp våra böcker. Ni förstår, historien började med sumererna.

Sedan var Simon där och inte kvar i klassrummet. Aldrig hade han kunnat drömma om något så fantastiskt.

De läste Grimberg: "Ett dödens och den stora tystnadens land är Mesopotamien i våra dagar. Tung vilar Herrens hämnande hand sedan årtusenden på det olyckliga landet. Profeten Jesajas ord: 'Hur har du icke fallit från himmelen, du folkens förstörare', klingar som dödsklagan genom de sönderfallande murarna . . ."

Simon förstod inte allt men lät sig intagas av ordbruset.

Sedan kom Grimberg till sumererna, de bredskalliga, undersätsiga, om mongoler erinrande.

– De uppfann skrivtecknen, sade läraren och berättade om de oräkneliga kilskriftstavlorna i de stora templen. De väldiga zikkuraterna reste sig för första gången inför pojkens ögon och han följde läraren ner i gravkamrarna i Ur och fann de döda.

I många år efteråt kom han att tro, att hans intresse för fornhistoria föddes i denna stund och fick kraft av den framgång han haft under lektionens första del.

Eller att det tog honom så starkt för att det var en sådan mäktig dag, det stora krigets första.

Men redan elvaåringen visste bortom orden, att den värld som nu öppnades för honom hade släktskap med ängen därhemma.

Han vägde den tunga kniven i handen och lapis lazulins blåa stenar talade sitt hemlighetsfulla språk till honom, gav styrka åt handen. Blicken var fäst vid det långa gyllene bladet.

Redskapet var gott.

Men det skulle inte hjälpa honom om han inte kunde vila i ögonblicket som närmade sig, göra det tidlöst. Han gick mot den stora tempelsalen, mer anade än såg de uppåtvända ansiktena hos de tusen människorna, som förenats i bön för honom.

Men tjuren var väldig, i avgörandets stund var tiden i fatt honom. Och tidens bundsförvant, den stora rädslan. När tjuren rusade emot honom visste han att han skulle dö och han skrek . . .

Skrek så att han väckte Karin, som strax var där och ruskade honom vaken och sade:

– Du har haft en mardröm, gå upp och drick lite vatten. Man måste alltid se till att vakna ordentligt när man rids av maran.

Innan Isak hamnade i Karins kök kom Simon att bli sittande vid Isaks middagsbord tillsammans med fadern, modern och kusinen med de målade naglarna. Simon hade besvär med de många besticken men lärde fort genom att iaktta och vågade tro att ingen märkte hans osäkerhet.

Han hade bjudits på middag. I Simons hem bjöds aldrig på middag, kom folk lagom till middagsmålet deltog de bara. Bjöd

24

man där bjöd man på kalas.

Isaks far var en av dessa sällsynta människor som alltid är intensivt närvarande. Det fanns en smidighet i hans kropp och det finskurna ansiktet var livligt, skiftande. Han hade ett snabbt leende, ljust, vänligt. Ögonen var bruna och ivriga. I dem fanns nyfikenhet och något mer. Rädsla? Simon såg det, men ville inte se, avvisade tanken som otillbörlig.

Ruben Lentov hade skapat sig en tillvaro i Sverige byggd på böcker. Hans bokhandel mitt i centrum var stadens största och hade filialer i Majorna, Redbergslid och Örgryte. Den var känd över världen med kontakter i London, Berlin, Paris och New York.

I sin ungdom hade han varit en sökare, lockats hit av Strindberg och Swedenborg och frusit och försakat innan hans företag fann säker växt.

Hans uppbrott hade rört sig om uppror också, mot alltför mycket moderskärlek och alltför starka fadersband. Men familjen där hemma i Berlin hade aldrig velat se det. De hade gjort honom till den förste klarsynte, den som långt före 1933 hade förstått vad som skulle hända. De sörjde för honom med pengar och bankkontakter och tog god hand om hans hustru och den lille sonen.

I mitten av trettiotalet hade hon kommit efter, när han hade hunnit bli välbeställd och hon vettskrämd. De första åren kom han aldrig till klarhet om vad han skulle tro om hustruns benägenhet att ha onda syner och tolka allt till det värsta.

Men de sista åren tyckte han sig ha förstått.

De läkare hon sökte i det nya landet talade om förföljelse-mani. Det var ett ord som kunde brukas om dagen. Men aldrig i mörkret, för där fanns ett mångtusenårigt spöke.

Nu satt Simon vid hans middagsbord, den svenske pojken som var sonens vän. Ruben var tacksam för varje band som kunde knytas i det nya landet, och han hade lyssnat mycket uppmärksamt när Isak berättat om historielektionen och pojken som var så politiskt klarsynt och som hatade nazisterna.

Men han var besviken och skämdes för det. Denne lille mörke pojke hade han inte väntat sig, en lång och blond svensk hade känts bättre.

Missräkningen vek under samtalets gång, när Simon släppte loss och Ruben insåg, att pojken var sprungen ur den svenska arbetarklassen, att rösten var barnets men källan den växande, mäktiga socialdemokratins. De blev osams om kommunisterna och Simon tappade fotfästet för en stund, när Ruben blev ivrig och hävdade att Sovjet var en slavstat av samma skrot och korn som Hitlers Tyskland. Sedan hejdade sig Ruben, insåg att han inte hade någon rätt att ta ifrån och köra över.

Skämdes, bjöd på mer glass.

Simon skulle aldrig glömma kvällen. För det han fick höra, men än mer för det han fick se av oro och olycka här mitt i rikedomen. Och för att han blev så rädd för Isaks mor.

Simon hade aldrig tidigare mött något så motsägelsefullt. Hennes mun och hennes doft lockade honom, hennes ögon och hennes ljud skrämde. Hon klirrade av armband och rasslade av halsband och blicken brann av oro, hon drog honom till sig och stötte honom ifrån sig. Kramade, kysste, sköt bort, iakttog, sade obegripligt:

– Larsson, men det kan ju inte vara möjligt.

Sedan glömde hon honom, såg honom inte mer, hon drack vin och Simon insåg att hon utplånade även Isak ur stunden och ur medvetandet och han förstod sorgen i kamratens ögon, den som han lagt märke till redan första dagen.

Nästa helg, på lördagen, vågade han försöket att slå en bro mellan sin gamla värld och den nya, och berättade där hemma vid köksbordet om den fina familjen som bjudit på middag.

– De var så ... nervösa, sade han, trevade efter ord som skulle förklara oron där i den stora våningen i staden.

Men Karin fann dem.

– De lever i skräck, sade hon. De är judar och om tysken kommer ...

Men hösten rann och tysken kom inte. Något annat hände, något som ur Eriks synvinkel var nästan värre. Den trettionde november bombade Sovjet Helsingfors.

Vinterkriget.

Herregud så kallt det var den vintern, när jorden nästan dog av människornas ondska. Det kom dagar när barnen stängdes inne, när radion meddelade att skolorna stängts. Simon satt i finrummet där Karin eldade i Zulun och antraciten luktade sitt torra antracit och Erik kom hem med förfrusna öron och sade, att fortsätter det så här kan vi snart köra bil till Vinga.

Nästa söndag gjorde de det och det var ett äventyr som aldrig skulle upprepas. Det alltid levande, alltid närvarande, obesegrade och väldiga havet lät sig slås i bojor av den onda vinden från öster, den som med tjugo meter i sekunden rullade ut sina trettio minusgrader i skärgården.

Ryssar och finnar dog som flugor, av kyla och eld. Döden tog bortåt 225 000 liv fann man efteråt, när förhållandena blivit sådana att man kunde räkna.

I Simons hemstad arbetade de stora varven övertid och arbetarna skänkte förtjänsten till Finland. I Luleå sprängdes Norrskensflammans hus i luften och fem helhjärtade kommunister fick sätta livet till.

I februari var det över och Karelen hade förlorat sin hemortsrätt i Norden. Det var vid den tiden som Karin sade, att till våren måste de försöka arrendera en åker av Dahls, odla mer potatis. Och grönsaker.

Det började bli ont om mat.

4

Länge efteråt skulle han sysselsätta sig med frågan om han känt något särskilt den där morgonen. Han hade vaknat i gryningen och hört sin mor gråta i sömnen.

Karin hade föraningar.

Men själv kände han sig nog som vanligt när han cyklade iväg till skolan. Staden hade vaknat till vad som syntes bli en vanlig dag, från backkrönet vid stadsgränsen kunde han se hamnens alla lyftkranar röra sig som långbenta spindlar i dans. Som vanligt cyklade han om den spårvagn som tog de bättre bemedlade kamraterna till skolan och som vanligt kände han en viss triumf. Det var sol över Majorna och stråk av värme i Karl Johansgatans buk.

Som vanligt gjorde han tyskläxan under morgonbönen i aulan. Han hade ännu inte förmått sig till att ta upp tyskböckerna hemma och det gick dåligt för honom under lektionerna.

Som vanligt om tisdagarna hade de kemi på morgonen och som vanligt var Simon föga intresserad.

Men i tredje timman, mitt i historielektionen, gick vaktmästaren från dörr till dörr och sade med kort röst och slutet ansikte, att alla skulle samlas i aulan.

Det han kom att minnas bäst efteråt var inte vad rektorn sade utan den vettlösa skräck han förmedlade, när pojkarna skickades hem. Alla skulle gå direkt till sina föräldrar, skolan kunde inte ta ansvar för dem denna dag, sade han.

Det var den nionde april 1940, dagens namn var Otto och Simons ben gick som pistonger när han trampade hemåt mot Karin. Hon stod i köksfönstret och grät, men när hon lyfte upp pojken, ställde honom på kökssoffan och höll om honom, kände han barnets förvissning att inget riktigt farligt kunde hända så länge hon fanns.

Ur radion smattrade en upprörd röst att norrmännen sänkt det tyska slagskeppet Blücher på ingående till Oslo. Karin sade att det varit bättre om norrmännen gjort som danskarna och givit upp med ens.

Erik kom hem med bilen. Sverige höll andan. Statsministern talade i radion, sade att landets försvar var gott och i många hem skänkte måhända den trygga skånska rösten förtröstan.

Men inte i Larssons kök, för där sade Erik rakt ut just som det var: Han ljuger, han måste ljuga.

Några dagar senare var Erik försvunnen till okänd ort, inkallad. Karin och Simon hackade upp åkern de hyrt och satte potatis.

I Simons drömmar störtade vilda bergsfolk med dragna sablar utför höga berg och spred sig som gräshoppor över vida, skördetunga slätter, brände, högg ihjäl och slängde döda kroppar i kanaler och floder.

Nattens bilder hade föga att göra med det krig som rasade runt om i hans värld och han visste hur det såg ut, från tidningssidor och journalfilmer. På dagen hade fasan hakkors, stövlar och svarta SS-uniformer, på natten tog den form av feta och färggranna galningar som med orientalisk vällust skar halsen av honom och slängde honom i floden. Där flöt han omkring bland tusen andra döda och vattnet färgades rött och han såg Karin med krossat huvud flyta bredvid sig, och det var hon trots att hon inte var sig lik.

Som vuxen skulle han ofta fundera över vad kriget gjorde med barnen, hur den tunga skräcken präglade dem. Vad han mindes mest var längtan varje morgon att dagen skulle ta slut utan att något hänt, denna dag och nästa och nästa, en alltid närvarande smärtsam önskan.

Fem år är en evighet när man är barn.

Hans generation blev otålighetens, folk som inte kunde stanna i dagen som var utan levde för morgondagen.

Trots allt fanns där ju en vardag. Skolan öppnade igen, många av pojkarna hade liksom Simon ingen far hemma längre. Bara för Isak var det annorlunda, i hans hem var det modern som försvann. Natten till den tionde april hade hon försökt förgifta barnen och sätta eld på det fina hemmet vid Kvartsgatan. Isak och hans kusin hade förts till en klinik och magpumpats. När de kom hem igen var modern borta, inlagd på sinnessjukhuset på andra sidan älven.

Där fanns sprutorna som gav henne sömnen och så småningom gjorde henne till narkoman. Isak fick aldrig sin mor tillbaka.

Ruben Lentov gick genom nätterna i den stora tysta våningen, från bokhyllorna i biblioteket till hallen, genom fyra rum i fil, fram och tillbaka över tunga äkta mattor. Han hade alltid varit en handlingens man, nu var han mitt i vanmakten. Djur i bur. Än fanns en dörr att fly igenom, judiska vänner höll flygvägen öppen till London och därifrån vidare till Amerika, han kunde sälja sina butiker, ta barn och pengar med och slippa undan.

Han tänkte på sin bror i Danmark, han som dröjt för länge.

Men mest tänkte han på Olga, inlåst på mentalsjukhuset på Hisingen, bara ett skarn, drogad, bortom all kontakt, men ändå hans hustru och Isaks mor.

Burens dörr hade slagit igen och han visste det.

Ändå gick han där natt efter natt som om han måste fatta ett beslut och behövde de långa timmarna för att komma till klarhet.

För Simon hade skräcken namn och kunde därmed någorlunda behärskas: bomberna, Gestapo, Möllergatan 19. Isak kände också orden men de dög inte till att sortera upp och hålla avstånd. Hans fasa var av annat slag, allomfattande och ordlös som skräcken är när vi har fått i oss den mycket tidigt och inte kan eller orkar minnas.

Karin förstod det, såg det första gången hon såg pojken.

En gång kom hon så långt att hon kunde tala med honom om rädslan, sade:

– Vi kan ju inte mer än dö, någon av oss.

Det var en enkel sanning men den hjälpte pojken.

För honom blev Karin och hennes kök och hennes mat, hennes sorg och hennes vrede det som fanns att leva på. Genom Karin fick han ordning, hon gjorde livet fattbart.

Hela vårterminen hade han häckat i hennes kök medan modern därhemma blev alltmer förvirrad och skrämmande. Den söndagen i maj, när norrmännen gav upp och kung och

30

regering lämnade Nordnorge, kom han ut och hjälpte Karin och Simon att rensa ogräs.

Han kom från sin mor som han hade besökt på sjukhuset och som inte känt igen honom.

Dagen därpå klädde Karin sig fin, i den ljusblå kappan som hon själv sytt och den stora vita hatten med de blå rosorna på brättet och for med spårvagnen till Ruben Lentovs kontor.

De satt länge tysta och såg på varann och Ruben tänkte att om hon inte snart tog undan blicken fanns det en risk för att han skulle börja gråta. Då såg hon bort och gav honom tid att säga något om vädret innan hon framförde sitt ärende:

– Jag har tänkt att Isak skall bo hos oss, hos Simon och mig, ett tag framöver.

Och Ruben Lentov tog äntligen åt sig den tanke han avvisat i veckor nu, att skräcken i Isaks ögon var lik Olgas skräck och att det kunde gå illa för pojken om inget gjordes. Han sade:

– Jag är så tacksam.

Så mycket mer blev egentligen inte sagt, när han följde henne genom hela kontoret till ytterdörren tänkte han, att han aldrig sett en vackrare kvinna. Först mot eftermiddagen kom han på att han måste få betala för pojken, Larssons var arbetare och hade det väl inte för fett.

Men det hade inte funnits något spår av underklass hos Karin Larsson och när han ringde henne på eftermiddagen för att ta upp frågan om pengarna, fann han inga ord.

Han var glad för det senare, när han insett att vad Karin bjöd inte kunde betalas.

Så det fick gå gåvovägen, med kaffe och konserver, böcker till Simon och presenter till Karin for han en gång i veckan ut till det lilla huset vid älvmynningen innanför det ihåliga berget där krigsmakten lagrade olja. Han välkomnades som alla andra i det stora köket, fick middag och om han såg alltför bedrövlig ut en sup.

Han tyckte inte om brännvin, men fick ge Karin rätt i att det hjälpte mot svårmodet.

Sedan visade det sig att Isak kunde göra rätt för sig på egen hand. Han var fallen för kroppsarbete, praktisk, tålmodig, vän med yxor och spadar, skiftnycklar och tungt knog och kom i mångt och mycket att ta över Eriks sysslor. Det gav rik utdelning i detta hem, mycket mer än Simons boklighet.

– Det är som om vi hade ombytta ungar, sade Karin till Ruben Lentov när han kom ut en söndag för att hälsa på Erik, som hade permission. Erik var magrare än vanligt, men lika mångordig och i djupet av sin svenskblå själ upprörd över hur det stod till med försvaret.

– Vi har bilar men ingen bensin, sade han. Men å andra sidan har vi ammunition och inga vapen.

Sedan hejdade Karins blick honom och han såg ju själv hur oron ökade i Rubens ögon.

Det var den kvällen Ruben kom att berätta om vad han, från hemliga källor, visste om judarnas öden i Tyskland. Simon glömde det aldrig, för att pojkarna kördes ut ur köket och för uttrycket i Eriks ögon när pojken smög sig in en gång för att dricka vatten.

Hans pappa var rädd.

Och för att Karin var så blek när hon bäddade åt pojkarna i finrummet den kvällen. Men mest för att han kom att höra ett telefonsamtal.

Det var Erik som ringde, han hade bråttom för han skulle med tåget till sin förläggning. Men det var inte brådskan som gav hans röst skärpan, en klang av något oerhört viktigt.

– Du måste bränna brevet.

. . . . .

– Ja, jag vet att jag har lovat. Men jag kunde ju inte ana då . . .

. . . . .

– Du måste ju begripa att om tyskarna kommer gäller det hans liv.

Simon lyssnade, satt rakt upp i sängen för att höra bättre. Men egentligen behövde han inte anstränga sig, telefonen hängde i hallen utanför finrummet, varje stavelse gick tydlig genom väggen.

Frågorna snurrade i hans huvud, vem talade Erik med, vad var det för brev, vems liv var i fara?

Sedan knöt sig magen för han insåg, att han hade svaret på den sista frågan. Detta gällde honom.

Isak sov i sängen bredvid, det var bra för han fick inte oroas.

Men Simon var mycket ensam, där han satt och försökte förstå. Utan att komma någon vart.

Han hörde Erik ta farväl av Karin, ta sin ryggsäck:

– Ajö Karin, ta väl vara på dig och pojkarna.

– Ajö Erik, var rädd om dig.

Han kunde se dem framför sig när de lite tafatt tog varandra i hand.

Och just innan dörren slog igen:

– Fick du henne att begripa?

– Jag tror det.

Simon var arg nu som barn blir när de inte förstår. Ursinnet gav töckniga drömmar, han mötte Ågrenskan som var ännu hemskare i döden än i livet och som sprang efter honom längs stranden och skrek:

– Gå hem och fråga mor din.

Men han hade glömt frågan, tappat den, fann den inte, letade i förtvivlan som om livet hängt på den.

Vaknade och grät och höll sig kvar i skymningsriket mellan sömn och vaka. Gick mot träden, ekarna, och lyckades till slut finna landet som är men inte finns, och mötte sin man, den lille med den konstiga hatten och det gåtfulla leendet. De satt en stund och talades vid som de brukat genom åren, utan ord och bortom tiden.

På morgonen stod han länge framför köksspegeln, som hängde ovanför kallvattenkranen vid diskbänken, och såg in i de främmande ögonen, som var hans men olika alla andras, mörkare än Karins, mörkare till och med än Rubens.

Men han ställde inga frågor till bilden.

Inte till Karin heller.

Vardagen växte kring honom. I jäktet kring gröten och smörgåsarna som skulle bredas och läxböckerna som skulle samlas ihop och strumporna som var försvunna bleknade gårkvällen och telefonsamtalet, miste sina konturer, fick prägel av overklighet och dröm.

Den dagen skrev Simon underkänt på provet i tyska. Isak blev bekymrad:

– Tror du Karin blir ledsen?

Simon såg förvånad ut, skolan var hans ansvar, Karin skulle inte fråga ens.

– Nej, sade han. Hon bryr sig inte om skolan.

Isak nickade lättad, han mindes nu att han hade hört henne säga till Ruben, när han förhörde sig om Isaks läxor och skrivningar, att man skulle lita på sina barn.

Sedan sade Isak:

– Jag kan plugga tyska med dig, det är ju ändå mitt modersmål.

Simon blev så häpen att han höll på att sätta kolan i halsen, den Alp-Olle han köpt för att trösta sig efter skrivningen.

Isak deltog inte i tysklektionerna, på något sätt hade Simon tagit för givet, att han var befriad av samma skäl som han slapp undan kristendomen, för att han var jude. Först nu insåg han att Isak inte behövde lära sig tyska för att han redan kunde det skrämmande språket med de många hårda kommandoorden: Achtung, heil, halt, verboten . . .

Så kom det sig att de köksväggar som genom åren hört Hitler ryta fick lyssna till en helt annan tyska, en mjuk och rund berlinerdialekt.

Det var lustigt, även Karin var förvånad över hur behändigt nazisternas språk kunde låta. Simon lärde fort, blev bekant med språket. Han klarade nästa skrivning och blev godkänd i terminsbetyget, som de fick den dagen som tyskarna tågade in i Paris.

Det gick en hjärnhinneinflammation i trakten. Samma natt som engelsmännen skeppade över 300 000 man i småbåtar från Dunkerque, dog en av Simons lekkamrater, en flicka som han alltid haft svårt för.

Den lilla döden blev verkligare än det stora krigets alla dödar. Simon hade skuldkänslor.

Han hade kallat flickan för rävrumpa bara fjorton dagar tidigare, i ett gräl som varit ettrigt och onödigt. Hon hade varit rödhårig och slängd i mun som han själv, mellanbarn i en barnrik murarfamilj, där fadern söp och modern grät.

– Hon kom i kläm, hon ville väl inte vara med längre, sade Karin.

Men hon höll ett vakande öga på pojkarna de närmaste

dagarna och blev mycket orolig en kväll, när hon trodde att Isak fått feber.

Ännu en händelse kom Simon att minnas tydligt från denna vår. Karin vaknade en morgon med minnet av en stor och tydlig dröm och berättade för pojkarna hur hon suttit i ett skyddsrum och sett på den korsfäste som hängde på väggen. När bomberna föll fick han liv, lyfte sin arm och pekade med en palmkvist mot taket som öppnade sig. Och Karin såg att himlen var blå och oändlig bortom de små flygplanen.

– Både flygmaskinerna och bomberna blev som leksaker, sade hon och tillade att synen skänkt henne tröst.

Pojkarna kände sig styrkta de också, särskilt sedan Edit Äppelgren kommit in i köket för att hämta en sax som Karin lånat, fått kaffe och del av drömmen. Hon var en kristen människa så hon visste berätta att pingstdagen, som de just firade med nyutslagna påskliljor på frukostbordet, var en påminnelse om Andens utgjutelse i människornas värld.

De hade just brutit upp från kaffet, när de hörde luftvärnet på Käringberget ge eld och de rusade ut och hann se det tyska planet med hakkorset och den tyske piloten som brann som ett vedträ i luften, innan han och hans maskin försvann i det stora havets svalka.

Simon grät, men Isak var upphetsat, underligt glad.

Det blev pojksommar trots allt därute på ängarna mellan bergen vid den stora älvens utlopp i havet. Vita sommarnätter, tält på badstranden, flickor att reta, pojkar att slåss med, kanoter, segelekor.

Erik kom hem och berättade hur de i hemlighet hjälpte norska judar över gränsen.

En söndag tog han bilen för att fara och hälsa på Inga, en av Eriks kusiner. Hon hade en liten gård några mil norr om staden.

Ville Simon följa med?

Nej, han tyckte illa om Inga, hon var fet och slö, luktade lagård och vågade aldrig se på honom.

Men Isak sade, att utflykten måste vara viktig eftersom Erik körde på ransonerad bensin och då kände sig Simon illa till mods.

Sedan glömde han alltsammans. Isak och han stod på ställningar runt huset och målade det vitt, med färg som Ruben ordnat. Det var en present till Erik och Isak sjöng medan han målade: Det blåser kallt, kallt väder ifrån sjön.

Simon avskydde när Isak sjöng, men han fick ju hålla med, det ville inte bli någon riktig fart på sommaren 1940.

5

Från fönstret i kammaren kunde man ana sjön, åtminstone om höstarna när träden fällt löven. Och om vårarna förstås, då när man också kunde höra den, hur den slog sig fri från isen. Huset, som inte var större än en torpstuga, låg i sluttning med berg i ryggen, grant i söderläge, mindre grant ändå än det varit när det funnits arbetsdugligt manfolk som hållit undan sly och huggit utsikten ren ner mot sjön.

Några ängar, några åkrar, potatis, ingen brödsäd längre. Men fyra kor i ladugården, två grisar, ett tjugotal höns och så – i stugan – två mycket gamla, förvirrade och orkeslösa människor. I släkten inne i storstaden undvek alla utom Karin att tänka på hur ensam Inga var.

Som alla andra hade Inga sökt sig till staden i ungdomsåren, fått plats i familj och senare i butik. Det hade varit roliga år, fulla av möten och människor, intryck och händelser. Hon var fin att se på, ljushyllt och fet på ett mjälligt tilltalande vis.

Nog kunde hon fått en karl, hon som systrarna. Men hon hade varit äldsta barnet i en syskonskara på sju och fått se för mycket av kärleken och vad den kunde göra med en kvinna.

Hon aktade sig.

Och därför blev det som det blev, när de gamla inte längre kunde klara sig och gården. Hon var den som fick återvända, ge efter för föräldrarnas skräck för fattighuset, som numera kallades ålderdomshemmet, men var värre än döden.

Hon sade inte ens emot, var tidigt böjd i skulden, försvarslös mot plikten och fjärde budet.

Det hade varit lättare om det åtminstone hade funnits en tillgivenhet, ett möjligt samtal mellan henne och modern. Men inte ens det hade livet skänkt henne, hon hade varit illa sedd sedan hon föddes som den som tvingade föräldrarna att gifta sig. Hon kom för tidigt, bara någon månad efter vigseln och skammen kom att häfta vid henne genom uppväxtåren.

De första långa vintrarna sedan hon återvänt som vuxen, hade hon ingivelser att ge de gamla gift och sätta eld på gården. Hon visste var bolmörten växte, mindes hur Ida, barndomens häxa i byn, tagit giftet ur kapslarna.

Sedan förstod hon ju att hon höll på att bli galen och att det var de många tankarna som var orsaken. Hon hade fått lära att man kunde bli tokig av att tänka, att det var grubblarna som fördes till dårhuset på Hisingen.

Så hon beslöt sig för att sluta tänka och efter några år hade hon lyckats rätt väl med den saken.

När fadern blev blind drogs tidningen in. Släkten var inte skrivvan, det kom bara vykort till helgerna. Och fast det var i slutet av tjugotalet hade elströmmen inte nått över berget till stugan, så radio var inte att tänka på.

Syskonen skickade pengar, men det var långt mellan besöken och gott var det. För när de kom, särskilt då bröderna, blev modern oroligare är vanligt och det satt i många dagar efteråt.

Den som kom oftast var Erik, kusinen med lastbilen. Och hans fru Karin, hon som hjälpt Inga till platsen i butiken där i basaren i staden och som var så snäll. Snäll och stark på en gång, det hade alltid förundrat Inga.

De kom för att Karin tyckte synd om henne, det förstod Inga. Karin sade rent ut till de gamla en gång att Inga hade rätt till eget liv och att gamla nu för tiden fick god vård på ålderdomshemmet i köpingen. Men då fick modern ont i hjärtat och Erik måste ta bilen och fara efter doktorn, som visserligen inte fann något fel på hjärtat men ändå sade, att man måste vara mycket aktsam med människor som var så gamla.

Sedan blev det aldrig mer sagt om saken och Inga såg nog att Erik var arg och förstod att Karin skulle bli förebrådd för vad hon ställt till med.

Så kom den våren när spelmannen satt vid bäcken.

Det kunde ju inte vara sant, tänkte Inga efteråt, han måste ha sprungit fram ur hennes drömmar. Men den kvällen var han alldeles verklig, och nästa, och nästa ända fram till de vita midsommarnätterna, när han försvann.

Det var en ganska oansenlig bäck som hade lång väg att vandra genom skogarna och mycket besvär att ta sig fram mellan bergen för att nå sjön. I slutändan såg den sig ingen annan råd än att kasta sig utför de sista klipporna före sluttningen ner mot stranden.

Det blev inget dåligt vattenfall för att vara åstadkommet av en sådan liten bäck. Särskilt om vårarna hade det både kraft och munterhet.

För Inga var fallet en glädje. Och en befrielse.

Hon skötte de gamla, hon slet med potatisen och hon mjölkade och höll djuren vid gott hull och hyggligt humör. Men hon var inte av den sorten som kan samtala med djur, se det personliga hos vart och ett av dem, så sysslorna gav föga glädje.

Nej, hon gick från de stumma djuren till de stumma människorna. Fadern hade inte sagt ett ord nu på många år, modern kunde brista ut någon gång i långa och allt mer obegripliga haranger.

Hon var argsint, det hade hon alltid varit, tänkte Inga.

Men mest tänkte hon på bäckfallet dit hon skulle gå och tvätta sig ren när de gamla somnat och djuren stängts in i ladugården. Ända långt in på hösten gick hon dit varje kväll, klädde av sig och stod där i fallet och blev ren och bekymmersfri.

Och en kväll om våren fanns fiolspelaren där, satt där bara och såg på henne som om hon varit ett väsen ur en hednisk saga.

Hon blev inte rädd, det var för overkligt. Hon gick bara rakt fram till honom, lade sig naken just som hon var med huvudet i hans knä, och han tog fram sin fiol och spelade för henne och det ena var inte mer underligt än det andra.

Musiken var vild och skön, just som den skulle.

Det kan sägas att det hade varit bättre för Inga om det varit mjölkkarlen, han som kom varannan dag med mejeriets bil för att hämta mjölken. Men han var ful och ogin och gift.

Spelmannen hade kanske fru han också, det fick hon inte veta för de kunde aldrig tala med varann. Han var utlänning. Senare tog Erik reda på att han var jude och lärare i musik vid folkhögskolan på andra sidan sjön. När terminen var slut återvände han till Tyskland, där fanns ett namn, en adress i Berlin.

Men ingen skrev någonsin till honom, Inga visste ju, att han aldrig riktigt varit av denna världen och stod fast vid sitt: Fadern okänd.

Allt detta hände mycket senare, långt fram mot vintern när Inga äntligen måste ta åt sig att hon var med barn och att mannen vid bäcken hade varit av kött och blod.

De älskade, halva nätterna älskade de den våren och Inga förstod äntligen varför folk kunde ge upp allt, värdighet och välstånd, för kärlekens skull. Hon hade aldrig anat vad kroppen kunde erfara, när den smektes så här av väl förfarna händer, aldrig heller förstått hur vacker en man kunde vara. Han var spenslig, fint byggd, men hans lem var styv och stor och hon kunde aldrig få nog av den. Inte heller av ögonen, som var svarta som skogstjärnen.

Han talade och rösten var full av ömhet. Men eftersom hon inte förstod orden måste han uttrycka sin känsla för undret och för henne med fiolen och han spelade henne varje kväll nästan galen av åtrå.

Efteråt kunde hon minnas att han varit mycket sorgsen den sista kvällen och att hans fiol hade varit full av smärta. Så hon blev inte förvånad när han inte kom nästa kväll.

Bara oändligt sorgsen.

Men hon sade sig att hon hela tiden vetat att det måste gå så, att det varit en dröm och att sådana som hon förr eller senare måste vakna och göra sitt på jorden.

När hon tog upp potatisen om hösten var hon tung och otymplig, tänkte ändå inte på att det fanns ett barn i henne. Erik och Karin kom samtidigt med den första snön och hjälpte henne att få potatissäckarna i jordkällaren och Karin såg ögonblickligen hur det var fatt.

— Inga, sade hon. Du skall ha ett barn.

— Vad i helvete har du haft för dig, sade Erik och rösten var så gäll att den träffade Inga som ett piskrapp.

Men Karin bröt av, snabbt och hårt:

— Nu håller du för en gångs skull din stora trut, Erik Larsson.

Sedan gick hon med Inga upp på vindskammaren och långsamt och trevande började Inga minnas och kunde berätta.

40

Om inte den stora magen hade funnits hade Karin väl trott att Inga blivit tokig där i ensamheten, vilket inte skulle ha förvånat Karin. Som det nu var måste hon ju tro på historien om den mörkögde fiolspelaren vid bäcken.

– Det här blir mammas död, grät Inga och Karin teg med vad hon tänkte, att det skulle vara det bästa som kunde hända.

Det var praktiskt folk, också Inga, som mitt i alltsammans var talbar och bonddotter och snart kom fram till att det viktigaste av allt var, att ingen skulle få veta av hennes skam. Ingen i byn, inte syskonen, och aldrig någonsin föräldrarna.

Erik talade med de gamla, sade som det inte var, att Inga hade en svår sjukdom i magen och som det var, att hon måste till sjukhus i staden. Han visste inte hur mycket de förstod.

Men förstod gjorde mellansystern, när han dök upp i hennes kök i landshövdingehuset i staden och sade, att hennes barn var stora nog att klara sig själva och att Märta, som hon hette, måste resa hem och ta hand om föräldrarna medan Inga opererades.

Hon sade emot, men böjde sig, man böjde sig för Erik. Och hon trodde honom när han påstod att Inga kunde dö om hon inte kom under vård, hon packade och for hem till de gamla.

Sedan stod hon inte ut där i stugan och i ensamheten mer än några veckor, så mot vårvintern kom föräldrarna till fattighuset, där det gick som de alltid sagt att det skulle gå. De dog båda två inom loppet av en månad.

Vid det laget var barnet fött och redan adopterat av Karin och Erik.

Inga återvände till gården, trots att hon inte längre måste och Karin åtagit sig att ännu en gång skaffa henne plats i basaren.

– Hon har blivit folkskygg, sade Erik. Hon vågar inte längre gå tillbaka till ett vanligt liv.

Karin nickade men tänkte att det nog inte var så enkelt.

När Karin stod där med den nyfödde i sina armar och hörde sköterskan berätta, att modern inte ens hade velat se pojken, kände hon i djupet av sitt hjärta att hon inte hade rätt till barnet. Hon hade inte burit honom i salighet och vånda och inte fött honom i smärta.

Hon såg länge in i pojkens ögon och fann att vemodet från de långa skymningarna över sjön fanns där. Men också något annat, en stor ensamhet, ett icke-vara.

Det kommer sig av att Inga förnekat honom, tänkte Karin, från nio månader av inte erkänd tillvaro. Och Karin tänkte på Ingas ord på vindskammaren, att hon hade trott att mannen med fiolen var näcken som inte fanns.

Nog hade denne man funnits, tänkte Karin och tog åt sig det hon redan sett, att detta var ett mycket judiskt barn. En främmande mans barn som skulle bli hennes.

Inte så att hon tänkte på svårigheterna med annorlundaskapet. Hon älskade pojken. Och eftersom hon var en praktisk människa visste hon bortom all tvekan, att hennes kärlek skulle flytta bergen och ändra himlens fästen om det blev nödvändigt för att trygga barnet.

Han skulle bli en bra människa med en lycklig barndom.

Längre fram mot vårvintern, när hon gick upp om nätterna för att ge honom en extra flaska, hade hon kommit förbi detta med vem som hade rätten till barnet.

Hon hade starka och underliga tankar.

Barnen är jordens, tänkte hon, med jordens uråldriga historia i sina celler och naturens hela visdom i sitt blodomlopp.

Hon såg ju att han ägde sanningen.

Alla barn gör det, tänkte hon. För en kort tid vet barnen. Kanske är varje nytt barn jordens försök att ge uttryck åt det som inte kan förstås.

Det var Inga som bestämde namnet. Efter jordfästningen av föräldrarna gick hon rakt fram till Erik på kyrkogården och sade:

– Han ska heta Simon.

Karin begrep ju att de bara hade att lyda. Hon stod där med barnet i famnen och tänkte:

Han hade ett namn trots allt, näcken.

6

Karin var sladdbarn, yngst i en skara på sex. De andra var pojkar, den yngste gick redan i skolan när det stod klart, att det skulle komma ännu en unge i skräddarmästare Lundströms stuga mitt emot järnvägen i det värmländska brukssamhället.

Modern grät och förbannade ödet och barnet som växte i henne. Hon var en bit över fyrtio och hade trott sig fri. Det blev en tre dagar lång kamp för att driva ungen ur kroppen, hon var nära att stryka med, men när hon låg där med den nyfödda vid bröstet hade hon ändå tårar kvar.

Nu grät hon för att barnet var en flicka, en av dessa arma som skulle dömas till slaveri och smärtsamma födslar.

Under hela barndomen fick Karin höra om hur oönskad hon varit och hur nära att kosta sin mor livet. Det var en ofta upprepad berättelse, hon godtog den som naturlig och hon förstod sin mor.

Däremot förstod hon aldrig sorgen, som slog djupa rötter i hennes hjärta och som växte och förgrenade sig med sådan kraft att hon aldrig skulle komma åt att rycka upp den.

Egentligen borde hon ha givit upp tidigt, som andra oönskade barn som slogs ner av tuberkulosen där i trakten. Men hon överlevde, blev stor och stark, därför att hon hade en far.

Petter Lundström hade fyllt sextio år när dottern föddes. Han hade varit gift två gånger, hade barn i två kullar. De äldsta var vuxna sedan länge, söner. Men där hade funnits en dotter, en liten en som dött i lungsoten när hon var sju år gammal.

Och så märkvärdigt var det, att denna lilla döda flicka var Petters länk till livet, till det levande inom honom. Han hade älskat henne. Sönerna, också i det andra äktenskapet, hade hört många historier om hur besynnerligt fin hon varit och om hur innerligt glad han varit för henne.

När en ny flicka föddes honom så här vid livets slut blev det en stor glädje för Petter. Gud allena vet om han inte rent av fick för sig, att hans lilla älskade hade kommit tillbaka till honom, som tröst och nytt ljus i ett allt gråare liv.

Han hade sin verkstad hemma och redan från första dagen gjorde han barnet till sitt. Hon fick ligga i en låda på det stora skräddarbordet och han jollrade med henne, log mot henne, sjöng för henne.

Folk kom och gick i verkstaden och mitt i strömmen satt Petter med Karinbarnet, änglabarnet, livets socker, ögonstenen. Visst fanns det en och annan som skrattade åt honom och hans gränslösa kärlek, men detta var Värmland och där fanns utrymme för konstigheter. Så det var i stort goda skratt. Och ungen var söt och besvärade ingen och var inte i vägen när man skulle prova.

Han kunde hundra sånger, tusen sagor och ännu fler tokroliga historier. Allt detta skänkte han henne, hon flöt fram på en våg av värme och underfundig visdom, lärde tidigt det mesta om människornas dårskaper och klokskaper, om hur de allra flesta vill det goda och hamnar i det onda.

Petter hade alltid varit prydlig av sig. Nu blev det så snyggt i verkstaden, att folk sade att man kunde äta direkt på golvet. Han skaffade en bok från Karlstad, ur den kunde han lära allt om vad små barn behövde på den tiden. Det var mycket om renlighet, näring och frisk luft. Om ömhet och kärlek stod det ingenting och vad Petter Lundström beträffar gjorde det alldeles det samma.

Det var på detta sätt Karin fick sin styrka och sin insikt om hur obegripligt livet var ordnat och hur det kunde bli begripligt trots allt.

När hon började skolan kunde hon för länge sedan läsa och skriva, fick hoppa över en klass till Petters omåttliga stolthet.

Modern? Jo, hon fanns där, kom och gick i verkstaden, tyngd till jorden av sin bild av sig själv som tåligt lastdjur, utsliten i förtid av för många barnsängar och allt slit med mat och städning. Hon var Skulden i Petters liv, han kunde ju aldrig komma ifrån att det var han som gjort henne med de många barnen och detta som hon så ofta sade, att han lagt sin första hustru i en för tidig grav.

Hon hade dött i barnsäng.

Så han hade bara att huka under hustruns klagan och ständiga trötthet. Som ändå kom till pass nu, sedan Karin fötts. Modern kunde ju inte kräva flickan tillbaka, måste erkänna att han gjorde vad han kunde för att lyfta denna sista tunga börda från hennes axlar.

Han rörde henne aldrig mer i sängen och dunkelt anade hon att det fanns ett samband, att han fick sitt behov av närhet tillfredsställt så länge han fick hållas med ungen.

Slitningarna blev värre när flickan blev större och modern menade att Karin skulle hjälpa till i hushållet. Petter kunde inte neka hjälpen och lånade ut flickan. Men bara för korta stunder. Hon blev inte hushållerlig, var ofta tafatt vid spisen. En gång slog modern henne över ryggen med spiskroken.

Det blev en händelse som ingen i skräddarstället skulle glömma, för den snälle Petter gick rakt på hustrun med samma spiskrok och slog han också.

– Så du ska veta hur det känns, sade han och var vit i synen av vrede.

Modern glömde det som sagt aldrig, både förödmjukelsen och smärtan gick djupt i hennes sinne, vilket inte var bra för flickan. Så småningom blev det ju ändå hon som måste betala.

När Karin var nio år dog han, satt där bara på skräddarbordet och föll framåt som en uttjänt fällkniv.

Barnet förstod det inte, det kunde ju inte ha skett. Hon försvann ut i storskogen, blev kvar över natten, vaknade på morgonen under en gran och mindes. Hon gick längre in i skogen, fann en glänta. Där rann en bäck, långsamt tog hon sig in i vad som skett och såg att bäcken var för liten att dränka sig i.

I gryningsljuset kom en flock sidensvansar på sin långa färd från fjällen i norr till de varma floderna i söder. De slog sig ner runt barnet, som aldrig förr sett dessa underligt skimrande fåglar och aldrig hört deras sång, så mitt mellan jubel och sorg.

Flickan satt där mycket stilla och visste att fadern sänt henne hälsningen, att han fanns kvar kring henne och alltid skulle finnas där.

Så kom det sig att hon beslöt att orka med livet.

Modern sålde skrädderiet och flyttade till Göteborg med de barn som ännu fanns kvar hemma, två nästan vuxna söner och så den lilla flickan, som hon knappast kände. Där fick hon ny användning för bilden av sig själv som plågat arbetsök på fabriken, som sög hennes krafter men gav pengar till enrummaren i Majorna och till maten åt henne och barnen.

Snart kom det första världskriget, det blev ont om mat och folk med tynande livslust dog som flugor i spanskan. Karin klarade sig tack vare sidensvansarna.

Och en och annan lärare som fäste sig vid den ovanliga och begåvade flickan. När Karin gick och läste sökte prästen upp modern för att säga, att flickan borde få fortsätta i en högre skola.

Det var ett hån, han förstod det själv när han stod där i köket hos den hårt böjda änkan.

– Griller, sade hon när prästen gått. Din tokiga far fick dig att tro att du var något.

När sönerna kom hem berättade hon om den galne prästen och de skrattade stort och länge. Kosta studier på en jänta, de hade väl aldrig hört något så dumt. Men den tystlåtne sade efteråt, att om farsan hade levat så . . .

Det var den gången hon förstod varför de hatade henne.

Vid tretton tog hon plats i familj, vid femton gick hon till syateljén, vid sexton till butiken i den stora basaren. Överallt följde henne sidensvansarna och när hon var arton mötte hon Erik, såg att han liknade Petter, blev socialist och bekräftad, vågade rent av tro vad han sade henne, att hon var mycket vacker.

Erik var enda sonen i enrummaren i landshövdingehuset vid Stigberget. Han var sin mors hopp och sin yngre systers stöd.

Systern var klen, en av dessa som fick leva med en punkterad lunga sedan tuberkulosen härjat henne som sexåring. Hon nekades både personlighet och eget liv och växte långsamt och krokigt i moderns skugga.

Modern var en stark människa, vacker och bitter och mycket

religiös. Hon hade gift sig sent och hatade kärleken med sådant ursinne, att hon skrämde sin skugglike man ur den äkta sängen så snart hon fött sina barn.

Utlopp för sin lust fick hon genom att slå pojken, med mattpiskaren på den bara röda stjärten. Det var ingen lätt barndom, men där fanns en respekt för Erik, för könet, mannen i pojken, som hade ärvt moderns intelligens och kraft och som skulle förverkliga hennes drömmar.

Den aktningen skänkte honom såpass mycket styrka att han så småningom kunde ta ställning mot henne, mot hennes åsikter åtminstone och den svarta kristendomen. Värre var det med allt det han fått så tidigt att det var osynligt.

Den kroppsliga kärleken förblev genom livet knuten till synden och ingen hjälpte honom någonsin att förstå det underliga sambandet mellan lust och grymhet, som fanns i hans fantasier och som han skämdes fruktansvärt för.

När hon inte längre rådde på honom med mattpiskan fick hon honom att lyda med sina ständiga hot om hjärtslag.

Hennes hjärta blev sjukt vid samma tid som han kom i puberteten.

Också han borde ha fått studera, var en av de många i sin generation som kunde ha gått långt, som man sade. Men kanske var det bäst som skedde.

Som femtonåring gick han in i facket på Götaverken och vandrade varje kväll från tio timmars arbetsdag till studiecirklarna och böckerna. Här fick han de redskap med vars hjälp han äntligen kunde begripa den grymma värld som han växt upp i, och lärde sig hur förtryck fungerar när det söker utlopp neråt, mot de ännu svagare.

Ibland förstod han sin mor.

Som han förstod den fruktansvärda känslan av förödmjukelse som häftat vid skorna, som han varje jul genom uppväxtåren fått ta emot av församlingsprästen. Som i sin tur fått dem av en organisation för välgörenhet som kallade sig Älvsborgs jultomtar.

Vid sexton år meddelade han sin mor, att Gud inte fanns och att hennes kyrka inte var stort bättre än brännvinet, när det gällde att hålla det arbetande folket nere.

47

Hon tog sig mot hjärtat och hotade dö, men det förfelade sin verkan för pojken var redan utanför dörren på väg till nästa möte.

Mycket mer försvarslös var han när det gällde kärleken. De flickor han kom att förälska sig i blåste modern snart ut ur hans liv, hotad till döds som hon var inför tanken att sonen skulle överge henne.

När han mötte Karin var han nära trettio och insåg så fort han såg in i det mildögda bruna, att nu var det allvar och hans längtan var så stor och hans rädsla så väldig att han skulle ha behövt en himmelsk makt att be till:

Gode Gud, hjälp mig mot morsan.

Men han hade misstagit sig på mildögdheten, fick snart inse att bakom Karins saktmod fanns en styrka som väl kunde mäta sig med moderns. Redan vid första besöket i hans hem sade hon rätt ut som det var:

– Erik och jag skall gifta oss.

– Det blir min död, sade den gamla och vart så blek som om hon skulle sätta hotelsen i verket genast, där vid köksbordet. Men Karin hade fräckheten att skratta henne rätt i ansiktet och säga, att det var ju livets mening det, att de gamla skulle dö undan för att ge de unga plats här på jorden.

Sedan gick hon och tog Erik med sig. Modern överlevde och blev till stor plåga för Erik och Karin i många år.

Erik kom aldrig till insikt om vilket öde Karin räddat honom från. Men han förstod den kvällen, att hans kvinna var lika stark som hans mor och han snuddade skrämd vid tanken att han gått ur den ena kvinnofällan in i den andra. Och att det gällde att hävda sin manlighet för att inte bli en skugga som fadern.

De gifte sig om våren. På ömse håll grät mödrarna, Karins för att dottern nu skulle in under kvinnoödet med ständiga havandeskap och hemska födslar.

Så satte de bo och blev barnlösa. Han gjorde själv möblerna, karmstolar, buffé, matbord, linneskåp. Hon sydde.

Det blev ett annorlunda hem och vackert.

Men de förblev barnlösa till svärmödrarnas glädje.

Vid ett födelsedagskaffe gick hans mor till öppet hån mot

Karin och för en gångs skull fick Erik fatt på sin oändliga vrede mot den gamla och sade att barnlösheten skulle skyllas på honom. Han hade haft en skamlig sjukdom, en sådan som man får när man inte tillåts att ha en egen flicka utan måste gå till horor. Så hon kunde se att i grunden var det hennes fel, moderns.

När de åkte hemåt den kvällen tog Karin Eriks hand och sade, att eftersom modern inte dött på fläcken den kvällen skulle hon säkert leva tills hon blev hundra.

Hon blev nittiosex.

Karin vågade aldrig fråga om det låg någon sanning i den historia som Erik berättat. Han hade varit storsint. Det var likt honom, han var en man att lita på. Inte som Petter, det hade hon fått inse, mycket otryggare, mer stridsglad och sårbar.

Men också det var bra, Petter levde sitt liv i hennes hjärta och ingen skulle hota honom där.

Så fick de sin son och vad spelade det för roll att detta länge önskade barn inte var blod av deras blod.

Erik var stolt som en kung, tog ut sparpengarna och köpte tomt ute vid älvmynningen där barnet skulle få frisk luft och fria marker.

Så byggde han huset med egna händer. Det blev ett lustigt hus, vars mått bestämdes av de virkesskvättar han kunde få billigt när lastbilen rullade runt staden. Han kände allt byggfolk och visste om alla slags rivningar. Ut till byggplatsen kom han med spröjsade fönster och snickarglädje, med ståtliga kakelugnar från patricierhusen som moderniserades i Allén och vackert profilerade gamla dörrar från en herrgård som byggdes om i Landvetter.

De såg det naturligtvis inte så, men det blev ett hus med stort behag, fullt av överraskningar och värme. Och aldrig var de lyckligare än den sommaren när de klafsade i leran därute och sov de varma nätterna i en billåda, som Erik kommit över i hamnen och som minsann var mycket mer att lita till än ett tält.

Svärmödrarna, som inte visste varifrån barnet kommit, kraxade om ont blod, ont arv. Men Erik skrämde dem till tystnad och Karin och han fann trygghet i sin socialistiska tro

49

på miljöns betydelse för en människas utveckling.

Det hände att det högg till i Erik när han såg in i spädbarnets svarta ögon. Men han avvisade smärtan och gjorde pojken till sin, lik sig. Snart såg han inte vare sig svärtan i ögonen eller det sträva håret längre, Simon var hans och därmed bra, förstklassig i alla avseenden.

Erik hade en stor och ljus sångröst, tränad tidigt i kyrkan och senare i arbetarrörelsen. Eftersom han inte kunde förmå sig till att jollra med barnet så som Karin ständigt gjorde, sjöng han Internationalen så det dånade bland bergen och höll på att spricka av stolthet när pojken gurglade av förtjusning. När kampsångerna tog slut för Erik gick han över till de gamla psalmerna, utan ord förstås, men tunga av frid och kraft.

Det gick inte att missta sig på barnets glädje för sången, även Karin såg den och förvånades.

Karin hade nästan alltid barnet i armarna, men på våren när trädgården började ta form och hon måste så och plantera, gjorde Erik en vagga och hängde den i det stora päronträdet, som funnits på tomten långt innan de kom dit. Där sov pojken och där vaknade han i humlesurr och lövsus, medan de vita blommorna föll som snöflingor över hans bädd.

7

Havet var alltid närvarande i Simons barndom. Det smaksatte luften med sälta och fyllde rymden med sin sång från djupen och vidderna. Och det färgade allt ljus mellan husen och bergen.

Grå dagar blev ogenomträngligt grå. Blå dagar blev blåare än allt annat på jorden, dagar när havet blev en spegel för den stora himlen, mångdubblade ljuset och återkastade det över landet.

Detta skimrande ljus fick barnen med sig genom livet, det trängde genom huden, genom kött och ben och ända in till själen, där längtan föds.

En blå längtan efter frihet och gränslöshet.

När den sökte fästpunkt i verkligheten drogs den till de stora skeppen, som sökte sig förbi Oljeberget mot storhamnen. Nästan alla Simons barndomsvänner gick till sjöss, många kom ut trots kriget och innan han ens hunnit ta realen.

De mönstrade på lejdfartygen med de blågula flaggorna målade på bordläggningen. Några av pojkarna kom aldrig tillbaka, de försvann i djupen med sitt neutrala fartyg och sin frihetslängtan.

Andra kom hem med något svårtytt i blicken och mödrarna talade i Karins kök om maran, som red deras söner om natten.

Också Simon och Isak drogs till skeppen i den stora hamnen, där livet i stort hade tystnat, tynat av brist på näring. Sverige var avspärrat.

Liksom kajerna, som bevakades av polisen.

Ändå hade hamnen aldrig rymt så många fartyg som nu, så många jättar fjättrade vid bojar och ankare, dömda till tystnad och overksamhet. Trots avspärrningen av kajerna kunde de inte döljas och pojkarna fann snart på att bästa sättet att få skeppen på nära håll var att ta färjorna tvärs över älven.

De började vid Sänkverket, for fram och åter. Sedan hittade de till Fiskhamnen och tog färjan till Sannegården, stod där på däcket och såg de väldiga fartygssidorna resa sig som spöklika berg.

Många av fartygen var den norska handelsflottans, några av dem splitter nya. De hade gått direkt från de svenska varven till uppläggningsplatsen, aldrig prövade i den uppgift som var deras.

Andra hade trampat jordens alla hav och trötta och slitna närmat sig hemlandet den vår som nazisterna våldtog Norge. Förtvivlade hade skeppen lagt om kursen och sökt sig till grannlandet som ännu var fritt. Där blev de liggande, tysta, arbetslösa, kvarstadsbelagda.

Men tidigt om våren flög ryktena runt staden att de norska fartygen lastades, med kullager och vapen, att de gjordes klara för avfärd, att man monterade sprängladdningar ombord för att skeppen skulle kunna begå självmord, om det blev nödvändigt.

Natten till den 31 mars höll staden vid älven andan medan tio norska fartyg smög sig förbi fästningen och ut mot Rivöfjorden. Det var dimma, men den skulle inte hjälpa dem. Ombord fanns hundratals människor som aldrig skulle få se gryningen, för i höjd med Måseskär väntade de tyska örlogsmännen.

Tre av skeppen sänktes av sitt eget manskap i enlighet med självmordsplanen, tre gick till botten sedan de rammats av tyska torpeder, två lyckades vända och ta sig tillbaka till kvarstaden i Sverige.

Bara två bröt igenom och nådde England, en liten tanker och så den snabbgående B.P. Newton på 16 000 ton, som den tredje april löpte in i skotsk hamn under eskort av hans brittiska majestäts örlogsfartyg Valorous.

Det var en tung dag för det sjösinnade folket i staden, en av krigets svartaste.

Det viskades om förräderi.

Simon satt genom lektionerna i skolan, han som de andra utan att egentligen höra ett ord. Lärarna var i samma förtvivlan, men ingen talade om vad som skett. Timmarna kröp fram och man iakttog så gott det gick ritualen: Vi slår upp läroboken på sidan 56.

52

Vid slutet av dagen lösgjorde sig tyngden inom Simon, han blev den som fällde framåt över skolbänken och grät. Det var på svensktimmen och lärarinnan gav efter hon också, grät tyst i katedern.

Ingen sade ett ord.

Så ringde det ut och långsamt reste sig pojkarna och långsamt och tyst skingrades de, blankögda och snoriga.

Först när de stod i korridoren och tog på sig jackorna såg Simon, att Isak inte gråtit och att det var något svårt med hans ögon.

De skulle ha gått till biblioteket men Simon förstod, att nu gällde det att komma hem, så fort som möjligt, till Karin och köket. De sneddade över skolgården på väg till cykelstället. Men Isak gick som en mekanisk docka och plötsligt visste Simon, att denna dag skulle de ta spårvagnen.

Isak följde honom som en hund, men under hela resan mötte hans blick aldrig Simons, det var som om han inte känt igen vännen. När de nått hållplatsen hittade han inte den välkända vägen och Simon blev så rädd att magen knöt sig.

Han ville fly men han tog Isak under armen och de gick backe upp och backe ner, den väg som Aron Äppelgren lärt Simon att älska.

Och de kom hem och Karin var där och hon såg genast hur det var fatt och krampen släppte i Simons mage även om han hörde att Karins röst gled och såg att det fanns en flackande svärta i hennes bruna ögon, när hon sade:

– Gå ut du.

Han flög genom dörren mot ekarna och landet där allt blir enkelt.

Mjukt och försiktigt som om det funnits en risk för att han skulle förblöda, drog Karin av Isak tröja och skor. Sedan satte hon sig i gungstolen med den stora pojken i famnen, vaggade sakta, strök över håret, jollrade.

Han blev lite varmare. Men stelheten fanns kvar och det var alldeles uppenbart att han inte kände igen henne.

Hon sjöng en gammal barnvisa: Lasse, Lasse liten . . . och kanske blev han lite mindre stel, men när hon försökte fånga hans blick stod det alldeles klart: Isak Lentov visste inte längre vem han var.

Jag borde ringa Ruben, tänkte hon, men varje försök att resa sig och lossa pojkens grepp ökade skräcken i hans kropp. Så det fick bero tills Helen kom med mjölken och Karin kunde ge henne numret och viska, att hon för Guds skull måste skynda sig.

Ruben Lentov lyckades få en taxi, men hans ankomst förändrade ingenting. Isak kände inte igen sin far.

Han var fyra år och hans mor älskade honom som man älskar det som skall ge mening och värdighet åt ett ängsligt liv. Denna kärlek tvingade honom att ständigt svara mot hennes behov och hindrade honom från att förnimma sina egna känslor, de som han skulle ha behövt för att värdera och begripa.

Han blev ett snällt barn, tystlåtet.

Men han kunde få obegripliga raseriutbrott och då sprang han runt i den stora våningen i Berlin och skrek.

Hans far var i fjärran land, det var moderns ord och hon sade dem med en längtan, som genom livet skulle färga av sig på pojkens bild av Sverige. Men han hade en farfar och han var Gud, så mycket hade pojken förstått, för farfar hade en röst som dundrade som Herrens och om lördagarna, när han vandrade till synagogan med den lille sonsonen vid handen, var han klädd i majestät och värdighet. Alldeles som Jobs Herre.

Och han straffade som Gud och tunga föll hans slag över rättfärdiga och orättfärdiga och pojken försökte aldrig ens förstå, för han hade lärt där i synagogan att obegripliga är Herrens rådslag.

Dessutom mindes pojken aldrig efteråt de där stunderna när han for runt i våningen och skrek och plågade sin mor, som vädjade till Herren, som med tungt hjärta och hård hand måste straffa barnet.

Men just den här eftermiddagen när han var mellan fyra och fem år och det var solsken och vår i Berlin och han hade gjort sin mor illa igen med sina skrik och han satt under matsalsbordet med den tjocka duken broderad i rött och guld och det luktade svagt av bonvax och surt vin och han hörde modern gråta därinne i sitt rum och han väntade på Herren, som skulle komma och slå honom – just denna dag erfor han en känsla.

I den fanns ett raseri av samma slag som när han sprungit runt och skrikit nyss. Men nu blev han medveten om vreden och det gav hopp, han kunde tänka och han tänkte att han skulle rymma, gå till fadern där i det fjärran landet.

Han skulle fråga sig fram, han kunde adressen.

Han tog av skorna för att inte höras och smög mot hallen. Där stod han en stund och såg mot klädhyllan och tänkte att han nog skulle behöva sin rock på den långa vandring mot det nya landet, där det skulle vara så kallt.

Men han nådde inte upp.

Han lyckades öppna dörren och stänga den bakom sig utan att den gav ljud ifrån sig. Och han tog sig nerför trapporna och ut på gatan, där solen sken och människornas ansikten livades av marschmusik och det taktfasta trampet av ungnazisternas stövlar.

Han skulle aldrig minnas hur de fick tag i honom, de långa karlarna i de bruna skjortorna med hakkorsbindlarna runt ärmarna. Men han kom ihåg hur deras näsor fladdrade av förtjusning och hur de skrattade när de hivade upp honom på disken i närmsta ölstuga och drog byxorna av honom för att se efter om pitten var omskuren, om han var ett litet judesvin, som vänliga makter fört i deras väg denna soliga och givmilda dag, så full av hopp för alla dessa som sett Tredje Riket födas.

De drog den lilla pitten blå, mitt i tortyren gick pojken in i medvetslöshetens mörker, vilket minskade nöjet. Ändå slutade de inte förrän blodet sprutade ur lemmen och barflickan ingrep, tog barnet och lade det i rummet bakom disken.

Hon var högrest och blond som Karin.

Och om kvällen när det muntra marscherandet upphört på gatorna bar hon honom hem till den Lentovska våningen.

Hon hade känt igen barnet.

När pojken kom till sans igen förstod han att farfadern inte var Gud, för han grät av skräck och förtvivlan. Det kom en doktor, det blev bandage och medicin och några framtida men skulle pojken inte få, sade doktorn, som själv var jude och så rädd att den lugnande sprutan darrade i hans hand.

Medan pojken sov det tunga giftets sömn satt de där, farfadern och modern, och hatade varann i ömsesidig strävan att lägga skulden utanför sig själva.

Det var du, ditt förbannade våp med dina tårar och dina uppträden, det var du som fick mig att slå.

Det var du, din gamle djävul, som skrämde vettet ur honom.

Men de sade ingenting och den gamla farmodern strök runt omkring dem med sitt vin och sin tröst, den hon kunde hämta ur fjärde budet.

– Barn glömmer så lätt, sade hon.

Och så småningom tog de sig genom chock och hat och blev bundsförvanter i en överenskommelse: Ruben Lentov skulle aldrig få veta vad som hänt hans son.

Lite oroliga för att barnet skulle skvallra var de väl, när de till sist gick var och en till sitt för att försöka sova. Men den ängslan kunde de ha besparat sig, för när pojken vaknade var han stum.

Han varken talade eller grät, bara när doktorn kom för att lägga om såren kunde det hända att han kved lite.

– Han är i chock, sade läkaren.

Och det var han fortfarande efter en månad, när Ruben Lentov kom på besök och rasande och förtvivlad begärde att få veta vad som hänt. De båda sammansvurna höll sin överenskommelse, men de hade inte räknat med doktorn, som fortfarande kom och gick i huset, allt oroligare för pojkens tillstånd.

I många år efteråt skulle Ruben Lentov anstränga sig för att inte minnas natten efter samtalet med doktorn, fasan och skulden. Han kom aldrig på tanken ens att fråga varför pojken försökt rymma. .

I detta drama fanns bara en anklagad, han själv.

När dagen grydde tog han med förtvivlans kraft itu med det han borde ha gjort för länge sedan, nötte gatsten och väntrumsstolar i Berlin, blev skymfad och förödmjukad, men kunde lita ändå på sina svenska papper.

Sedan stod han där en dag i pojkens rum med alla de stämplade dokumenten och lyfte upp barnet och ropade:

– Du skall flytta nu med mig till det nya landet.

Och styrkan i faderns stämma och värmen i hans armar hade kraft att gå igenom försteningen, Isak blev levande och kunde tänka. Den tanke han formade var, att han lyckats ändå, att hans rymning skulle leda till målet.

Han grät stilla hela dagen och vägrade att släppa Ruben. På kvällen började han tala, men bara hans far fick höra och han skrek högt ur det svarta inom sig, så fort modern dök upp i hans rum. Ruben förstod nog och tänkte att hans tunga plikt för framtiden skulle bli att skydda barnet från modern.

När de stod med resväskorna i hallen den sista morgonen i det gamla hemmet i Berlin, sade Ruben till föräldrarna, att han hoppades att de snart skulle komma efter. Men han kände en stor och skuldblandad lättnad, när fadern sade, att de skulle bli kvar i det Tyskland de älskade och att detta med nazisterna snart skulle vara över.

Pojken såg inte på sin farfar, han hade redan utplånat honom.

Lentovs andre son tog sig till Danmark och enda dottern for med man och barn till Amerika. De gamla blev kvar som de beslutat och kanske var det så, att de just denna vår, när kvarstadsbåtarna sänktes vid Måseskär och Isak blev sjuk, gick mot sin död i ett av de stora lägren österut.

Nu satt Ruben där på tåget och hörde skenskarvarna dunka och såg på sin hustru och vågade tänka, att det skulle ha varit skönt om hon fått bli kvar i Berlin. Bredvid hustrun satt kusinen, en elvaårig flicka, som han lovat ta hand om och som mitt i all sin självupptagenhet ändå hade god hand med den lille pojken.

De hade tur med vädret, det land som bredde ut sig framför pojkens ögon sedan de bytt tåg i Helsingborg var ljust och försommarfagert.

Utanför pojkrummets fönster i det nya hemmet blommade en lönn och barnet kunde stå där i timmar, nästan inne i det stora trädets krona och höra på humlesurret och känna på honungsdoften från de tusentals ljusgröna blommorna.

Det fjärran landet luktade gott.

Men bäst av allt var att det talade ett annat språk.

I bokhandeln fanns en storvuxen flicka. Ulla hade gått i flickskola och kunde tyska och var för fin för att bli barnflicka, men Ruben som såg hur glad hon blev i pojken, höjde hennes lön och kallade henne guvernant.

Hon var av den sorten som älskar visor, dikter och sagor. I tre år ägnade hon sig åt pojken som snart sjöng både Bellman och Taube. Han älskade det nya språket med sådan lidelse att han i rasande fart måste göra det till sitt. På bara några månader var han ordrikare och mera talför än han någonsin varit på tyska.

Ruben häpnade och gladdes, pojken var inte klent begåvad som modern och farfadern fruktat. Men han insåg ju att för pojken gällde det mer än ord, att Isak med det nya språket fann vägen till de egna känslorna och fick historia och sammanhang.

Pojken talade aldrig svenska med sin mor.

8

Till slut somnade i alla fall Isak där i gungstolen i Karins armar. Simon och Ruben hjälptes åt att dra ut underbädden i ottomanen och få ner Isak i Eriks säng.

Ruben sov i köket, i Simons gamla kökssoffa så gott det nu gick. Men det var nog inte obekvämligheten som höll honom vaken genom natten.

Karin låg bredvid Isak med hans hand i sin. Han sov så tungt att han inte vaknade, när Simon gick till skolan nästa morgon eller när Ruben for till stan för att ordna med det mest överhängande på kontoret.

Han skulle vara tillbaka vid tolvsnåret och Karin viskade om mat han måste köpa och annat nära och praktiskt och han nickade från köksdörren och gick och stängde den efter sig, men kom tillbaka och sade, att om han hamnar där bredvid Olga . . .

Då glömde Karin att viska och sade att Isak inte skulle till något dårhus så länge hon, Karin, hade några krafter kvar.

– Jag är stark, Ruben, sade hon. Gå nu.

Men i sitt hjärta var hon mycket räddare än hon ville kännas vid.

Sedan, alldeles odramatiskt, vaknade Isak, såg på Karin och kände igen henne. Men han var rädd, blicken smög runt rummet, som om han väntat att någon annan skulle vara där.

– Vem söker du efter, Isak?

– Farfar, sade Isak och blev lika förvånad som hon, måste nästan dra på mun åt sin dårskap.

– Varför är du rädd för farfar?

– Han brukade slå mig när jag varit borta så här och inte kan minnas.

Skör, skör var isen som Karin hade att gå på, inte bli rädd, inte tveka för länge, tänka för mycket. Bara lugnt ta nästa steg. Ha tillit.

– Vad var det som hände igår?

– Vi cyklade på frukostrasten dit du vet, till järnvägsstationen i Olskroken och såg på dem.

Nu vidgades hans ögon, skräcken tog honom. Karins hjärna arbetade snabbt och klart, hon visste vad pojkarna sett. De tyska tågen rullade genom Sverige, på stationen i Olskroken tog de hakkorsförsedda rast och sträckte på benen.

– Jag har ont, skrek Isak och höll handen mot skrevet.

– Du behöver väl kissa, sade Karin och visste i samma stund att hon trampat fel på isen och måste vända om.

Men han tog tacksamt snedspåret och försvann ut mot dasset på husets bakgård. När han kom tillbaka hade hon varm choklad och honungssmörgås, som hon visste att han tyckte om, men hans blick flackade och hon kände förtvivlat att han var på väg att glida ifrån henne.

– Vad hände sedan, Isak? Sedan ni varit i Olskroken?

– Jag minns inte.

Isen var skör, men rösten varm och säker.

– Visst minns du. Isak.

– Vi kom till skolan och där fick vi höra . . .

– Höra vad? Isak!

– Jag minns inte, för fan, jag minns inte.

– Jodå, Isak. Där fick ni höra om kvarstadsbåtarna.

– Ja, skrek han. Men tig nu, tig för helvete.

Men Karin släppte inte, isen var säkrare nu, den bar.

– Om båtarna som försökte bryta sig ut och om tyskarna som väntade.

Då kastade han sig baklänges i soffan, höll för skrevet och skrek:

– Jag har så ont, hjälp mig, Karin, hjälp.

– Det gör ont i lemmen din, sade Karin.

– Ja, ja.

– Vad är det som har hänt dig, Isak?

– Jag minns inte.

– Men du kan se det framför dig, Isak. Öppna ögonen, titta.

I den stunden förstod pojken att han måste ner i det, han måste se och uppleva det ännu en gång. Han klängde sig fast vid henne, han bytte språk, skrek det på tyska, orden sköts ur honom och gråten och fasan.

Det var bra att Karin inte förstod allt för hade hon fullt ut kunnat begripa den händelse som denna morgon återupplevdes i hennes kök, hade kanske hennes fruktansvärda vrede sprungit iväg både med henne och pojken. Som det nu var förstod hon huvuddragen och förmådde behålla sitt lugn, känslan av väl avvägda steg på tunn is och kallt, klart förstånd.

När Ruben kom tillbaka var det mesta över, Isak och Karin satt i kökssoffan och höll varandra i hand och grät båda två, förtvivlade men friska tårar.

Utan prut redogjorde Karin för Isaks historia, frågade om där hon inte förstått och Ruben, som var röd av skam när han inte var blek av skuld, fick fylla i. Isaks blick gick från den ene till den andre och allt fanns det ord på och allt kunde berättas.

Det var en stor lättnad, inte minst när Karin sade att nazister visserligen är svin, men att hon nog tyckte att både hans mor och hans farfar var ena förbannade odjur.

Isak stannade hemma från skolan hela vårterminen, för Karin ville ha det så. Men redan samma kväll gick han med Simon till ekarna och Simon berättade om hur träden talat med honom när han var liten.

Isak tyckte att han förstod, tyckte att det var synd att Simon tvingat dem till tystnad.

– Äsch, sade Simon, inte kan träd tala. Det är ju bara sådant som man får för sig, när man är barn.

Men Isak sade, att han visste att träd kunde tala och att lönnen utanför hans fönster haft mycket att säga honom den våren han kom till Sverige.

– Vadå? sade Simon och rösten var ivrig.

– Det gick väl ut på att egentligen är ingenting riktigt farligt, sade Isak och Simon visste att något väsentligt fått ord.

Karin som kände att hon måste få luft följde Ruben till spårvagnen. Hon såg nog att också han behövde tröst, men det var som om hon inte orkade längre.

– Visste du att farfadern slog honom?

– Jag borde ha förstått det.

– Det som gör mig mest förbannad är ändå din fru, sade Karin. Vad är det för en mor som anger sin egen unge och sedan ser på när han misshandlas.

– Jag hade själv en sådan mor, sade Ruben.

Då skämdes Karin men det upptäckte han inte, för plötsligt där i marsskymningen på vägen, såg han på sin mor med Karins ögon och kände att han hatade henne.

Sedan tänkte han på utrotningslägren.

Det blev en lång och svår vår för Isak. Helst av allt ville han sova och varje gång Karin tvingade honom att vakna grät han. Ibland trodde han att sorgen i honom var utan slut.

Han hade ingen lust till livet längre och ingen handlingskraft.

Egentligen vände det inte förrän Erik kom hem och de två, Erik och Isak, började bygga en båt.

9

Det byggdes ett skepp uti Norden . . .

Isak sjöng och spanten sträcktes under den stora presenningen, som Erik spänt över ett skelett av stabilt rivningsvirke.

Hon skulle bli kravellbyggd med bord i mahogny, den grannaste kostern i älvmynningen. Hur Erik fick tag i mahogny i avspärrningens år 1942 visste endast han och Gud. Men en dag lastades den av på bakgården mellan huset och berget och täcktes ömt och omsorgsfullt.

Erik hade kommit hem från beredskapen och som så många andra blivit arbetslös. Lastbilen rullade, med gengas nu, men den drog inte in mer pengar än vad som gick åt i svågerns familj. Ändå var Erik glad.

– Ni ska få se att vi klarar oss, sade han. Nu har de jävlarna händerna fulla och gamla Sverige har blivit en hård nöt att knäcka.

Han var en svensk tiger, så det var inte mycket han fick säga, men det framgick att det fanns både ordning, folk, vapen och en jävla stridsvilja vid gränserna numera.

Det var fest i Larssons trädgård denna försommarnatt, grannar och vänner höjde sina glas och drack för Hitlers död, ryssarnas mod och amerikanernas flygande fästningar.

Ruben Lentov drack i botten, stärkt och tröstad. Redan förra året hade han fått inse att Erik hade politisk slagruta. Den gången hade han bara varit hemma på permission under midsommarhelgen, men ringt på en kväll i Rubens våning, stått där bara i hallen och sagt:

– Jag tänkte titta upp och säga att det vänder nu, det vänder, hela det förbannade kriget.

Ruben hade blivit gladare för besöket än för budskapet, tagit fram en sparad flaska fransk konjak och försökt hålla styr på rösten när han frågade:

– Vad i Herrans namn kan få dig att tro det?

Då fanns inte mycket hopp, bara att Englands flygare höll Hitlers stången i slaget om Storbritannien.

– England har aldrig förlorat ett krig, sade Erik. Och nu vete fan om det inte snart händer något i öster.

Ruben kom inte ihåg hur mycket av konjaken de hunnit dricka upp när de slog på nyheterna. Men han mindes att de vinglade lite där de stod mitt på golvet i hans bibliotek och den upphetsade radiorösten smattrade fram budskapet om operation Barbarossa, Hitlers trupper i blixtangrepp mot Ryssland. Och han skulle aldrig glömma hur Erik skrek av glädje och nästan kramade andan ur Ruben. För att släppa honom och säga:

– Du som har en gammal grym och rättvis gud, be! Be nu, Ruben Lentov, om en helvetes vinter med snöstormar och fyrtio goda minusgrader.

Sedan skrattade de som galningar och drack ur konjaken och talade om Napoleon och Karl den tolfte.

När isen stockade sig runt kusterna den vintern och de två männen möttes skojade de om det. Och när Erik läste i tidningen att isbrytarna i Östersjön hade jämt knog ända in i juni, sade han till Ruben:

– Du var mig en jävel till att bli bönhörd!

Det hade varit känsligt ett tag kring båtbygget. Ruben beställde båten, som skulle ge nytt mod åt sonen. Han gjorde kontrakt som innefattade allt, även rejäl arbetslön för Erik. Men när han kom där med sina papper gick det tysta änglar genom Larssons kök. Eller kanske det var jultomtar, Älvsborgs jultomtar som sällskapet kallade sig, det som varje jul under barndomsåren i outgrundlig godhet skänkt Erik ett par skor i församlingshemmet.

– Du kan ta dina pengar och dra åt helvete, sade Erik och Ruben böjde sitt huvud under slaget, så som hans folk gjort genom årtusenden.

Men sedan slog bitterheten om i ilska och han sade att han förtjänat sina pengar på hederligt vis och att de inte luktade även om de gått genom en judes fickor.

64

– Du är ta mig fan inte klok, sade Erik. Det här har väl inget med judar att göra.

Men han skämdes som en hund och sade, rädd för att Karin skulle komma, att nu går vi ut och fiskar.

De tog jullen, satte spriseglet och ankrade på Rivö ränna, där de dörjade makrill och drack ur en kvarting folkkonjak. Där fick Ruben höra om Älvsborgs jultomtar och om Eriks drömmar om ett varv, ett båtbyggeri.

– Det kan bli goda tider efter kriget, sade Erik.

I veckan som kom bildade de bolag hos Ruben Lentovs advokat och grundstenen var lagd till den verksamhet som så småningom skulle göra Erik till välbeställd arbetsgivare och annat kluvet och svårt för en man som han.

Men denna sommar kölsträcktes den första kostern. Simon hamnade utanför, hängde hellre över sina böcker än deltog i arbetet på båten. Han hatade Isak för det fina samarbetet mellan honom och Erik, och han hatade sig själv för att han hatade, eftersom det var så hemskt synd om Isak och för att de alla skulle vara så glada för hans intresse för båtbygget och hans vänskap med Erik.

Som Karin uttryckte det.

Inte heller hon hade något större intresse denna sommar för Simon, han var bara hennes egen trygga pojke som alltid hade haft det så bra. Hennes tankar kretsade kring Isak, ständigt på jakt efter tecken på att han ännu en gång skulle glida ut i ingen mans land. Och Isak, som hade haft en mamma som aldrig sett honom, njöt av Karins oro.

Simon såg hon lite förstrött någon gång när hon fick konstatera att han rände iväg på längden och växte ur kläderna. Hon sydde om Isaks gamla byxor och upptäckte inte ens raseriet i Simons ögon när hon tvingade honom att prova dem.

Han sprang till ekarna, satt där och grät som ett barn, men sedan gick han till havet och mördade Isak. Men han lyckades inte något vidare med det heller, någon lättnad gavs inte och barndomens lille man var för länge sedan försvunnen. Länge funderade han på att rymma, det gav lite vällust att tänka på hur ledsen Karin skulle bli och hur hon skulle ångra sig och vrida sina händer i förtvivlan och ropa, att det var hon som drivit sin son i döden.

För de skulle finna honom, död för egen hand.

Det fanns bara en hake i den planen, Simon ville inte dö. När han insett det skämdes han, för det var ju synd om Isak och Karin var en ängel, det hade Ruben sagt och det hade Simon alltid vetat.

Han kom hem med svansen mellan benen och var glad för att Karin inte såg honom längre, för skulle hon se hans svarta tankar så skulle han dö.

Det var han säker på.

Den natten drömde han, det var en dröm om skogen och en vidsträckt sjö. Han kände igen alltsammans, visste att han varit där och att vemodet i bilderna skulle stegras till vild ångest. Han fanns men ingen såg honom, han skrek, grät, sparkade, allt för detta nödvändiga att någon skulle se, och det var en grotta och i rasande beslutsamhet hittade han gången ut, smal var den och det gjorde ont i hela kroppen när han trängde sig igenom, men hon som måste se honom för att han skulle få leva fanns inte där och raseriet ebbade ut i en stor trötthet och han dog och sedan fanns det någon som såg honom och det var Karin och hennes ögon var bruna som trofastheten och fulla av kärlek, men hans förtvivlan för henne som inte sett fanns kvar och skulle följa honom genom livet.

Sedan var det morgon och ingen såg att Simon var konstigt blek där de satt som vanligt vid frukostbordet med ritpapper och pennor bland kaffekoppar och grötfat och gjorde nya skisser på hur de skulle lösa en eller annan detalj i inredningen av ruffen. Karin var som vanligt så här dags bekymrad för maten, för middagen. Hon hade gjort slut på köttkupongerna och fjolårspotatisen var dålig och fantasin slut.

Men hon lade märke till att Simon åt dåligt.

– Ät din gröt pojke, sade hon. Det kan du behöva, du som växer så fort.

Då såg Simon på sin mamma och kände att han hatade henne.

Sedan räddades han av kusinerna som tog vägen om Larssons kök för att fråga om Simon ville hänga med ut och fiska. Det var en grå dag, låg i tak och tung av regn, så Karin tvingade på honom oljerock, sydväst och stövlar. Men sedan var han fri, slapp både henne och båtbyggarna med sitt ständiga tjat om att han åtminstone kunde vara med och hantlanga.

De hade landvind för en gångs skull, sträckte på ett slag mot Danska Liljan, fick lä bakom Böttö fyr och lät draggen gå. I vanliga fall tyckte Simon inte om att fiska, men i dag passade det långdragna väntandet vid dörjen honom.

Han var rädd för tanken han haft om Karin vid frukost-bordet, att han hatade henne, så han sade sig medan han stirrade på reven i vattenbrynet, att han inte menat henne. Han hade menat Ågrenskan, Isaks jävla morsa, tant Jönsson i speceri-affären, som kommit på honom en gång när han knyckt en kola och tant Äppelgren, som inte var klok och bara städade och en gång hade anklagat honom för att palla äpplen i hennes träd-gård.

Vilken Satans apa, tänkte han och mindes hur äpplena sma-kat, sött och förbjudet.

Sedan tänkte han på tant Inga och kände att henne hatade han allra mest, trots att hon aldrig gjort honom något. Han såg hennes feta ansikte framför sig och blicken som alltid gled undan.

– Hon är en subba, mumlade han och var förvånad över hur stark hans avsky var när han tänkte på henne där i det skitiga torpet. Men sedan såg han den långa sjön och hörde suset från skogen och i nästa stund hade han hjärtklappning och visste att han var nära något mycket farligt.

Då fick han napp, stöten var så kraftig att han höll på att flyga av toften men han högg till som han skulle och drog upp en torsk, en jätte på säkert fem kilo. Det var nätt att dörjen höll men pojkarna fick bjässen över relingen och slog ihjäl den under jubel.

Solen bröt igenom när de tog sig hem, det blåste upp en vänlig vind som torkade seglen och kom från rätt håll, från havet. De kunde slöra hela vägen in, det gick fort och Simon såg tacksamt på torsken, som räddat honom och skulle ge honom en god dag. Karin skulle bli glad, han skulle få ett välkomnande som anstod en man som drog mat till hemmet i en svår tid.

Det blev som han tänkt, Karin kramade både torsken och

pojken, övervann samvetet och gick ut och tog upp färskpotatis. Fast det var både synd och skam, för de var små ännu och kunde ha blivit dubbelt så stora, om hon väntat en månad eller så.

Sedan ringde de till Ruben och sade att tack vare Simon skulle det bli fest i köket och kunde han komma och hade han ett stycke smör som de kunde skira? Och han kom och han hade både smör och en flaska vin.

Samt ett besked till Isak. Redan nästa vecka skulle han börja läsa extra för att ta igen det han försummat när han var sjuk under vårterminen. Ruben hade redan talat med läraren, tre timmar om dagen resten av sommaren måste Isak gå till sina lektioner.

Erik såg förvånad ut, men sade ingenting. Också Karin teg, fast hon tyckte att det var onödigt och att det viktigaste just nu var att Isak hade roligt.

Själv blev Isak röd av ilska, men vågade inte säga emot. Bara Simon gladdes i sitt hjärta.

Men sedan sade Erik att då måste Simon hjälpa till med båten de timmar Isak var borta och Simon visste ju hur det skulle bli, att han var född med tummen mitt i handen som Erik brukade säga.

10

Ruben Lentov gick på konserter. Någon gång hade han försökt att få Larssons med sig, men Erik hade sett generad ut och Karin hade sagt, att det är nog ingenting för oss.

– För mig är det ett sätt att överleva, sade Ruben.

– Ja, alla har vi väl något sätt för det, sade Karin och Ruben vågade inte fråga vilket som var hennes. Men han kände henne så väl nu att han såg hennes sorg, den som alltid var närvarande.

En lördagkväll, när han måste bryta upp tidigt från Larssons och båtbygget för att man skulle spela Berlioz Symphonie Fantastique, fick han med sig Simon.

Ingen tänkte närmare på hur det gick till. Kanske hade Ruben anat sig till Simons ensamhet och ville ge tröst och kanske sade Simon ja för att utmana Karin. Eller för att han var smickrad. Kanske var det bara en slump.

Eller också flyttade det stora ödet en avgörande bricka i spelet om Simon Larssons liv.

Till en början var det bara obehagligt. Den stora konserthussalen, de fina människorna med högtidsskruden över ansiktena och de allvarliga karlarna på podiet som gned sina instrument och såg ut som skator – alltsammans ingav en sådan främlingskänsla att Simon skulle ha flytt. Om han vågat.

Men så höjde en av de svartvita en pinne.

Och Simon hörde gräsen sjunga i ett annat land och i en annan tid, när världen ännu var ung och full av hopp. Himlen klövs av vilda fågelrop, liksom gräsen var den utan slut och varje fågel i det blå ägde egenart så som gräsen på marken.

Liv fick allt av vinden som rörde sig fritt över slätten och rörde vid allt, uppfordrande häftigt ibland, mjukt och ömt i nästa stund.

Men där fanns också en smärta och en blå längtan, en otålighet och en dröm. Och en man som bar allt detta inom sig. Han satt vid den stora floden och han var också flodens vatten, evigt detsamma och evigt nytt. Och han sökte sina stränder, som om han inte kunde få nog av deras skönhet och mjuka fästen.

Andra kom, människor som speglade sig i honom i allt större förväntan och han tog emot deras bilder och visste, att hans öde var att ge gestalt åt deras drömmar.

Då växte vinden till storm och drev honom mot beslutet och hans vånda ökade nästan till vanvett för liksom floden var hans sinnelag milt och han ville inte våldet.

Men stormen hade dragna sablar, den kom från bergen i öster och var berusad av döden, av glädjen i dödandet och blodet sköljde över markerna.

När stormen dragit vidare över slätten flockades de överlevande runt om honom och lade alla sina förväntningar i hans händer. Och han talade till dem om guden, vars tempel förstörts och vars namn inte längre fick nämnas. Men det märkligaste var ändå det språk han talade, det urgamla språket som sovit i århundraden.

Språket och templet, hans handling var det att återupprätta dem båda. Det tunga språket som varit dessa människors hem i tusentals år men förtrampats och förbjudits. Och den gamla guden, som fördrivits ur sitt fosterland i folkets hjärta.

När han stod där vid stranden och talade kände han att det gamla språket också var flodens språk, och gräsens, böndernas och fredens språk, tungt av jord och hårt arbete. Han såg över slätten, såg kanalerna som mönstrade landskapet med sina silversträngar och förde flodens vatten ut över åkrarna. Som språket stod de nu under främmande herravälde.

Trots att det var förbjudet sjöng han de gamla hymnerna för folket, sångerna om jordens helighet och vattnets kärlek, om floden som gav liv åt jorden, den stora modern.

De gamla männen och kvinnorna som stod där kände ännu orden och föll in i sången. De unga som förmenats hemortsrätt i modersmålet förnam ändå, att språket hade makt att gå förbi huvudet och röra vid hjärtat.

Glädjen steg mot himlen, som dans lät det stundtals, som lek från en svunnen tid då allt ännu var enkelt och människornas hjärtan vidöppna för det grundläggande. Det var klanger som vuxit ur jorden, fått färg och styrka av det ändlösa gräshavet och den milda flodens gula värme.

Länge sedan glömda bilder återupprättade han, mannen som talade och sjöng där vid floden och vars ord väckte sorgen, den som var så stor att den måst förnekas i hundratals år. Under sorgen slumrade vreden, det besinningslösa ursinnet. Nu vaknade det och människorna skrek:

– Död åt Akkad.

Då vandrade han ensam bort och hans rädsla var stor. Men större ändå var sorgen för han visste priset för den handling som var hans. Och han bad till den förbjudne guden där i den blå himlen om befrielse från uppdraget och guden svarade honom med fågelsång som var full av frihet. Och mannen insåg att han kunde avvisa den stora handlingen och leva ett litet liv i tvång och ro.

När skymningen föll var han ännu kvar vid floden, vilade under det stora trädet, i vars krona fåglarna redde sitt nattläger. Och han talade med fåglarna om sin stora tvekan. Men fågelsången hade bara ett att säga, att livet var skönt som det var och människornas gärningar dårskap. Trädet talade till honom om det ordlösa medskapandet, bortom ont och gott. Det talet gav styrka, han fattade det så att han måste gå bortom den gräns som vaktades av skulden och skammen.

Men floden sjöng genom natten om den förändring, den rörelse som är oberoende av människan.

Du är bara en gäst hos verkligheten, därför att du inte ser den. Du ser bara de namngivna delarna, aldrig de samband ur vilka helheten växer.

Det var flodens budskap och mannen var svårt kluven. Men när gryningen kom med de första solblänken i floden och det första fågelropet från skyn, hade han fattat sitt beslut. I trots svarade han dem alla, trädet, floden och fåglarna, att han var en människa och måste gå människans väg, som är handlingens och tankens.

Och det nya kriget blev grymt som det första och flodens vatten färgades rött av blodet från de många som miste livet för hans skull, för den stora idé som var hans och som ville pånytt-födelse, men sådde hat och skördade död.

På segerns dag lade han grundstenen till templet medan de trötta soldaterna återvände hem. Deras steg var tunga som dödens och gräset vissnade där de gick fram.

Han såg det, men förvisade synen ur minnet. Han hade övervunnit ömsinthetens tvångströja och var ensam med den gud vars ära han återupprättat och vars tempel skulle bli det största i världen. I svindlande skönhet reste det sig mot skyn, femtio mindre tempel rymde det, ett åt var och en av den stora gudens söner och döttrar. Sal efter sal kläddes med guldet som skulle ge glans åt hymnerna och det gamla språket. Så stor var hans seger, så väldig, att allt som var lågmält och försynt utplånades. Templets murar var så massiva att vinden slogs ihjäl mot stenen och så väl murade att ingen fågel kunde finna fäste där.

Trummorna slog i tunga rytmer över staden om kvällarna. De skulle bära bud om frid till det folk som äntligen talade sitt eget språk men inte kunde få ro i sina hjärtan för de många dödas skull, för klyvnaden och brödramorden, förräderierna och sveken, som också följt i frihetskrigets spår.

Folket kände inte konsten att avvisa minnet. I varje hem i staden stampade skammen på tröskeln och skulden stod vakt vid sängarna om natten. Dagarna var inte stort lättare att uthärda för då grät sorgen i vinden och alla hörde den utom mannen i det väldiga templet, han som dödat sitt minne.

I staden viskades det om att gudakungen inte kunde sova, att han bar deras skuld under ändlösa vandringar runt murarna i det nya templet. Och sant var att han gick där natt efter natt i ständig envig med frågan om vad som stod mellan honom och den gud vars välde han återupprättat på jorden.

Han fick inget svar och han bävade inför den oerhörda tanken att Gud var död.

Men hans stjärntydare var fulla av hopp för det nya riket och sånger diktades till hans ära. Och folkets sorg dämpades av de stora ceremonierna, skådespel av aldrig anad prakt.

Han hade två mödrar, Ke Ba, hon som var gudinnan Gatumdus prästinna och som fött honom i hemlighet. Hon var ännu skön och hennes rykte var stort bland folket.

Men Lia, hon som fostrat honom, kände han inte, hon var försvunnen bland folket, i den grå mängden utan ansikte. De älskade honom båda som mödrar gör och kanske var det ändå så att det var av deras kärlek han levde.

I tunga stunder övervägde han att gå tillbaka till floden, till trädet och fåglarna, men så långt från sanningen hade han nu kommit, att han trodde att de inte längre skulle lyssna på honom.

Och det kunde han inte uthärda.

Så kom till slut hans sista offer, den natt om våren då han skulle möta den långhornade tjuren och sätta den gyllene kniven i det stora djurets hjärta. Han visste att handlingen var beroende av frihet från fruktan och måste vara ren från varje tanke.

Han hade lång träning, han hade gjort det år efter år vid den tid då fågelsången steg igen över de pånyttfödda gräsen och över åkrarna, där den första sådden redan spirade ur den röda jorden.

Men i denna hans sista stund på jorden steg skulden fram ur minnet, sprängde den dörr han förseglat med mångdubbla lås. Och tjurens horn klöv hans bröstkorg, hjärtat föll ut och sprang sönder.

Då såg allt folket att det bara var hjärtats yta som var av sten och att den var tunn som ett äggskal. Och att innanmätet var den svarta sorgen, så överflödande stor att den när som helst skulle ha sprängt det sköra skalet.

11

Ruben hade iakttagit Simon under konserten, till en början med glädje, sedan med förundran och till slut med oro. Pojken var vit som lärft i ansiktet och verkade ett slag mot slutet som om han hade svårt att få luft.

De skulle sova över i stan i Lentovs våning, hade det blivit bestämt. Ingen av dem sade ett ord medan spårvagnen skramlade dem utåt Majorna. På matsalsbordet stod ett fat med smörgåsar övertäckta med en vit handduk, men Simon skakade på huvudet, gick rätt in i Isaks rum och stöp i säng. Ruben hade aldrig sett en människa somna så ögonblickligen, det var nätt och jämt att pojken fick av sig kläderna.

Men han log mot Ruben och han log i sömnen och när Ruben någon timma senare hade smält kvällens intryck i en konjak kunde han höra Simon skrattgråta i sömnen.

Vid frukosten sade Simon:

– Varför måste han dö?

– Vem, sade Ruben som var försvunnen i Handelstidningen.

– Han där i musiken, kungen eller prästen, eller vad han nu kallades.

– Simon, sade Ruben. Jag såg ingen präst. Musik handlar inte om något bestämt, olika människor har olika upplevelser.

Simon var gränslöst förvånad.

– Så den här, vad han nu hette, som hade hittat på det . . .

– Berlioz . . .

– Ja, Berlioz, han, han såg aldrig prästen?

– Nej. Ruben kände allvaret över frukostbordet, vek omsorgsfullt ihop tidningen och svarade, osäker om de rätta orden.

– Det som är konst, Simon, det blir till hos människorna som lyssnar eller läser eller ser på en tavla. Det väcker något, känslor som man inte har några ord för.

Simon ansträngde sig, som alltid när han var intensivt upptagen av att försöka förstå kisade han och Ruben tänkte som han tänkt förut om pojken, att det fanns en eld i honom.

– Så det är inte verkligt då?

– Det beror ju på vad man menar med verklighet. Du som läser så mycket måste ju ha förstått det, att människorna i böckerna inte är verkliga på samma sätt som du och jag och att det som händer dem inte har hänt i det du kallar verkligheten.

Simon hade aldrig tänkt på saken, han hade tagit för givet att de världar han steg in och de människor han mötte i böckerna hade funnits och sett ut just som han såg dem.

Han tyckte att det slant i huvudet på honom och han rynkade ihop hela ansiktet och bet i underläppen i ansträngningen att få ordning på tankarna.

Då sade Ruben:

– Använd inte huvudet, Simon. Använd hjärtat.

Och Simons ansikte slätades ut och ögonen vidgades, när de fäste blicken långt borta i det ovetbara och han mindes träden som talat till honom i hans barndom, så tydligt och ändå så omöjligt att minnas efteråt. Han tänkte på mannen och samtalen under ekarna, på hur mycket kraft han hade fått, utan att någonsin komma ihåg vad som hade sagts.

Ruben som såg förändringen vågade till slut en fråga.

– Kan du berätta?

Då vågade Simon det oerhörda och sade fort:

– Jag kände igen den där mannen i musiken, prästen eller kungen. Han fanns hos mig när jag var liten.

Ruben nickade och log.

– Jag förstår Simon, han fanns en gång för dig och musiken påminde.

– Men han fanns, verkligen.

– Jo, jag tror dig. Han var en del av din verklighet en gång, din inre värld. Det är vanligt att barn skapar sig fantasifigurer till tröst i ensamheten.

Simon kände sig både lättad och lurad, för någonting var fel i det som Ruben sagt, det kände han.

Sedan kom jungfrun och dukade av och Ruben måste åka till Olga, där på dårhuset på Hisingen. Det var en av de sällsynta varmvattendagarna och Ruben uppmuntrade Simon att ta ett bad innan han tog spårvagnen hem till Erik och Karin. Simon nickade, men tvättade sig bara lika nödtorftigt som vanligt.

När Ruben lämnat huset gick pojken runt i våningen för att titta på allt. Där fanns några stora målningar som Erik brukade skoja om, kludd som inte föreställde någonting. Simon stod länge och såg på dem och tänkte, att kanske skulle något bli till i hans hjärta – men det blev det inte.

Så åkte han hem och där var allt som vanligt, bara båten och ingen som hade tid med honom och ingen som frågade vad han tyckte om konserten. Det senare var han förstås mest tacksam för.

Men Ruben kunde inte släppa tanken på pojken som försvunnit i musiken och på söndag kväll ringde han Karin och sade att han hade anledning att tro, att Simon var musikalisk, och att han gärna skulle vilja att pojken fick utveckla sin talang. Om den fanns. Han, Ruben, hade en vän som var musiklärare, nog kunde Simon få pröva.

– Jag kan ha fel, sa han. Men det skulle inte förvåna mig om det fanns ett ämne till, ja kanske, en fiolspelare i Simon.

Det var bra för Ruben Lentov att han inte kunde se Karins ansiktsuttryck. Nu hörde han bara att rösten fladdrade när hon svarade att Simon fick bestämma själv, men att de inte hade råd med några musiklektioner.

Men Ruben hade blivit karskare efter historien om Älvsborgs jultomtar, så han sade med stor bestämdhet, att skulle han ha rätt i sin förmodan så krävde han att få betala för Simons lektioner.

Pojken låg på vinden med näsan i en bok som han brukade. Men trots att Lord Jim just gjort sitt ödesdigra hopp från ångaren Patnas rostiga däck i Joseph Conrads roman, var Simon inte där, inte riktigt närvarande i inseglingsrännan till Persiska Viken. Hans sinne gick på strövtåg i landet där gräsen sjöng och floden talade sin milda vishet med människorna.

Prästkonungen hade talat om att återupprätta ett språk, som förbjudits och glömts.

Simon ansträngde sig att förstå. Så kom han ihåg vad Ruben sagt om att minnas med hjärtat och då kunde han höra floden och människornas röster.

Men sedan tog huvudet över, vad var det de ropat? Vad var det som var hemligheten med det glömda språket?

Karin gick den knarrande trätrappan upp till honom och sade:

– Farbror Ruben har fått för sig att du är musikalisk och vill att du ska lära dig spela fiol.

För en gångs skull hörde han inte den förebrående oron som alltid brukade gå rakt igenom märg och ben hos honom. Han blev så överväldigande glad när tanken exploderade i hans huvud:

Om han kunde spela skulle han själv kunna återskapa undret.

Pojkarna sov på vinden som alltid om somrarna, Isak tungt och kroppstrött. Så det var bara Simon, som vaknade av grälet nere i köket och hörde Erik skrika åt Karin, att hon ta mig fan inte var klok och att han, Erik, minsann haft nog här i livet av mystiska fiolspelare.

Som vanligt när de grälade växte skulden hos Simon, och den här gången var han alldeles säker på att det var hans fel. Han satte sig upp i sängen och mådde illa och när rösterna steg och okvädingsorden blev värre och gråten kom och allt blev outhärdligt, klättrade han nerför vindstrappan och öppnade köksdörren och stod där och grät och sade, att han inte ville gå i fiolskola.

Karin kände det som om pojken hade slagit henne mitt i hjärtat och Erik skämdes så att han måste fortsätta att ryta:

– Du skall sova, din förbannade olycka.

Men det hörde inte Simon för han var i Karins armar och fyra år och livet blev helt igen och hon brydde sig bara om honom, när hon torkade tårar och tröstade och försäkrade, att både hon och Erik inte ville något annat i livet än att han skulle vara glad och lycklig.

– Men ni bryr er ju bara om Isak, sade Simon och i nästa ögonblick sov han.

Det var en svår och nyttig stund för Erik, som gick ner i källaren och tänkte, att han skulle ta en veckas semester från båtbygget och gå ut och fiska med Simon. Och för Karin som bäddade ner pojken i sin egen säng och såg tillbaka på våren och sommaren och allt det som hänt sedan Isak blev tokig.

Efter den natten var Simon åter synlig i huset vid älvmynningen.

Nästa förmiddag när Simon givit sig av till sitt musikprov och Isak till sina extralektioner, kunde Erik och Karin talas vid igen. Inte om det onda grälet och sin rädsla för att ha sårat och inte om den gemensamma skulden för pojken som känt sig övergiven. Och minst av allt om vad det var som gjort dem så upprörda i Rubens förslag.

Allt sådant rörde känslor och för känslor fanns bara ord när det grälades i deras kök och äktenskap. Men om sakta i saken kunde de byta ord, om det konstiga i Rubens idé.

– Simon har ju aldrig tyckt om musik, sade Karin och påminde om hur de skrattat den gången Simon kom hem från småskolan och sade, att han inte stod ut med Din klara sol, som måste sjungas varje morgon.

– Kommer du ihåg att han sade att han mådde illa på avslutningen när ungarna sjöng Den blomstertid och fröken spelade på orgeln?

– Jo, Erik nickade. Men han mindes också hur fröken spelat och hur ungarna låtit och att Simon krupit ihop av obehag redan när han var liten och Karin sjöng för honom.

Karin var barmhärtigt tondöv.

– Aldrig gillade han resegrammofonen heller, sade Karin och Erik tänkte på de skevande skivorna med Mor lilla mor och hur han själv haft svårt att stå ut, när Sven Olof Sandberg gnällde mer än vanligt för att Karin glömt att dra upp grammofonen.

Och sedan tänkte han på hur han byggt en lastbil av trä en gång till pojken, som inte varit mer än tre år den gången och suttit där på hyvelbänken medan Erik snickrade och visslade Toreadorarian ur Carmen. Plötsligt hade pojken tagit fatt i melodin och sjungit den, så liten han var.

Klockrent.

Redan då hade Erik blivit illa till mods, tänkt på arvet.

Vattenkammad, med nystruken skjorta och spårvagnspengar i fickan, gick Simon den gamla vägen till hållplatsen. Han var lätt om hjärtat som när han för länge sedan suttit på farbror Arons pakethållare och just hade räddats från att vara borttappad och övergiven.

Han bytte spårvagn på Järntorget och kom så småningom dit han skulle, till en stor och underlig våning vid Park-Viktoria, där en argsint och otålig man väntade på honom.

Men Simon var inte lättskrämd denna dag.

Ändå blev besöket en besvikelse, den argsinte som hade långt hår och skrek på bruten svenska, klinkade bara på sitt piano och ville att Simon skulle härma tonerna. Någon fiol såg han inte till, men den långhårige var snällare mot slutet och muttrade att något var intressant.

– Mycket intressant, sade han.

– Inget vidare, sade Simon när han kom hem och Karin frågade hur det hade varit.

– Så du är inte intresserad då?

Nu var Simon vidöppen för hennes oro och svarade att nej, det var han nog inte.

Men någon timma senare ringde Ruben och berättade att den otålige vid Park-Viktoria hade sagt, att Simon hade något som hette absolut gehör och som var mycket ovanligt.

– Men han vill inte ha några lektioner, sade Karin och nu hörde Ruben att hon var lättad.

– Det är inte möjligt, sade Ruben. Jag kommer ut och talar med pojken.

Så satt de i finrummet på kvällen, ensamma, Ruben och Simon.

– Du kommer att få ett nytt språk, sade Ruben.

Simon tänkte på engelskan, som var rolig, och tyskan, som var tung, och kunde inte förstå varför han skulle behöva lära sig ett språk till.

– Vad ska jag med det?

Ruben såg ledsen ut när han sade, att jag fick för mig att du hade det språket som ett anlag och skulle kunna uttrycka mycket av det som du har inom dig . . .

Pojken försvann så blixtsnabbt att Ruben aldrig hann se förvåningen och smärtan i de svarta ögonen.

Någon fiolspelare blev han aldrig.

12

Det var vid den här tiden som Simon började ljuga. Det gick lätt som om han hade haft en slumrande talang för det också.

Det var som att springa, som den gången han sprang sextio meter på Nya Varvets idrottsplats fortare än någon annan och fick pris och kom i centrum.

Snart var han en mästare. Lögnerna rann ur munnen på honom, den första gav den andra som födde den tredje som i sin tur ynglade av sig nästa och nästa.

Han kunde inte få slut på dem.

Lögnerna gav honom en plats i solen, i skolan, i pojkgänget därhemma, i Karins intresse och Eriks uppskattning. Han blev ensammare än någonsin.

Där i huset vid havet var tillvaron enkel för där fanns klara gränser mellan svart och vitt. Ljug var svart, förmildrande ord om fantasier brukades inte.

Simon ljög och så fort han kom för sig själv slog skulden klorna i honom. Och rädslan. Han trodde att om Karin en enda gång skulle komma till att avslöja honom, skulle hennes kärlek, som han levde av, ta slut. I växande ångest tränade han sitt minne för att komma ihåg vad han sagt och aldrig motsäga sig. Ansträngningen satte sig i magen som knöt sig och värkte.

Det började med Dolly, flickan på andra våningen i grannhuset, henne han älskat så länge han kunde minnas. Hon hade ögon som förgätmigej och en sky av ljusa lockar, omsorgsfullt lagda en gång i veckan av pappan, som var frisör.

Dolly var enda barnet och fin i kanten som mamman och pappan. När de flyttade in där i lägenheten hos Gustafssons hade väggarna klätts med småblommiga tapeter, golven med brokiga orientaliska mattor. Stilmöbler hade radats upp i snörrät ordning och från taken klirrade kristallkronorna.

Dolly hade eget rum, bara det var så märkvärdigt i byn att

det gav glans åt henne.

Hennes pappa hade gått runt i trakten med sin dotter vid handen och pekat ut de hus där hon fick känna barnen och leka i köken. Inte i Olivia för där bodde tattarna, inte i Helene för där hade man haft lungsot.

Husen hade kvinnonamn som båtarna.

Larssons hörde till de godkända och det var tur för Dolly för därmed fick hon tillgång till Karins kök, verklighet och husmanskost.

Tio år senare skulle Dolly bli traktens eleganta hora, men om det kunde man inget ana, när hon och Simon var fjorton år och älskade varandra.

Nu är det oklart om Dolly älskade, men Simon var fin, han gick i läroverk och hans pappas båtvarv växte till sig i makt och härlighet. Dessutom hade Simon blivit lång och snygg, den svärta som märkt honom annorlunda när han var liten gav spänning nu.

Från halvmånefönstret på Larssons vind kunde man se rakt in i Dollys flickrum. Ingen av dem sade någonsin något till någon om det, men Dolly klädde av sig långsamt och vällustigt varenda kväll – med taklampan tänd och utan att dra för mörkläggningsgardinen.

Och Simon stod på vinden med handen i ett stadigt tag runt lemmen och deras njutning var stor och de lyckades snart samordna sig. När Dolly äntligen fått av sig underbyxan brukade hon sätta upp ena foten på fönsterbrädan, köra in sin hand i klyftan och skjuta stjärt och kön fram och tillbaka i allt snabbare takt.

Då gick det för Simon, lusten som sprängde i honom exploderade i en svindlande sekund, hans hand fylldes av varm säd och hans hjärta av tacksamhet mot flickan som så frikostigt bjöd ut sig åt honom.

När de möttes möttes aldrig deras blickar. Och inte ett ord blev sagt, för Simon hade munhäfta. Men en söndag sade han till grabbarna hemmavid att han gängat Dolly i den vintertomma kiosken vid badet.

Han hade inte riktigt förstått vilket intresse det fanns för saken, alla ville veta mer och det fick de. Lögn ynglade lögn, han målade upphetsande bilder i vitt, skärt och rött.

Ja, hon hade hår på fittan. Och ett födelsemärke på ena skinkan där hon ville att man skulle bita henne. Nej, hon hade inte blött så mycket, det där med mödomen var inte så svårt. Ja, man fick suga henne på brösten.

Simon var själv så häpen av vad han sade, att han inte lade märke till suset i luften. Men snart njöt han i fulla drag av den beundran som lyste ur de uppspärrade pojkögonen runt om honom.

Så på måndagen prövade han alltsammans på nytt i skolan, med samma resultat. Till och med Isak blev stum av förvåning och stolthet över vännen.

På långrasten gick de som vanligt numera och frös och strök utmed det höga smidesjärnstaketet kring flickskolan och såg på de snittrande flickbuketterna där innanför och hatade dem alla för att de hade allt det som pojkar behöver, alla de där hålen som alla drömmar handlade om, de mjuka, våta, hemlighetsfulla.

– Tänk att ha ett hål själv, som man kan göra vad man vill med, sade Isak, och Simon blev rädd och upphetsad, de hade aldrig satt ord på detta förut. Nu efter berättelsen om Dolly var allt möjligt, det förstod Simon.

– Gick du in med kuken i henne, sade Isak.

– Nej, sade Simon, jag nöjde mig med fingret.

I den stunden förbannade han sig själv, kände muren som reste sig mellan honom och vännen och ville slå den sönder och samman. Men det fanns ingen återvändo.

Lögnerna fortsatte att välla ur honom och blev med tiden allt mer användbara.

En vårvintermorgon med storm över inloppet tog han vägen om havet, om stranden, satt där på klipporna och ville tro att stormen blåste honom ren från falskhet. Så kom han för sent till första lektionen, fick knacka på dörren och be om ursäkt. Det hade hänt honom förr, han brukade aldrig ange skäl och utan protest ta emot hemanmärkningen. Som Karin brukade skriva på, utan förebråelser.

Den här gången sade han:

– Jag har varit med om en olycka.

82

Sedan beskrev han lastbilen med tjutande bromsar och kvinnan som blivit överkörd och blodet som forsat i rännstenen på Karl Johansgatan och hur han med knapp nöd lyckts få stopp på sin cykel och förhörts av polisen som vittne.

De hade Rubbet i matte, en grov karl i femtioårsåldern, van sedan årtionden att se genom pojkar. Så han deltog inte i det förvånade suset i klassen, sade bara åt Simon att sätta sig ner och dra sina kvadratrötter.

Det fanns misstro i hans kalla ögon och Simon kände hur magen knöt sig. Den här historien skulle kunna kontrolleras och Rubbet såg ut som om han tänkte göra det.

Men Simon skulle få lära att det onda i honom hade bundsförvanter, hjälpsamma krafter i de områden där de flesta tror att tillfälligheterna styr. Nästa dag stod det i Handelstidningen om olyckan på Karl Johansgatan och Rubbet tog upp saken på nytt:

– Larsson hade fel, sade han. Det var inte en kvinna som blev överkörd utan en äldre man.

Sedan höll han en utläggning om vittnespsykologi, om hur upprördheten när man ser en olycka förvränger synen på en.

– Vittnen tar ofta fel och är sällan att lita på, sade han.

I början fanns där bara lättnad hos Simon, snudd på triumf. Men senare kom skräcken krypande tillbaka, tog plats i mellangärdet nu och inte i magen.

Djävulen ser till de sina, brukade Erik säga.

Nu visste Simon att det var sant. Djävulen hjälpte honom, gång på gång. Han sade till Erik att han var den ende i klassen som vågat klättra ända upp till taket i lina och att gymnastikläraren häpnat och sagt: Det var som fan.

Erik sken av lycka.

Nästa dag klättrade Simon, som annars var höjdrädd och lite mesig, ända upp till taket och gymnastikläraren, som var en gammal ryttmästare och löjligt hjulbent, sade att det var som fan.

Han berättade för Karin att han hade hälsat på mormor och Karin blev glad. Nästa dag insåg han, att han måste hälsa på den gamla. Han tog med sig blommor, som han köpt för pengar som han lånade av Isak, till vilken han sade, att han förlorat ett vad som han ingått med Abrahamsson i kristendomen. Den historien behövde han inte gardera, för Isak var inte med i kristendom och träffade aldrig Abrahamsson.

Men Simon fick stor uppskattning för blommorna, som rörde hans mors hjärta.

En eftermiddag när han drog hemåt från spårvagnshållplatsen hade någon skrivit med krita på bagarens mur, att Simon älskar Dolly, med hjärta och pil och allt. Simon kände hur nacken styvnade av ansträngningen att hålla huvudet riktat så, att han inte skulle kunna ha läst.

När han släntrade uppför vägen mot Larssons garage såg han att hon satt där i kröken under häcken, Dolly. Röd om kinderna, blank i blicken.

– Har du läst, sade hon.

Han nickade.

– Är det sant, sade hon och han ville dö eller åtminstone sjunka genom marken och han tänkte på Nordenskiöld och Vegas väg genom Nordostpassagen och på de stora isvidderna där uppe i polarnatten och kände hur han var torr i mun och vågade inte se in i förgätmigejerna.

Men hon envisades, sade högre:

– Är det sant?

Och Simon som fruktade att Karin kunde höra, nickade och sade knappast hörbart:

– Jo, det är det väl.

Han tänkte på att man inte får slå flickor. Om hon skulle hoppa på honom och klösas. Men hon såg innerligt belåten ut och sade, att om de möttes efter middagen nere vid badklipporna, där ingen kunde se dem, skulle han få kyssa henne.

Han hade ingen lust att gå till mötet men vågade inte utebli. Så kom det sig att första gången han kysste en flicka smakade det bara svart lögn och gul skräck. All hans kärlek tog slut med den kyssen, han avskydde flickan som han drömt om genom barndomsåren.

Och när han insåg att hon snart skulle kräva av honom, att han skulle göra allt det som han redan sagt sig ha gjort med henne, råkade han nästan i panik.

Då kom lögnen hoppande ur munnen, till räddning och hjälp

84

som den brukade. Han drog samman sina ögon i svårmod och sade:

– Jag ska snart dö. Du förstår, jag har tuberkulos fast ingen vet om det ännu. Men jag hostar blod hela nätterna.

Dolly flög.

Starkare än erövringslusten, starkare än kättjan, starkare rent av än fåfängan var skräcken för soten.

När tionyheterna slogs på i köket den kvällen gick Simon som vanligt upp på vinden för att se Dolly klä av sig. Men nu hade hon dragit för mörkläggningsgardinen.

Simon var lättad.

En vecka senare sade Karin:

– Tant Jenny var inom och påstod att du hostade så dant. Jag har ju inget märkt men hon såg så rädd ut, att jag nästan blev orolig.

– Äsch, sade Simon. Jag var lite förkyld en dag och råkade hosta på samma spårvagn som Dolly.

Karin måste dra på mun, sedan suckade hon lite vid tanken på de fina grannarna i de nätta rummen där bacillskräcken kröp utmed väggarna.

Så kom våren med starka vindar från väster. De blåste rent mellan bergen och grönt i gräsen och människornas röster klingade klarare än på många år, fulla av hopp.

När äppelträden blommade sjösatte de Isaks båt och den var just som Erik tänkt sig, den grannaste kostern i älvmynningen. Hon förtöjdes vid boj och ankar innanför Oljeberget, fick ballast av gråsten i väntan på det bly som inte stod att få för pengar. De blev fördröjda av segelmakaren, men en dag i slutet av maj kunde de provsegla henne.

Hon flög, klöv havet som i dans och Isak glömde drömmarna om de våta hålen för lyckan att få upp henne i vind. Hon visade sig vara en baddare på bidevind och hon döptes till Kajsa, efter Karin och västanvinden.

På själva dagen D, när den stora invasionen slog sitt brohuvud i Normandie, tog Isak och Simon realen, med bra betyg. Simon fick premium i svenska, skolans litterära pris som det hette.

Han hade skrivit en uppsats om bonden, som odlade åkrarna innanför Oljeberget och var en surögd gubbe, som Simon varit rädd för i hela sitt liv. Men i uppsatsen gjorde han om den gamle till en man med stora gåvor, en runmästare, som kände de gamla tecknens kraft, umgicks med makterna och kunde sätta onda ögat på folk men också bota från svåra och sällsynta sjukdomar.

Lektor Kerstin Larberg läste uppsatsen högt för klassen och sade att det var en underbar historia.

– Finns det någon sanning i den? Eller gömmer det sig en diktare i Larsson?

Orden gick som en blixt genom Simons huvud och i ett enda befriat andetag sade han:

– Jag hittade på det.

Ett tag fick han bära öknamnet Skalden, men det brydde honom inte. Han tänkte mycket på farbror Ruben och vad han sagt efter konserten om att det finns en verklighet, som byggs av lögner men äger sanningen.

Innan han somnade fattade han ett beslut: han skulle skriva sig ur lögnerna. Hela sommaren skulle han skriva historier om kvinnor och bröst och hål och om polarforskare och döden där nere i Europa. Han skulle dikta om Karin som en norna, som satt vid spinnrocken i sitt kök och tvinnade ihop människornas öden i en tråd och om den lille mannen i drömmarna, han som hade en sådan konstig hatt och krigade därborta i de höga gräsens rike och dog när han skulle offra en tjur i templet. Och om Dolly skulle han skriva, den trolösa slinkan, som bedrar mannen som älskar henne, och om faster Inga där i det ensamma torpet vid den blå sjön. Det sista förvånade honom, vad i helvete skulle man kunna dikta om Inga.

Men han bekymrade sig inte för det nu. I morgon skulle han be farbror Ruben om skrivböcker, en hel hög.

Så slog sommarlovet ut sin fria glädje kring de två pojkarna, som inte längre var oskiljaktiga.

Isak seglade, Simon skrev.

Och Karin arbetade i jorden, Erik sjöng och sträckte kölen till den tredje kostern och amerikaner och engelsmän befriade Paris.

När sommaren stod som grannast runt om dem, slutade lögnerna att rinna ur Simon Larssons mun. Kanske var det så att skriverierna hjälpte honom, även om de inte blivit så många som han tänkt sig. Han hade snart funnit att det var mycket svårare att dikta än att ljuga. Men det hände något, mitt i verkligheten, något som var så häpnadsväckande att det överträffade alla Simons fantasier.

Det skulle inte kunna berättas för det skulle aldrig bli trott.

Hon hette Maj-Britt och var det slags kvinna som sväller över alla bräddar som vetedeg som satts på jäsning, sedan man snålat med mjölet och slösat med jästen. Yppig, gräddvit, överflödande.

Hon var nitton år och dotter till änkemannen och bergsprängaren, som hade byggt högst uppe på berget vid stadsgränsen och hon led av brustet hjärta för hon hade älskat en av de sjömän som mött döden i Ulvens plåtmage. Maj-Britt hade sörjt helhjärtat, tårarna hade löst upp henne ytterligare.

Till henne skickades Isak och Simon en varm eftermiddag för att klippas. Hon var anställd hos frisören, klippte och smekte och hade inte ord nog för hur fint fall Isak hade och vilken kvalitet, vilken hästman naturen begåvat Simon med. Pojkarna var röda som pionerna som blossade utanför fönstret i den summande heta eftermiddagen, stånd fick de båda två, hon såg det och hennes gränslösa skratt rullade genom frisersalongen och ut i trädgården, där de häpna humlorna tystnade i de övermogna blomkalkarna.

– Kom hem till mig i kväll. Vid sex. Bergsprängarns hus. Gå källarvägen, sade hon när hon hämtat sig från skrattet.

De var ensamma i salongen, frisören med fru och Dolly var på semester.

Hemmavid sade Karin, att det inte var mycket till klippning, att jäntan borde ha haft vett att ta mer, när hon ändå fick betalt. Som pojkarna såg ut hade hon, Karin, kunnat klippa bättre.

De åt tidig middag, guskelov, och strax före sex flög pojkarna på sina cyklar mot stadsgränsen och berget med den svindlande utsikten över havet och staden. Det var så brant att de måste stå och trampa. Men det var nog inte bara av ansträngning som hjärtana slog och svetten droppade, när de smög utmed bergsprängarens hus och fann baksidan och källardörren.

Hon väntade dem, hon hade ett rum där i källaren med en stor säng, som sjömannen på Ulven köpt billigt på auktion och släpat dit. Och skrattade lika gränslöst som hon gjort i frisersalongen och var så ogenerad att pojkarna snart måste skratta med.

Det var som en dröm, en tokig och underbar, när hon drog av sig klänningen och inte hade en tråd inunder och lade sig där på sängen med armar och ben utsträckta.

– Kom nu, knyttena, sade hon. Så ska vi fröjdas. Jag ska lära er.

Och det gjorde hon, snart låg de där, en på var kvinnoarm och hon förde deras händer till alla de hemliga ställena och övade de rätta handgreppen, hårt och mjukt omväxlande. De sög och bet i var sitt stora bröst och Maj-Britt stönade och tjoade av lust och glädje, när Simon som den förste sköt in lemmen i hennes hål.

Sedan gick det för henne och hon skrek så att källartaket bågnade.

Men efter en stund hade hon kommit sig igen och Isak fick lära sig att hitta till den glatta ärtan i hennes drypande våta klyfta och hon stönade:

– Meer, det där är det bästa.

Sedan sprängde lusten henne igen och hon sjönk ihop och skrattade sitt väldiga skratt och mjölkade av Isak som ännu hade stånd.

Det här kan inte vara sant, tänkte Simon, men det var det och rätt som det var såg Maj-Britt på klockan och skrek:

– Herregud, snart kommer bergsprängarn. Ge er i väg, horbockar.

Och hennes skratt följde efter dem, när de susade nerför berget och de kände sig som gudar, nådde badplatsen och kastade sig i havet, klöv vattnet med väldiga simtag.

De hade aldrig vetat att de kunde simma så fort. När de var framme vid Isaks båt var de ännu varma och upphetsade, men såg att dragglinan klibbade av maneter och visste att de måste ta sig ombord så fort som möjligt. Simon hade bränt sig, men det fanns sötvatten i båten och de sköljde av salt och manettrådar innan Isak lyfte durken och tog fram öl ur kölsvinet, hemligt öl stulet från Ruben.

Och de drack.

Försökte lugna sig.

– Hörde du vad hon sade när vi stack?

Jadå, Simon hade hört. Kom tillbaka i morgon vid samma tid, hade hon sagt.

Varenda kväll denna varma sommar när 30 000 balter flydde över Östersjön i småbåtar, kom de tillbaka till bergsprängarens hus och fröjdades, som Maj-Britt uttryckte det, och lärde allt som pojkar behöver kunna om de rätta handgreppen vid älskog. De skulle båda två få det bra med flickor framöver i livet och de skulle ofta sända tacksamma tankar till den vidunderliga Maj-Britt på berget.

En kväll när de som vanligt smög runt knuten hos bergsprängaren och knackade på källardörren öppnade en flottist med svajiga byxor men utan bussarong. Han var bred som en lastlucka och lång som en flaggmast.

– Vad i Herrans namn vill glina, sade han till Maj-Britt som skymtade på sängen inne i källarsvalkan. Simon som inte hade glömt alla färdigheter från den gångna vintern fann sig:

– Vi skulle sälja Älvsborgs jultomtar, sade han.

– Mitt i sommaren, sade flottisten men sedan glömde han dem för Maj-Britts skratt som kom rullande ur sängen.

På hemvägen försökte de hata mannen, men det gick inte särskilt bra. De var tacksamma för vad de fått, lite övermätta rent av och hade hela tiden vetat att det otroliga inte skulle kunna fortsätta.

13

Så var den där, den längsta av alla vårar. Aldrig förr hade tiden varit så senfärdig. Dagarna kröp fram mot kvällar, när heller inget hände.

Wallenberg försvann i Budapest.

I Tyskland togs tolvåringar ut till krigstjänst.

Tunga män möttes på Jalta för att dela världen mellan sig. Sedan dog Roosevelt och Karin sade i brinnande harm att det var orättvist.

Ett tag stod tiden stilla, det var när Hitler skjutit sig i bunkern i Berlin och freden ändå inte kom. Radion malde tomgång i sitt hörn, den gamla köksklockan rörde sig inte ur fläcken och Karin kom på sig själv med att skaka den. Men det var inget fel på klockan, det var själva tiden som hade stannat och gjorde människorna som väntade galna.

Dagen kom ändå till slut, det var den sjunde maj och lövsprickningen hade börjat. Det doftade våt jord från trädgårdslanden och fåglarna borde ha sjungit sig in i människornas hjärtan. Men människorna orkade inte öppna sig. De samlades som de brukade kring radion i Larssons kök och hörde jublet i Oslo, London och Stockholm, men de fick inte fatt i sin glädje.

Wallin satt i kökssoffan och såg envist ner på sina grovarbetarhänder, som låg där så tungt och så stilla i knät som om det aldrig skulle bli liv mer i dem. Ågren hade feberrosor på kinderna och for ut i svordomar: Herre jävlar i helvete.

Erik var tyst för en gångs skull. Äppelgren gick som en knyckig trana fram och tillbaka över köksgolvet, trasslade in sig i trasmattan och brydde sig inte om att dölja att han grät som en barnunge.

Karin grät hon också, stilla och ljudlöst.

Simon och Isak hade klämt ihop sig på vedlåren som de brukade och Simon tänkte att i natt slår ingen ihjäl någon annan där nere i Europa. Han ville också gråta men var så stor nu att det inte gick an. Upphetsningen tog vägen ner till benen och fötterna, som slog som trumpinnar mot vedlåren tills Karin bad om förskoning: För Guds skull, Simon, var tyst!

Isak satt bredvid honom, lika underligt stilla som Wallin. Det brann i hans hjärta men hans huvud var kallt och tomt och kroppen så styv som om den frysts till is. Först när Johansson, som var brevbärare men fiskare av födsel och stor som ett hus, sade att nu skulle man koka alla nazistjävlar i olja och se till att de levde och plågades så länge som möjligt, släppte spänningen i Isaks kropp.

Han drog djupt efter andan och insåg, att det som knutit ihop hans muskler var hatet och det som brann i hans hjärta var insikten att hämnden var möjlig och ljuv.

Mitt i alltsammans kom Helen med mjölken. Över henne fanns det något högtidligt, hon såg på dem med uppfordrande ögon och vågade säga:

– Jag tycker ni skall komma till kapellet i kväll och tacka Gud för freden.

Vid de orden blev det äntligen liv i Erik som for upp och skrek:

– Och vem i helvete skall vi tacka för kriget och alla de döda?

– Kriget är människornas verk, sade Helen som inte förlorade ett uns av sin högtidlighet.

– Du är ju inte klok, sade Ågren men sedan bröt Karin av och sade att åtminstone i hennes kök skulle folk visa respekt för andras åsikter.

Orden var Karins vanliga men rösten saknade sin styrka.

Mot kvällen kom Ruben med något svårtytt i ögonen, en stor lättnad blandad med sådan smärta att den inte var till att uthärda. När Karin mötte hans blick tog hon fram brännvinsflaskan och spetsglasen, slog upp en stor sup till var och en och sade med en röst, tunn som papper:

– Då skålar vi väl då, för freden.

Och männen drack och Karin drack, svalde den hemska drycken i ett enda tag och hade det inte varit en sådan stor och märklig stund hade väl de andra lagt märke till det, förvånats och förskräckts.

Som det nu var var alla inneslutna i sig själva.

Men Karin fick gå ut på det gamla dasset på bakgården och spy. Sedan stod hon där lutad mot den rappade muren, vit och kallsvettig medan illamåendet kom och gick i vågor.

Men det värsta var att det gjorde så ont i bröstet.

Hon var förvånad över sig själv. Och förbannad. Varför i helvete skulle det göra ont i henne nu när allt var över och jorden och människorna kunde andas ut.

Det onda bände och skar, som om någon körde runt med en kniv därinne. Hon försökte tänka på Petter och sidensvansarna men det ville sig inte. På Petters plats fanns i denna stund modern med de bittra ögonen och den elaka tungan. Något höll på att rubbas i Karins hjärta, sorgen som var gammal och trygg rörde på sig, slet i rötterna.

Karin tänkte att det stora kriget hade tagit livet även av sidensvansarna.

Hon stod där tills det skymde, insåg så småningom att tiden med ens hade återtagit sin vanliga fart och att hon måste gå in, få karlarna ur köket och börja laga middag. Så hon satte en knuten hand under vänster bröst och tog itu med vardagen.

Under vintern som gått hade de byggt om huset, väggar hade rests på övervåningen, vinden försvunnit. Simon hade fått eget rum, med gott om plats också för Isak. Ett gästrum med utsikt över havet hade de byggt åt Ruben, som stannade allt oftare här ute, trött av alla de flyktingar som tillsammans med broderns familj fått husrum i den stora våningen i Majorna.

Larssons hade fått badrum och inomhusklosett.

Det var storslaget och de hade varit glada tillsammans hela vintern, Karin och Erik.

De hade höjt diskbänken i köket och bytt zinken mot rostfritt, de hade skaffat värmeledning och två sorters vatten. Karin vågade nästan inte tro på det, på att det var slut nu på ved och antracit och tunga bördor och rykande kakelugnar. Eller att hon bara hade att skruva på en kran för att hett vatten skulle forsa fram, värma händer och göra rent. Ett rejält kylskåp hade fått platsen där de brukat tvätta sig i köket.

Karin hade mycket att vara glad för. Hon tänkte på det när

de sent denna kväll kommit för sig själva och fått mat på bordet. När hon stack en potatisbit i mun kunde hon äntligen erkänna hur mycket hon avskydde potatis – kokt, stekt, riven, gratinerad och kokt, och kokt potatis. Det var slut nu, tänkte hon, oron för maten skulle snart vara ett trist minne som antraciten och kalldasset på bakgården.

Ransoneringarna skulle upphöra, det skulle finnas frukt igen.

Bananer, tänkte Karin och mindes hur Simon hade älskat bananer när han var liten. Nu hade han väl glömt hur de smakade.

Hon såg på Erik, på hur tuppkammen växt på honom. Det gick bra för honom och hans båtbyggeri, listan på beställda kostrar var lång, fyra man hade anställts. De försörjde fyra familjer, som Karin tyckte om att uttrycka det.

Också pengarna tyckte hon om, pengarna som numera alltid fanns när de behövdes.

Som alltid när Karin höll sig till föresatsen att gå igenom allt hon hade att vara tacksam för hoppade hon över Ruben och sparade Simon till sist.

Pojken som skänkt så mycket glädje.

Han är snart vuxen, tänkte hon. Och han har växt till sig, är nästan vacker. Som en främmande fågel som av en underbar tillfällighet slagit ner här i hennes kök.

Det var tankar fulla av oro och det stack till igen i bröstet. Simon som alltid var inställd på henne såg smärtan som gick över hennes ansikte, sade:

– Du är trött mamma. Gå och lägg dig så diskar jag.

Hon nickade, men visste när hon mötte hans oroliga blick att alla tacksamhetens tankar inte hjälpt henne denna kväll. Hennes rikedomar dög inte till att försvara sig med, när det gällde detta som bände och slet i hennes bröst.

Men vad är det med mig?

Erik gick en sväng runt varvet så Karin hade sovrummet för sig själv, stod där bland rosorna på den nya tapeten och såg på sig i spegeln. Hon hade alltid varit nöjd med utseendet, tyckt om det bestämda och fint skurna ansiktet med den stora munnen och den raka näsan.

Nu studerade hon sina drag så länge som om hon trott att de

skulle ha något nytt att berätta. Svar att ge. Och hon såg nog att de bruna ögonen, som alltid förvånat i all blondheten, hade fått nytt djup.

Vad var det som fanns där på botten?

Rädsla?

Nej, Karin ville inte. Jag har fått några rynkor, tänkte hon, håret har bleknat mot halm. Tjock är jag inte än, men tyngre, bastantare.

I morgon är det över, sade hon sig. Bara jag får sova.

Och nästa morgon när de rev alla mörkläggningsgardiner och putsade fönstren där mitt i vårvärmen, var hon nästan glad.

Men sedan kom den kvällen när Ruben hade med sig de första engelska tidningarna med ögonvittnesskildringar från de öppnade utrotningslägren i Polen och Tyskland. Han satt vid köksbordet och läste, Isaks röst flög upp mot taket när han översatte, Erik var vit i ansiktet och det blå i hans ögon svartnade. Simons blick sökte Karins som alltid när han blev rädd.

I nästa ögonblick ryckte han tidningen ur Rubens händer och skrek att det fick vara nog och Ruben såg genom sin stora trötthet från pojken till Karin och såg att hon var nära att svimma.

Han skämdes som en hund, sedan blev han rädd.

Men själv sade hon som det ju var, att hade hans släktingar fått uppleva det, så måste väl hon orka höra talas om det.

Ändå var det från den kvällen alldeles uppenbart även för de andra, att det var något som var fel med Karin. De försökte spara henne, Erik tog ut radion i verkstaden och Simon smugglade undan Ny Tid om mornarna. Men Karin drogs mot det fasansfulla, hon for till staden och köpte tidskrifter med bilder av lik, staplade till berg.

Sedan kom de vita bussarna till Malmö och Karin gick själv efter morgontidningen med fotografierna av människor, som hade sett ondskan och som borde varit döda och inte stirrat så här på henne med utslocknade ögon.

Då förstod Karin att hon måste dö, hon också. Och välkomnade den insikten.

Några dagar senare sade Ruben till Erik att det här går inte längre och de tog henne till en hjärtspecialist som Ruben kände, och han lyssnade länge och bekymrat på det trasiga slamret i hennes bröst och sade att hon måste få vila från allt, om detta inte skulle gå riktigt galet.

Karin lades in på hans privata klinik, så trött att hon inte orkade protestera. Där fick hon medicin och sömn. I sömnen mötte hon sin mor och vågade se att modern hatat henne från den dag hon föddes.

Så som hon hatat Petter.

Som en väldig svart kråka kom modern farande mot Karin i drömmarna på den fina kliniken. Hon kraxade och skrek och hakkorsen blixtrade runt henne och hon flög ut och in mellan korsen, som plötsligt fanns i skräddarverkstaden i stugan därhemma och Karin såg, att Petter hukade under korsen och att han var besynnerligt lik de människor som vällde ur de vita bussarna i Malmö och som borde varit döda och att det hemska kraxandet gick rakt in i hans hjärta och gjorde så illa att det till slut gick sönder och han dog på sitt skräddarbord.

Drömmarna kom och gick och Karin lät ske, lät bilderna tala sitt tydliga språk utan att sätta emot eller söka förklaringar. Det var som om sinnet skulle tvättas rent innan hon skulle ge sig av, det gjorde ont men var bra, på något sätt nödvändigt.

I vakna stunder förde hon samtal med modern:

– Varför blev du som du blev?

Men modern kraxade sitt: Synd om, synd om och Karin vände sig bort i avsmak och förstod att hon alltid måst förneka ondskan, därför att hon växt upp i dess skugga.

Sedan i halvslummern hörde hon sig själv kraxa över Simon: Synd om, synd om och såg hans ängsliga ögon, som alltid följde henne.

Då skrek hon högt och doktorn kom och sade, att hon absolut inte fick ha svåra tankar och hon fick nya tabletter att fördriva dem med.

Nästa natt kom Petter till henne och sömnen blev djup och fridfull och hon trodde att det var över nu och att hon skulle få följa honom och slippa vakna till en ny dag.

Han fanns där hela natten, vaggade henne i sina armar, sjöng för henne och ondskan fanns inte och Karin var trygg som ett barn.

Hon visste att det var något han ville säga henne, men hon var för trött för att lyssna.

Så kom gryningen och när Karin blev varse solljuset, som obevekligt trängde sig in i springan mellan rullgardinen och fönsterkarmen, förstod hon att det inte var över. Hon var kvar, ensam. Medan de tvättade henne och fick i henne välling funderade hon över vad det var Petter velat säga. Men inte länge, hon kune inte hålla tankarna samlade.

Sedan, plötsligt, var Simon där och det var natt igen och svårt att förstå, men Simon var alldeles verklig och höll hennes hand så hårt att det nästan gjorde ont och hon hörde vreden i hans röst, när han sade:

– Du får inte gå ifrån mig, mamma.

När Karin vaknade nästa gång var det ljust igen och han satt där vid sängkanten och hon insåg att han hade rätt. Hon fick inte gå, inte ännu.

– Simon, viskade hon. Jag lovar att bli frisk igen.

Hans glädje var så stark att den gick rakt in i Karin, värmde och gav liv.

När han gått grät Karin, länge och stilla. Hon hade aldrig kunnat ana att hon hade så mycket gråt i sig. Varifrån tårarna kom kunde hon inte begripa, men hon kände vart de gick, rakt in i hjärtat, varma och lösande.

Simon cyklade som en galning genom staden, såg morgonens sneda solstrålar slå glitter i hamnen och havet, han trampade, flämtade ut till varvet och Erik.

– Pappa, hon överlever, hon har lovat mig.

I vanliga fall skulle Erik inte haft mycket till övers för ett sådant bud. Men nu var han i så stor rädsla och i sådant behov av tröst, att han utan vidare tog Simons ord för högsta sanning.

De var nästan lika långa nu, Erik och Simon, och de stod där på var sin sida om en halvfärdig koster och grät båda två, samma slags läkande tårar som Karins.

Sedan gick Erik in, tvättade sågspånen av hals och händer, rakade sig och drog på sig bästa kostymen, som var vintrig och mörkblå. Det fanns ingen struken skjorta men Simon plockade trädgårdens alla nyutslagna tulpaner till ett väldigt fång.

Det var inte utan att Erik kände sig lite fånig, när han stod där i korridoren på den fina kliniken med alla sina blommor. Karin såg det, såg osäkerheten, arbetarrädslan och den ostrukna skjortkragen och hennes ömhet var stor och hon förstod, att hon måste finnas kvar också för den här sköra människans skull.

14

Återhämtandets dagar blev rofyllda.

Ruben kom med rosor. Till honom kunde hon säga det:

– Jag hade bestämt mig för att gå.

Han sade bara:

– Jag har ju sett länge att du går och bär på en sorg.

Karin blev förvånad, så hade hon ju själv aldrig förstått det. Men det slog henne som sanning och hon berättade om Petter och sidensvansarna. Och om modern och det onda, som hon alltid måst förneka.

Han sade inte mycket, egentligen bara:

– Ingenting är enkelt.

Länge efteråt kom Karin att fundera på de orden.

Hon ville fråga honom om Gud som han gick för att möta i synagogan varje lördag och som ju ändå måste ge honom kraften att leva vidare mitt i alla olyckor.

Men hon fann inga ord.

Sedan när han gick, stod där i dörren, sade han och hon såg att det var svårt för honom:

– Du måste nog försöka leva, Karin. Också för min skull, för att jag ska orka.

Så var han borta och Karin låg länge och såg solen sila sitt ljus genom den fjolårsmörka granen utanför fönstret. En spårvagn skramlade i vändslingan utanför sjukhuset och när syster kom med middagen såg Karin att hon hade lysande blå ögon.

Kalvsteken doftade av dillsåsen, starkt och gott och äppelmoset efteråt fyllde munnen med sin friskhet.

Det var som om världen fått ny påtaglighet.

En stund på eftermiddagen försökte hon skämmas för att hon lastat sina sorger på Ruben, han som hade så tunga bördor hennes förutan. Men det lyckades inte, hon fick ingen kraft i känslan.

Jag kanske har förlorat samvetet, tänkte hon.

Men när Simon kom i kvällningen och hon såg hur blek han var och hur mager, förstod hon ju att så var det inte.

– Ni äter väl ordentligt, sade Karin och skulden högg efter henne på det gamla välkända sättet.

När han gick frågade hon och rösten hade hela tyngden av det gamla ansvaret:

– Var har du Isak? Hälsa honom att han skall komma hit i morgon.

Simon nickade men hon tyckte nog att han såg konstig ut i ansiktet och hon insåg att hon försummat något väsentligt.

Simon cyklade genom staden, stärkt av att Karin varit sig så lik, kraftfull och krävande som hon skulle. Men han var orolig också. Och arg.

Jävla Isak, tänkte han.

Simon visste nog var han skulle finna honom, i hamnen ute vid Långedrag där Ruben hyrt kajplats och där Isak blivit kung i glansen av sin granna koster. Simon kunde höra skrålet ur ruffen på långt håll och ilskan steg mot kokpunkten, när han såg pilsnerflaskorna guppa i sjön runt båten.

De rökte, luften var tjock när Simon rev upp ruffluckan och sade ifrån.

– Dra åt helvete allihop. Jag ska tala ensam med Isak.

De gick inte med ens och det fälldes en del glåpord, men efter en kvart var Simon och Isak ensamma. Simon tog håven, surrade den på båtshaken och fiskade upp de tomflaskor som inte hunnit sjunka, tömde askfat, spolade sittbrunn och däck och sade till Isak, som satt hopsjunken på en brits i ruffen:

– I morgon ska du hälsa på Karin.

– Det vågar jag inte.

– Hon är frisk nu. Bra. Fattar du?

– Det beror på ölet, sade Isak.

– Hon dricker väl för fan inget öl, sade Simon häpet. Är du inte riktigt klok. Eller är du full, din jävel?

Sedan stod de rätt upp i ruffen och stirrade på varann och längst in i Isaks ögon fanns en tomhet, som Simon kände igen från kriget, från dagen när kvarstadsbåtarna försvann i djupet utanför Måseskär och vreden rann ur Simons sinne och han blev fruktansvärt rädd, och han tänkte att den här gången finns ingen Karin som kan ta hand om det obegripliga, han måste klara det själv och han slog armarna om Isak och sade utan att ha en aning om varifrån orden kom att Isak, för fan, du har väl inget med Karins sjukdom att göra.

Han förstod att det var rätt ord för Isak mjuknade och när deras ögon möttes var den skrämmande tomheten borta.

Nästa dag satt han där på sjukhuset, Isak, och såg med egna ögon att hon var sig nästan lik. Som alltid kunde han tala med henne:

– Jag skulle koka dem i olja och vrida om kuken på dem, förstår du. Jag skulle segla upp i Oslofjorden för det står i tidningen att många tyskar trycker där ännu och jag skulle hitta dem och . . .

. – Och . . .?

– Ja, så blev du sjuk.

Utan många ord fick hon honom att inse att det var i sorgen över allt som skett och som uppenbarats av freden som hon blivit sjuk och att hans onda tankar var en vindpust i en värld av onda handlingar.

– Det kanske var bra för dig, Isak, att fantisera om hämnd, sade hon.

Då berättade han om ölet, om grabbarna i båten på Långedrag och om att de spetsade pilsnern med konjak som Isak knyckte i Rubens skåp. Och därmed var det slut på mildheten. Karin satte sig upp i sängen, spände ögonen i pojken:

– Sånt där låter du bli, Isak Lentov. Det ska du svära på, här och med detsamma . . .

Isak var röd av skam och hukade för hennes vrede.

– Du måste lära dig att skilja på fantasier och verklighet, Isak. Du kanske behöver ha hemska tankar om hämnd, men om du fick tag i en vettskrämd tysk pojke på rymmen i Norge skulle du gråta av medlidande. Hämnden är bara skön i fantasin, fattar du.

Isak teg, han trodde henne inte.

– Att stjäla sprit och locka andra i fördärvet, det är verklighet det. Och det ska du sluta med.

Isak lovade högtidligt och lämnade henne, skamsen och lycklig.

Och Karin låg där i sängen och tänkte på hur dum hon hade varit, självisk. Det var ju uppenbart att hon måste leva och göra livet begripligt för människor som hon hade ansvar för.

Tanken gjorde henne så belåten att hon somnade gott och sov utan piller hela natten.

Konstigt nog tänkte hon minst på Erik, som hade det värst.

Han var inne en dag och talade med överläkaren, tunga ord föll om vikten av att spara Karin. Starka känslor måste undvikas, sade doktorn. På Erik låg ansvaret för att hennes liv skulle bli lugnt.

– Blir hon rädd eller arg kan det bli ödesdigert, sade hjärtspecialisten.

Erik var illa till mods, kände hur skjortknappen trängde in i struphuvudet, kände på klasshatet och tänkte, att här hade han det igen, det gamla underläget.

Fan också.

När han kom loss till sist och slank in till Karin var han tankspridd och föga närvarande. Han hade tänkt berätta för henne om bilen han köpt, hade glatt sig på förhand åt hennes upprörda protester, disputen om slöseriet och hennes glädje, när han till slut skulle säga: Men jag har ju köpt den för att du ska komma ut i världen och få se dig om.

Av detta blev det inget.

Någon glädje vid den behändiga Fiat Balillan kände han inte heller när han kryssade hem genom Allén och längs kajerna, där lyftkranarna dansade igen som förr i världen. Han tog upp mot Karl Johansgatan vid Majnabbe, gick på bolaget och köpte ut en hela renat.

På eftermiddagen på varvet var han kort och rastlös, såg nog att folk tog illa vid sig.

I köket därhemma såg det för jävligt ut, luktade sopor och odiskat. Simon kom och gick, han skulle med Isak ut på sjön.

– Stick du, sade Erik, det var vänligare än det lät och han tänkte att det passade bra. Riktigt varför hade han inte klart för sig förrän han låste sin dörr och tog fram sitt brännvin.

Vid tredje supen tänkte han på morsan, på hur hon hotat och skrämt honom med sitt hjärta genom alla år. Nu var han där igen och nu var det verkligt, fällan hade slagit igen och det fanns ingen väg ut.

En lång stund hatade han Karin för hennes hjärtas skull. Sedan skämdes han som en hund, Karin var inte som modern. Hon hade aldrig hotat.

Men sedan blev han förbannad för det också och tänkte att Karin var lömskare än morsan, hon skrämde inte, förvarnade inte, slog bara till.

Inga gräl, hade överläkaren sagt, inget som upprör. Gå med, håll med.

Herrejävlar.

Vad hade inte upproret kostat en gång, då när han gick ut ur församlingen och in i facket. Men modern hade inte dött som han hade trott, hon levde vidare än i dag i välmåga. Karin, hon kunde dö hon i vilket ögonblick som helst.

Det fanns det läkarord på.

Och Erik fick besynnerliga tankar där han satt i sin ensamhet med brännvinet som suddade ut gränserna för honom. En gammal förbannelse skulle gå mot sin fullbordan, ett syndastraff skulle utkrävas.

Sedan försökte han ta sig samman, värmde på kaffet och insåg att allt bara skulle bli som när han var barn och alltid visste, att det sköra hjärtat där inne i moderns bröst var hans verk och att han alltid måste uppföra sig så att det slog och slog.

Herregud.

Nästa dag talade han med Anton, inredningssnickaren på varvet, om Lisa. Erik tyckte att han ödmjukade sig, förstod att den lön han bjöd var rundligare än brukligt, och Anton blev glad och skulle tala med Lisa. Pengarna behövdes och hustrun hade inte mycket att göra nu när barnen snart var ur huset. Hon var en baddare på att städa och hålla snyggt, och inte dålig på matlagning heller.

Erik byggde vallar mot det svarta, han sprang på sjukhuset och var så snäll att han kunde spy åt det, allt medan Lisa städade det vita huset in i minsta och hemligaste vrå och slutligen fick det att skina. Men ingenting hjälpte Erik mot vreden, den väldiga vreden som brann i hans bröst och som han förstod bara när han drack brännvin.

Snart skulle det vara slut också på det, Karin skulle komma hem från kliniken och han visste hur hennes ögon såg ut när han drack.

Fy fan.

En fälla var det och han rände runt i den som en galen råtta.

15

Hon kom hem till midsommarhelgen och Erik betalade en räkning som motsvarade halva vinsten på en koster. Han gjorde det med bister tillfredsställelse, som om han köpt sig fri.

De hade festmiddag med färskpotatis och rökt lax, Ruben kom med vin och grannar och vänner med blommor. Och Karin var glad, djupt och stillsamt lycklig.

Hon var glad också åt bilen som Erik hämtat henne i.

Och naturligtvis åt det fejade hemmet.

Men sedan när vardagen kom var det detta med Lisa, som var så fin av sig och som Karin alltid haft lite svårt för. Men hon fick ju erkänna, att det aldrig varit så snyggt här hemma som nu och att det fanns en lycka också i städade skåp och prydliga linnehögar. För att inte tala om karlarnas nystrukna skjortor, de blanka fönstren och de välskötta krukväxterna.

Karin hade själv varit piga en gång i världen. Av det hade hon lärt hur man inte skall vara som fru. Men inget om hur man skall vara.

Så hon hamnade i underläge.

Men det fick gå, hon fick ju erkänna att hon var trött och inte riktigt rådde med hemmet. Och att Erik varit snäll som städslat Lisa. Snart förstod hon också att det var oåterkalleligt, det var när hon insåg att Anton och Lisa, som alltid levt på svält-gränsen, redan hade ställt om sig och sina drömmar till den nivå dit Lisas nya lön fört dem.

Karin fick finna sig.

När hon blev starkare fann hon sin lösning och sade till Lisa att det nog räckte med timhjälp. Så blev det uppgjort att Lisa skulle komma klockan elva på förmiddagen och sluta varje dag klockan tre sedan hon städat undan, tvättat upp och förberett middagen. På det sättet fick Karin egna mornar i köket med kaffe inom räckhåll och grannfruar på besök så som det alltid varit.

Också eftermiddagarna blev hennes, hon sov en stund, sydde lite, läste mycket.

På kvällarna kunde det hända att hon skojade om sig själv som överklassfru.

Men det stora hon vann med den nya ordningen var strövtågen. När Lisa kom klockan elva och tog hemmet och ansvaret från Karin började hon sina vandringar. Hon gick längs älvstranden ut på de skröpliga bryggorna som kröp genom vassen, stannade och lyssnade på vattnet, såg länge på strandglimtens lustiga grå klockor.

Så drog hon vidare runt berget, genom den igenvuxna vildträdgården och ut mot havet, som gjorde allt storslaget och lätt att omfatta.

På hemvägen strövade hon i bergen, satt på varma hällar och talade med vinden och blåklockorna. En gång hittade hon vägen till Simons gamla ekar och sedan gick hon dit varje dag, hälsade på och fick till stånd en vänskap med de stora träden.

För första gången i livet hade Karin tid och rum för många tankar, också de svåra som inte längre kunde jagas bort med sysslor.

De flesta rörde modern. Hon talade mycket med ekarna om den gamla och om barndomen. Och ekarna lyssnade i stort allvar och lärde henne att hon inte måste förstå.

Att det inte var nödvändigt.

Att det var människans elände detta att hon måste förklara allt och därmed kom att missförstå allt.

De sade som Ruben: Det är inte så enkelt.

Slånbärssnåren var argare, de stack gärna till med alla oförrätterna, påminde strävt om elakheterna i den bittra barndomen.

Då gick Karin till havet och satt där och såg på ändlösheten och lyssnade till budskapet om att livet är så mycket större än slånbärssnåren och har så många fler smaker än den beska.

På Anderssons ängar hade höet stackats och den starka doften kittlade hennes bröstvårtor och sköte. Det fick Karin och rodna som en sjuttonåring, ovan som hon var att känna egen lust.

Men hon plockade en bukett sommarblommor, blåklint och prästkragar och vajande spetsfina hundkex, satte dem i en vas i sovrummet och lockade ner Erik i sängen när kvällen kom.

De hade det bra, men det undgick inte Karin att han var ängslig. Efteråt försökte de tala, han sade:

– Du vet, doktorn varnade . . .

Då skrattade Karin det gamla kraftskrattet och sade:

– Vi skiter väl i doktorn.

Erik skrattade han också och vågade tro att det åtminstone skulle ges utflykter i det fria. Och han somnade som ett tröstat barn med handen på hennes hjärta som slog lugnt och taktfast.

En dag tog Karin sig samman, klädde sig stadsfin för att ta spårvagnen och hälsa på modern. Det var ovant och roligt med klädseln, med den nya vita sommarkappan, handskarna och den stora hatten med de blå rosorna och hon stod länge framför spegeln och tänkte att den nya magerheten klädde henne. Hon tog rent av fram ett läppstift och satte rött på munnen.

Sedan gick hon om varvet för att ge Erik besked om stadsresan. Men han klättrade ner från masten på den båt de höll på att rigga och sade ifrån:

– Till henne ska du inte gå ensam. Vänta ett slag medan jag klär om så kör jag dig.

Karin blev sittande på bänken utanför förstukvisten och besinnade häpet, att Erik nog förstod bra mycket mer än hon trott.

Hos modern gick det lättare än väntat, hon blev alldeles äkta glad av att se Karin igen. Och bekymrad för magerheten, sade:

– Herreduminje, vad du ser eländig ut!

Karin hörde oron och kunde äta de äckliga smörgåsarna med fläsk som modern bredde. För att Karin skulle få hull igen.

Hon blev till och med lite rörd av det värmländska: Herreduminje. Erik pratade mer än vanligt och Karin såg på moderns glädje och mindes, att hon alltid varit förtjust i svärsonen. Han talade om pensionärshemmen som skulle byggas i Masthugget och fick den gamla intresserad. Med ens förstod Karin att det inte skulle bli något av mardrömmen, hon skulle inte bli tvungen att ge modern en boplats i sitt hem, när den gamla inte kunde reda sig längre.

Hennes äldste bror dök upp och Karin kände att hon höll av

honom. Också det var nytt, sina bröder hade hon främlinggjort för många år sedan.

De bröt upp tillsammans, brodern ville se Eriks nya bil.

I trappan sade Karin:

– I dag var hon ju riktigt snäll, morsan.

– Hon har varit orolig för dig begriper du väl, sade brodern.

Men då tyckte Karin att det fick vara nog:

– Jag har då aldrig förstått att hon brytt sig om mig.

Brodern såg generad ut, som karlar gör när kvinnor blir känslosamma. Men han sade, inte utan ilska:

– Du tog ju farsan ifrån både henne och oss. Så allt är väl inte hennes fel.

Karin stannade mitt i trappan, hade hjärtklappning och Erik som såg det bröt av:

– Nu håller du käften. Karin får inte bli upprörd.

Sedan gick karlarna före, men Karin hörde ändå broderns ord i porten:

– Då kan du inte ha det för lätt.

I bilen hem lade Karin sin hand på Eriks axel, runt i huvudet gick Rubens ord:

Ingenting är enkelt.

16

Den artonde augusti föll bomben.

Hiroshima, det var ett vackert namn, det måste ha varit en vacker stad, tänkte Karin.

Det talades om 300 000 döda.

Talet var för stort för att vara fattbart, huvudet kunde inte ta in det och hjärtat, hennes hjärta, hade fått nog.

Erik läste högt ur tidningen att efter detta skulle världen aldrig mer bli sig lik. Nu visste människan att hon kunde utplåna sig själv och allt som växte på jorden.

Karin tog inte in det heller, hennes värld var redan så förändrad. Men pojkarna, som satt där i köket och hörde Erik läsa, frös mitt i sommarvärmen. Isak tänkte på Hitler och på att nu måste man se upp tidigt med dårarna på jorden. Och Simon tänkte att hans värld redan hade skiftat från tillit till oberäknelighet, den natten på sjukhuset när han vakat hos Karin och trott att hon skulle dö.

Skolan drog igång, tredje ring. Allt var sig likt, inga krig eller atombomber kunde förändra den världen.

Där bodde ledan.

Den satt i väggarna i tjocka lager, den dröp ner mot hörnen där den samlades för att obevekligt smyga mot bänkraderna. Den luktade krita och svett, malde ur latingubbens mun och knastrade mellan mattegubbens tänder. Den trängde igenom allt, ledan. Den fanns i tyskan och i modersmålet, som dog när de drog versrötterna ur det.

Det fanns stunder när Simon blev rädd och tänkte att snart skulle han vara lika död som gubbarna i katedern. Ledan skulle fylla lungorna, förgifta blodet och få kroppen att stelna.

Det är en sjukdom, tänkte Simon, och det värsta med den är att man dör av den utan att veta om det. Man fortsätter som förut, benen rör sig, munnen rabblar oregelbundna franska verb.

Några av de döda hade hamnat i helvetet och blivit djävlar, som hade sin enda glädje i elakheten.

– Det hade varit bra om Svensson hade haft något i huvudet, som han kunnat fästa verben vid. Som det nu är skramlar de bara runt i tomheten.

Svensson, Dalberg och Axelsson hörde hemma på Stretered, sade matteläraren. Det var stadens sinnesslöanstalt.

Larsson hörde inte hemma där, han hade lätt för sig. För lätt, han behövde inte tugga om de kunskaper som förvandlats till hö och förutsatte att pojkarna var idisslare. Tugga, svälj, stöt upp, tugga om, svälj, stöt upp.

Från klassrummen kröp ledan ut i korridoren, in i fysik- och kemisalarna. Vid biblioteksdörren fick den göra halt, men den kröp vidare upp mot aulan.

Det var ett vackert rum, men ledan tog sig över trösklarna och fann god näring i alla uppbyggliga tal om freden och Gud som måste tackas särskilt för att han skonat fosterlandet. Bäst mådde ledan av prästen, som kom till morgonbönen en gång i veckan och sade häpnadsväckande dumheter, medan fyrahundra pojkar pluggade glosor från svettiga lappar instuckna i psalmböckerna.

Kanske hade ledan knäckt Simon till slut om han inte haft turen att hitta en bok på Dicksonska biblioteket. Den handlade om yoga och lärde bland mycket annat ut hur man kunde få medvetandet att lämna kroppen.

Man skulle koncentrera sig på en punkt i högra delen av hjärnan, den tänkta brytpunkten mellan en linje, som drogs rakt in från höger öga, och en linje dragen från högerörat. Med lite övning var det inte svårt att hitta punkten. Sedan satt man stilla i två minuter och samlade sitt medvetande där.

I fortsättningen blev det knepigare för nu gällde det att ladda medvetandet med energi. Men Simon lärde sig det också och snart kunde han försiktigt lotsa sitt sinne ut genom skarven mellan tinningbenet och skallbenet.

Och medvetandet vandrade ut i världen, det flög över Atlanten och mötte New Yorks skyskrapor där det snurrade länge och häpet runt Empire State Building. Så drog det västerut över prärien, men tvärvände vid Stillahavskusten och tog vägen tillbaka mot Europa. Över Medelhavet for det, till sultanens harem i Istanbul, och Simon insåg förtjust att det rörde sig fritt i tiden också. För nu var det sextonhundratal och haremet var underbart att skåda och han förälskade sig i en magdansös, som ringlade som en orm i gyllene slöjor. Vid det laget blev han tvungen att dra ner skolboken i knät för att ingen skulle upptäcka att han fått stånd.

På klipporna hemma vid badplatsen satt Karin och såg den stora älven möta havet. Hon funderade på om älven sörjde sitt vatten, det som nu gick förlorat i det gränslösa.

Men hon trodde det inte, trodde nog att det kändes som fullbordan och befrielse.

Och vattnet självt, det som förenades med havet, visste nog att det gjort sitt. Det hade rasat i dånande kraft genom fallen vid Trollhättan, virvlat i strömfåran förbi Lilla Edet, skänkt av sin styrka till människornas turbiner och ständernas lugna grönska. Med sig hade det sötman från den långa vandringen genom Vänern, från Klarälvens brinkar och de norska fjällens jöklar och ända ut till Rivö Huvud skulle den sötman kunna doftas och smakas innan den gick förlorad i salthavet.

Hon tänkte på våren när också hon hade varit när att förena sig med det gränslösa och på hur hon hejdat sig den natten Simon satt vid hennes säng.

Hon var inte som älvvattnet, hon hade inte gjort sitt.

Han har rätt att veta, tänkte hon.

Och hon tänkte det om och om igen som hon gjort hela sommaren och det var så uppenbart och så hotande att det stod som en bergvägg framför henne. Brant, utan fäste för hand och fot.

Han måste få veta.

Skulden högg efter henne, han borde ha vetat för länge sedan.

Men hon avvärjde stöten. Det hade funnits skäl.

Från början hade de ju tänkt säga det så snart han var stor nog att förstå. Men då, på trettiotalet, hade judehatet grott i byn, slagit rot här och var, förgiftat luften och skrämt henne och Erik till tystnad.

Hon mindes en gårdfarihandlare, en i den långa raden av

luffare och nasare, som genom åren fått kaffe och smörgås i hennes kök. Han hade varit förmer än de andra för han hade haft en brorsdotter som var filmstjärna.

Karin hade köpt ett nålbrev och inte upptäckt, att mannen var galen förrän Simon, rödkindad och svartögd, hade rusat in i köket för att dricka vatten. Han var alltid törstig som barn, som om han brann och behövdes svalkas.

Hon kunde se det framför sig som en teaterpjäs, scen för scen. Pojken som stannat, bockat och hälsat artigt. Och mannen vars ansikte förvridits av hatet.

– En judejävel, hade han sagt. Vid Kristus, har hon en judeunge i sitt kök.

Sedan blev scenen suddig, hon mindes inte hur hon fick karlen ur huset, bara att hon slängt hans nålbrev efter honom och hotat med polis om han kom tillbaka. Men bilden av det bleka pojkansiktet med de många frågorna i var alldeles tydlig. Liksom minnet av hur hon suttit där vid köksbordet med pojken i knät och försökt förklara det som inte gick att förklara.

Och hon kom ihåg kvällen, när Erik rullade in lastbilen i garaget och hon inte hann emellan innan Simon var i Eriks armar och frågan ställd:

– Pappa, vad är en judejävel?

Erik hade styvnat, samlat sig, sagt:

– Sådana finns inte.

Men Karin visste att Simon sett rädslan i Eriks ögon.

Den kvällen hade de fattat beslutet. Det var bäst för pojken att inte veta.

Det tisslades i byn, Karin mindes oron för Ågrenskans gifttunga och hur Simon kommit hem en dag och sagt, att tant Ågren vill veta var du har hittat mig.

Sedan kom kriget och våren 1940 när det svarta förvandlades från sipprande illvilja till hot. Å dessa vårnätter i april när tyskarna tog Norge och hon tänkte att de kunde stå på hennes tröskel vilket ögonblick som helst och peka på pojken.

Då hade jag också ont i hjärtat, tänkte Karin förvånad över att hon inte kommit ihåg det tidigare.

Som hon förstått Rubens ångest. Och Olga, modern som hon aldrig sett, hon som valde vansinnet innanför Lillhagens murar.

111

Jag skulle ha talat med Ruben, tänkte hon.

Nu grånade havet bortom den skära fästningen, de skulle få regn innan kvällen och Karin reste sig, tänkte att klockan passerat treslaget, att Lisa hade gått hem till sig och Helen kommit med mjölken. Själv skulle hon hinna sova en stund innan Simon kom hem från skolan.

Men det blev ingen sömn för Karin, för när hon sträckt ut sig på sängen och svept filten om sig stod bergväggen framför henne.

Han måste få veta.

Minnet vandrade tillbaka igen till krigsåren, till den kvällen när Erik och hon kommit att tänka på brevet. Inga hade fått ett brev från spelmannen, ett långt brev på tyska, som ingen av dem förstått. Men de hade beslutat att Inga skulle spara det för att så småningom ge det till Simon.

Hon mindes telefonsamtalet, Eriks röst som tvingat Inga att bränna brevet. Efteråt hade skräcken för kyrkböckerna jagat Karin, vad stod det där, vem hade Inga angivit som far till barnet?

Hon hade hoppats att Erik skulle lugna henne, när han kom hem på nästa permission, säga att hon målade fan på väggen. Men hennes rädsla hade tänt hans och han tog av sina dyrbara bensinkuponger och körde hela vägen upp till lantkyrkan, där Inga var skriven.

Det gjorde bara ont värre. Erik hade berättat hela historien för prästen, en medelålders man som slickat sig om munnen.

– Prästfan var nazist, sade Erik när han kom hem. Men det förstod jag först när han började yra om vikten att hålla den ariska rasen ren.

De hade råkat i gräl.

– Jag kunde ha slagit ihjäl honom, sade Erik.

I kyrkboken stod: Fader okänd.

Karin öppnade ögonen, det skulle inte bli någon middagssömn. Blicken föll på gungstolen vid kakelugnen där hon suttit med Isak när kvarstadsbåtarna försvann och Isak tappade sig själv och vettet.

Allt hade samverkat till att hålla hennes rädsla vid liv. Men minnet av Isak de där dagarna gav ändå kraft.

Jag klarade honom, tänkte hon.

Sedan drog Simon in genom dörren, slängde skolböckerna i trappan och stod där, intensiv, full av liv.

– Hej morsan. Hur mår du idag? Vad får vi till middag?

Karin skrattade, försökte komma ihåg, jovisst:

– Köttfärslimpa, sade hon. Har du bråttom?

– Ja, jag ska på dans på Långedrag.

Karin såg på den granne pojken och tänkte att hon bra gärna skulle vilja vara ung och gå ut och dansa med honom.

Han har mått bra av att inte veta, tänkte hon när hon steg upp ur sängen för att ta itu med middagen.

– Kommer Isak med på dansen?

– Ja, Ruben kör honom hit och lät hälsa att han gärna ville ha kaffe.

Det passar bra, tänkte Karin, och efter middagen, när Simon sprang upp på sitt rum för att byta om, sade hon till Erik:

– Han måste få veta, han är sjutton år och har rätt att få veta.

Erik såg plötsligt tio år äldre ut, men han nickade och sade:

– Jo, jag har tänkt på det, jag också.

– Det är svårt, sade Karin. Jag vill att vi rådgör med Ruben.

Hon såg att Erik inte ville.

– Alla som står nära måste ju ändå få reda på det, sade Karin.

– Jo.

När Ruben kom var kaffet dukat i finrummet, så redan av det förstod han att det inte skulle bli någon vanlig kväll. De talade, trögt och trevande i början, sedan allt ivrigare, nästan i mun på varann, Karin och Erik. Karin hade alltid vetat att Ruben var en lyssnare, men hon hade inte förstått att det skulle kännas så skönt att få ge honom hela den långa historien. Oktobermörkret stod tätt utanför fönstren, de kunde inte se varandra. Men när Erik slutligen reste sig för att tända lampan såg de att Ruben var blank i ögonen.

Han sade inte så mycket, bara:

– Så då var det ingen tillfällighet då att ni kunde hjälpa Isak.

– Vi satt ju i samma förbannade båt, sade Erik.

Det blev en lång tystnad, tills Ruben sade:

– Jag funderade lite i början, han såg ju inte särskilt svensk ut.

Och han mindes hur Olga sagt: Larsson, men det är inte möjligt.

Men det berättade han inte, sade att under årens gång hade han ofta tänkt att Simon var lik sina föräldrar.

– Han har ju samma slags sinnelag som du Karin, samma renhet om ni förstår hur jag menar. Och han är lik Erik också, ivrig och intensiv.

Det tröstade.

Men hur trodde Ruben att Simon skulle ta det?

Ruben suckade:

– Det blir inte lätt. Men jag tror inte att det finns någon verklig fara. Han har så stark grund.

Sedan sade Ruben att de skulle vara naturliga, inte slå sanningen i ansiktet på Simon utan vänta på ett lämpligt tillfälle.

– När är det, sade Karin häpet.

– Det kommer ni att veta när stunden är inne, sade Ruben så säkert att de måste tro honom.

När pojkarna kom tillbaka från dansen satt de i köket som vanligt med en öl och en nattsmörgås. Ruben tog Simon i famn, dunkade honom i ryggen och sade:

– Herregud, grabben, om du visste vilken julklapp jag har beställt till dig från Amerika.

Nästa morgon stod dimman som vadd mellan husen. Simon vaknade som så många mornar förr till mistlurarnas tjut över inloppet och tyckte att den här gången lät de mer än vanligt olycksbådande. Karin verkade tung som dimman hon också när hon satte fram frukosten och sade att hon måste gå över till Edit Äppelgren innan hon blev skvatt galen av misten. Simon skulle låta cykeln stå och ta spårvagnen.

– Man ser ju knappt handen framför sig, sade Karin.

Han fick springa sista biten mot hållplatsen där den blå vagnen dök upp som en fantom ur dimman men tog emot med vänligt blinkande glödlampor i sitt varma innandöme.

I talarstolen i aulan stod kyrkoherden själv, han var dummast av alla de präster som välsignade läroverket med morgonböner och ledan kröp mot Simon. Redan i inledningsrabblet av Fader Vår lyckades han stiga ut ur huvudet men fann till sin besvikelse att medvetandet den här gången gått raka vägen hem.

Han fann köket tomt, Karin hade redan hunnit över till Äppelgrenskan. Simons medvetande tog av mot varvet, men där halvvägs hejdade han det. De hade rast, Erik och hans gubbar, och Simon kunde höra hur Erik skroderade över kaffekoppen. Han talade om bomben och den förändrade världen och alla lyssnade andäktigt.

– Nu mår han, tänkte Simon. Nu är han värst och bäst och störst.

Simon kände att han hatade sin far, föraktade honom.

Som fadern föraktade Simon, pojken som hade tummen mitt i handen och huvudet fullt av griller som inte kunde användas till något nyttigt.

Som aldrig skulle bli en hederlig arbetare.

Gud så trött Simon var på huset. Och varvet. Och båtskrytet. Och politiken. Och allt det rejäla.

Simons medvetande tvärvände på trädgårdsgången och där i dimman mötte det Karin, såg henne komma emot sig och såg på henne med nya ögon, utifrån. Inte var hon särskilt vacker och nog var minen av innerlig självbelåtenhet runt munnen avskyvärd. Hon, ängeln, hade gjort dagens goda gärning.

Han hatade henne med, tänkte att det aldrig gick att föra ett vettigt samtal med henne, att hon var obildad och dum i huvudet och att hon aldrig hade förstått honom.

Sedan bröt det loss:

"Tack, o Gud, för vad som varit . . ."

Och Simons medvetande måste över tinningsbenets tröskel igen och han mådde illa som alltid när många sjöng högt och falskt runt om honom.

Själv tog han aldrig en ton.

Sedan började det värka i magen på honom för de hemska tankarnas skull, och i fysiksalen, där Alm vecklade in sig i något idiotiskt experiment och det fanns gott om tid att fundera, mindes han gårkvällen och att det varit något särskilt i köket när han och Isak kom hem från dansen.

Något konstigt. Erik hade sett trött ut.

Men minnet av Erik satte eld i ilskan, Simon ägnade sig återigen åt att avsky Erik, hans grova nävar och hans enkla sanningar.

Också Karin tänkte på Erik. Dimman lättade fram på dagen och hon gick på strövtåg som hon brukade.

Erik hade inte haft någon lätt kväll i går. Det beslut de fattat under kriget att inte tala om Simons börd hade blivit till att inte tänka på den. Inte veta.

Erik var bra på att inte veta.

Han hade alltid varit ömtåligare än hon när det gällde Simons bakgrund. I vart fall hade han varit den som reagerat hårdast var gång de fick en påminnelse. Som den där gången när Ruben fick för sig att Simon skulle bli fiolspelare.

Erik hade nästan blivit galen av ilska.

Han var en människa som skapade sin egen verklighet, tänkte Karin. Han byggde den själv, sten för sten, aldrig skyldig någon något. Allt som inte passade in i det bygget slängdes bort eller förnekades. Andra människor fick vara så goda att skapa om sig så att de kunde fogas in.

Simon passade allt sämre.

Det fanns bråk i luften, Karin visste det även om både Simon och Erik höll inne med orden för att inte oroa henne. Det rörde sig inte bara om att Simon var opraktisk, nej mycket mer. Eriks överläge var en förutsättning för att hans verklighet skulle stämma, han måste vara förmer, sin storslagna mors ende son. Annars?

– Ja, då dör han väl, sade Karin rakt ut i luften, arg som alltid när hon skymtade arvet från svärmodern.

Nu hade Simon gått om honom på många sätt, i skärpa, i kunskap, i snabbhet. Erik var hotad, tog till hånet.

– Ta ett tag här, grabben, om du inte är rädd för att smutsa ner händerna, förstås.

Simon var överklass, det fick han betala för. Det var skolan förstås men också något mer. Han föddes överklass, tänkte Karin och i nästa stund:

Men det är ju löjligt.

Kunde det handla om ras, att Simons väsen hade med det

116

judiska att göra?

Nej, Isak var både överklass och jude och hos honom fanns allt som Erik krävde, klurigheten, det goda handlaget med skruv och spik. Och så det allra viktigaste, en stor beundran för Erik och ett självklart erkännande av hans ledarskap.

Nu bröt solen igenom, ljuset var silvrigt vitt av dimman och Karin gick till ekarna. Där under den största kronan, som var tung och gyllene i den begynnande hösten, insåg hon att det var sig själv hon skyddade med alla dessa tankar om Erik. Hon vågade inte ta sin egen rädsla upp i dagsljuset.

Den kunde brista nu, navelsträngen som givit näring också åt hennes liv.

När Simon får veta är han fri, tänkte Karin. Hon var inte hans mor och därför kunde han välja bort henne. Hon visste ju att det fanns ögonblick när han skämdes för henne.

Hon hade ont i bröstet nu och ingen gråt kom och lindrade.

I spegeln därhemma såg hon att läpparna var blåaktiga, men sedan tog hon sitt hjärtlugnande piller och somnade. Hon drömde att hon födde en son under stor smärta och det var Simon som kom ur hennes liv och hon lindade honom och gick med barnet till hans far.

Det var lång väg att gå till mannen som väntade henne uppe på kullen, men hon gick med stor värdighet, bar fram barnet till honom. Och han tog det i sina armar och då först såg hon på honom, såg upp i hans ansikte och kände igen Ruben.

17

– Direktör Ruben Lentov?
– Ja, det är jag.
– Mitt namn är Kerstin Andersson. Jag är kurator på Sör-
åsens sanatorium.

Namnet på en stad nämndes, Ruben kunde vagt placera den
någonstans på småländska höglandet.

– Ja, sade han. Goddag.
– Goddag.

Rösten i telefonen gjorde allt för att verka säker men lyckades
inte.

– Är det möjligen så att er hustru hette Leonardt i sig själv,
jag menar innan ni gifte er.

– Ja. Nu var Ruben hotad.
– Olga Leonardt?
– Ja, hurså? Hans ton var så formell nu att rösten i den andra
telefonen förlorade allt självförtroende, sade:

– Jag kanske kan ringa till henne?
– Nej, sade Ruben. Min hustru är sinnessjuk.
– Åh, jag är ledsen.

Vad i helvete är det frågan om, tänkte Ruben men han visste
redan att det ofrånkomliga hade hunnit ifatt honom. Rösten
fortsatte som om den hört tanken.

– Vi har en flicka här, en av de räddade från Bergen-Belsen.
Hon heter Iza von Schentz och påstår att hon är systerdotter till
er hustru.

Väggarna i det rymliga kontoret drog sig närmare Ruben,
rummet minskade, bilderna jagade varann inne i hans huvud.
Iza, en livlig femåring som varit brudnäbb på hans bröllop en
gång i en annan värld. Åh, Gud, tänkte han, Israels Gud, hjälp
mig och han lade luren på skrivbordet och lyckades få upp
fönstret mot Norra Hamngatan, drog ett djupt andetag och såg

att sjön gick vit ända upp i hamnkanalen. Det var storm över Göteborg.

Sedan så långt bortifrån som från ett annat universum, hörde han rösten ur telefonen.

– Hallå, hallå, är ni kvar, direktör Lentov?

Han måste ta sig samman, han tog luren för att ställa alla frågorna, men han kunde inte finna dem.

– Iza, sade han. Lilla Iza.

Kerstin Anderssons röst hade återvunnit sin styrka när hon sade:

– Jag förstår att ni behöver tid att tänka. Kanske kan ni ringa upp mig om en stund. Han fick ett telefonnummer, handen antecknade, när han lagt på luren kände han att han frös.

Men rummet hade återtagit sin vanliga storlek när han gick över golvet för att stänga fönstret och ut på kontoret för att säga att han inte ville bli störd den närmaste halvtimman. Sedan lade han sig på den svarta skinnsoffan med Handelstidningen över huvudet.

Han försökte minnas barnet, se ansiktet. Kunde inte.

En av miljoner döda hade återvänt, men hon hade inget ansikte. Var hon lik sin mor? Ruben mindes plötsligt vad det kostat honom att inte minnas Rebecca, att under alla dessa år i Sverige inte minnas flickan som han älskat en gång i Berlin.

Rebecca Leonardt, storslagen.

Hon hade gift sig med en tysk officer, Ruben fick ingen bild av von Schentz heller, men han mindes mycket tydligt ett samtal på ett café i Paris, där Rebecca sökt förklara förlovningen med tysken.

– Han är snäll, von Schentz, hade hon sagt. Med hans hjälp skulle hon ta sig ur judendomen, som snärjde och låste henne.

– Jag kan inte andas på kvinnoläktaren i synagogan.

Han, Ruben, hade inte visat sin förtvivlan, varit storsint, förstått.

Äktenskapet hade alltså inte hjälpt henne, tänkte han och steg upp, han måste ha vatten, fann en Ramlösa, öppnade den, drack.

Hon blev författare, ända in mot slutet av trettiotalet hade hon skickat brev och dedikationsböcker till Olga. Ruben hade

119

aldrig förmått läsa hennes romaner, men han visste att hon hade gott anseende.

Jag gifte mig med Olga för att få vara i hennes närhet, tänkte han.

Nej.

Jo.

Den rike doktor Leonardts två döttrar, där den ena fått allt, begåvning, skönhet och ett stort och öppet sinne. Medan den andra ...

Ruben kände en nästan vild ömhet för Olga nu, lillasystern som satt på det stora mentalsjukhuset och lekte med dockor.

Bilden av hustrun och hennes dockor återförde Ruben Lentov till verkligheten, till senhösten 1945 i Göteborg, handlingskraft och ansvar.

– Jag frågade inte ens hur det var med flickan, tänkte han, satte sig vid skrivbordet, skulle ringa. Men handen slog numret till Karin och när han hörde hennes röst förstod han vad han alltid vetat men aldrig vågat se, att Karin till hela sitt väsen var lik Rebecca.

– Men Ruben, sade Karin. Så underbart. Vi måste få henne att läka och trivas här i Sverige.

Det var rätt, det var vad han behövde höra.

– Du måste först och främst fråga hur sjuk hon är. Hon har väl tuberkulos eftersom hon är på sanatorium. Du måste tala med läkarna, du måste åka dit.

– Ja.

– Och du måste fråga om hennes anhöriga, hennes mor.

– Ja.

– Du ska fråga kuratorn, inte flickan. Å herregud, Ruben, det är ett under.

Han hörde att Karin var upprörd, tänkte på hennes hjärta och ville säga något lugnande, men han hade bara plats för insikten att han känt igen Rebecca i Karin redan första gången hon kom till hans kontor.

– Ruben.

– Ja.

– Vi ska få henne glad åt att leva igen.

Båda skulle minnas de orden när de så småningom kom att

120

förstå att Iza var en människa med en hänsynslös och brinnande lust till livet.

– Hur gammal är hon, Ruben?

Han tänkte efter, han hade gift sig 1927, hon måste vara född 1923.

– Hon är tjugotvå.

– Så bra, sade Karin. Jag tror ju att de unga läker lättare.

Han hade kvar av Karins förtröstan när han beställde samtalet till Kerstin Andersson.

– En del fläckar på lungorna, de läkte fint, sade hon. Iza hörde till dem som skulle överleva. Hon gick i skola här, lärde sig språket och hade lätt för sig, var oerhört nyfiken på livet i det nya landet.

– Men detta med er blir svårt, sade kuratorn.

– Hur då?

Kerstin Andersson berättade att de hade svårt att klara en stor glädje, hennes patienter. Han fick höra om en kvinna, som haft en hygglig prognos men dog när hon fick ett brev från en syster, som också överlevt och nu fanns i Palestina.

Ruben försökte förstå.

– Är det därför ni inte har sökt kontakt med mig förrän nu?

– Nej, sade kuratorn. Iza hade talat hela sommaren om en moster i Norge, men hon kom inte ihåg vad mostern hette som gift och vi tog det väl inte riktigt på allvar.

Hon visste inte vad jag hette, tänkte Ruben. Rebecca utplånade mig som jag utplånade henne.

– Så en dag fick hon se en annons för era böcker i tidningen.

Ruben mindes annonsen, höstens nyheter från England och Amerika, böcker som återigen nådde hans butiker.

– Hon kände igen namnet och blev som galen, fick feber igen och skrämde upp läkarna. Själv trodde jag inte så mycket på historien, men överläkaren tyckte att jag skulle kontrollera den. Mest för att få henne lugn, ni förstår. Så jag ringde er.

– Vet hon något?

– Nej, jag måste försöka tala med henne i eftermiddag.

– Jag tänkte komma och hälsa på till helgen.

– Det är bra, men vänta tills ni hört av mig igen.

– Ja. Är det något hon vill ha, tror fröken?

Nu skrattade telefonluren:

— Hon vill ha allt, sade den. Kläder, skor, smink, gotter, böcker, väskor, strumpor. De vill alla ha allt.

Ruben kunde inte skratta, han samlade sig till den svåraste frågan:

— Vet man något om hennes mor?

Rösten fick sådant allvar nu att telefonluren blev tung som bly i Rubens hand:

— Ja, hon gasades i Auschwitz, båda barnen såg henne föras till ugnarna. Brodern dog i Bergen-Belsen en vecka efter befrielsen.

— Åh, nej.

— Ja, det var svårt för Iza. Men det var många som gav upp där på tröskeln. Där fanns en hel del sjukdomar också, fläckfeber och annat.

Kerstin Anderssons röst var trött och det blev tyst en stund innan den återkom:

— Er hustru, är hon mycket sjuk?

— Hon är utan kontakt med världen, på mentalsjukhus. Men ni behöver inte vara orolig, jag har en son, vänner, jag ska ta god hand om Iza.

— Åh, det var inte därför jag frågade, jag ville bara veta vad jag ska säga till flickan.

Ruben lyckades säga något vänligt på slutet, han hade klart för sig att han talat med en människa, som inte hade det lätt.

En stund senare ringde Erik och sade att han gärna ville köra Ruben till sjukhuset på lördag. Det var dåliga tågförbindelser där uppe på småländska höglandet och han kände till Rubens motvilja för långa bilresor på landet.

— Jag hittar, sade Erik. Jag har legat där själv en gång i min ungdom.

Ruben tackade, det var en lättnad på alla sätt. Men han var förvånad:

— Har du haft soten?

— Ja, en släng efter en hjärtesorg i ungdomen.

Hjärtesorg låg inte bra i munnen på Erik, men han fann väl inget annat ord. Och Ruben tänkte på hur väl de kände varandra och hur lite de visste om varandra.

Kerstin Andersson hade lagt på luren med en smäll och blivit sittande. Hon visste att hela kvinnopaviljongen sjöd av upphetsning redan, kanske hade Iza släktingar i Sverige, rika som troll. Allas hopp hade tänts av Izas hopp.

Hon är skör som ett rö, tänkte Kerstin. Men hon dör nog inte, det är ju trots allt inget personligt band. Iza mindes inte sin morbror.

Men ett band var ett tecken på att man hörde till och mer än så, en länk tillbaka till världen. Kerstin reste sig, gick till bokhyllan, tog fram journalen hon fört efter sina samtal med Iza. Ja, hon kom ihåg nu, fadern hade varit tysk officer och skjutit sig med sin tjänstepistol när Gestapo kom för att hämta hustrun och barnen.

Hon mindes Izas häpna:

– Han dog, förstår du, mitt framför ögonen på oss.

Det var som om flickan glömt det och plötsligt mindes, den första döden av tusen dödar som hon sett.

Det hade funnits en liten syster också, hon hade dött redan vid transporten.

– Det var bäst för henne, hade Iza sagt. Men mamma fattade det inte, vi fick slita ungen från henne.

Sedan det vanliga, men genom helvetet hade de lyckats hålla samman, Iza och hennes bror. När han dog vid befrielsen hade Iza blivit sjuk, svävat mellan liv och död.

Kerstin suckade, satte in pärmen, tänkte som många gånger förr att hon inte riktigt orkade med jobbet. Det fanns en spänning kring Iza, hon var förmer. På sanatoriet fanns mest polskor, uppväxta i ghettona i Lodz och Warszawa och hon utmanade dem med sin goda tyska, sitt skitfina namn och sina manér.

Och sin hänsynslöshet, tänkte Kerstin motvilligt.

Men hon såg ut som de andra, hemsk.

Jag måste förbereda Lentov på det här med fetman och håravfallet, tänkte Kerstin.

Så gick hon ut för att leta rätt på Iza och fann henne i skolsalen med en bok. En svensk roman, Mobergs Rid i natt.

– Är den inte för svår för dig?

– Nej, den är hemskt spännande.

Och Kerstin tänkte på den egendomliga iver med vilken flickan högg sig in i språket, i allt som var svenskt. Hon mindes Izas tidningsläsning, hur hon började på första sidan och läste allt, annonser, dödsrunor, radioprogram, notiser om bortsprungna hundar, förlorade plånböcker och unga och äldre som sökte bekantskap, ev äktenskap. Allt förvånade henne, förtjuste henne, hon frågade om varje ord hon inte förstod, hon tvingade sköterskor, biträden, Kerstin, ja doktorn själv, att förklara.

Det hade hänt att de såg lika förvånat som hon på egendomligheter i det svenska samhället.

"Jag är en käck tös på 22 vårar som älskar kruska och långa promenader. Var finns du som kan tämja mig. Svar till Vildkatt."

– Men det är ju inte klokt, sade Iza med glänsande ögon. Och det var det ju inte heller.

Nu bad hon Iza följa med till kontoret, satte henne i stolen men blev själv stående när hon kort och rakt på sak berättade om Ruben Lentov, att han hade kommit ihåg både Iza och hennes mor och att han gärna ville ta hand om henne.

Izas triumf kände inga gränser.

– Jag visste det, skrek hon. Jag visste det men du ville inte tro mig. Sedan kunde ingenting hejda henne, hon flög ut i korridorerna, från sjuksal till sjuksal ljöd hennes rop.

– Jag har en morbror i Sverige, en rik morbror som ska ta hand om mig.

Och upphetsningen steg överallt och drömmarna blommade. Man glömde att hon var skitförnäm, ett under hade hänt henne, under kunde hända dem alla.

Nu får jag skäll igen, tänkte Kerstin Andersson och såg översköterskan komma, högtidlig som alltid men bistrare än vanligt:

– Jag har ju sagt att patienterna inte får bli upprörda. I kväll kommer de att ha feber igen allesamman och det är frökens fel.

Kerstin sprang efter Iza.

– Nu följer du med mig. Ta på kappan och stövlarna så går vi ut i parken.

– Din moster är sjuk, sinnessjuk.
– Varför det, Iza stannade mitt i steget.
– Vad menar du, sådant kan man ju inte veta.
– Det är ju löjligt, sade Iza. Gå här mitt i freden och maten och ha en rik karl och så bli galen.

Hon var arg. Och rädd för hon förstod ju att det förändrade hennes ställning. Ruben Lentov hade inga blodsband till henne, hustruns systerdotter.

– Du sade att han tänkte ta hand om mig?
– Ja. Han är säkert en man att lita på.

Iza lugnade sig, rösten var mindre skarp:

– Det är sant att han är rik?

Kerstin tänkte på de fattiga studieåren på Socialinstitutet i Göteborg, hur hon och kamraterna smitit in i den eleganta bokhandeln mitt i stan, på de mjuka mattorna och doften av fina böcker.

– Nog tror jag det, sade hon.

De körde tidigt lördag morgon i Rubens gamla Chevrolet, som stått uppställd under kriget och nu spann som en belåten katt genom kurvorna på den smala Boråsvägen, morrade av glädje i uppförsluten och njöt rent allmänt av att komma ut i världen och röra på sig.

– Vilken kärra, sade Erik. Såna här görs inte längre.

Men bilen sörplade i sig bensin och i Borås började det snöa. Erik tankade, fick höra att vädret skulle bli värre uppåt Ulricehamn och köpte snökedjor.

I baksätet satt Simon och Isak, som efter viss tvekan beslutat sig för att följa med och se på kusinen som återvänt från dödsriket. I bakluckan låg Olgas päls, en nyinköpt handväska i finaste lack, en påse med skönhetsmedel som Karin köpt, chokladkakor och en trave med böcker.

– Hon läser allt hon kommer över, hade kuratorn sagt.

De slingrade sig ut ur Borås och började klättringen uppför småländska höglandet, in i snöriket. Höga blånande berg, milsvida skogar, vita granar.

– Här är vackert, sade Ruben som nästan alltid blev förvånad över hur storslaget Sverige var när han någon gång tog sig utanför staden.

Men Erik muttrade om slitna däck, lade in tvåan och kröp, men tvingades så småningom stanna för att sätta på snökedjorna. Isak hjälpte honom, Ruben och Simon gick en sväng inåt skogen, kissade. Sedan stod Ruben en stund och stampade för att hålla värmen, såg på Erik som vant och utan tvekan fick fast kedjorna kring det sista hjulet.

Då kom Ruben ihåg hur Otto von Schentz sett ut.

När de fortsatte tänkte han på tysken, fadern. Han kunde ju vara i livet, dyka upp någonstans i ett ryskt krigsfångeläger.

Jaha.

Det var tyst i bilen, de var illa till mods nu alla fyra. De tänkte på skildringarna de läst och bilderna de sett och insåg att inget hade blivit verkligt för dem.

Inte förrän nu.

Sedan var de framme, körde in på en gårdsplan och solen sken och snön gnistrade och runt bilen svärmade alldeles riktiga människor, tjocka, roade, nyfikna. Livligare än vanligt folk i Sverige visserligen, barnsligare, mer öppet tillgivna.

– Hade de mat med? Bröd?

– Nej, var de hungriga? Fick de inte nog att äta?

Erik kände hur ilskan steg i honom, men sedan var kuratorn där, en lång, gråögd flicka, som kort sade att alla här fick dubbla ransoner av allt men att det inte fanns någon botten i dem.

– Ni ser ju hur tjocka de äter sig.

Simon tyckte att hon var hemsk men hennes patienter skrattade och sade att det var det värsta, detta att de aldrig kunde få nog av mat. De talade en blandning av tyska och svenska.

Erik hade inte svårt att förstå och snart satt han med en vetekrans och en kaffekanna bland tio tjocka kvinnor och kände sig overklig. Men glad, på gott humör.

Iza väntade på Ruben i kuratorns rum. De senaste dagarna hade förändrat henne. Hon hade tystnat, försökt äta mindre, tvättat håret och gråtit av förtvivlan när det föll av i sjok. Ensam i skolsalen hade hon i timmar försökt minnas hur man uppträdde, hur man talade och betedde sig i salongerna hos hyfsat folk. Hon hade lånat nagellack av en sköterska, det stärkte henne för hon hade vackra händer.

Men i helfigursspegeln i gymnastiksalen vågade hon inte se sig.

I dag på morgonen hade febertermometern visat på nära 38 grader, syster såg arg ut men Iza gladde sig för hon kunde se i fickspegeln att febern gav kinderna färg och ögonen glans.

Lik Olga. Inte lik Rebecca, lik Olga. Samma nervösa lystnad kring munnen, samma lätt böjda näsa och smala höga panna. Till och med det fina, anade blå nätet vid tinningarna fanns. Och samma rastlösa iver, samma hunger för vilken ingen mättnad fanns.

– Lilla Iza, sade han.

Och hon såg i en blink att hon inte skulle behöva anstränga sig, att hans skuld var så stor att han måste godta henne sådan hon var.

– Jag vill härifrån, sade hon. Nu, genast.

– Jag kan förstå det, sade Ruben. Men det är överläkaren som bestämmer.

– Jag hatar honom, sade hon och han häpnade inför intensiteten i hennes röst och hennes hat. Han är nazist, samma slags jävel som tyskarna i lägret.

Hon kan ha rätt, tänkte Ruben skrämd.

Men han ville inte fortsätta, bytte samtalsämne:

– Kuratorn berättade om Rebecca, sade han.

– Jag vill inte minnas.

– Jag förstår det.

Svaret kom blixtsnabbt:

– Nej, du kan inte förstå någonting.

Och Ruben böjde sitt huvud.

– Vet du något om din far.

Frågan var tvekande, men han måste ju få veta. Den gick rakt in i Iza, gjorde henne öppen och äkta och förvånad som ett barn.

– Han sköt sig, sade hon. Mitt framför ögonen på oss. Vi stod där bara och så sköt han sig.

Hennes ögon såg tillbaka i tiden, till ögonblicket när det obegripliga började.

– Varför? När? Rubens röst viskade.

– När Gestapo kom för att hämta oss, mamma och oss.

Nu vände ögonen tillbaka till rummet och till honom och hon skrattade till:

– Kan du tänka dig en sån feg jävel.

Ruben vågade inte se på henne.

Efter en stund öppnade han dörren, ropade på Isak och bad pojkarna hämta presenterna. Hon såg knappast åt sin kusin, inte alls på Simon, hon hade bara ögon för gåvorna.

– Gud vilken underbar päls.

Hon slet den ur påsen, försökte kränga den på sig. Det gick men nätt och jämt och den kunde inte knäppas.

– Jag ska bli smal igen, sade hon. Jag ska, jag ska.

Det var när Simon hjälpte henne av med pälsen som han såg numret, de klumpigt tatuerade siffrorna på hennes arm.

Det var ett ögonblick utanför tiden, en sekund som innehåller allt man någonsin behöver veta. Han läste det höga talet och såg de många döda, visste att de inte skulle ställa de levande till ansvar.

Att de hade upphört att viska i vinden.

Men också att det var de döda som skapade tystnaden på jorden och allt det som inte kunde förstås.

När blicken gick från flickans arm till hennes ögon såg han att hon var ond och visste att hennes ondska skulle göra hans liv verkligt och att han måste uthärda allt.

Isak hade också sett siffrorna, men han sade:

– Varför är du barärmad mitt i vintern?

Men hon hörde inte för hon var i den underbara lackväskan, i läppstiftet och parfymflaskan.

Nu kom kuratorn och meddelade att överläkaren ville tala med Ruben. Nazisten, tänkte Ruben när han illa till mods följde den långa flickan genom korridorerna, knackade på en dörr och stod öga mot öga med en gammal judisk vän.

Olof Hirtz!

De blev lika förvånade båda.

– Jag hade bara hört talas om en rik morbror.

– Och jag fick höra om en nazistisk överläkare.

De kramade om varandra.

128

Hirtz var framstående forskare, specialiserad på tuberkulos. Han var gift med en psykiater och Ruben mindes att han alltid varit intresserad av tuberkulosens psykologi, sambandet mellan tbc och sorg, svag livsvilja.

Ändå måste Ruben fråga:

– Vad gör du här?

– Jag tog tjänstledigt från Sahlgrenska, sade Olof. Du vet man vill ju göra något. Dessutom är det här ett intressant studiematerial.

Ordet var avsiktligt cyniskt, han markerade med en grimas.

– Men de här fallen kan ju inte vara representativa, jag menar att de har fått sjukdomen under absurda förhållanden.

Ruben tvekade om orden, sökte sig fram.

– Så tänkte jag också i början, sade Olof Hirtz. Men jag börjar undra.

Han blev ivrigare.

– De här människorna var ju som vanligt folk, de uppfostrades, älskades, hatades, hade goda och onda mödrar, kalla hem, varma hem, syskon, fattiga föräldrar, rika.

– Jo, det är klart, men ... Men sedan ...

– Ja, de kom till helvetet, förödmjukades till det yttersta, misshandlades och reagerade på olika sätt utifrån den bakgrund de hade, den styrka de fått i barndomen.

– De är inte så annorlunda, menar du?

– Jo, de är tydligare. Och så är de annorlunda därför att de har prövats. De har en kunskap som ofta är omedveten om vad som är hållfast och vad som är sken. Vi vanliga dödliga får ju sällan veta det.

– Det är sant, sade Ruben.

– Vi kanske får erfara det vid den yttersta gränsen, när vi ska till att dö menar jag. Om vi inte är så omtöcknade av mediciner att vi går miste om det.

Olof lät arg på rösten, så Ruben teg om det han hade på tungan, att då kunde det ju också göra detsamma. Han kom ihåg också att Olof Hirtz var djupt religiös och Ruben ville inte ha någon diskussion om de yttersta tingen.

– Iza, sade han. Jag kom ju hit för att tala om Iza ...

– Hon klarar sig, sade Olof. Egentligen förvånar det mig att

hon fick tuberkulos för hon hör till de livshungriga, de som
överlevde av själva viljan till liv. Kanske är det typiskt att
sjukdomen debuterade sent, den var färsk när den upptäcktes i
karantänen i Malmö.

– Jag förstår inte riktigt?

– Så länge striden varade hade hon kraft. När den var över
kunde hon ge efter för trötttheten. Så dog brodern och hon kunde
inte längre hålla tillbaka alla känslor av övergivenhet från barn-
domen.

– Vad menar du?

– Iza har inte haft det lätt som barn.

Ruben kände sig angripen i hjärtpunkten.

– Hennes mor var en underbar människa.

– Det är möjligt. Men Iza var i hög grad sin fars dotter och
han . . .

– Och han?

– Ja, en preussisk officer . . .

Alla ord blev hängande i rummet nu, Ruben anade att Olof
visste mer än han ville berätta.

– I vart fall måste hon bli kvar här i vinter, fortsatte Olof. Vi
får göra en ny bedömning till våren, det finns en risk för att vi
måste operera. En lunga är gasad, det visste du kanske?

Nej, Ruben visste ingenting om behandlingen av tuberkulos,
men han reagerade för ordet. Gasad!

– Du kan ha fullt förtroende för oss, bättre vård än här kan
hon inte få.

– Nej, det är jag övertygad om.

Orden återställde den gamla värmen mellan dem. De talade
en stund om gemensamma vänner och om böcker, som Olof
ville ha och Ruben lovade att skaffa.

När Ruben stod i dörren, sade Olof:

– Du hjälper Iza om du förmår säga nej och ställa krav. Du
får se upp med din högtidlighet.

– Vad menar du?

– Att du nog har en släng av den kristliga vördnaden för
lidandet och att den inte är till någon hjälp för de överlevande
från koncentrationslägren.

130

Ruben hade väntat sig ett uppträde när han skulle säga till flickan att hon måste stanna kvar på sjukhuset länge än.

Men det kom inte. Hon ryckte på axlarna, troligen hade hon vetat.

Då sade Ruben, försökte låta fast:

– Överläkaren är en gammal vän till mig, en känd vetenskapsman och humanist. Han är ingen nazist, han är jude.

– Jag vet kanske mer om nazister än du, sade Iza. Och judar föraktar jag.

– Som nazisterna gjorde, sade Isak och hans röst var som ett piskrapp. Hon blev rädd, sade att hon inte riktigt menat, att hon var så trött, blev så trött av allt talande och att hon hade feber.

Det blev inte mycket prat i bilen på hemresan heller. Det var egentligen bara Erik som talade en stund i början om hur stark människans vilja till överlevnad var och hur förvånande det var med all den glädje de sjuka hade.

– De tror verkligen på framtiden, sade han.

Ruben nickade men tänkte att ett liv inriktat bara på överlevnad nog fick kraft av en stor enkelhet.

Simon satt i baksätet och skämdes för Erik. Isak hörde inte på.

De körde till huset vid älven där Karin väntade dem med middagen, kalvkött med inlagd gurka och jordgubbskompott.

– Hurdan var hon?

– Hon var full av liv, sade Erik. Och ilska.

– Trasig, sade Ruben, hektisk och trasig.

– Hon var en jävla apa, sade Isak och tappade gaffeln i golvet. Karin såg från den ena till den andra och tänkte på vålnaderna från de vita bussarna och på hur hon känt att de borde ha varit döda så som hon själv borde dö och hur hon beslutat sig för att överleva så som Iza hade. Men hon sade inget, bara Erik röt till:

– Du gör det enkelt för dig, Isak.

Ruben tänkte på hur lik Olga flickan varit och teg.

Senare när Karin blev ensam med Simon tog hon upp frågan igen.

– Men hurdan är hon, Simon?

Simon såg länge på Karin och tänkte att det skulle du aldrig begripa. Men han försökte svara:

– Livlig, sade han, letade ord, hittade två. Ett fint:

– Forcerad, sade han.

Och sedan efter en stund, ett göteborgskt:

– Åpen, sade han. Hon är åpen på allt, hungrig. Och ibland har hon sådana där ögon du vet som Isak hade den där gången.

Karin nickade.

Tomma, tänkte hon. Kanske ögon som sett för mycket måste tömmas.

18

Två dagar före julafton, alldeles överraskande och mitt på blanka förmiddagen kom Ruben i förhyrd lastbil ut till huset vid älvmynningen.

Han var så glad att det lyste om det.

– Vad i all sin dar, sade Karin och det var rätt sagt, det förstod hon på hans skratt.

Chauffören hjälpte honom att baxa av en stor och tung låda av trä, stämplad på amerikanska: Handle with care. Ruben hade tillbringat morgonen i tullen, men här var den nu, hans julklapp till Simon.

När lastbilen försvunnit gick Ruben till varvet för att be Erik om hjälp.

– Vad i Herrans namn har du där? sade Erik.

– Jag blir så nervös så jag måste sätta på kaffe, sade Karin men Lisa var redan på gång med kitteln.

Så de drack kaffe medan Ruben fortsatte att lysa av överraskningsglädje och snart kommenderade:

– Upp med er kvinnor, och städa i Simons rum.

– Där är minsann städat, sade Lisa.

– Inte då, sade Ruben. Där ska allt bort från långväggen mitt emot sängen.

Nu skrattade Karin högt, smittad av glädjen.

– Du får det som du vill, Ruben, sade hon och så gick de upp för att möblera om, hon och Lisa.

– Vi får aldrig upp den för trappan, sade Erik, men sedan tog han mått, räknade på vinklar och kom fram till, att jo, det skulle nog gå.

– Har du någon elektriker på varvet?

– Nej, jag klarar sånt själv, sade Erik och hans ögon lyste av nyfikenhet.

– Är det en maskin?

– Ja, det kanske man kan säga.

Det kostade dem mycket svett och en dryg halvtimma att baxa lådan uppför trappan och det var bra det också, för Lisa och Karin behövde tid att flytta bokhyllan till kortväggen, plocka ur och plocka tillbaka.

Karlarna fick var sin öl medan de pustade ut på övre hallen och innan de gick lös på lådan, bände upp locket med kofot.

– Försiktigt, sade Ruben.

Ut ur lådan steg träull och papper och Lisa tänkte, att hade hon anat detta skulle hon ha väntat med städningen. Till slut var den framme i alla fall, den hiskliga radiogrammofonen i flammande blank valnöt med pråliga lister av gulmetall och försilvrad väv framför högtalarna.

– Den är inte vacker, sade Ruben.

– Det är den visst, sade Karin. Den är stilig. Men vad är den till.

Erik log så munnen gick från öra till öra, när han satte i kontakten och frågade om det var för detta Ruben behövde en elektriker.

– Vänta, sade Ruben och tryckte på en knapp och drog i en ratt. Ut dånade radions symfoniorkester som om de stått där allihop i sina frackar.

Huset höll andan, aldrig förr hade det hört något liknande. Men det skulle få vänja sig. Eriks ansikte löstes upp, Karin satt på Simons säng och flämtade av förvåning och Lisa, som var på väg uppför trappan med dammsugaren, höll på att tappa den.

– Nu är det inte det här som är det viktiga, sade Ruben. Var i himlens namn är grammofonen?

Men ingen hörde vad han sade där i musiken.

Då drog Ruben ner ljudet och såg förnöjt på de häpna:

– Hör här, Erik Larsson, du som är ett tekniskt snille. Var så snäll och leta rätt på grammofonen och koppla den.

Erik nickade, han hade förstått.

– Den måste gå och öppna, sade han och trevade med handen runt möbeln, som hette Victorola, för det stod det på den.

– Stäng av den, skrek Karin. Den kan ju explodera! Av detta blev det en historia som man skulle skratta länge och mycket åt där i huset.

– Kvinna, du är inte klok, sade Erik och Ruben måste sätta sig på sängen han också för att få skratta ut. Han hade inte haft så roligt på länge.

Nu var det ju så med Erik att han var god vän med tingen, även de nyaste och mest okända. Så det dröjde inte lång stund innan han hittade knappen som fick halva överskivan att resa sig som ett lock. Skivtallriken, tung och bastant, fanns på plats. Men pickupen var avtagen, låg där prydligt i delar i en pappkartong tillsammans med anvisningar för monteringen.

Ruben översatte långsamt, men Erik tog otåligt broschyren ifrån honom, kastade en blick på teckningarna, satte ihop pickupen och fick den på plats.

– Nu, sade Ruben och tog fram en skiva. Den här är till er, de båda andra till Simon.

Genom de fula högtalarna sjöng Jussi Björling för dem om Sverige så att det blev högtidligt i rummet.

– Fan, va fint, sade Erik och Ruben såg att han var blank i ögonen och tänkte återigen, att det är mycket man inte vet om varandra.

Efteråt gick de ner i köket och Ruben sade att nu skulle de vänta på pojkarna och så snart de kom på uppfartsvägen skulle han, Ruben, springa upp och lägga på Berlioz.

– Vad är det, sade Karin.

Då måste de skratta åt henne igen, hon skrattade själv och sade att det ju var bra att hon inte var snarstucken.

– Jag hade med rökt lax och vin, sade Ruben. Men var är det?

– Det blev väl kvar i lastbilen, sade Karin och sedan måste de skratta igen.

– Vi får köpa nytt, sade Ruben. För fest ska vi ha.

Medan Karin dukade berättade han att han och Isak skulle fara till Köpenhamn under julhelgen, till brodern där nere. De skulle flyga från Torslanda på julaftons morgon tillsammans med Iza, som fått permission från sanatoriet.

– Vi talade mycket om det när de bodde hos mig under kriget, sade Ruben. Om att fira freden i Köpenhamn. Det var en dröm som min bror hade.

Karin nickade, förstod att Ruben inte orkade ensam ta hand

om flickan, att han behövde stöd av släkten och försökte få Iza att bli en gemensam judisk angelägenhet.

Det blir inte lätt, tänkte hon och mindes Rubens ängsliga svägerska.

– Isak var inte glad åt det, sade Ruben. Han har ju svårt för den danska släkten, för att inte tala om Iza. Men han lät sig övertalas, mest tror jag för att han så gärna vill flyga.

Det gick tysta änglar genom köket medan Karin tänkte på Iza. De hade träffats nu, Karin hade själv sett in i de onaturligt stora ögonen och tänkt att Simon haft fel. Izas ögon var inte tomma, de var fyllda av allt de sett, förnedring och fasor. Och på djupet brann de, längst ner i bottnarna fanns en hunger som ingen och ingenting skulle mätta, men som kunde förtära den som kom i hennes väg.

Hon förstår det inte själv, hade Karin tänkt, hon tror att hon ska kunna ta igen allt som berövats henne.

– Och vad gjorde du under kriget, hade hon sagt till Karin. Odlade potatis och oroade dig för middagen?

– Ja. Vad skulle du ha gjort i mitt ställe?

Karin hade inte blivit arg eller ledsen. Men hon hade känt i luften hur flickan sådde split och när Karin sett på Simon, sett hur trolltagen han var, hade hon blivit rädd.

Men Ruben slog tankarna på Iza ur hågen, det här var glädjens dag. Och just som han tänkte det körde lastbilen upp på gården igen och chauffören knackade på med laxen och vinflaskan.

– Du glömde visst det här, sade han.

Någon timme senare hörde de pojkarnas cyklar skramla på uppfartsvägen och Ruben sprang som skjuten ur en kanon uppför trappan, fann sin skiva och drog upp ljudet på högsta volym.

Pojken kan ju få slag, tänkte Karin men i nästa stund stod han där i hallen och hörde musiken rulla utför trappan och blev så stilla och lycklig att det skimrade om honom. Långsamt gick han upp till sitt rum, lade sig med ytterkläderna på på sängen.

De sade inte mycket i köket när musiken fyllde huset. Det var som om de förstått att Simon gått in i en annan värld nu, till ett land som var hans och dit han alltid längtat.

Ruben har begripit, tänkte Erik och skämdes när han mindes den gången för många år sedan när Ruben velat att Simon skulle lära sig spela fiol.

Jag har ju också vetat, tänkte han med olust. Och oroades av musiken, som fortsatte att strömma genom huset, egendomlig och främmande.

Till slut blev det tyst och Simon kom ner för trappan, stod där i köksdörren, såg på Ruben, sade till sist:

– Du är ju inte klok, farbror Ruben.

I det låg allt, inte bara tacksamheten för gåvan och Ruben kände det som om han fått en utmärkelse och snuddade som många gånger förr vid en förbjuden tanke: Om den pojken varit min.

Först sent på kvällen, när Erik kört Ruben och Isak hem, och de satt där i köket och hörde musiken från övervåningen, kunde de ge uttryck åt den fråga som de ställt sig hela dagen:

Vad hade grammofonen kostat?

– Bara i frakt från Amerika, sade Erik. Du förstår, bara frakten och tullen . . .

– Men han är ju rik, tröstade Karin och Erik tänkte på att varvet gav Ruben god avkastning på det kapital han satt in.

Så sade han det till Karin och så kom de över det, hela det oroande problemet om vad musikmaskinen hade kostat Ruben.

De såg inte mycket av Simon den julen. Han gjorde korta utflykter i deras värld för att få mat och ge Karin ett handtag i köket, han var kroppsligen närvarande på julafton och öppnade farmors och mormors paket med handstickade strumpor och annat som han inte ville ha, men han tyckte inte så illa om de gamla som han brukade.

På juldagsmorgon som inte glimmade utan stod som grå tjocka runt om huset diskade han, medan Erik demonstrerade radiogrammofonen för grannarna, som alla sade att det var som om Jussi Björling stått där själv i rummet.

Simon blev inte arg på Erik för hans skryt och hatade inte tallriksstravarna med lutfiskklister och ingrodd risgrynsgröt. Allt var som det skulle och när Erik var färdig med grannarna och köket snyggt med allt på plats, återvände Simon till Berlioz' Fantastique.

De första gångerna han spelade sin skiva var han tillbaka i de stora gräsens rike, han såg mannen som talade det förbjudna språket, kriget, tempelbygget, döden på den stora tjurens horn.

Men så småningom bleknade bilderna och Simon kunde erfara den oerhörda sorgen i de långa tonerna i början och den smärtsamma skönheten när första satsen slog ut i full prakt. Mitt i den befriande stormen blev han medveten om det dunkande mörkret i bakgrunden, allvaret som skänkte världen ordning. Och om makten, skrämmande och härlig. Han erfor rymden och himlarna, de väldiga himlarna, utan att namnge dem eller se dem, liksom ljuset som flöt in från väster, vitt och befriande. Så följde solens lek med vinden i gräshavet och där fanns bilderna igen, färgade av skör glädje.

Sedan fyllde det ordlösa vemodet honom.

Han spelade första satsen, igen och igen, och gjorde en egendomlig upptäckt. Om han släppte tanken fri, lät den ströva dit den ville och samtidigt erfor sina känslor utan att namnge dem, skedde en sammansmältning. Och då upphörde de, utplånade varandra.

Evigheten, tänkte han. Himmelriket. Men så snart han tänkt gick allt förlorat.

Han spelade första satsen ännu en gång, försvann. Återkom till golvet där han låg, visste att han känt igen, mindes ekarna, landet som är men inte finns.

Plötsligt kom han att tänka på filosofiläraren, en av de få i skolan som lyckades driva ledan tillbaka i hörnen. Han hade talat om tanken. Är den obegränsad, hade han frågat. Eller är det den som sätter gränser för oss?

Då hade Simon tyckt att det var dumt, det var ju så självklart att det var med tanken som man skulle erövra universum.

Läraren hade berättat om Einstein och om Bohr, teorin om det omanifesterade. Han hade sagt något roligt, något de skrattat åt, vad? Simon började rota i sina anteckningsböcker, han mindes att han skrivit upp det för att det var så motsägelsefullt.

Han fann boken, det var några citat, men Simon hade inte

brytt sig om att anteckna vem som sagt det:

"Varje försök att förstå det omanifesterade leder till själv-bedrägeri. Du tänker på det, i nästa stund har du gjort dig en idé om det och därmed har du förlorat det."

Lite längre ner stod det, slarvigt, svårläst:

"Tanken kan ställa alla frågor om livets mening. Men den kan inte besvara en enda för svaren är bortom tanken."

Det är ju sant, sade Simon, högt och häpet.

Så spelade han första satsen igen.

Det tog honom nästan hela jullovet att erövra symfonin, göra den till känd väg mot egen källa.

Innan han somnade om kvällarna tänkte han i hemlig glädje på den andra skivan, den som han inte spelat ännu. Mahlers första symfoni, den är lätt, mer jordisk, jag tror att du kommer att gilla den, hade Ruben sagt.

På trettonafton, när Karin och Erik gick bort på kalas, skulle han lyssna på den.

Ett slag den kvällen trodde han nästan att han skulle bli tokig av glädjen i musiken, humorn, det unga och obetvingade, friheten som flög genom storskogen. Det gick lättare den här gången att släppa bilderna, han gjorde det nästan med saknad för de var fulla av munterhet.

När han frampå eftermiddagen på trettondagen kom bortom innehållet också hos Mahler, kände han sig som en kung, mäk-tig och segerviss.

Arg också, fylld av vrede. Utan skuld, utan rädsla.

Just i den stunden hade Erik fått nog. Han blundade för vädjan i Karins ögon och skrek uppför trappan:

– Kan man inte få ett ögonblicks ro för den här förbannade musiken.

Simon stängde av grammofonen, samlad till språng gick han nerför trappan.

– Nu, tänkte han, nu.

Han stod i köksdörren och såg på dem, lång och smal var han och hans ögon brann, det var som om de mörknat än mer av musiken. Men när han vände sig mot Karin hade hans röst mer av sorg än av ilska:

– Vad i helvete har ni emot min musik? Vad är det ni är rädda för?

Och han fick tårar i ögonen när han mindes den gången när de hindrade honom från att spela fiol och han sade:

– Vad grälade ni om den där kvällen när Ruben ville att jag skulle lära mig spela? Vad var det för hemskt med det?

Det föll snö därute i skymningen, snöflingor stora som barnhänder, och som alltid när snön kom bäddade den in huset i en stor tystnad.

De lyssnade på den alla tre och Karin visste, att nu var de framme vid stunden som Ruben talat om. Hon såg på Erik att också han visste, men inte ville, att han alldeles strax skulle resa sig, smita till varvet, om hon inte naglade fast honom i köket och hon sade:

– Vi ska tala om det nu, Simon. Vi ska gå in i finrummet med eftermiddagskaffet.

Då visste Simon att något oerhört var på väg mot honom, han blev så rädd att han mådde illa och också han försökte komma undan, sade till Erik:

– Kan vi inte göra en bilutflykt.

Men de gick båda två in i finrummet och satt där på de obekväma karmstolarna och hörde Karin skramla med kaffebrickan. Erik mötte inte Simons ögon, men när Karin kom med kaffet, sade han:

– Se till att du tar ett hjärtpiller innan vi börjar.

19

Stunden var så stor att den inte hade plats för små och lindade ord.

Jo, det var ju så att Erik och hon inte kunde få barn, sade Karin. Det hade de aldrig kunnat. Simon var adopterad, han kom till dem när han var tre dagar gammal.

Simons ögon vandrade bort från Karins ansikte mot fönstret. Snön föll, det skymde. Allt som skedde nu var utanför verkligheten.

Jag har alltid vetat, tänkte han, på något sätt har jag alltid vetat. Jag har aldrig hört hemma här.

Det var en gammal tanke, den hörde till overkligheten, till fantasierna.

– Men vem är jag?

Karin tog en klunk kaffe, svalde ljudligt och Simon kände att han avskytt dem länge, Erik och hans skryt och Karin och hennes enkelhet. Men den känslan hörde också hemma i fantasierna, i den hemliga världen som han skapade när han var arg och ledsen.

Karin började berätta om spelmannen, den judiske spelmannen som de visste så lite om.

Morsan spelar med i mina dagdrömmar, tänkte han. Det är inte klokt, det är skamligt på något sätt.

– Inga trodde att det var näcken, sade Karin.

– Inga, sade han.

Det stämde inte, det passade inte hans drömmar, han blev iskall och såg sig runt om i finrummet och insåg att det otroliga trots allt utspelades i verkligheten.

Nej.

– Hon var ung och grann då, sade Erik.

– De förälskade sig i skogen vid vattenfallet, sade Karin. Men de kunde inte tala med varandra.

Den orimliga historien lugnade honom, den kunde ju inte vara sann. Hans ögon vädjade mot Karins, men sedan hörde han sig fråga:

– Vet inte Inga vad han hette?

– Nej, sade Erik.

– Han hette nog Simon, sade Karin. Han var lärare i musik på folkhögskolan tvärsöver sjön, men han kom från Berlin och var jude.

– En judejävel, sade Simon och då var det sant igen för i det ordet fanns en bekräftelse.

Snön föll, det var tyst mellan människorna tills Simon sade:

– Men jag är ju inte lik Inga?

– Nej, du blev som din pappa. Åtminstone om man får tro Inga.

– Så vi är i alla fall släkt, du och jag?

– Ja, sade Erik. På lite håll.

– Pappa, sade Simon och nu ville han stoppa dem, ville få dem att säga att nu skiter vi i det här, nu går vi tillbaka till verkligheten så allting blir som det ska vara igen. Men han sade:

– Varför har ni ingenting sagt?

De talade i munnen på varandra, det smygande judehatet, nazismen, tyskarna som satt i Norge och letade rätt på judar i andra och tredje led.

Då äntligen visste Simon att allt var sant:

– Jag minns ett telefonsamtal, då på våren 1940. Jag hörde dig säga att någon måste bränna ett brev.

Å, gud, tänkte han, jag visste redan då att det gällde mig.

– Vi var så rädda.

Det var Karin men Simon kände inget medlidande med henne.

– Det fanns ett brev?

– Ja, det var Erik igen. Inga fick ett brev från Berlin, men ingen av oss kunde ju läsa det. Vi beslöt att spara det för att ge det till dig när du blev större.

– Någon kunde väl ha översatt det. Simon nästan skrek.

– Jo, men det var en sådan skam där på landet och vi hade lovat Inga att ingen skulle få veta.

Det gick inte ihop, Karin insåg det själv men Simon gick vidare:

– Brevet brändes?

– Ja, så vitt vi vet.

Erik berättade historien om kyrkböckerna, om den nazistiske prästen. Men Simon hörde bara ordet kyrkbok och sade:

– Vad stod det?

– Fader okänd, sade Erik och den gamla bitterheten sköljde över honom.

– Du förstår, jag avslöjade dig för den där nazistjäveln.

Det var snötyst nu, Simon frös, han frös så att han skakade.

Men han såg på dem, från den ena till den andra:

– Så jag ska vara tacksam då, ännu mer tacksam?

Karin fick inga ord, hon hade sandpapper i munnen.

– För oss var du en gudagåva.

Det var Erik och Simon blev så förvånad, att han för ett ögonblick tog sig ur chocken. För ordet som låg så ovant i faderns mun och för den stora sanningen som ordet rymde. Han visste ju, han lyckades säga:

– Förlåt mig, pappa.

Karin tog en munfull kaffe och ville berätta om nätterna med det lilla barnet, om tankarna hon haft, de starka och underliga att alla barn var jordens barn. Men hon sade:

– Du var bara tre dagar.

– Du sa det.

Lång tystnad igen, så Simon:

– Vet någon?

– Ja, Ruben, vi har talat med honom.

– Vad sa han?

Karins pappersröst slutade att fladdra när hon mindes:

– Han sa att barnen tillhör dem som älskar och vårdar dem.

– Han sa något mer också, att du är lik Karin, har samma sinnelag som hon, sade Erik.

Simon frös så att tänderna skallrade och Karin gick efter stortröjan. När hon skulle hänga den över hans axlar skyggade han för beröringen, hon fick lägga den på stolskarmen. Han drog den på sig, såg på Erik:

– Då behöver jag inte vara lika duktig som du?

– Men herregud, Simon, du är ju mycket duktigare.

Simon såg att förvåningen var äkta.

Till slut var det som om det inte fanns något mer att säga, Simon verkade fattad men fortsatte att skaka av köld. Det är det förbannade finrummets skull, tänkte Erik.

I köket drack pojken vatten, glas efter glas. Sedan stod han i dörren och såg på dem och sade:

– På något sätt har jag alltid vetat.

En stund senare hörde de grammofonen gå igång igen däruppe på övervåningen. Den obegripliga musiken fyllde huset. Men den tystnade snart och när Karin smög sig uppför trappan för att titta till honom sov han som en stock.

Det var nästan snopet, tänkte Karin.

Och Erik sade:

– Det gick ju bra.

Och båda var de så trötta att de stöp i säng utan kvällsmat.

Nästa dag var skoldag och det vanliga jäktet i köket kring frukosten. Terminsbetyget, Simon fann det, Karin skrev på: "Har sett."

Men det var knappast sant, hon studerade aldrig Simons betyg.

– Du mår bra?

– Javisst, morsan. Oroa dig inte.

Men han kom hem igen efter bara några timmar, med hög feber.

Det var inget konstigt med det, halva stan hade influensa. Karin bäddade ner honom, kokade hett honungsvatten och tog temperaturen. Nära 40, hon blev rädd:

– Du har inte ont i nacken?

Han lyckades skaka på huvudet och le mot henne. Sedan sov han.

Med den tidens alla mödrar delade Karin skräcken för barnförlamningen, den låg som ett kallt hot över alla som fick hög feber eller nackspärr. Så Karin ringde den gamle provinsialläkaren, som sade att allt lät som influensa och att hon skulle ringa nästa dag om febern inte vände.

Det sprang en flicka bredvid honom i de höga gräsens rike,

fåglarna byggde bo i hennes hår och hon sade: Snyggt va?

Och han åtrådde henne och han fick henne, fick göra allt med henne, bara han var aktsam om fågelboet. Han klädde av henne, sög på hennes bröstvårtor, kysste allt som var hon och hans åtrå var vild som vårens och han kunde inte få nog av henne och han såg att hon var skönare än någon jordisk kvinna. Gräsen spelade andra satsen i Mahlers första symfoni, rytmen slog samman sina vågor med deras och när han steg mot det okända dunkade trummorna som besatta och han utplånades och han gick över gränsen till landet där ingenting har form och allt blir fattbart och fullbordat.

Hon var med honom och frågade utan ord om han förstod det som han alltid vetat.

Då såg han att det fanns ett ägg i hennes fågelbo, att det var skimrande vitt och nästan självlysande, och han visste att ägget betydde liv och att den unge som snart skulle springa fram ur skalet skulle ta hans form och han älskade ägget, det var dyrbart som livet.

Sedan var Karin där med buljong och hon sade att det var viktigt att dricka och att om han inte snart blev bättre måste de be doktorn komma. Han svalde lydigt, hörde på orden om den goda näringen och tvingade sig, tänkte att det var bra för ägget, för ungen som snart skulle kläckas.

Men han ville återvända till gräsen, till det ändlösa gräshavet och flickan med fågelboet i sitt hår. Men han fann henne inte och hans rädsla var lika väldig som gräshaven när han sprang och ropade hennes namn, men hon hade inget namn, han visste det, och ändå kunde han höra det rulla över slätterna och slå eko i bergen långt borta.

Han blev nästan galen av skräck, förstod hon då inte att han måste tillbaka till henne och ägget om allt inte skulle gå om intet och livet, hans möjlighet till liv, förloras.

Men hon var försvunnen.

Nu stod han vid foten av en klippa och såg att där, högst upp mot himlen, hade en stor fågel slagit ner och han visste att det var vishetens fågel och trodde att hon ägde kännedom om var flickan med ägget fanns. Han tog av sina sista krafter och klättrade upp för berget och han bad: Gode Gud, låt mig inte skrämma fågeln.

Men fågeln stod kvar, det var som om hon väntat på honom, och när han kom nära såg han att hon ruvade och förstod att ägget som hon höll vid liv med sin värme var hans ägg, hans liv.

I nästa stund hörde han en fiol som spelade en underlig melodi full av vemod och när han vände blicken ner längs bergets sluttning, såg han flickan, såg att hon var en man nu, en ung spelman som vandrade bort med sin fiol och att ensamheten var stor kring hans gestalt.

Den stora fågeln betraktade Simon med Karins ögon och då insåg han att hon var sorgens fågel, inte vishetens, och att han kunde vara trygg för sitt ägg och för det liv som fanns innanför det sköra skalet och de tunna hinnorna.

Sorgens fågel var trofast och kärleksfull. Och stark, inget ont skulle vederfaras ungen.

Nu ropade fågeln:

– Men Simon, du måste lugna dig.

Och fågeln gav honom albyl och febern klingade av i en väldig svettning men fågeln fick på honom svala kläder och torkade hans kropp och hans panna.

Karin var vettskrämd och fick hem doktorn fast klockan var tio på kvällen. Han kände och klämde och lyste med ficklampa, lyssnade och lugnade.

Det var bara en ovanligt hätsk influensa.

– Har det hänt honom något, sade doktorn när han tog avsked. Han har vissa tecken på chock.

Och Karin tog sig för pannan och tänkte att hon var en idiot som inte lagt ihop och begripit.

Erik bar in den gamla turistsängen i Simons rum och Karin gick till sängs bredvid pojken. Men han sov hela natten, vaknade rent av före henne, låg där och tittade på sorgens fågel som vakat över hans liv.

Sedan måste han ha somnat om för när han vaknade nästa gång stod Erik där med te och smörgåsar och Simon åt med god aptit och Karin och Erik drog tunga suckar av lättnad. Simon såg på Erik och tänkte, att det var bra att du var som du var, jordisk och hänsynslös.

Begränsad, begränsande ett litet stycke mark som du gjort till din.

Simon kunde gå på egna darrande ben till badrummet, när han kom tillbaka hade Karin bytt sänglinne.

– För vilken gång i ordningen minns jag nästan inte, sade hon och sände tacksamma tankar till Lisa, som snart skulle komma och ta hand om tvätten och huset.

Själv hittade hon ett sängöverkast till turistsängen och en filt och blev liggande ovanpå som om hon vetat, att nu skulle de kunna tala, hon och Simon. Och orden fanns där, bildade alldeles naturliga meningar.

Hon berättade om vintern när hon gått uppe om nätterna för att ge honom extramål, hur hon suttit där i köket med spädbarnet i sina armar och haft starka och besynnerliga tankar.

– Jag var nog väldigt övermodig, sade hon. Jag var så säker på att jag skulle kunna ge dig allt som du behövde för att bli en stark och lycklig människa.

Då kunde Simon säga:

– Men du hade ju rätt.

Och då måste Karin gråta en skvätt. Hon fann ord också för all glädje han skänkt dem, hur de fått kraft av honom att ta sig ur svärmödrarnas tvångsgrepp och fattigmansramar, köpt mark och byggt hus.

– De tyckte vi var högfärdsgalna och menade att det skulle sluta illa, sade hon. Men vi visste båda att vi måste ha ett hus på landet till dig.

Ett rede vid havet, tänkte Simon.

Hon berättade om nasaren, judehataren med nålbreven, hur han sett på Simon och väst sitt judeunge.

– Han skrämde nästan slag på mig, sade Karin. Minns du det?

– Nej.

Simon tänkte på luffarna som kommit och gått där bland husen och kom bara ihåg att det varit något konstigt med dem, något skrämmande.

Men han mindes skolan där glåporden fallit. Judejävel. Och hur Erik blivit vit i ansiktet och lärt honom slåss.

– Ja, jag tyckte egentligen illa om det, sade Karin. Men det hjälpte dig ju. Det var en nyttig läxa för mig också, för jag fick ju inse att jag inte skulle kunna skydda dig jämt, att du måste bli stark nog att klara dig själv.

I flera dagar talade de, återupprättade en barndom.

På den sjätte dagens morgon sken solen över snön och Simon försvann som han brukade i sin musik medan Karin gick på strövtåg längs älven och ut mot havet.

Hon stod länge och såg Vinga skimra som en hägring i vinterns glasklarhet.

– Jag har gjort mitt, sade hon till havet.

När hon gick hem igen var hon trött, men inte på det gamla hopplösa sättet. Hjärtat slog, lugnt och taktfast.

Starkt.

Det läker, tänkte Karin, nu äntligen kan det få ro att läka.

Några dagar senare kom Ruben på besök. Isak gick till varvet så Karin fick sagt att de talat ut, ingen hade dött av det, men Simon hade yrat i influensa.

– Det vore nog bra om du talade med honom, sade hon och Ruben nickade, tog trappan upp till Simons rum.

Vid middagen kunde de tala alla fem om Simons bakgrund, det länge fördolda, omsorgsfullt gömda och oerhört farliga hade blivit synligt.

Det var en lättnad.

Men Erik som inte bara gömt utan också försökt glömma bet ihop käkarna när Karin sade:

– Jag har tänkt att vi kanske skulle undersöka om Simons far lever.

– Han var musiker, sade Ruben ivrigt. Många konstnärer lämnade Tyskland innan det var för sent.

Han tänkte på de judiska organisationerna som arbetade intensivt nu med att knyta ihop skingrade släkter.

Men Simon såg den unga ryggen på spelmannen som vandrade nerför berget med sin fiol och såg att hans väg gick mot ugnarna, vars skorstenar skymtade vid horisonten.

– Han är död, sade han. Han är en av siffrorna på Izas arm.

Simon var så bestämd att ingen kom sig för att invända och

bara Isak tänkte: Hur fan kan han veta det.

Det blev Karin som fortsatte samtalet:

– Han var nog en god människa.

God. Simon måste le åt henne. Högt sade han:

– Han var ensam och ledsen.

Men då kunde Isak inte bärga sig längre:

– Hur vet du det? Han kanske var vild och glad.

Simon skrattade:

– Det också, kanske.

– Jag tänkte på arvet, sade Karin men då talade Ruben länge om allt som man numera visste om uppväxtmiljöns betydelse.

– Vi ärver vissa kroppsdrag och en och annan talang, som detta med Simons musikalitet, sade han. Men godheten sitter inte i generna, Karin, den beror på hur mycket trygghet barnet fått.

Simon lyssnade inte så noga, han tänkte mest på vad Ruben sagt uppe på rummet, att alla ungdomar drömmer om att vara bortbytingar och att alla måste genom upproret och avsky och förakta sina föräldrar.

– Jag grubblade ju ibland på varför jag inte var lika praktisk som Erik, sade han. Men jag kunde ju inte ha ärvt hans anlag.

Då skrattade Ruben:

– Men Inga då, din biologiska mor. Jag har alltid hört att hon sköter gård och djur som en hel karl.

Simon tyckte inte om samtalet, men han måste ju dra på mun, han som de andra.

– Du funderade aldrig på varför Isak inte är lika beläst och road av böcker som jag?

– Nej, sade Simon.

– Det kanske är så att varje son måste besegra sin far, sade Ruben. Då ligger det nära till hands att han väljer ett område, där fadern inte är suverän, där pojken kan slå pappan med bred marginal.

Under den långa vårvintern hände det att Simon hade ont av en rädsla som smög upp från magen mot halsen och gjorde det tungt att andas.

Han tänkte på Inga, men sköt ifrån sig beslutet att fara och hälsa på henne. Han tänkte på rötter, på att han inga hade, men förstod det inte riktigt.

Och så tänkte han på flickan som väntade på honom på sanatoriet som spindeln väntar på flugan. Lugn i vissheten att han skulle låta sig fångas, att det bara var en fråga om tid.

20

Så kom det sista sommarlovet. De skulle minnas det, Simon för att han blev lurad och Isak för att han mötte kärleken.

Iza hade skrivits ut från sanatoriet på våren, hon flyttade till Ruben och fann våningen trång och staden tråkig, Ruben själv hopplös liksom hans umgänge av medelålders boklärda män. Ut till Karin och Erik vägrade hon att följa med.

– Karin är en kossa, likadan som morsan var, sade hon och såg inte Rubens reaktion.

Han försökte knyta henne samman med judiska familjer i staden, vädjade till mödrar och döttrar. Men trots goda föresatser orkade ingen med henne och hennes ångest växte där hon gick i butikerna på Avenyn och Kungsgatan och försökte köpa sig lättnad. Isak var så rädd för henne att han redan innan skolan slutade flyttade ut till Larssons och varvet.

Karin vädjade till Ruben:

– Vi måste förstå honom, flickan påminner honom om vad som hände.

Hon påminner om något annat också, tänkte Ruben. Om Olga. Han hade ju känt det själv, det rastlösa travandet på höga klackar genom våningen, rasslandet av hals- och armband, den tunga parfymen i luften, men framför allt oron, som vibrerade genom rummen.

Egentligen fanns det bara en sak som intresserade Iza och det var Simon.

– Det är något mystiskt med honom, sade hon och Ruben försökte avvärja:

– Han är ju bara en barnunge som inte gått ut skolan ännu.

– Jag har ingenting emot småpojkar, sade Iza.

Hon hade blivit smal och snygg som hon föresatt sig och hon talade med Simon om lägret och fasorna.

– Hon behöver prata ut, sade Simon till Ruben, när han avbröt dem.

– Nej du, sade Ruben. Hon frossar i det och vet att hon binder upp dig. Se upp för helvete, Simon, se upp.

Det var en sen eftermiddag efter skolan, Ruben hade hittat Simon i Izas rum och nästan kört ut honom, följt honom ner på gatan.

Simon stod där och hängde över cykeln, såg på mannen som han beundrade mer än någon annan och var så förtvivlad att ögonen svartnade.

– Jag kommer inte undan, farbror Ruben.

Men redan när han cyklade hemåt hade han glömt både sin egen och Rubens rädsla, kände bara suget efter henne, de röda läpparna och den läckra kroppen med alla sina otroliga minnen.

En vecka senare, just innan skolan slutade, hade Iza sänts för eftervård till en kurort i Schweiz. Olof Hirtz, hennes läkare och Rubens vän, ordnade alltsammans, också terapi hos en känd psykoanalytiker i Zürich. Iza var nöjd, hon ville ut i världen. Simon kunde stå på tillväxt, tänkte hon, för trots allt hade Rubens ord gått in.

– Var det nödvändigt, sade Karin när hon fick höra om det.

– Du vet lika väl som jag att det var förbannat nödvändigt, sade Ruben.

Simon kände sig lurad, men i besvikelsen blandade sig en lättnad. Luften kring honom blev friskare sedan flickan rest.

Efter midsommar seglade Simon och Isak, låg till sjöss i nästan en månad, Bohuskusten upp, in i Oslofjorden. De kom till staden där nazisternas stövlar trampat.

– Jag kan nästan höra dem, sade Isak och Simon stannade och lyssnade också han till stövlarnas taktfasta rytmer mot gatstenarna.

– Vi sticker, Isak.

Så de såg inte mycket av staden, inte ens Osebergsskeppet, som Isak drömt om, eller Nansenmuseet dit Simon velat gå.

De kom hem stolta över glesvuxna skägg, bruna som indianer, smutsiga, urlakade av vindar och saltvatten. Karin skrattade högt av glädje, skickade dem direkt i badkaret och lade fram rakhyvlar.

– Ska ni ha skägg får ni allt vänta tills det växer jämnare, sade hon och de gav henne rätt när de sett sig ordentligt i spegeln.

Sedan tog de upp båten, fick henne ren från skal och städade henne inombords för nu skulle Erik och Ruben på långtur. De ville ha Karin med, men hon avstod. Ruben trodde att hon var rädd om sitt hjärta, Erik att hon inte ville lämna pojkarna utan tillsyn.

Men Karin ville inte bo så tätt intill Ruben.

Så en högsommarkväll drog pojkarna på dans på en brygga neråt Särö.

Isak mötte Mona.

Och Isak såg ögonblickligen att hon var en av dessa sällsynta som gör världen begriplig.

Hon var droppformad, hade all tyngd under midjan och raka lite tunga ben som alltid, var hon än var, förband henne med jorden, med jordens medelpunkt.

Ingen hade sett att hon var gränslöst vacker, inte förrän Isak såg det och gjorde det uppenbart för världen. Hon såg på honom med Karins ögon fast konstigt nog var de blå och hon älskade honom från första stund.

På ett stort och lugnt vis.

Hon hade varit i mors ställe för två småsyskon och det hade hjälpt henne att se livet som något påtagligt. Ett stort sår i veka livet hade hon fått den dag som modern dog, men hon var fjorton år då och stabil, trygg och enkel som sin mor.

För övrigt hade det inte funnits någon tid att sörja sig fördärvad eller grubbla över ödet, små barn måste få sitt, dagligen och stundligen.

Hade där inte funnits en moster hade det kunnat gå galet, men hon fanns och hävdade med kraft Monas rätt till eget liv.

Så det blev flickskola trots allt för fiskhandlarns dotter och just denna vår hade hon gått ut sjuan och skulle raka vägen till Sahlgrenska och fyra års sjuksköterskeutbildning.

Med sig ut i världen hade hon ett lätt förakt för karlar, hon hade aldrig förstått att de var värda att ta på allvar. Kanske hade hon läst i en eller annan veckotidning om kärlek. Men hon hade knappast trott på den och aldrig hade det föresvävat henne att den kunde drabba henne själv.

Så egentligen var hon oerhört förvånad.

Det var Simon också. Han hade visserligen mött den stora kärleken i tusen böcker, passionen som svepte människorna med sig, gjorde dem galna av förtvivlan eller lycka. Men inte heller han hade riktigt trott på den och aldrig någonsin sett den i verkliga livet.

Nu såg han den hända, mitt framför ögonen. Det fyllde honom med häpnad, svartsjuka och något annat som han så småningom fick erkänna som avund.

– De är inte kloka, morsan, sade han till Karin. Det är som om de gick i trance och bara såg varandra.

– Jag hoppas att han snart tar hit henne så jag får se på underverket, sade Karin.

Men både Karin och Simon hade försvunnit ur Isaks värld.

Han sov i stan, i Rubens våning, steg upp varje morgon och tog den gamla Chevroleten ur garaget, körde utan körkort till Axelssons speceriaffär vid ett vägkors i Askim. Där väntade hon och var ännu vackrare än dagen innan och bilen förde dem till lövskogarna söderut, till klipporna vid Gottskär, till sötvattnet i Delsjöarna och de djupa granskogarna i Hindås. De hittade ständigt nya mjuka mossor att vila på, nya ängar att vandra över, nya blommor att plocka.

Enkelt och utan åthävor gav hon sig åt honom och han var mjuk och full av ömhet och välsignade bergsprängardottern vid Stadsgränsen när han fick Mona med sig.

Hon var oskuld men inte heller det blev något svårt eller pinsamt. Dagen efter gick hon utan att tveka till en läkare, provade ut och lärde sig hantera ett pessar.

Först mot slutet av den skimrande veckan efter mötet på Särö kom Isak ihåg att det fanns andra människor i världen och att Karin och Simon hade rätt att få veta att han levde och för vad.

För att inte tala om Ruben som skulle vara hemma igen efter ännu en vecka.

Han sade det till Mona så fort de mötts:

– Vi måste hälsa på, ja inte precis min familj men hos mina närmaste.

Hon nickade, detta måste ju komma.

Sedan skulle han förklara vem han var och då tog skammen honom, tömde huvudet på tankar och munnen på ord. Hon sade:

– Jag vet ju inte ens vad du heter i efternamn.

– Lentov, sade han, Isak Lentov.

Nu slöt hon sig, han kände det och rädslan ilade igenom honom.

– Jag är jude, sade han.

Då skrattade hon:

– Jag är ingen idiot och jag har ju läst om det där med omskärelse. Rädslan släppte, han måste stanna bilen, kyssa henne. Men där fanns en stelhet, en förundran och en frånvaro.

– Vad är det som är fel.

– Lentov, sade hon. Den rike Lentov med alla bokaffärerna.

– Ja. Är det något fel på det?

– Nej, sade hon och var stel som en pinne, måste vara det för att dölja jublet inom sig. Om Mona haft några drömmar i livet hade de handlat om pengar, om rikedomar och dyra och sköna ting.

– Det är bara så obegripligt, sade hon. Och sedan med en röst som blev tunn av oron hon kände:

– Vad ska din pappa säga?

– Min farsa kommer att älska dig, sade Isak.

– Är du inte dum nu. Du måste väl begripa att han vill att du ska fästa dig vid en rik och fin judisk flicka.

– Du känner inte Ruben Lentov, sade Isak. Han kommer att dansa av fröjd på vårt bröllop.

Hon blev inte förvånad över att giftermål nämndes, det hade varit självklart från första stund. Men hon trodde inte på den pappa som Isak målade upp för henne.

Nu gällde det Karin och Simon. Det var egentligen bara en kvarts bilresa men den kom att ta några timmar. Det var så mycket som måste berättas.

Och det gick ju inte att förklara vem Karin var om han inte

vågade tala om den gången i Berlin, när ungnazisterna marscherade.

Mona grät som det goda barn hon var och kramade och tröstade som den goda mor hon också var. Jag ska aldrig överge honom, tänkte hon, aldrig. Inte ens om Ruben Lentov gör honom arvlös.

Sedan kunde hon berätta om sin mor, om döden som kom en natt och klämde allt blod ur moderns underliv, om de många röda lakanen och de underliga tankarna.

– Man tror inte på det, sade hon. Det pågår där, mitt framför ögonen på en, döendet, och ändå tror man inte på det. Är det inte konstigt?

– Nej, Isak tyckte nog inte det.

Efter en stund tänkte han på Olga, att det också måste sägas.

– Min morsa är på dårhus, sade han. Hon blev vansinnig på natten, då när tyskarna tog Norge.

– Stackars hon.

– Det kan ju vara ärftligt, sade Isak och visste att det hade han inte ens vågat tänka innan han mötte Mona. Men han skulle inte dölja något:

– Jag har en kusin som också verkar galen, sade han. Men hon har varit i koncentrationsläger.

Mona grät nu, men sade:

– Vi ska ha fyra lyckliga ungar.

Till slut satt de där i alla fall, på kökssoffan hos Karin, sade inte mycket men lyste upp hela köket. De är som solsken, tänkte Karin och såg genom fönstret hur regnet stod som spön i backen medan ljuset glittrade i hennes kök.

– Ni stannar väl till middagen, sade hon.

– Jo, tack.

När regnskuren dragit över gick de tillsammans ut i trädgården för att plocka jordgubbar till efterrätten. Simon kom från sjön, han hade varit ute med ekan och fiskat, han blev glad, såg länge på dem och sade:

– Ni två är det mest häpnadsväckande som jag har upplevt.

Det måste de ju skratta åt, allesamman.

Karin tog med sig Simon in i köket, medan de förälskade

fortsatte att plocka bär.

– Ser du att det lyser om dem, Simon.

– Ja, morsan, är det klokt?

– Klokt, sade Karin. Det ska jag säga dig, att inte ens om jag hade använt all min fantasi för att hitta på något fint till Isak, hade jag kunnat skapa fram den flickan.

I jordgubbslandet sade Mona till Isak:

– Jag tycker om henne.

– Självklart, sade Isak.

– Men Simon är svartsjuk.

Då skrattade Isak mot Mona:

– Det är honom väl unt.

Sedan satte han en jordgubbe i hennes mun och kysste tillbaka den.

De sov över i gästrummet i Rubens smala säng och Karin lånade Mona sitt vackraste nattlinne.

– Jag har fått en dotter, tänkte Karin när hon lagt sig och hörde flickan ringa hem, ljuga lugnt och rakt:

– Jag sover över hos en väninna i stan, hälsa pappa det.

Det måste vara en bra familj med en sådan bra flicka, sade Karin till sig själv innan hon somnade.

De hade några dagar att lära känna varann, sedan skulle Ruben och Erik komma hem. Karin lyckades hålla Isak till visst arbete så att hon åtminstone någon stund kom på tu man hand med flickan.

Redan första morgonen skickade hon hem honom med bilen:

– Du ställer den i garaget. Men först tvättar du den. Och inte ett ord till Ruben om att du kört utan körkort.

Han lydde och Karin sade just som Monas egen mamma alltid sagt:

– Ja, se karlar.

När pojkarna for in med bilen gick Karin och Mona till badplatsen, Karin doppade sig försiktigt som hon brukade men Mona sam som en säl.

Hon var öppen, verkade inte ha något att dölja. Berättade om modern, det var svårt. Om småsyskonen som var stora nog att reda sig själva nu.

Om fiskhandlarn, fadern.

– Han är inte mycket att ha, sade hon. Skränig och lättstött med många tår att trampa på. Inskränkt och snål är han också. Men man får ta det, han är ju den far jag har.

Karin skrattade:

– Hur kommer han att ta det här med Isak då?

– Jo, det kommer att bli ett liv, förstås.

– För att han är jude?

– Ja, det också, men mest för att han förlorar pigan.

– Är han inte religiös, frikyrklig. De brukar ju vara det i skärgården.

– Jo, det kan bli en del skrik om antikrist och så där. Men det religiösa är bara i ytan.

Monas ögon glittrade av förtjusning när hon kom på det:

– Det kommer att gå fort över när han besinnat det här med pengarna.

Inte ens en köttslig dotter kunde ha blivit så lik mig, tänkte Karin förundrad och mycket belåten. Men Mona rynkade pannan.

– Det är ju värre med Isaks pappa, vad han ska säga.

– Inte, sade Karin. Han kommer att gilla dig.

– Hur kan du veta det?

– Jaha, sade Karin, hur kan jag veta det. Det blev tyst en stund, sedan sade hon:

– Han är en bra människa.

– Det var konstigt sagt, sade Mona. Och hjälper det mig?

– Du får väl se, sade Karin och skrattade.

På lördagen ringde Erik från Marstrand. Allt var väl ombord.

– Vi kommer i morgon som uppgjort, sade han. Jag går in till varvet för att ta i land provianten. Mår du bra?

– Jag mår fint, sade Karin. Hälsa Ruben att vi har en stor överraskning till honom här.

– Ingen till mig?

– Nej, tyvärr, sade Karin och tänkte på Simon och Iza. Men man får ta livet som det kommer.

Hon lät som hon skulle, som hon alltid låtit. En norna som spann livsöden i sitt kök, sörjde de trådar som gick av eller

158

trasslade ihop sig men godtog att livets väv var komplicerad och inte alltid lät sig redas ut.

– Hjärtat? Du tar väl din medicin?

– Erik, jag känner inte ens av det.

– Du känner aldrig efter, sade Erik.

Men han lät glad, de hade talat en del, han och Ruben, om att Karin hade blivit så mycket friskare efter samtalet med Simon i vintras. Också doktorn hade varit nöjd vid sista besöket.

När den granna kostern rundade Oljenäset för fulla segel drog Mona, som förstod sig på båtar, ett djupt andetag av beundran.

– Det är min båt, sade Isak och hans ögon lyste.

Nu lät de storseglet gå men focken slog i vinden medan de ankrade på redden och satte i lillbåten. Erik blev kvar ombord, Ruben rodde ensam mot bryggan och ropade mot Karin:

– Var har du överraskningen?

– Jag möter, sade Karin.

Så ung han är, tänkte Mona. Och stilig, överklassig i varenda tum. Hon hade hjärtklappning och höll hårt och svettigt i Isaks hand.

De kunde inte höra vad Karin sade vid bryggan, men Isak kände henne så väl att han kunde föreställa sig det och visste att han inte kunde haft bättre sändebud:

"En stor kärlek, Ruben. Och hon är allt vad Isak behöver."

Ruben blev så tagen att han måste sätta sig på en pållare.

Han hade genom åren lärt sig att lita på Karins omdöme och var övertygad redan innan han gick för att hälsa på flickan. Det var en grå dag så han blev genast varse solskenet kring de unga.

Han såg på den rotfasta flickan, tog in vad som var kärnan i hennes väsen i en enda blick.

– Herregud. Vad säger man?

Sedan tog han Mona i famn och skrattade:

– Du var mig en fin överraskning.

Efteråt såg han länge på Isak och alla kände ömheten i blicken och glädjen när han sade:

– Pojken min.

Med fiskhandlaren gick det i stort sett som Mona förespått: Han skrek av ilska, hon var för ung! En jude, var hon inte klok! Vad skulle folk säga, och församlingen?

Men sedan, när han fick höra namnet och tänkte på pengarna, föll en mild återglans av guldet in i hans sinne och lugnade det:

– Judarna har straffats i två tusen år, sade han. Kanske ändå att skulden var betald.

De förlovade sig högtidligt på Trädgårdsföreningens restaurang, söndagen innan det var dags att återvända till skolan.

På förmiddagen före festen följde Mona med Ruben till Olga för att hälsa på. Det var första gången på många år som Ruben inte gjorde den tunga resan ensam.

Han var tacksam också när han såg hur naturligt och utan rädsla Mona mötte Olga, hur hon fick kontakt via dockorna och en glimt av liv i Olgas ögon.

I bilen på hemvägen sade flickan:

– Hon är inte olycklig. Och på ett sätt är det ju det viktigaste.

Ruben nickade, han hade självt haft samma tanke, att Olga var lyckligare nu än under alla år hon varit frisk och lämnad utan nåd till skräcken.

– Det är sant, sade han. Men det tröstar mig dåligt.

– Jo, det kan jag förstå, sade Mona.

När Ruben träffade fiskhandlaren vid en drink på restaurangen innan de gick till bords, tänkte han att livet och människornas väg genom det var gåtfullare än någon psykologi kunde förklara.

Hur i Herrans namn hade den flickan kunna växa i den mannens skugga?

Erik höll tal, sade det väsentliga:

– Du har hittat en Karin. Var rädd om henne, de är sällsynta.

21

Göteborgs symfoniorkester spelade Gösta Nystroems Sinfonia del Mare.

Mjuka indiankvinnor tvättade sina barn i den stora flodens källa där vågen föddes, den som skulle gå mot havet och föra med sig minnet av hur människornas ungar luktar. Också flodträdens dofter av dy och mossa skulle vågen minnas, de stora träden som kunde hejda loppet med sina tunga rötter och sjunga det ivriga vattnet till ro någon stund, någon natt, innan det måste vidare mot den nya födelsen i havet.

Där i utloppet mötte vågen laxarna som var på väg uppför floden, besatta av sin kärlek till livet.

Ändå glömde vågen snart de lekande fiskarna. För rädslans skull, flodvattnets skräck för att förlora sig i det gränslösa.

Men vågen utplånades inte, den frös till is och fångenskapen i kylan tog nästan livslusten ur den.

Så kom våren en dag och vågen bröt sig fri ur isen och visste att den överlevt, att den var en och samlad, på samma gång som den var delaktig i allt havet. Den började sin långa resa, drog österut och de stora skeppen klöv den och de stora vindarna lekte på dess yta.

Vågen älskade vindarna, den starka vinden som samlade sin kraft till storm och bjöd vågen att delta i dansen. Men också solvinden, som vaggade vågen till sömn och drömmar om himlen och de väldiga molnen, som var delaktiga i vågens liv genom dimman och regnen.

Vid Grönlands sydspets mötte vågen isbergen, slog runt av förvåning, hejdade sig, kluckade kring det genomskinligt gröna i de glatta stupen och kände hur det sprängde inne i berget av längtan bort ur det frysta och sammanhållna till det gränslösa och delaktiga.

När vågen drog vidare hade den fått färg av smältvattnet och kunskap om sorgen som finns i allt som låter sig formbindas.

Mellan Island och Shetlandsöarna hade den blivit tung av salt och lärt sig fräsa, finna nöje i det ständiga utbytet mellan den vita toppen och den gröna basen. Över Skagerack gick den i tunga dyningar, rundade Lister, långsam och mäktig, medveten om sin styrka.

Så en dag om hösten slogs den i spillror mot Bohusläns klippor, mötte sin gråa död och fann att den inte kunde dö men att alla dess erfarenheter måste lämnas tillbaka till havet innan den fick återfödas och gå med nya minnen av djupa fjordar och tung granit mot norr igen, med Golfströmmen mot isarna och de väldiga vindarna.

Simon satt kvar i konsertsalen när publiken strömmade ut. Till sist lade Ruben handen på hans axel och sade:

– Vi måste nog gå vi också.

Olof Hirtz var där, gick fram för att hälsa på Ruben. Så kom det sig att Simon gav ord åt sin nya insikt rätt i ansiktet på en främling:

– Vågen dör inte, sade han. Den kan inte utplånas för den faller aldrig för frestelsen att avskilja sig.

Olof Hirtz blev så glad som man bara kan bli av väsentliga möten.

– Följ med hem på en nattsmörgås, sade han.

Det var bara några kvarter att gå, snart stod de i ett rymligt kök i en gammal våning och där fanns Maria, en av indiankvinnorna från den stora flodens källsprång. Hon hade kraftig höknäsa, bred och munter mun, ögon som var svarta och alldeles för stora i det trekantiga ansiktet och ett pojkkort hår som en svart hjälm över huvudet.

Det är inte sant, tänkte Simon, men han förstod ju att det var det och att Maria var Olofs fru och läkare hon också.

– Psykoanalytiker, sade Ruben när han presenterade och det var lika häpnadsväckande som att hon hade långbyxor och röd sammetströja och att hennes handslag var fast och hennes leende stort och nyfiket.

Medan Simon hjälpte henne att plocka fram rökt lax, ost,

bröd, smör och öl ur skafferi och kylskåp hörde han hur Ruben ringde Karin.

– Det blir sent, sade han. Så vänta inte på Simon, det kan hända att han sover över hos mig.

Olof Hirtz var tillbaka i sin tjänst på Sahlgrenska, forskning och undervisning igen efter året på sanatoriet på småländska höglandet. Mötet med lidandet från koncentrationslägren hade märkt och fördjupat honom. De träffades ofta nu, han och Ruben, i samtal om Iza, bekantskapen hade djupnat till vänskap som det blir när man måste tala om känsliga och personliga problem.

Ruben hade berättat om Larssons, om hur Karin och Erik hade hjälpt Isak genom åren, och om Simon, pojken som var så ensam mitt i den lyckliga familjen.

– Han dras mot Iza, hade Ruben sagt.

– Om mamman är god som du tror kan han kanske behöva bränna vingarna, hade Olof svarat och lagt till de vanliga kloka orden att varje ung människa måste få göra sina egna bittra erfarenheter.

– Det enda vi kan önska dem är kraft att bära sitt öde.

Nu när de satt till bords i det gammaldags rymliga köket kände Olof samma behov som Ruben att skydda Simon, säga:

– Akta dig för Iza.

Men dum var han ju inte så det blev inte ett ord sagt om flickan. I stället berättade han för Maria vad Simon sagt i konsertsalen och sade, att han mer och mer kommit att tro att människans elände berodde på hennes strävan att skapa en personlighet, som avskilde henne från andra.

– Men det är ju nödvändigt, sade Maria.

– Det gör oss bara ensammare.

– Men vi är ju ensamma, vid föds och dör ensamma, vi är inga vågor i havet.

Det var Ruben som protesterade.

– För övrigt, sade han, ligger det en stor tillfredsställelse i att ha en personlighet.

– Inte på djupa plan, sade Olof. En personlighet kan aldrig finna livets mening och aldrig någon frid i sinnet.

Simon såg på honom med ögon som var runda av förvåning,

men Ruben gav sig inte:

– Det finns väl annat som ger livet innehåll. Kampen, glädjen att sträva mot ett mål och vinna, allt sånt som kräver att man har en personlighet.

– Makt och pengar?

– Det också, sade Ruben och när Olof skrattade lade han till:

– Det håller i alla fall rädslan stången. Och hjälper en bit också mot skulden.

Då blev också Olof allvarlig och sade att han hade funderat en del det senaste året på om det inte är just skulden som upprätthåller myten att vi är avsöndrade från andra. Han berättade för dem om sina patienter, de lungsjuka från lägren, och hur de drogs med skuldkänslor för allt de fått utstå.

– Men det är ju inte klokt, sade Simon.

– Nej, men det stärker känslan av eget öde och skärper gränsen mot bödeln.

Ruben blev röd av återhållen vrede:

– Om det är skulden som låter mig slippa känna gemenskap med nazisterna i Buchenwald så betalar jag priset. För fan, Olof, vi är ju separerade.

Då skrattade Maria, hon hade ett sätt att kasta huvudet tillbaka och hennes skratt var urskogsmörkt. Indianskt, tänkte Simon:

– Olof, sade hon. Jag vet att du inte gillar tanken på syndafallet men det har faktiskt inträffat och den separerade människan är så illa tvungen att äta av kunskapens träd. Du vet lika väl som jag att varenda unge måste få en identitet, ett jag som han eller hon kan hävda sig med. Annars går det galet. Sedan kan man beklaga att identiteten eller personligheten, som ni säger, är så sårbar och att rädslan och skulden behöver så många försvar. Men det ändrar inte själva faktum, att upplevelsen av jaget är människans öde eller uppgift.

Nu log också Ruben:

– Eva, sade han, alltid en Eva, en jordisk kvinna som håller oss på marken.

Också Olof var road men envisades:

– Jag tror att syndafallet är en villfarelse och personligheten ett försvarsverk mot hot som inte finns. Separationen gäller ju

164

bara en liten del av allt som en människa är, nämligen intellektet.

– Du glömmer kroppen, sade Maria.

– Vi är inga kroppar, sade Olof.

– Jag är det i hög grad, sade Maria och det fanns frost i leendet.

Som alltid när Simon måste anstränga sig att förstå kisade han och knöt ihop musklerna i ansiktet. De hade så många ord som flög över hans huvud och måste hejdas, tas ner till honom. I rädslan att hamna utanför började han berätta om vågen, som fötts hos indiankvinnorna.

De lyssnade, intresserade. Det gav honom mod, han började tala om gräsens rike.

– På något sätt har jag alltid varit i det landet, sade han. Hela barndomen var jag där och nu når jag dit i drömmarna.

Han berättade om flickan med fågelboet, det dyrbara ägget och sorgens fågel.

Maria var djupt tagen:

– När drömde du det.

– Då när jag blev sjuk och hade fått veta att jag var adoptivbarn.

Maria nickade och sade att du hör till dem som har tunna väggar mot det omedvetna och att det skall du vara glad för.

Simon förstod inte men kände sig uppmuntrad och berättade om Berlioz' symfoni, den som förde honom in i gräsrikets ödestimma och om prästkungen, som han känt igen från barndomen.

– En liten man med en lustig rund hatt, sade han.

Han var så ivrig att han undvek att se på dem, ville inte bli hejdad av deras förvåning. Han talade om grammofonen, hur han kunde ta satserna om och om igen för att till slut bli fri från bilderna och allt innehåll.

– Var är du då, frågade Olof.

– I verkligheten, sade Simon och blev själv så förvånad att han måste möta Olofs blick för att inte tappa fotfästet. Men Olof nickade bara som om Simon sagt något naturligt.

– Det är bra uttryckt. Andra kallar det Gud.

– Nää, sade Simon och de vuxna fick anstränga sig för att

inte dra på mun åt avståndstagandet i det breda göteborgska nejet.

– Jag gör det, sade Olof och när han såg Simons häpnad måste han ju förklara:

– Jag är inte en sån som går i kyrkor eller synagogor, sade han. Jag försöker tvärtom tänka så lite som möjligt på Gud, men jag vill ständigt vara i Honom.

– Som vågen i havet?

– Ja, det är en bra bild. Det var därför jag blev så intresserad när du sa att vågen inte kunde dö för att den undvek att skilja ut sig från havet. Jag tror att samma villkor gäller för människan, det krävs att hon avstår från jaget.

– Men först måste hon göra sitt på jorden, sade Maria. Människan måste ta ansvar för sitt liv och sin värld, klara av sina relationer, vara en hygglig förälder och en anständig hushållare.

Simon hörde inte på henne, han var vänd mot Olof.

– Hur blir man av med jaget, sade han. Hur gör man?

– Ja, sade Olof. Hur gör man Guds vilja? Det är samma fråga, inte sant.

Det var det inte för Simon, men han gjorde inga invändningar.

– Ett sätt är ju att göra som du och gå bortom bilderna. Men det är inte så lätt, för den som har ett starkt jag har många bilder. Han måste ju göra sig bilder av allt det som han har avsöndrat sig ifrån.

– Det skulle innebära att om man har en föreställning om Gud så separerar man sig från honom, sade Ruben.

– Jag tror det. Man kan bara göra Guds vilja om man inte har någon bild eller något begrepp om Honom alls. Det är ju det du har lärt dig genom musiken, Simon, du har bara andra ord. Och orden har ingen betydelse.

Ruben som såg hur det brann i pojken och hur nära han var att spränga sin ensamhet, sade:

– Det finns många som har beskrivit samma erfarenhet som du, Simon. Sökare och mystiker har gått samma väg, de har använt bön eller meditation där du använder musiken.

Simon hade aldrig varit så förvånad i hela sitt liv. Han tänkte på de oändliga kristendomstimmarna, på morgonbönerna i skolan och på hur han brukade fråga sig hur någon kunde vara så korkad som prästen i talarstolen. Var det möjligt att det var han som inte förstått?

Han berättade om skolans präster, frågade:

– Så det är jag som är en idiot då?

De skrattade igen, Ruben sade:

– Nej, det är nog inte du som är dum. Religionerna skapar ett system som fördummar.

– Alla svar fördummar, sade Maria.

– Ändå måste man ställa frågorna, sade Olof. Och jag menar att varenda människa som söker svar på frågor om livets mening är religiös. Du är det, Simon.

Det blev tyst en lång stund som om var och en på sitt håll måste få tid att fundera. Så småningom sade Maria:

– Jag har lärt mig genom åren med mina patienter, att för att förstå en annan människa måste man fråga sig i vilken riktning hon söker sina svar, vad som är hennes hemliga religion.

– Men många kommer ju aldrig på idén en gång, sade Simon. Han tänkte på Karin och Erik som levde sina liv som någonting självklart.

– Många fler än du tror, sade Ruben.

– Men farbror Ruben, tänk på mamma, på Karin!

Då log Ruben så ljust att han lyste upp bordet.

– Karin hör till dem som inte behöver fråga. Hon lever i svaret.

Också Maria log:

– Sådana finns, sade hon. Några enstaka.

– Men alla andra, som bara lever ur hand i mun på något sätt, sade Simon.

– En del blir främlingar för sig själva och andra, sade Maria. Andra försöker nå målet för sin längtan genom att regrediera.

– Vadå, vad menas med det? Simon var så ivrig att han nästan röt.

– Ja, de söker sig tillbaka till barndomen, till tiden i paradiset innan de separerat från sin mamma.

– Barnen vet svaret, menar du? Simon märkte att han duade och rodnade, tänkte att han kanske borde säga tant men att det

167

verkade så löjligt.

– Ja, sade Maria, barnen har ett svar på sitt sätt, utanför medvetandet. Det tror jag.

Ekarna, tänkte Simon.

– Men det är inget bra sätt, att regrediera?

– Nej, sade hon. Det blir alltid ett elände.

– Det finns nog ingen väg tillbaka, sade Olof och Ruben skrattade när han sade:

– Du minns kanske från skolan att paradiset vaktas av änglar med huggande svärd.

Simon som aldrig hade skänkt skapelseberättelsen en tanke, mindes stenen, den han dängt i det stora trädets stam och tänkte, att då hade det varit nödvändigt då, det avsked han tog när han var elva år.

Sedan sade Maria att de flesta människor faktiskt var besatta av drömmen om modersbröstet och då kände sig Simon illa till mods.

Men Maria kokade kaffe och hittade en ask choklad, de vardagliga sysslorna lugnade Simon. De talade om språket, människans redskap och hinder, och att vi aldrig kan låta saker och ting vara som de är och låta bli att beskriva dem.

– Tänk om vi kunde stå i ett öppet förhållande till världen, sade Olof. Vara iakttagande och känsliga men låta bli att värdera.

– Inte mäta, inte väga och inte bedöma, sade Ruben.

– Just det, sade Olof och lät så bedrövad att Maria måste skratta åt honom.

– Ta en bit av den goda chokladen, sade hon. Jag vet ju att du värderar den högt.

– Simon, sade Maria när de bröt upp. Tro inte för mycket på de här gubbarna. Det finns ord som befriar. Och välkommen hit igen, du var en trevlig bekantskap om jag nu skall våga mig på en värdering till.

Ruben ringde efter en taxi och ville ha Simon med sig hem. Men han hade cykeln utanför konserthuset och så behövde han vara ensam.

Han flög genom den sovande staden, ut mot havet, ut ända till den yttersta bryggan vid Långedrag. Där stod han och drog

168

det som sagts under kvällen fram och tillbaka genom huvudet tills han var säker på att minnas det.

Det blåste upp, han kunde höra hur havet röt därute bland skären. Stormmolnen jagade förbi en häpen måne, vattnets alla dofter slog emot honom.

Vad luktar havet?

När han satt upp på sin cykel och for hemåt med stormvinden i ryggen tänkte han, att i natt skulle han skriva en dikt om havet. Han smög uppför trappan, fann penna och papper på sitt rum, havssymfonin brusade genom honom och han försökte beskriva vågen, som föddes hos indiankvinnorna i flodens källa.

Men orden blev aska tills han gick rakt på sin fråga.

Vad luktar havet?
Vänd ansiktet mot stormen
som blåser därute och för havets alla dofter till dig,
fyll näsan, lungorna.
Börja med de handfasta orden.
Tång. Salt.
Inte finns svaret i de orden.
Vad luktar havet?
Försök de andra orden, de svårare:
Kraft, frihet, äventyr.
De faller mot marken, begränsar det obegränsade.
Ställ frågan ännu en gång:
Vad luktar havet?
och inse äntligen att frågan är utan mening.
När du slutat att fråga.
Då kanske
du kan erfara havet.

Klockan var över två på natten men Simon var inte trött. När han gick i badrummet måste han ha väckt Mona och Isak som sov i gästrummet, han kunde höra hur de skrattade, mjukt och lidelsefullt och han stod kvar i hallen och lyssnade tills han hörde Monas halvkvävda fågelskrik.

Då skämdes han, men bara ett ögonblick, och när han äntligen kröp ner i sin ensamma säng kände han, att fan i helvete vad han hatade Isak.

Men sedan mindes han sin dikt och tänkte på hur han skulle få den att ta kraft av musiken, rytmen i symfonin.

Simon fortsatte genom hela sitt sista skolår att skriva på dikten om havet. Och att hata Isak.

De tog studenten på våren 1947. Det var ingen stor dag, för varken Simon eller Isak hörde till i den världen där studentexamen var rit.

Det enda viktiga var att de skulle bli fria.

Slippa tvånget, tänkte Isak.

Slippa ledan, tänkte Simon.

Det var ingen spännande dag heller, för ingen av dem löpte risken att bli kuggad.

Ruben höll fest i våningen i stan och det var Karin glad för, ett studentkalas bland bergen vid älvmynningen hade utmanat. Det räckte gott som det var med Simon flängande på vägarna där ute med högfärdsmössan på. Den satt som klistrad några dagar, sedan glömde han den.

Isak skulle vidare till Chalmers, det var inte något problem för hans betyg räckte gott. Simon ville läsa historia vid Högskolan.

Erik och Karin var inte nöjda med Simons val, historia, vad skulle det tjäna till och vad skulle det bli för slags yrke?

Men Ruben lade ut texten, talade om forskning och om att Simon inom några år kunde bli läroverkslärare.

Det tröstade Karin men Erik menade, att Isak valt den bättre vägen. Civilingenjör, det hade han alltid velat bli.

– Som jag ville bli historiker, sade Ruben och då måste de ju skratta igen åt det gamla skämtet att de hade omvända ungar.

Men först skulle pojkarna göra värnplikten.

Karin var hemligen glad för det, ytterligare nio månader med Simon utom räckhåll för Iza, som kommit hem och fått en lägenhet i Stockholm, där hon skulle gå på konstskola.

Erik var bekymrad för lumpen, herregud, de var ju bara barnungar.

– Kom ihåg att se det som ett spel, sade han. Ta det inte på allvar, lyd och tänk att snart är det över.

Simon nickade, han förstod vad Erik ville säga.

Men Isak sade med stort allvar, att han nog tyckte att det var viktigt och att han åtminstone ville lära sig att försvara Sverige.

Karin och Mona log, Karin milt, Mona stolt och ingen lade riktigt märkte till där vid kaffebordet i bersån att Erik var illa till mods.

Ögonblicket flög förbi, Isak började sjunga Bohus bataljon och som alltid när han sjöng kröp Simon ihop av obehag.

– Att jag har stått ut med dig i alla år är ett under, sade han och berättade om morgonbönerna när han väcktes ur sina drömmar av att Isak sjöng för full hals: Klippa du som brast för mig . . .

Alla skrattade, sedan sjöng Mona den gamla psalmen, och snart sjöng de tvåstämmigt, hon och Erik.

Simon godkände, så skulle det låta.

– Jag hörde ingen skillnad, sade Isak.

Men Karin tyckte av någon anledning inte om det där: Låt mig gömma mig i dig.

Hon fick en släng av Eriks olust.

– Frraaamåt marrrrsch. Halt. Helt om.

Det onämnbara var ute efter Isak, det kröp genom hans kropp från halsen till mellangärdet, där det gjorde ont, det tog sig ut i armarna och ner i händerna, som stacks inifrån som av tusen nålar, det nådde benen, som vägrade att lyda.

– Lentov, håll takten för helvete . . .

– I gevääääär.

– Krypning medels ålning, kort instruktion.

– Ner. Upp. Ner. Upp.

Det onämnbara fanns i luften han andades, i det taktfasta trampet i de räta leden. Det klibbade, det erövrade honom och när det nådde huvudet visste han, att han måste utplåna sig för att inte dö.

Men sedan var Simon där, tätt intill.

– Isak, för Guds skull, du vänjer dig, du kommer snart över det.

172

Och kanske hade det funnits en möjlighet om inte vicekorpral Nilssons mor hade dött och han själv bytts ut mot en furir. Han hette Bylund och hade inte valt sitt yrke av en slump för han hade sin fröjd i att plåga pojkar.

Nu stod han framför dem, den nye, en lång och grov karl som inte såg illa ut men hade ett besynnerligt snabbt leende.

Som ett varggrin, tänkte Simon som aldrig sett en varg. Det kom och gick, leendet, han var belåten, två judejävlar i hans grupp, det var ren och skär lycka.

– Ni där.

– Vem, jag.

– Ja, furir, för helvete.

– Ja, furir.

Och så haglade det: Kryp, upp, ner, åla, vänster om, halt. Lentov blir en skam för krigsmakten men det är ju vad man kunde vänta sig.

Det torra, rasslande skrattet.

Bylund var road, detta skulle bli en gladare sommar än vad han räknat med när Nilssons jävla morsa gick och dog. Kuperad terräng, skyddande bergknallar mellan honom och löjtnanten som för övrigt inte gillade judar han heller och nog skulle se genom fingrarna. Bylund log sitt vargleende mot livet.

Han luktar, han sniffar, han har vittring efter svaghet, efter lik, jag känner honom, jag känner igen honom.

Men Isak valde inte utplåningen, inte genast. Han stod genom dagen, kröp, ålade, förödmjukades, skälldes ut.

Simon var nästan galen av raseri. Och av rädsla, för när de satt i matsalen vid kvällsmålet såg han att Isak blev mer och mer mekanisk.

Inte nåbar.

Som den där dagen på skolgården.

Han fick Isak i säng på luckan bland sex andra som inte vågade möta hans blick och han gick till löjtnanten. Lyckades inta enskild ställning, började.

– Jo, Isak Lentov . . .

– Nummer och namn, löjtnanten röt inte men rösten var iskall.

Simon lyckades med nummer och namn också och att kort

173

och koncist säga:

– Isak Lentov blev svårt skadad av nazisterna i Berlin när han var barn. Senare blev han sjuk, psykiskt sjuk. Han tål inte den behandling som furir Bylund utsätter honom för.

Löjtnantens blå ögon smalnade:

– Är det här en anmälan.

– Jag ville . . . rapportera. Det kan bli farligt.

Simon var pinsamt civil.

– Uppfattade inte soldaten min fråga?

– Jo . . .

– Ja, löjtnant, heter det.

– Ja, löjtnant.

– Detta är alltså ingen anmälan?

Då såg Simon att det fanns hån i de blå springorna, han var road, den jävla karln var road. Förtvivlan sköljde över Simon, han vände på klacken och sprang.

Löjtnant Fahlén undertryckte den rutinmässiga impulsen att kalla honom tillbaka och lära honom hur man tar avsked av en officer. Disciplinen fick vänta till en annan gång.

En förbannat obehaglig historia, tänkte han. Bylund var känd, hans metoder ökända.

Vad i helvete ska man med judar i det militära.

Larsson, men knappast svensk den heller. Mer judisk än den andre.

Lentov, son till den rike bokjuden förstås.

Men han lät det bero.

Nästa dag höll han Bylunds grupp inom synhåll och såg till att furiren var medveten om hans närvaro. Men sedan glömde han alltsammans.

Och Bylund tog igen det förlorade när det blev övningar i terräng. På Simon som lät det ske, plötsligt såg en utväg, slarvade, klantade sig, drog Bylunds hat mot sig, sysselsatte hans ilska, kröp, ålade, lät sig förödmjukas, varje stund medveten om att han sparade Isak. Det var inte riktigt lika roligt för Bylund, som visste med magen att Larsson inte kunde knäckas. Men han tröstade sig, sommaren var lång, han hade gott om tid för Lentov.

På kvällen på luckan såg Simon att tomheten nu krupit in i

174

Isaks ögon. Det var kanske inte lättare för honom att se Simon plågas.

Gode Gud, vad ska jag ta mig till.

Det fanns en telefon vid bryggan, han hade sett den när de kom. En vanlig telefon med automat för tioöringar. Men han var instängd.

Planka?

Vakterna sköt skarpt, hade det sagts.

Men han måste få igenom ett bud.

Nästa morgon gick Isak som en docka till uppställningen, blev utskälld men tog inte in. De skulle ha övning i terräng igen och plötsligt fick Simon en idé.

Vid första rasten såg han till att bli ensam med Isak bakom en bergknalle, Bylund var ur sikte för ett kort ögonblick och Simon tog en sten och slog den med full kraft över Isaks underarm.

– Isak, sade han, förlåt mig men jag ser ingen annan utväg.

Och Isak log mot Simon som om han hade förstått och som om smärtan återfört honom till sig själv.

– Nu hamnar du i alla fall på sjukan, sade Simon, men Isak hörde inte längre, han hade gått sin väg igen.

Simon sprang mot Bylund:

– Furir, enskild ställning, namn och nummer, allt kom han ihåg:

– 378 Lentov har brutit en arm.

– Vad i helvete?

Det kom en oro över Bylund eller kanske bara en besvikelse för att musen sluppit ur klorna på honom. Men han följde instruktionerna, bår, transport, sjukan.

Simon följde med Isak, Bylund skrek:

– Larsson stannar.

Simon fortsatte att gå bredvid båren.

– Halt.

Simon gick. .

– Halt eller jag skjuter.

Men Bylund sköt inte för han visste plötsligt att de sex återstående i hans grupp skulle kasta sig över honom om han drog pistolen.

Isak var medvetslös nu. Doktorn hette Ivarsson och var kapten. Simon gick med ända in i behandlingsrummet och medan armen undersöktes – jo, det fanns ett brott – och gipsades, berättade Simon fullständigt omilitäriskt och mycket vuxet om Bylund, om Isaks barndom i Berlin och om psykosrisken.

– Men varför har du inget sagt, sade Ivarsson som var mer läkare än kapten och blev fruktansvärt upprörd.

– Jag har rapporterat för löjtnanten.

– Herregud, sade doktorn och då såg Simon att han var rädd.

Men sedan samlade kaptenen ihop läkarens anletsdrag och röt:

– Soldaten skall ögonblickligen lämna sjukhuset.

Simon gick, ut i solen på kaserngården, såg i en blink att han var bortglömd, såg chansen och tog den. I skåpet på luckan fanns hans plånbok, gud låt det finnas tioöringar i den, så planket som han flög över, bryggan, telefonen.

Det fanns tioöringar.

– Farbror Ruben, det är jag, Simon.

Rösten var gäll, den skar rätt in i Ruben.

– Du måste få Isak härifrån, de tar livet av honom. Jag har brutit av hans arm, så han är på sjukan nu, men han är borta, du vet så där som under kriget.

Ett par ord till hann han med innan tioöringarnas makt över linjen var slut.

– Läkaren heter Ivarsson.

Alla känslor stängdes av hos Ruben, blodet rann starkt och syrsatt till hjärnan, handen slog numret till Sahlgrenska.

– Professor Hirtz, det är bråttom.

– Ett ögonblick.

– Olof, det är jag, Ruben. Du vet vad som hände Isak i Berlin.

Så kort vad Simon sagt.

– Telefonnumret ditut, har du det?

– Ja. Ruben hade det i fickalmanackan.

– Jag ringer, jag hör av mig.

– Tack.

Bara en minut senare kom Olof igenom:

– Doktor Ivarsson, detta är professor Hirtz på Sahlgrenska. Jag är nära vän till Ruben Lentov, som just har fått ett oroande telefonsamtal om sin son.

Ivarsson hade gått på Hirtz föreläsningar, beundrade honom.

– Ett okomplicerat armbrott, det är ingen fara.

– Jag vill ha en psykiatrisk bedömning.

– Det är inte så bra, han är rätt frånvarande.

– Han ska sändas hit med ambulans genast. Han behöver specialistvård.

– Ja, professorn.

Ivarsson övervakade själv hur Isak fördes in i ambulansen och gav Simon order att följa med fast Fahlén, som stod bredvid, såg ut att vilja protestera.

När bilen rullade ut från kaserngården såg läkaren länge på löjtnanten. Han är fascist han också, tänkte han. Båda kände tystnaden på den stora gården, båda insåg samtidigt att varenda man visste vad som hänt.

Med tunga steg gick läkaren till regementschefen, som sade:

– Lentov. Han är rik.

– Och inflytelserik.

Regementschefen stönade, den sjufalt fördömde Bylund, varför i helvete var han i tjänst igen?

Ivarsson visste inte, men berättade att Simon Larsson gjort en anmälan till löjtnant Fahlén.

Fahlén kommenderades in.

– Han gjorde ingen anmälan, inte formellt. Han stammade om nazister och att pojken inte tålde Bylund. Jag tog det inte så allvarligt.

– Löjtnant Sixten Fahlén, sade regementschefen ytterligt långsamt. Blir det åtal om det här och skandal och det blir det nog, så är det löjtnanten som skall hängas. Han har dragit skam över regementet.

Fahlén slog ihop klackarna och gick, på jakt efter Bylund. Men furiren var försvunnen.

I skymningen klättrade ambulansen uppför bergen mot det stora sjukhuset, Simon satt hos Isak och höll hans hand men Isak var långt borta.

Ambulansföraren frågade i porten efter professor Hirtz, fick anvisning. Ruben var där, men Isak kände inte igen honom och

177

båren fördes direkt till sjukhusets psykiatriska avdelning.

Medan Olof undersökte honom blev de stående i korridoren utanför, Ruben, Simon och pojken som kört.

– Jag gjorde vad jag kunde, sade Simon men rösten bröt sig.

– Jag vet, Simon.

– Det var en furir, försökte Simon men kunde inte fortsätta.

Då tog pojken som kört ambulansen över och Ruben fick en utförlig beskrivning av vad som skett, av Bylund och hur Simon försökt dra hans agg till sig, om anmälan till löjtnanten.

– Han är fascist, Bylund, ökänd, sade pojken som nu var så upprörd att han darrade. Kläm åt honom, kläm åt dom jävlarna.

– Det var nära att han sköt Simon Larsson, sade han. Grabbarna på lucka arton sade, att det var nära att han sköt bara för att Simon gick med Isak när olyckan hänt.

– Olyckan, sade Ruben, mötte Simons ögon.

– Ja, armbrottet, sade ambulansföraren men i samma stund kom Olof Hirtz tillbaka.

– Chock, omöjligt att ställa diagnos, möjligen prepsykos. Han får ligga kvar här.

– Ring efter mamma, sade Simon. Olof nickade, Ruben tänkte på Karin, på hur hon en gång sagt: Isak ska inte till dårhus, det ska jag se till.

– Får hon stanna här i natt, frågade han.

– Ja, vi lägger honom på enskilt rum.

Ruben gick för att ringa, blev stående länge med luren i hand för att försöka finna de rätta orden.

– Det är bäst du följer med nu, sade ambulansföraren till Simon. Annars åker du dit för rymning.

Simon nickade, när Ruben kom tillbaka stod han redan i dörren.

– Jag vet inte hur jag ska tacka dig.

– Äsch, sade Simon och försvann.

En timma senare var Karin där med Mona, som guskelov hade varit i huset när Ruben ringde. Karin var blek, men lugn och samlad när hon satte sig i stolen vid sängen, bytte några ord med Olof Hirtz.

– Jag ringer, sade hon.

Hon ville ha iväg honom, och så fort han försvunnit sade hon till Mona att krypa ner i sängen till Isak.

I korridoren hälsade Olof på Erik, som var vit som ett lakan i ansiktet och sade till Ruben, att det var hans fel alltsammans.

– Jag visste ju hur det var, jag borde ha insett.

– Men han ville ju själv, sade Ruben.

Erik lät sig inte tröstas:

– Jag har ingen förbannad fantasi när det gäller människor, sade han. Hur blir det med honom?

– Jag vet inte än, sade Olof. Vi får se när han vaknar. Karin har ju lyckats knyta ihop honom förut.

Erik suckade:

– Ska jag köra er hem eller stannar ni också i natt?

– Tack, sade Olof. Jag tror att vi gör bäst i att åka var och en till sitt och försöka sova. Karin ringer mig när pojken vaknar.

I bilen på hemvägen sade Erik:

– Bara de jävlarna inte tar hämnd på Simon.

Ruben kände hur magen knöt sig, hur trött han var. Och rädd.

– Jag ringer Ivarsson i morgon bitti, sade Olof Hirtz.

Det gjorde han, men då var det för sent. Många timmar för sent.

23

Simon satt i ambulansen och var så trött att det värkte i kroppen på honom. Några tankar hade han inte längre, de hade tagit slut i samma stund han lämnade över Isak till Ruben.

– Lägg dig en stund och sov, grabben, sade ambulansföraren. Och Simon sträckte ut sig på bårsängen och somnade ögonblickligen. När ambulansföraren väckte honom efter någon timma mådde han illa.

Det var ödsligt och tomt på kaserngården och han hade bara en tanke i huvudet när han hoppade ur bilen: Luckan, sängen.

Men när han stod i den mörka korridoren på logementet, fan vad här är mörkt, kände han vittringen. Rädslan samlade varenda muskel i hans kropp till språng och han visste, innan han ens sett skuggan av Bylund på väggen, var han fanns och att nu gällde det livet.

Själv var han fullt synlig i ljuset från dörren och stängde den hastigt.

Inte låtsas att han anat faran. Gå rakt fram och sedan slå.

Hjärnan arbetade blixtsnabbt, de satt där de skulle, Eriks gamla instruktioner. Den raka högern var exakt, snabb och full av kraft, också vänsterkroken tog, det krasade, gjorde ont i knogarna men han duckade för slaget som kom och när han reste sig igen sade hjärnan:

– Bara i yttersta nödfall, Simon, sparkar du med all din kraft i skrevet . . .

Och han sparkade och blev nästan lycklig av vrålet och han slog igen, i magen den här gången, fult och effektivt. Bylund stod dubbelvikt framför honom, Simon slog igen, mot huvudet och furiren föll.

Femtio par ögon minst stirrade på honom i allt det ljus som plötsligt strömmade över korridoren. Men Simon såg dem inte, han såg Bylunds framtänder i en pöl med blod på golvet, och han tänkte att nu är han död, och han kände en vild glädje.

Ambulansföraren, som sett ljuset tändas, tog befälet.

– Släck, röt han.

De lydde. Sedan kom rösten ur mörkret:

– Två man bär in Bylund i badet och duschar honom. Alla andra går till sängs, ingen, ingen enda jävel här har sett ett förbannat dugg. Har ni förstått?

Det ja som viskades var fullt av entusiasm. De två som duschat kom snart tillbaka, sade att Bylund levde.

– Är han dagofficer här?

– Nja, han bytte med Fahlén.

– Åh, herregud, sade ambulansföraren som fått uniformen av Simon och ett plåster över hans sönderslagna knogar.

– Lägg Bylund i dagofficerens bädd.

Och han upprepade: – Ingen har sett eller hört någonting.

Sedan fick han Simon i säng och sade:

– Du slog sönder handen när du hoppade ur ambulansen, det kan jag vittna om. Fattar du?

– Ja.

Det går aldrig, tänkte Simon, men han var mycket mer upptagen av att han slagit ihjäl Bylund och att det skänkte honom en sådan lycka.

Jag är inte klok, jag heller, tänkte han. Viskade:

– Är han död?

– I helvete heller. Han lever nog vidare för att plåga nya bassar. Mitt i lättnaden var Simon besviken, men han slapp snart alla motstridiga känslor och sov som en stock.

När reveljen gick på morgonen fick Simon order att inställa sig på sjukan. Vid ingången stod ambulansföraren, viskade:

– Inte ett ord.

Till sjuksystern sade han:

– Här är soldaten som skadade handen när han föll ur ambulansen i går.

Hon var söt, frågade inte när hon lade förband. Ivarsson var inne ett ögonblick.

– Armen i mitella, sade han. Sjukskriven en vecka.

Hans ögon mötte inte Simons.

Det här är inte klokt, de har inte hittat Bylund, tänkte Simon.

Men ambulansföraren följde med honom till sjukrummet och viskade:

– De sydde ihop Bylund så gott det gick i morse och sedan körde jag honom till lasarettet. Misstänkt hjärnskakning.

– Men de måste ju förstå.

– De har inte satt igång några förhör, det verkar som om de tänkte tysta ner det.

På expeditionen på tredje våningen gick regementschefen fram och tillbaka och röt som ett retat rovdjur.

– Förstod inte löjtnanten Bylunds avsikter med ett överta vakttjänsten?

– Nej, överste.

Den gamle hejdade sig mitt i ilskan, såg länge på den blonde löjtnanten och sade:

– Han är ingen idiot, han Fahlén. Han är något mycket värre.

Fahlén försvann, den gamle satte sig vid sitt skrivbord och slog numret till Ruben Lentov.

– Jag behöver kanske inte säga att jag är ledsen över vad som hänt er son. Hur är det med honom?

– Han ligger på psykiatriska kliniken på Sahlgrenska.

– Jag beklagar.

– Ringde ni bara för att säga det?

– Nej.

Lång paus. Simon, tänkte Ruben, nu gäller det Simon.

Sedan kom rösten igen:

– Simon Larsson slog nästan ihjäl furir Bylund i natt.

Ruben hade svårt att andas men rösten var lugn.

– Det måste ha skett i självförsvar, sade han.

– Det är möjligt. Men själv fick han inte en skråma så det är uppenbart att han använde större våld än nöden krävde. Bylund ligger på lasarettet med utslagna tänder och en ordentlig hjärnskakning.

Ruben var stum av häpnad.

– Direktören förstår kanske att det blir fängelse för Larsson, och rätt länge skulle jag tro. Om vi inte tystar ner det hela.

– Vad är priset för det, sade Ruben, men han visste det redan.

Så de gjorde upp under affärsmässiga former, tystnad om allt som skett, på ömse håll.

– Jag ska ordna en patrulltjänst ute till havs åt Larsson, sade översten.

Ruben ringde varvet, Erik direkt.

– Jävlar anamma, sade Erik. Vilken grabb.

Det gick inte att ta miste på stoltheten. De enades, inte ett ord till Karin, Isak eller Mona.

– Han ska få nån slags tjänst på en båt i skärgården, sade Ruben. Så det dröjer innan han får permission.

På överstens expedition satt kapten Viktor Sjövall, chef för patrulltjänsten i havsbandet och lyssnade till den gamles historia under stigande obehag.

– Fy fan, sade han.

– Du tar hand om pojken.

– Ja, måste vara en fin grabb.

– En jävel till att slåss, sade översten med beundran i rösten, och tog fram Simons papper. A-student, sade han. Ett av de högsta värdena vi någonsin mätt i IQ-testet vid mönstringen. Han borde ha blivit officer.

Då måste Sjövall skratta:

– Den lusten har vi nog tagit ur honom. Om han någonsin haft den.

Den gamle suckade.

Simon låg på sjukan och sov men väcktes på eftermiddagen, friskskrevs med stor hast och sändes till en patrullbåt vid bryggan. Ett tag tänkte han: De tänker dränka mig i tysthet.

I båten väntade en man, som var kapten, men bad honom sitta ner och hade ögon med både förstånd och värme i.

– Jag heter Viktor Sjövall och för resten av din värnpliktstid ska du vara med mig ute i skärgården.

Simon hade hört talas om patrulltjänsten, visste att den var hett eftertraktad.

– Jag vet vad som har hänt här, Larsson.

Han är ju nästan en människa, tänkte Simon, men han var på sin vakt och sade:

– Ja, kapten.

– Det vill säga, jag vet inte vad som hände Bylund i natt och det vet ingen, inte du heller. Har du förstått.

– Ja, kapten, sade Simon men när han såg att det ryckte i Sjövalls mungipor, tillade han:

– Jag kanske kan berätta om det någon mörk natt till sjöss.

Då skrattade Sjövall och Simon kände hur kroppen slappnade av.

– Vet kapten hur det är med Isak Lentov?

– Nej, men du kan ringa ett radiosamtal hem så fort vi kommer till sjöss.

– Tack, sade Simon men sedan stod han inte ut med den andres värme längre, måste kisa för att hålla tårarna borta. Viktor Sjövall såg det, sade:

– Det har varit för mycket det här, Larsson.

– Det var värst för Isak, kapten.

– Jag förstår.

– Jag tror ingen kan förstå, sade Simon och medan båten tog sig ut genom skärgården berättade han om kvarstadsbåtarna och Isak och om ungnazisterna som väntade på en fyraåring en majmorgon i Berlin.

När han slutat såg han upp på den andre, såg att han var blank i ögonen och att han liknade Erik.

En timma senare sade telegrafisten:

– Vi har din morsa på trån, Larsson.

Karin hade aldrig fått ett radiosamtal förut, hon förstod att det gick utan trådar över havet och att det gällde att ropa.

– Det är bra med Isak. Han kommer hem i morgon.

– Åh, morsan, sade Simon.

– Han ska gå på behandling hos Maria Hirtz.

Indiankvinnan, tänkte Simon och ropade tillbaka.

– Det är jättebra, mamma.

För första gången på många dygn nu kände Simon att han var tillbaka i verkligheten. Men sedan sade hon:

– Hur är det med dig själv? och då blev han overklig igen.

– Det är fint, jag är till sjöss nu.

Men han tänkte att om hon visste, om hon någonsin fick veta att han nästan slagit ihjäl och att han tyckt om det . . .

Hans liv blev enkelt, en brygga, några baracker, båtar för patrullering och transporter, vakttjänstgöring.

Men oron gnagde honom.

Sjölund såg det, sade:

– Hur är det med nerverna, Larsson?

Då sade Simon som det var:

– Jag skulle behöva tala med min pappa.

Nästa dag följde Simon med en transportbåt som hade ett uppdrag på Nya Varvet. Skepparen meddelades att Larsson skulle landsättas på Rivö Huvud för två timmars permission.

Simon ringde radio till sin far, tid och plats. Ta gärna Ruben med men inte Karin, hör du det, pappa, inte Karin.

– Uppfattat, sade Erik.

De var där i god tid, lade kostern mot vindsidan så att hon skulle vara fullt synlig utifrån havet.

Det var frisk vind, hon slet i dragglinan.

– Vi får passa henne, sade Erik.

Sedan satt de där, Ruben och han och stirrade ut mot Vinga. Väntade på en torpedbåt men där kom bara en fiskesmack och det dröjde innan de såg att hon förde tretungad flagg. Hon girade upp, kröp intill berget och Simon hoppade.

De såg det samtidigt, han hade blivit vuxen. Allt pojkmjukt hade lämnat honom, i hans ögon fanns ny bitter insikt.

De skakade hand som om de varit främlingar, sedan sade Erik, högtidligt och känslosamt på just det vis som Simon avskydde:

– Jag är så jävla stolt över dig, grabben.

Ögonen mörknade, det högg kring munnen på Simon när han sade:

– Ta det vackert, farsan. Du vet inte det värsta än, att jag nästan slog ihjäl furiren.

– Jo, Simon, vi vet.

Och Simon fick höra Ruben berätta om samtalet med översten, de ömsesidiga hoten, uppgörelsen.

– Fan, sade han. Fy fan, farbror Ruben, jag blir galen när jag tänker på, att om du hade varit en vanlig fattig jävel, hade Isak varit på dårhuset nu och jag i fängelse. Är det klokt!

– Nej, sade Ruben. Det är inte klokt.

De satte sig ner, alla tre, i lä för vinden.

– Vet mamma?

– Nej, vi håller henne utanför, du vet, hjärtat.

Hjärtat, tänkte Simon, inget annat . . .

Ett ögonblick senare lade han sig med huvudet i Eriks knä och den sönderslagna handen över ögonen.

– Ont i näven?

– Nja, det läker, svider som fan i saltvatten bara.

Han tog bort handen, såg på Erik, bruna ögon borrades in i blå:

– Tänk att det satt där farsan, varenda slag föll som det skulle.

Då vågade Erik köra fingrarna genom Simons hår, så som han alltid brukat göra när pojken var liten.

Ruben gick mot båten:

– Jag hämtar kaffet och smörgåsarna.

När de åt berättade Simon, i detalj fick de höra vad som hänt i korridoren, när Bylund väntade på Simon.

– Han kommer att få löständer som ett minne för livet. Och jävlar anamma vad den tanken gör mig glad.

Han såg på dem som om han väntade på invändningen. Men de skrattade, samma belåtna skratt som hans eget. Då gick han vidare:

– Senare, när ambulansföraren fått mig i säng, trodde jag att Bylund var död, att jag hade dödat honom. Jag var så lycklig som jag vart i himlen. Sedan har jag tänkt att jag är väl inte så olik Bylund.

De skrattade igen och Erik sade:

– Vi har nog alla en liten furir inom oss.

Det var enkelt, till och med för Ruben var det enkelt, en självklarhet.

När fiskesmacken dök upp igen skakade de hand.

– Vi ses, sade de och Simon gick ombord och kände själv att

han var vuxen nu, på jämställd fot med de båda männen.

— Han frågade aldrig om Isak, sade Erik när de satte segel och tog in ett par rev på kostern.

— Nej, guskelov för det, sade Ruben.

Isak hade vaknat vid fyratiden på morgonen i sin säng på sjukhuset, varm av Monas värme. Han hade känt hennes närvaro i hela sin kropp men inte vågat tro på den.

Sedan hade han hört Karins röst:

— Det är dags att komma tillbaka nu, Isak.

Han hade inte slagit upp ögonen men sagt:

— Förklara för mig, Karin.

— Ja, Simon slog av din arm för att få bort dig från furiren.

Isak mindes det, stenen, Simons ögon. Men sedan kom Bylunds röst och det blev tomt igen.

Karin hade fortsatt:

— Simon lyckades få tag i en telefon och ringa Ruben.

— Han plankade, den jävla modiga killen plankade.

Karin hade inte förstått men fortsatt att berätta, angelägen om att han skulle få hela sammanhanget klart för sig. Sedan hade hon börjat fråga, försökt dra hela den eländiga historien ur honom. Bit för bit, igen och igen.

— Vem liknade han?

— Jag vet inte.

— Isak, du vet.

Men nazisterna i Isaks barndom flöt ihop för honom, han kunde inte skilja ansikte från ansikte.

— Det var nåt med näsan, Karin, han sniffade. Och så skrattet. Åh Gud.

Han hade skrikit av skräck, gråtit, tiggt och bett att de aldrig skulle skicka honom dit igen, tillbaka till regementet och Bylund.

De hade lovat.

Då hade Ruben varit där och Olof Hirtz med Maria. Isak hade sett på henne och tänkt på Simon, på att Simon svärmade för henne.

Sedan måste han ha somnat för när han vaknade fanns bara Maria kvar hos honom. Gråten var slut, för den skräck som satt i bröstet på honom var för stor för gråten.

– Kommer jag att bli galen?

Hon hade inte fnyst som Karin och inte tröstat utan sagt:

– Det finns en risk, Isak.

Då hade han velat tillbaka till det onämnbara, till tystnaden i utplåningen. Men Marias ansikte var inte som Bylunds så hon hade inte kunnat skrämma honom över gränsen, trots att hon sagt:

– Du får sluta fly, Isak. Jag tror nog att jag kan hjälpa dig, men då måste du stanna kvar i ångesten.

– Då dör jag, hade han skrikit.

Men det var längesedan nu, många veckor sedan. Han hade skrivits ut, åkt till Karin och Erik men deras och husets kraft verkade inte på honom längre.

Ibland för några timmar fick han undan skräcken, det var när han behövdes på varvet och händerna lydde honom. Men oftast visste han inte vad han skulle göra av dem, kunde sitta i timmar och se på dem.

Mona kom och for, han såg att hon också blev allt räddare och i ett ögonblick av klarsyn tänkte han, att det åtminstone kunde han göra, befria henne.

Han gav tillbaka ringen, bad henne gå. Men hon lydde inte och då hatade han henne. Som han hatade Karin för den mörka oron i hennes ögon och Ruben som åldrades, krympte för var dag som gick.

Maria kom ut om kvällarna, de satt i Simons rum och det hände att han ansträngde sig för att hitta en tråd i det nystan som var skräcken och som satt i bröstet på honom och gjorde ont. Men när de drog i tråden reddes ingenting ut, det blev trassligare, ännu mer outhärdligt.

En dag rymde han, gick sin väg. Hamnade på Onsalahalvön, stod där en eftermiddag på badklipporna där han och Mona älskat varandra för bara ett år sedan. Han tänkte att pojken, som älskat flickan, aldrig hade känt sig själv, att det hade varit någon annan som varit lycklig och full av hopp. Länge funderade han på att göra av med sig, dyka rätt ner i vattnet från klippan.

Men han var en god simmare.

Han mindes en katt som de dränkt en gång, han och Simon. De hade stoppat den i en säck med sten och slängt den i älven och katten hade skrikit länge i deras drömmar.

Fast det var en gammal vildkatt som for illa och mådde bäst av att dö, som Erik sagt när han bett dem.

Drömmar, Maria tjatade om drömmar.

Jag har aldrig drömt i hela mitt liv, tänkte Isak.

Hur han kom ut på landsvägen igen mindes han inte, men när han fick se en speceriaffär gick han in där och ringde Karin.

– Herregud, Isak, Ruben har just talat med polisen.

– Polisen, varför det?

– Du har varit försvunnen i tre dagar.

Han blev förvånad men det bekom honom inte så mycket det heller.

– Jag tar mig hem nu.

Han fick en lift till Käringberget, därifrån gick han. De satt i köket och väntade på honom, han orkade inte med deras ögon så han tvärvände i dörren och gick mot trappan. Men där hejdade han sig, gick tillbaka och sade till Karin:

– Det är kanske bäst att ge upp, Karin, och få in mig på dårhuset.

Men Karin såg honom stint i ögonen:

– Maria säger att du blir bättre, att ju värre du har det desto säkrare är det att du blir bättre.

– Hon är inte klok hon heller, sade Isak.

Dagen därpå när Maria kom ut frågade han ändå:

– Hur mycket värre ska det bli?

– Jag vet inte, sade hon. Men jag skulle önska att du litade på mig.

Då kände han att han gjorde det och kunde säga det till henne.

De drog i en tråd igen, minnet av hur han dränkt katten. Men nystanet bara knöt ihop sig, blev hårdare och tråden brast:

– Jag orkar inte, sade han.

När hon gick sade hon, att vi kan ju lägga in dig igen.

– Varför det?

Då sade hon som det var, för att han inte skulle rymma och göra sig illa. Han kände hur han stelnade i kroppen och den natten hade han en dröm. Han stoppade Maria i säcken och fyllde den med gråsten och hon grät och bad för sitt liv, men han dränkte henne och tänkte när säcken sjönk, att nu skulle han aldrig behöva dra i några trådar mer.

Det var en stor lättnad.

På morgonen mindes han drömmen men visste, att den skulle han aldrig våga berätta för henne. Han låg kvar i sängen medan Lisa städade huset och Karin gick på sin promenad.

Sedan insåg han att han måste iväg och att han skulle ta båten den här gången. Rätt ut i västerhavet, tänkte han och det fanns en frihet i tanken, ett ögonblicks frihet från skräcken. Han fann inte sin cykel, knyckte Simons i garaget, fick stanna efter ett tag och pumpa slangen. Men han var snart framme vid bryggan på Långedrag och där låg hon ju, Kajsa, hans koster.

Vilken idiot han var som inte tänkt på henne förut.

På kryss västerut, förbi Vinga, rakt västerut mot solnedgången. När sommarnatten, som inte hade något mörker, smög sig runt honom fanns bara havet och båten, han kunde inte längre se land.

Men sedan måste han ha somnat vid rodret för plötsligt fanns där en fiskebåt och en gubbe som skrek:

— Behöver du hjälp, grabben?

Seglen slog som besatta, han fick inte upp henne i vind.

— Roderhaveri, skrek han.

De slängde över en tamp, tog honom på släp och han tänkte, att det var meningen, han skulle inte segla ihjäl sig heller. De släpade honom inomskärs, tidigt på morgonen nådde de Korshamns ränna, skepparn pekade mot varvet på nordsidan Brännö och kranen där, menade att han kunde få hjälp med rodret om han tog sig in dit.

Han gjorde loss linan och ropade sitt tack över vattnet, som var så stilla nu som om det höll andan. Vid det här laget visste han förstås, att han inte hade fel på rodret. Men han skämdes för att visa det så han rodde in mot varvet och lade sig där en timma eller två.

Där fanns inte en levande själ så här dags och det var

190

han tacksam för.

Till slut satte han focken, strök längs bergen tills han fann en vik i lä, förtöjde, kröp ner i ruffen och sov. Jag duger inte ens till att ta livet av mig.

Det var sen kväll när han väcktes av regnet som smattrade mot däcket, han var sämre till mods än någonsin. Här fanns ingen speceriaffär så han kunde ju inte ringa hem och lugna dem.

På dårhuset ska jag, det är lugnast för alla, tänkte han när han satte seglen. Han lade ut kursen mot Långedrag, men slarvade, drog för långt norrut och vid Kopparholmen rände han på gärdsgården som skulle försvara Göteborg 1914.

Det small i båten som ett kanonskott, sedan stod hon där på stengärdsgården och skälvde som om han sårat hennes värdighet och han gick ur sin skräck och in i handlingen.

Hon stod inte hårt på, han fick henne flott med hjälp av båtshaken och gick för fulla segel mot varvet och Erik.

Hon tog in vatten.

Ett slag tänkte han att nu kan jag vända, gå till havs igen och sjunka med henne. Men båten var dyrbar, oersättlig, hon hade byggts en gång när han var sjuk och var hans inteckning i livet.

Så han fortsatte mot älvmynningen.

De satt i köket och väntade honom som vanligt, men de var fler i kväll, Olof och Maria var där, och Mona, som var konstigt ihopkrympt.

Men Isak såg bara på Erik:

– Jag rände på vid Kopparholmen. Slog sönder botten, hon läcker som fan på babordssidan föröver.

Då blev det kortslutning i Erik.

– Din förbannade bortskämda odåga, skrek han. Du är den mest självviske jävel som har gått i ett par skor.

– Erik, sade Karin varnande, men han hörde henne inte.
– Vem tror du att du är, din satans prins på ärten som far omkring i skärgårn som en idiot utan en tanke på annat än dina dåliga nerver.

– Dåliga nerver, skrek han. För fan, det är väl inte värre än Karins dåliga hjärta. Du får väl lära dig att leva med dina nerver, som hon får leva med sitt hjärta.

Isak höjde händerna, sträckte dem mot Erik som om han bad om förskoning. Men Erik kunde inte hejdas.

– Hur tror du att Karin har det med hjärtat när hon ska gå här och vara orolig för dig jämt. För att inte tala om Ruben, som snart inte håller ihop längre. Eller Mona.

Erik var så rasande nu att rösten svek honom.

– Jag har gjort slut med Mona, viskade Isak.

– Slut, skrek Erik så att tekopparna på köksbordet hoppade. Tror du att du är nån slags gud va, som bara kan göra slut med en människa. Ni hör ihop, vi hör ihop allesamman och det är bara du som är så jävla korkad att du inte fattar det och tar ansvar.

Isak tänkte att nu kommer den igen, utplåningen, nu försvinner jag. Men Eriks ljusblå ögon släppte inte Isaks för en sekund och raseriet i dem tvingade Isak att stanna kvar, raseriet och något annat också.

Förtvivlan.

Isak älskade Erik, beundrade honom.

– Snälla du, sade han.

– Jag är inte snäll, skrek Erik. Och jag ska ta mig fan göra karl av dig.

– Erik, nu skrek Ruben och vädjan i hans röst var så stor att Erik för ett ögonblick föll ur ilskan. Men Olof ingrep och sade:

– Fortsätt Erik, du har rätt i varenda ord.

Eriks röst hade sjunkit ner mot det normala när han böjde sig fram mot Isak och sade:

– Jag ska ordna jobb åt dig på Götaverken, grabben. På golvet, där din pappas pengar inte kan köpa dig fri ur någon knipa. För nu ska du bli vuxen, Isak Lentov, det ska jag se till.

Det blev tyst i köket tills Karin sade:

– Har du fått någon mat i dig, pojk?

– Här blir ingen mat förrän båten är på land, sade Erik. Kom nu, Isak, så tar vi upp henne innan hon sjunker.

Fem minuter senare tändes strålkastarna på varvet, Erik dök upp i köket och sade:

– Vi behöver hjälp.

Ruben gick, Olof gick, Maria hejdade Erik ett ögonblick i dörren och sade:

– Det är bra, Erik. Och för Guds skull ordna det där jobbet.

– Du kan lita på mig, sade Erik och sände Karin en lång och belåten blick.

Isak sov inte mycket den natten, han stod i fönstret i det gamla pojkrummet och hade lika mycket ångest som förut.

Men han var verklig.

Gång på gång kom han tillbaka till det som Erik sagt att han fick leva med sina nerver som Karin med sitt hjärta.

Fan också, han skulle klara det.

Nästa dag ringde han Mona:

– Vågar du?

Redan vid frukostbordet började Erik planera för Göta-verken.

– Inga studentbetyg, sade han. Det är illa nog med realen, men det är klart att några skolpapper måste du visa upp.

– Men om de frågar vad jag gjort efter realen?

– Du har ju jobbat här på varvet, för fan. Det är klart att du ska ha betyg från mig.

Och det var ju sant att Isak hjälpt Erik på varvet också under åren på gymnasiet. Med Karins hjälp lyckades Erik samma kväll formulera ett intyg, så att han utan att ljuga fick det att se ut som hela arbetsår.

Isak arbetade på Kajsa, som guskelov inte var så illa däran som han fruktat kvällen före. Två bord måste bytas, men numera fanns det gott om mahogny på varvet.

– Du får betala så småningom, sade Erik. Du kommer snart att tjäna pengar.

Isak tog det som ett skämt, men Erik såg inte ut som om han skojade.

– Är du fortfarande förbannad på mig?

– Nae, jag fick väl ur mig det värsta. Vad jag ville ha sagt var egentligen bara att man får ta ansvar även om man har det för jävligt inombords.

– Du har aldrig varit på väg att bli galen.

– Jodå, sade Erik. Det har nog de flesta. Men som sagt, man får leva med det.

– Jo, det gick in, sade Isak.

Ruben ringde till varvet:

– Hur är det?

– Bättre, tror jag.

– Då var det bra att du blev så rasande?

– Ja, de sade ju det, doktorerna.

– Eriksberg annonserar efter lärlingar i tidningen i dag.

– Det skiter jag i, sade Erik. Grabben ska till Götaverken. Varvet är känt för sin goda anda.

– Åh, det visste jag inte.

Erik lyckades bita ihop om orden som låg på tungan, att det finns en hel del som du inte vet, direktör Lentov.

I stället sade han:

– Det vänder nu, Ruben, jag känner att det vänder.

För första gången på länge hörde han Ruben skratta.

– Det har du sagt till mig en gång förut, Erik, minns du det?

– Nej, sade Erik. Fick jag rätt?

– Ja, i högsta grad.

– Där ser du.

– Du skall söka till maskinhallarna, sade Erik vid middagen. Varvet ropar efter folk, värst är bristen på revolversvarvare.

På anställningskontoret gick allt som smort, de tog hans betyg, nickade, ställde några frågor om Larssons varv, fina kostrar, sade:

– Det blir lite större här och inte så mycket trä.

Sedan var det läkarundersökning, andas, aldrig haft hjärtbesvär, astma, tbc? Bra, fina blodvärden, nästa tack.

Ett formulär, det var det svåraste men Isak fyllde i. Det fanns flera alternativ för religion, luthersk, katolsk, mosaisk, annan trosbekännelse.

Han satte sitt kors vid mosaisk.

Inte ljuga, hade Karin sagt.

Fullgjord värnplikt? Här fanns bara ja och nej men Isak skrev med fast hand: Frikallad. Nationalitet: Svensk, födelseort: Berlin.

Efter någon timma hade hans papper vandrat dit de skulle och tillbaka igen, hans namn ropades upp i väntrummet och mannen bakom disken sade, att då går det bra att börja på måndag klockan sju, som lärling hos Egon Bergman i Tvåans Maskinhall.

Där angavs en timlön, när han såg förvånad ut sade mannen bakom disken att det mesta berodde på ackorden som han skulle få redan efter någon månad.

Isak teg om att han aldrig hade räknat med att få betalt.

Han var rädd när han gick därifrån, men det var en påtaglig rädsla som satt i knäna och i magen. På färjan tillbaka steg den mot halsen och kunde formuleras:

Klarar jag inte det här är det ute med mig.

– Vad som än händer håller jag fast vid dig, hade Mona sagt kvällen före. Hon var orubblig.

Men han kunde ju inte leva på hennes styrka.

Man kan inte lita på kvinnor, tänkte han.

Tanken gjorde honom så förvånad att han blev stående en stund vid sin cykel. Var han riktigt klok, han som i så många år haft Karin, pålitlig som klippan.

Men en gång hade hon varit nära att dö från honom.

Isak, sade han till sig själv, en människa sviker inte för att hon blir sjuk.

Och Mona, han visste ju med hela sin varelse att hon var som Karin, som själva berggrunden.

Han skämdes.

Maria tjatade alltid på honom att han skulle berätta om sina drömmar och försöka minnas konstiga tankar. Drömde gjorde han inte, men nu hade han i alla fall en konstig tanke att redovisa, tänkte han när han satte sig på cykeln vid färjeläget och började trampa hemåt, till Erik och Karin, för att berätta att han fått jobbet.

Men när han kom upp på Karl Johansgatan vände han cykeln in mot stan. Ruben, tänkte han, pappa ska få veta det först. Ruben blev glad men Isak såg det nog, att ängslan fanns där i hans ögon, att han tänkte på samma sätt som Isak själv: Skulle han klara det?

– Där är ju också bara karlar och säkert hård disciplin, sade

Ruben men när han såg ångesten i Isaks ansikte ville han gärna ha haft det osagt.

– Isak, sade han, försökte lägga armen om pojken. Det kommer att gå bra, du har alltid varit duktig i händerna. Och skulle det bli för hårt för dig så har vi ju Chalmers som väntar. Efteråt kan du lätt få . . . mindre utsatta jobb.

Isak tog bort hans arm.

– Pappa, sade han. Vi brukar inte ljuga. Du vet mycket väl att klarar jag inte det här så är det slut med mig.

– Nej! Ruben skrek.

Men smärtan i pojkens ögon gick rätt in i honom. Isak såg det och hann känna skulden innan han vände på klacken och sprang genom kontoret ut till sin cykel.

Mona hade jour på sjukhuset hela den helg som stod mellan Isak och den stora måndagen. Det var bra, han ville vara ensam. Han tog sin båt, låg och drog på bidevind mellan Vinga och Nidingen, revade inte fast det blåste friskt utomskärs.

Nästan utan att ha tänkt det letade han efter någon båt med tretungad flagg, efter Simon. Men det fanns inte någon militär så långt ögonen kunde nå och in på förbjudna vatten vågade han sig inte.

– Jag är barnslig, tänkte han. Det här är min grej. För första gången är jag ensam och måste reda mig själv.

Bylunds ansikte dök upp i vattenytan akterut, den sniffande nosen, de fladdrande näsvingarna, men i nästa stund tänkte Isak att han skulle gå rakt på Böttö fyr och gipa.

Han visste att vinden var för hård, att Erik skulle ha skällt ut honom, men han klarade gipen och när han fick upp båten i vind igen tänkte han, att han nog skulle reda sig även om Egon Bergman var lik Bylund.

Världen var alldeles verklig för honom och det som rann salt i ansiktet var bara havsvatten, tänkte han när han gick in mot Långedrag och förtöjde. Han städade sin båt in i minsta skrymsle, ingen skulle säga annat än att allt var på plats, sjömansmässigt, snyggt och prydligt.

När han kom hem ringde han Mona på sjukhuset: Jo, han mådde bra, nej han var inte nervös.

De hade redan ätit men Karin värmde köttbullar, han åt som

196

en varg och somnade tidigt.

Sov hela natten.

Klockan sex väckte Erik honom, Karin bredde smörgåsar, fick i honom en halv kopp kaffe, packade en ryggsäck med smörgåsarna, overall, grova skor. Klockan halv sju ställde han sin cykel bland tusen andra vid Sänkverket och tjugo i sju stod han som en av hundra sömniga män, packade som sillar i en pråm som drogs över till det stora varvet på andra sidan älven.

Redan i pråmen kände han det, en tystlåten vänlighet. Men han vågade inte tro på den.

Varvet dök upp framför honom, frigjorde sig ur morgondimman. Till höger i strandkanten hade han bäddarna där de väldiga skeppen växte och utanför dem kunde han se de båda dockorna, enorma, den ena ofattbart stor.

Järnvägsspår, verkstäder, magasin, ett virrvarr av stora och små hus.

Hur skulle han hitta?

– Jag ska till tvåans maskinhall, sade han till den långe karln som stod närmast.

– Bakom snickarverkstan och över spåren, sade mannen som hade ögon som inte vaknat ännu.

– Du kan följa med mig, sade en annan. Jag jobbar där. Ny?

– Ja, jag ska börja som lärling hos Egon Bergman.

– Onsala, sade mannen som var stor och tjock.

Isak ville inte fråga vad han menade, men han såg upp i den andres ansikte när pråmen tog i bryggan, mötte ett par blekblå ögon, inbäddade i fett, nyfikna och lite roade.

– Själv kallas jag Lillen, sade han.

– Lentov, sade Isak.

– Svarvarlära?

– Ja.

Isak förstod att man var sparsam med orden. Han travade efter den fete förbi snickarverkstaden och in i maskinhallen och fick en glimt av en värld utan slut av stål och maskiner, innan de sprang uppför en trappa till ett omklädningsrum. Han fick ett klädskåp, snabbt byte, overall och i samma stund de gick utför trappan till verkstaden tjöt visslan.

Mer än femtusen man gick igång samtidigt. Isak kände det

för ett ögonblick som om han skulle drunkna i bullret.

– Du ser ju nästan vuxen ut, sade Onsala.

– En annan är ju mest van vid småglin, sade han, femtonåringar som inte kan hålla fingrarna i styr.

Han hade mycket blå ögon, djupt nerskurna i ett smalt, intelligent ansikte. Det gick ett leende över det någon gång, lyste upp det inifrån.

Men inte ofta.

Han var tjugoåtta år, passionerad revolversvarvare, yrkesstolt, berömd där på golvet för sin precision, sin förmåga att hålla jämna toleranser på tusendels millimetern. Nu fick han extralön för att träna upp lärlingar, men det var nog inte för pengarnas skull han valt uppgiften. Han tyckte om att undervisa och kunde känna en stilla lycka, när han någon gång fick hand om en grabb med intelligensen i händerna och den där säregna lidelsen för det exakta.

När Isak efter någon timma fick ställa in svarven själv och maskinen levererade hans första flensar, visste Onsala att den här gången hade han haft tur.

Tvåans maskinhall var ett landskap, oöverskådligt och kaotiskt. Men kring Onsala och hans svarv och hans lärling slogs en ring av fattbarhet, trygghet rent av.

De fick skrika denna första morgon.

– De provkör en diesel i monteringshallen, skrek Onsala. Om några timmar är det över och då kan vi tala som folk.

Isak nickade.

– Vad var det du hette?

– Lentov.

– Lentå?

– Nej, Lentov, skrek Isak för han skulle inte ljuga om namnet som var judiskt och känt i stan.

– Tov, som i tova, skrek han så högt att det skar genom bullret, nådde männen vid de andra svarvarna.

Någon skrattade, någon skrek.

– Hej på dig, Tovan.

Då gick ett av de sällsynta leendena över Onsalas ansikte och han sade:

– Det gick fort den här gången.

Men Isak begrep inte genast att han blivit omdöpt och att med det nya namnet var juden borta.

En vecka senare hade han insett att här hade judendomen ingen mening, varken på ont eller gott. Här hade han kunnat heta Moses och varit kroknäst utan att det haft betydelse.

Det förstod han en dag när Onsala sade åt honom att gå till gjuteriet för att skaffa tackjärn.

– Det blir ett tungt och skitigt jobb, sade han. Men du ska ju lära dig allt från grunden, grabben.

– Fråga efter juden, ropade han efter Isak som sprang iväg med rekvisitionen.

Isak lyckades med konststycket att inte hejda sig i steget när han sprang och han var glad för att han hade ryggen mot Onsala.

I gjuteriet stod en tvåmeterskarl med ljusrosa hy och kritvitt hår ovanför ett ungt ansikte. Albino, tänkte Isak, som prästen vid morgonbönerna i skolan.

– Jag skulle fråga efter juden, sade Isak med stadig röst.

– Då har du kommit rätt för det är jag, sade mannen och lade upp ett stort grin när han såg Isaks förvåning.

Isak skrattade han också, tänkte på Lillen, den fete jätten som visat honom vägen första dagen och var en högt ansedd karusellsvarvare.

Onsala var inte mycket för beröm, några stora ord hade veterligen aldrig kommit över hans läppar. Han uttryckte sin belåtenhet i grymtningar och han grymtade ofta mot Isak.

Nederlaget började tappa greppet om honom. Skräcken fanns kvar i bröstet och hörde av sig ibland, men på dagarna var det ont om plats för den och om nätterna sov han, tungt och kroppstrött. Två kvällar i veckan gick han till Maria, de kom ingen vart men han började tycka om det.

Efter fjorton dagar, sade Onsala:

– Du blir en bra svarvare. Jag hoppas att du stannar.

Jag ska jobba här i hela mitt liv, tänkte Isak. Men sedan mindes han, sade:

– Farsan vill att jag ska gå på Chalmers.

– Men då måste man ta studenten, sade Onsala.

Isak, visste att han borde säga som sanningen var, att han hade studentexamen och att det då rakt inte var något märkvärdigt, bara att sitta av en massa urtråkiga timmar i en skolsal. Men han var glad för att han tigit, när Onsala fortsatte:

– Herregud, grabben, vad jag skulle ha velat gå i skolan. Men du vet, det fanns inga pengar och nu är det försent. Har du en chans så ta den.

– Chalmers, sade han och det fanns en värld av längtan i hans röst.

Isak skämdes.

Annars hade han inga svårigheter i samtalen, han kände pratet från Karins kök och Eriks varv. Där som här fanns en livlig och stundom hetsig politisk diskussion. Men här gick gränsen skarpare mellan socialdemokrater och kommunister.

Isak gick med i facket.

Han köpte Folket i Bilds böcker och läste dem, till Rubens oerhörda förvåning.

Långsamt växte i honom en insikt om pengars tyngd och betydelse. För honom hade de varit självklara som luften, här betydde de liv eller död.

Det började vid svarven. Isak hade i nybörjarivern viss svårighet att hålla lagom takt. Men kunskapen om ackorden var lika viktig som yrkesskickligheten, skam, ofattbar skam över den som fördärvade ett ackord. Snart hade han det i ryggmärgen som alla andra, trettio procent, femtio, upp till hundra någon gång. Han anpassade sig, lärde sig räkna på dem, snabbt. Det kunde bli bråk kring ett jobb om ackordet var dåligt och arbetet skitigt och tungt. Men basarna höll så långt möjligt en resonabel öppenhet. Där fanns en och annan illa sedd verkmästare i mörk kostym, slips och allt.

Men de flesta hade gubbarnas respekt.

Vid de stora karusellsvarvarna där man körde cylinderfoder på halvannan meters diameter begicks inga misstag. Men vid de äldre revolversvarvarna där man körde skruv och bult i alla storlekar kunde oturen vara framme. Eskilsson körde varg på ett parti en dag och Isak häpnade inför den hätska besvikelsen, ilskan som fann utlopp i långa svordomar ...

Men när han fick veta att vargen fick Helge Eskilsson betala själv i förlorat ackord förstod han bättre. Helge hade fyra ungar hemma och stora amorteringar på en nyköpt kåk i Torslanda.

Under kriget, sade de ofta. Och Isak fick höra hur varenda svarv gått i treskift och hur de öst fram granathylsor. Och om Manligheten, Ärligheten och pansarskeppet Oskar II, alla på ständiga reparationer på det stora varvet.

– Herregud, sade gubbarna, de hade sprungit i bitar av bara förskräckelsen om de fått syn på en tysk ubåt.

En dag, det var strax före middagen, när han sneddade över spåren på väg till Onsala med en ny ritning, blev han hejdad, en grabb inte stort äldre än han själv, sade:

– Men hej, är det inte Isak Lentov.

Isak kände inte igen honom. Men mannen, som jobbade som transportförman, travade med Isak in till svarven och Onsala och sade att de hade setts i lumpen, att det var han som kört ambulansen när Isak brutit armen och åkt in på Sahlgrenska.

Vid middagsrasten, de var många i baracken där de åt, sade Onsala:

– Så du har gjort lumpen, Tovan?

Det blev naturligtvis inte tyst, det var ju ingenting konstigt med frågan. Men Isak tyckte att världen stillnade, tiden stannade och han tänkte på Karins ord: Inte ljuga, aldrig ljuga, så han sade:

– Nej, jag ryckte in, men sedan blev jag sjuk.

– Då väntar de väl bara på att sätta klorna i dig igen nu när du är frisk, sade Eriksson.

– Nej, jag blev frikallad.

– Vad var det för sjukdom? Onsalas röst var inte misstänksam, möjligen orolig.

Han gillar mig, tänkte Isak.

Plötsligt och för första gången frivilligt berättade Isak, hela historien, hela den bedrövliga historien.

– Jo, sade han, det är ju så att jag är jude. Jag växte upp i Berlin ...

Nu var det tyst i baracken, nu stannade tiden. När Isak kom till slutet, hur han känt igen nazisterna i Bylund, furiren, och hur han fått ett nervöst sammanbrott, kunde man ha hört knappnålen falla.

Tystnaden skrämde Isak, åh Gud, tänkte han, Israels Gud, varför pratar jag så mycket.

Men sedan kände han på luften, erfor den intensiva medkänslan som fanns i den och som stod varm och stark mellan väggarna i baracken.

Till slut sade Lillen, den stora karusellsvarvaren:

– Du ska ta mig fan ha min sockerkaka, Tovan.

De brukade skratta åt Lillen och hans matsäck och hans kakor, men den här gången var det ingen som drog på mun. Det var som om de tyckt att Lillen sagt och gjort det som för stunden kunde sägas och göras.

När visslan gick var det några som tog Isak i hand. Och när de gick tillbaka till maskinverkstaden hände något som aldrig hänt förut: Onsala lade armen om axlarna på en lärling.

På eftermiddagen, hos Maria, berättade han om middagsrasten och hur han plötsligt sagt allt. Hon blev glad:

– Bra Isak, det var ett steg.

– De var så jävla snälla.

– Jag förstår det, sade Maria, men hon var förvånad.

– Människor är ju ofta hyggliga när man möter dem en och en, sade hon. Men i grupper blir folk oftast sämre, räddare.

– Inte i maskinverkstan.

– Vad blir de sedan, sade Maria. Jag menar, hur är befordringsgången?

– Nej, man blir ingenting mer än skicklig svarvare och det är fint och har stort anseende.

– Så de tävlar inte då, konkurrerar?

– Nej. Isak berättade om ackorden och de oskrivna lagarna kring dem.

När timman var nästan slut kom han ihåg att han haft en konstig tanke om att man inte kunde lita på kvinnor.

– Det var den dagen jag blev anställd, sade han. Jag tyckte själv att det var idiotiskt, men det satt som en spik i huvudet att alla kvinnor är opålitliga.

– Hur tänkte du sedan?

– Jag tänkte på Karin och Mona och att de är trofasta som berget.

– Men det har ju funnits en annan kvinna i ditt liv, före Karin?

Blodet sköljde hett genom hans hud, ansiktet blossade.

– Mamma ...

Sedan efter en stund:

– Jag tänker aldrig på henne.

– Nej, jag har förstått det, sade Maria. Men hon finns ju där i dina minnen.

– Nej, jag minns ingenting.

Maria böjde sig fram över skrivbordet, spände ögonen i honom:

– Varför fick du stryk av din farfar? Varför skulle du rymma den där dagen i Berlin?

Hans blick vek inte undan, frågan hade inte upprört honom. Han har ställt den själv, tänkte Maria.

– Jag minns inte, sade Isak.

– Det hände dig något där hos dina farföräldrar, det hände ofta skulle jag tro. Den här vanvettsskräcken du har fanns före nazisternas överfall, det är jag säker på. Du och jag måste komma underfund med det, förstår du?

– Men det är ju bara så att jag inte kommer ihåg.

– Du går aldrig och hälsar på din mamma?

– Nej, Mona gör det ibland och hon vill att jag ska följa med henne.

– Gör det, Isak.

Isak tänkte på att han inte ville, att han absolut inte ville, men Maria sade:

– Du vågar inte.

– Det är sant. Det är tillräckligt hemskt med Iza som jag måste träffa ibland.

– Varför det?

– Har inte Ruben sagt det, att de är lika som tvillingar, hon och mamma.

– Nej, sade Maria. Han har kanske inte sett det.

– Jodå, sade Isak. Men pappa är ju den där bedrövliga sorten som tror att det är hans skuld allting, alla olyckor.

Så skarpsynt han är, tänkte Maria.

– Simon är likadan, sade Isak. Ibland tycker jag att de är mycket tokigare än jag.

– Det kanske du har rätt i, sade Maria. Men nu handlar det om dig. Har du aldrig tänkt på att din mamma inte kan göra dig illa längre, att hon bara är en förvirrad gammal kvinna och att du är stark och vuxen?

Då började Isak leta efter en näsduk som han inte hade. Han fick låna en av Maria, som teg, inte hade ett tröstens ord.

När de skildes hade Isak beslutat sig:

– Jag ska följa med Mona och hälsa på henne, sade han.

– Bra, sedan kommer du tillbaka till mig.

– Jag lovar.

De sade ingenting, varken till Ruben eller Karin, smet iväg bara tidigt på söndagsmorgonen med spårvagnar och bussar, hela den långa vägen ut till Lillhagens mentalsjukhus.

Isak tittade rakt fram när de gick genom korridorerna, ville inte se en enda dåre. Olga hade eget rum, hon var påklädd, parfymerad och fin och hennes armband klirrade som de alltid gjort där hon satt i sin stol och lekte med sina dockor.

Klädde av, klädde på.

Hon kände inte igen varken honom eller Mona, men det var han förberedd på. Mona hade sagt:

– Hon känner bara igen Ruben, i någon glimt ibland.

Mona hade tänkt att Isak skulle känna medlidande och ömhet, själv litade han på Marias ord att han inte längre skulle bli rädd. Men när han mötte Olgas blick, som flackade som den alltid gjort, greps han av ett ursinne som tog hela hans kropp i besittning och som inte på något vis kunde behärskas.

– Du din jävla häxa, sade han.

Olga förstod väl inte orden, men hon kände oron i luften, vände sin uppmärksamhet mot dockan, fingrarna slet hårdhänt i den och hon sade:

– Mein süsser, süsser Knabe.

Munnen log men rösten jämrade, när hon drog dockan i

håret, nöp den och fortsatte att jollra med den besynnerliga rösten, på en gång klagande och innerligt tillfredsställd.

Isak förstod att han måste ut ur rummet, han flög mot dörren och genom korridoren, hörde Mona ropa:

– Vänta på mig i parken. Jag kommer snart.

Och där satt han i gräset under ett träd och kände styrkan i sin vrede och tänkte att han var en stor skit, fy fan att bära sig åt så här, och vad tyckte Mona och vad skulle Ruben säga om han någonsin fick veta. För att inte tala om Karin.

När Mona kom var hon varken arg eller förebrående. Ögonen var ledsna förstås och hon sade:

– Nu är det du som åker raka vägen till Maria.

Hon var hemma, guskelov att hon var hemma. Isak var på väg mot overkligheten, världen började bli suddig för honom och skräcken i honom var av det slaget, att han visste att han skulle dö av den om han inte kom undan.

Mona gick med upp och berättade kort vad som hänt. Maria blev glad, tog in Isak i mottagningsrummet och sade:

– Nu äntligen är vi på väg.

Hon höll hans blick i ett sådant grepp att han inte kom loss, steg för steg och utan barmhärtighet förde hon honom tillbaka till Berlin och de tidiga barndomsåren. Isak kände hennes styrka och visste att nu skulle han dö eller våga.

– Jag kände igen henne, sade han. Jag kände igen ansiktet, blicken och näsvingarna som sniffade. Hon liknar Bylund.

– Ja.

– Jag blev så arg, jag blev som vansinnig och for runt där i våningen och skrek och hon kunde inte få tyst på mig och hon drog mig i håret och nöp mig och klagade, men hela tiden var hon glad. Och sedan . . .

– Sedan?

– Sedan försvann jag, sade Isak. Jag försvann som jag gjorde i lumpen. Men då . . .

– Men då?

– Då kom farfar hem och slog mig.

– Din mamma var för jävlig, sade Maria.

– Ja, han skrek det, för nu kom den igen, den stora vreden som gjorde allt verkligt och han skrek, att han skulle sticka ut ögonen på henne och skära av henne brösten och köra upp en påle i hennes fitta.

Maria uppmuntrade honom.

– Det är bra, Isak, ge henne bara.

Och smärtan var outhärdlig men kunde uthärdas och världen var alldeles tydlig.

Isak hade börjat se, äntligen.

24

Hettan svirrade mellan kalskären. Männen som vaktade den långa kusten i det stora mörkrets land och älskade solen fick lära sig att frukta henne.

De hade alltid sökt henne, lärt sig att ta vara på varje solstråle. Men nu satt de hopklumpade som flugor på en limstång i skuggan av de segel de kunde spänna mellan sig och den obarmhärtiga.

Varje morgon steg hon över land, vid middagstid hade hon mångdubblat sin styrka i havsspegeln och hällde besinningslöst sin sveda över dem, hettade upp klippor och bryggor så att det brände under fötterna. Inte ett skyddande träd fanns, inte ett grönt strå att vila ögonen på.

Det var i augusti och värmebölja.

– Snart kokar hela det förbannade Kattegatt, sade de, men havet sjöd bara av maneter. De rensade en vik från de slemmiga odjuren för snabba dopp, minutkort svalka. Men havet avsatte sig som svidande sälta på deras uttorkade kroppar och gjorde ont värre.

Samma dag de broderligt delade den sista burken med Nivea fick två rödhåriga föras till sjukan i land.

Simon hade det lättare än de flesta, han blev mörkbrun och läderartad.

– Du ser ut som en jävla ökenschejk, sade någon en kväll och han skrattade, överraskande bländvitt i allt det bruna. Men han tänkte på avlägsna förfäder och deras vandringar i Sinais öknar under en sol som var obarmhärtigare än den här och på läderhuden som de utvecklat för att överleva.

Till sina kamraters förvåning läste han Bibeln om kvällarna, det gav honom ett oförtjänt rykte att vara religiös. Men sedan kom där ett paket från Ruben med Bendixons Israels Historia i två delar. Så Simon tillbringade kvällarna med Jesaja och Jeremia, Ezra och Nechemja i fruktlösa försök att skilja mellan myt och historia.

Men hans drömmar var fyllda av träd, av gåtfulla jordiska jättar, vars kronor gav skydd och skugga. Höga aspar ritade sina spetsmönster mot himlen, gamla ekar skänkte styrka och vishet och vidkjolade granar inbjöd till vila i fågelsång och skogssus.

När han väcktes av måsarnas skrän och kamraternas förbannelser och såg solen börja sin hotfulla vandring över himlen, tänkte han, att så snart han fick permission skulle han vandra i skogarna vid den långa sjön, där Ingas torp passat in sig på en hylla i åsen.

Den natten när åskan kom blev de som galna, sprang nakna ur barackerna ut på klipporna, stod där och lät hud och hår, munnar och ögon dricka. De öppnade sig för skyfallet och stod kvar tills de frös och en av dem sade, att fan vad härligt och aldrig mer ska jag klaga på kyla och mörker.

Det var ett uttalande som han skulle få upprepat för sig många gånger fram i december, när det blev kav mörkt klockan tre på dagen, havet röt och isvinden gick genom kläderna in i benstommen.

Simon hade haft permission två gånger nu, den första hade varit som fest och Karin hade lagat alla hans älsklingsrätter. Han skulle ha kommit på lördag förmiddag, men fick chansen att smita med en båt som skulle till Nya Varvet redan på fredag eftermiddag. Så han fann Karin ensam i köket med en bunke spritärter i knät och han gick rätt fram till henne och lade huvudet i hennes förkläde, drog in hennes doft och kände hennes händer stryka över nacken.

Då tänkte Simon att detta med att regrediera ändå hade sin ljuvhet. Åtminstone för en kort stund.

För sedan tittade de noga på varandra och han såg att mycket var förändrat, att hon var mindre än han mindes, äldre och mer sliten. Han fylldes av stor ömhet. Ett nästan smärtsamt behov av att ta hand om och glädja.

Sorgens fågel, tänkte han, sorgens goda fågel.

Och Karin såg att pojken som stod framför henne var vuxen nu, att där fanns en hårdhet och en styrka som fick henne att känna sig blyg.

En karl, tänkte hon och det fanns både främlingskap och sorg i tanken.

Men sedan tog hon itu med sig själv, sade sig att hon inte var riktigt klok, och vad hade hon väntat sig, och var det inte just detta hon strävat för, att Simon skulle bli vuxen och självständig.

Helgen efter åskvädret lydde Simon sina drömmar om träden, ringde från bryggan vid kasernerna till Karin och sade:

– Du morsan, jag tänkte fara och hälsa på Inga.

Han hörde på tystnaden att det fanns rädsla i den. Men sedan kom rösten tillbaka, full av tillförsikt som vanligt.

– Gör du det, pojken min.

– Jag får lift med en kamrat som bor åt samma håll och har en brorsa som hämtar med bil.

– Så bra då, Simon.

Sedan efter ytterligare en tystnad:

– Ska jag ringa och förvarna henne, tycker du?

– Ja, det är väl bäst, sade Simon.

De släppte av honom bortom lanthandeln där skogsvägen ner mot sjön mynnade i landsvägen.

– Hittar du?

– Alla gånger.

– Vi hämtar dig vid femsnåret på söndag.

– Bra, hej och tack.

Så gick han där under lövkronorna och de stora träden lugnade honom.

Vara, inte göra, tänkte han.

Han såg att träden svetts av hettan, fällt ett och annat löv som lyste som trollguld i mossorna. Den långa förberedelsen för vintern hade börjat, träden stängde så sakteliga av sina blodomlopp för att gå in i sömnen där de skulle leva enbart i sina drömmar.

Han kom till en glänta, ett hygge i skogen där man sparat en ek av respekt för dess resning och ålder. Det var varmt, Simon tog av uniformsjackan, rullade ihop den till en kudde och låg där och såg upp i kronan, som ännu var mörkt grön, nästan ogenomtränglig.

Trädet hade frid med sig själv, det slags frid som alla levande varelser får när de godtar det gåtfulla.

Han sov en stund i den gröna skuggan innan han gick vidare mot sjön och huset, där Inga väntade honom. Hon hade hunnit städa, där var pyntat och fint, hon blev blossande röd när han dök upp i skogsbrynet och hon frågade:

– Du vill väl ha kaffe?

Inga hade vetat i månader nu att Simon visste och hon hade gjort många bilder av stunden, när han skulle komma genom skogen och de två skulle mötas och kunna tala om vad som hänt.

Under alla hans barnår hade hon tagit avstånd från honom, rädd hade hon sneglat ur ögonvrån på den kvicksilverlivlige pojken. Men när Karin och Erik hade varit här i våras och berättat att de berättat hade hon rivit sitt avståndstagande som man river ett plank, när det inte längre ger skydd mot blåsten.

Hon var tacksam för de månader han dröjt, hon hade behövt tiden för att göra sig föreställningar om vad som nu skulle ske. Men hon hade inte insett att han skulle vara så vuxen, så grann och så lik.

De talade trögt över kaffekopparna om vädret, värmeböljan och regnet som kom för sent. Hon hade gjort sig av med korna, det kunde hon berätta om. Och fått jobb i skolan, i matbespisningen.

– Det är långt att gå, sade Simon.

– Jo, men inte så farligt ändå. Hon cyklade tills snön kom, då hon tog sparken. De plogade vägen numera.

Han förstod att hon var glad för arbetet, för människorna hon mötte och gemenskapen.

Det fanns ingen bitterhet hos Inga, ingen sorg heller som hos Karin. Mer en förundran mitt i allt det jordbundna.

Det mulnade och vindarna förde med sig en aning om höstens kyla. De gick in.

– Det gulnar redan, sade Inga. Har du sett det?

– Jo, han tänkte på trollguldet i mossan, och log sitt nya vita leende i allt det bruna. Då drog hon efter andan och han samlade allt sitt mod och frågade:

210

– Är jag lik honom?

– Ja, herregud, sade Inga. Om han stod här bredvid skulle man ha svårt att skilja er åt.

Men sedan tänkte hon att det var nog inte sant. Simon var grövre, längre, hade mer av styrka och mindre av dröm.

Det fanns en spänning i luften mellan dem nu. Ändå var det en lättnad, att han vågat nämna det som de måste tala om. Inga sökte utlopp för oron i sysslor, hon späntade ved, fick eld i köksspisen.

– Här är kallt, tycker du inte. Jag har satt en deg så det passar bra med spisvärme.

Simon frös inte. Han såg sig om i stugan som om han såg den för första gången, kände på tryggheten och trivseln, som alltid bor under låga tak i gamla hus. Han tänkte förvånad, att här var vackert med ljuset som silades genom de spröjsade fönstren och fick liv i trasmattorna på de breda golvbräderna.

Hon tände kakelugnen i salen också, av bara farten verkade det. Nu blev det så varmt att han fick ta av sig uniformsjackan, satt i gungstolen i bara skjortärmarna, sade:

– Var han ofta härinne?

– Ånej, sade Inga. Här låg far och mor och höll på att dö. Vi gick aldrig in i stugan, vi träffades vid bäcken.

– Det var en så välsignat varm och vacker vår, sade hon och med de orden kom lugnet tillbaka till henne, hon kunde sätta sig vid salsbordet och börja berätta.

Hon fann orden, de föll som de skulle och som hon tänkt ut det under sommaren när hon väntat på Simon.

Till slut var hon framme vid den sista kvällen.

– Jag förstod att han sade ajö för fiolen var så ledsen den kvällen. Så jag blev egentligen inte så förvånad när han inte kom tillbaka mer.

I rösten fanns vemodet som en tunn blå ton.

– Inte ledsen heller?

– Jo, sade hon. Men jag hade ju vetat det hela tiden, förstår du. Vi två var inte skapade för varandra. Han var för fin för mig.

Simon kunde se hur hon böjt sig mot jorden, gått in under oket så som bondkvinnorna alltid gjort, ödmjuk och tacksam för det som varit.

– Han var inte riktigt av denna världen, sade hon. Ett tag efteråt fick jag nästan för mig att jag hade drömt alltsammans. Men så började du växa i magen på mig.

– Det dröjde innan du förstod att du var med barn?

– Ja, länge. Jag vågade väl inte begripa. Jag var stor och tung fram i november när Karin kom och egentligen förstod jag det väl först när hon sade det.

Du är med barn, Inga, hade Karin sagt. Än i denna dag kunde Inga höra det och känna den väldiga rädslan i kroppen när hon måste ta den till sig, skammen för barnet som växte i henne.

Förnekad, tänkte Simon. Men han var inte förvånad, han kunde minnas det från drömmarna han haft genom barndomsåren. Förnekad och sedan övergiven mellan de kakelklädda väggarna på sjukhuset långt borta från träden, suset i kronorna och ljuset över sjön.

– Efteråt fick jag ett brev, sade Inga.

– Jag vet, men Erik tvingade dig att bränna det under kriget.

– Inte kunde Erik tvinga mig, sade hon, orubblig som jorden hon stod på.

– Han ringde på våren 1940 och var hysterisk och jag tänkte för mig själv, att kommer tyskarna så har jag gott om tid att gömma brevet i sprickan i eken bakom lagårn. Men tyskarna kom inte. Så det ligger kvar i sekretären, där det alltid har legat.

Simon fick hjärtklappning.

Hon tog fram en nyckel, låste upp den gamla sekretären, drog ut en låda och fann en mässingsburk med lock.

– Jag lade brevet i burken då när jag tänkte att jag kanske skulle bli tvungen att gömma det i eken, sade hon.

Hon fick inte av locket. De fick gå till köket för att hämta en kniv och bända upp det.

Tyska frimärken, avstämplat fjärde mars 1929 i Berlin. Öppnat, aldrig läst.

– Jag förstod ju inte språket. Vi kunde aldrig tala med varann, sade Inga och Simon tänkte, att varför är livet så obegripligt, så ofattbart sorgset.

– Jag har gjort i ordning vindskammaren åt dig, bäddat där

uppe, sade hon och han tänkte, att det var mycket hon hunnit med sedan Karin ringt. Städat hade hon, strukit sin finaste blå klänning, satt en deg, bäddat på vindskammaren.

– Gå upp dit och var för dig själv, sade Inga. Du skall vara ensam när du läser. Du kan ju tyska?

– Jo, sade Simon och gick uppför trappan som knirkade under hans fötter. Han lade sig raklång på det virkade överkastet med brevet på magen. Herregud. Han var torr i mun, gick ner för att hämta en skopa vatten, och stod länge och såg hur Inga sköt in de färdigjästa bröden i ugnen.

– Du har inte en öl, sade han.

– Ånej, sade Inga. Du förstår jag hann aldrig till affären och inte hade jag en tanke på att du blivit karl och behöver öl.

Det måste de skratta åt. Sedan hittade Inga saften, svartvinbärssaften av årets skörd. Så Simon hade barndomens smak i munnen och barndomens doft av nybakat bröd i näsan, när han tog mod till sig däruppe på kammaren och läste brevet.

Det var ett kärleksbrev, fullt av romantiska ord. Skogsrå, mitt skogsrå, kallade han henne. Han hoppades komma tillbaka till hösten, hade sökt tjänst igen som lärare på folkhögskolan. Men han måste få veta att hon väntade honom, att hon längtade lika mycket som han. Ville hon skriva, sända ett livstecken. Tusen kyssar. Simon Haberman, en adress i Berlin.

Besvikelsen gick i stötar genom Simon, alltmedan han sade sig, att vad hade han väntat, vad hade han hoppats. Den judiske spelmannen kunde inte veta att hans kärlek burit frukt, att det fanns en liten pojke.

Simon lade kudden över ansiktet och lät tårarna komma. De tog slut efter någon halvtimma men vemodet var stort som havet, tyckte han.

När han gick till kommoden för att tvätta ansiktet fann han att vattnet i kannan var gult och gammalt. Hon hade gjort i ordning kammaren för lång tid sedan, hon hade väntat honom länge.

Inga satt i köket. Hon hade röda fläckar på kinderna men var blek för övrigt, mycket blek. Han slog sig ner vid köksbordet och började översätta brevet.

– Mitt skogsrå, jag är inte riktigt säker på ordet men jag tror att det betyder skogsrå.

Så alltsammans om längtan, kärlek, kyssar. Och bönen om ett svar.

– Men varför kom han inte, Ingas röst var knappast hörbar, hon hade händerna för ansiktet men han såg på hennes skuldror att gråten gick som långa dyningar inom henne.

– Han väntade på svar, sade Simon.

– Men han visste ju att jag inte skulle förstå vad han skrev.

– Han trodde kanske att du skulle gå till någon som kunde översätta brevet.

Simon röst var full av bitterhet när han återtog läsningen:

– Skriv till mig, ge mig ett livstecken så att jag får veta att du finns, att du inte bara är en vild och skön dröm.

– Herregud i himlen, sade Inga. Till vem skulle jag gå? Du förstår väl att ingen fick veta. Skammen, Simon, jag skulle ha dött av skam.

– För min skull, sade Simon.

– Ja, sade Inga och när Simon reste sig och sprang ut ur stugan, löpte hon efter, ropade:

– Du förstår inte, Simon, du kan aldrig förstå hur det var förr.

Han stannade, vände sig till hälften om, sade:

– Nej, jag kan nog inte förstå det.

– Du fick det ju så bra, Simon, du hade ju det så bra där hos Karin och Erik.

Karin, tänkte han i vild vrede, Karin kunde ha fått brevet översatt, kunde ha skrivit till Berlin och berättat om barnet.

Men i nästa stund visste han att hon aldrig velat, att hon helst ville ha brevet oläst medan hon skötte sin baby och försökte tänka så lite som möjligt på fadern till den lilla pojken med de obegripligt mörka ögonen.

– Jag går i skogen ett slag, är tillbaka till middagen.

Rösten var högre än han avsett, laddad av vreden som inte gällde Inga utan Karin, och han försökte le för att skyla över. Men Inga hade redan vänt tillbaka till stugan.

Han klättrade uppför åsen, satt där och såg över sjön som var dovt blå, helt i överensstämmelse med vemodet. Men träden var

214

tysta, stumma, och han visste ju att deras frid inte var för honom, att han hörde hemma hos de tusen oroliga spörsmålen som förgäves söker sina svar.

På hemvägen tänkte han, att om Haberman menat allvar med sitt brev hade han kunnat få översättningshjälp när han skrev. Det hade funnits gott om svenskar i tjugotalets Berlin.

Därhemma väntade Inga med köttsoppa som hon visste att han tyckte om, nybakat bröd och öl. Hon hade cyklat den långa vägen till handelsboden och köpt några ölflaskor.

Han drack häftigt, men det var bara pilsner och gav just ingen lättnad.

De sov nog inte så mycket någon av dem den natten.

Vid morgonkaffet sade han:

– Brevet ska du behålla. Det är ju till dig, jag ska skriva översättningen på baksidan.

Men Inga sade:

– Jag har tänkt hela natten och jag vet nog att du kommer att skratta åt mig. Men jag vill ändå ha sagt, att jag har kommit till att tro, att det var för din skull allt detta hände, för att du skulle komma till världen.

Hon är inte klok, tänkte Simon, men han skrattade inte och Inga vågade fortsätta:

– Jag har fått för mig att du valde oss. Men vi två, spelmannen och jag, var ju så oförenliga. Hade han kunnat tala med mig och förstått vilken enkel människa jag var, hade han aldrig blivit kär i mig, inte sett åt mig en gång. Vi var från olika världar, Simon.

Det är sant, tänkte han, hon har rätt. De kunde aldrig ha blivit en familj. Men sedan hårdnade hans ögon igen och han tänkte, att hade du gift dig med honom hade han överlevt, räddats undan Hitler och utrotningslägret.

Men han sade det inte och han mindes mannen i drömmen, han som gått utför kullen med sin fiol, gått mot döden därför att han ville dö.

– Du skulle ha förstått att han inte hörde riktigt hemma på jorden om du hade hört honom spela, sade Inga som om hon lyssnat till Simons tankar.

– Det var inga låtar, Simon, inte sånt där fiolgnäll som man

215

ska skutta omkring till. Det var som från himlen, jag hade aldrig anat att en fiol kunde låta så.

– Vet du något om vad han spelade?

– Ja, en gång hörde jag hans musik på radion, och jag fick för mig att han var med och spelade för det var en orkester från Berlin. Han som skrivit musiken var från Finland, men nu har jag glömt namnet.

– Sibelius, sade Simon.

– Ja, sade hon och han skulle ha gett allt här i världen för att ha en fiol, få den att ljuda igen i hennes sinne, någon vild, längtansfull musik av Sibelius.

Men han hade ingen fiol och han kunde inte spela.

Han kramade henne länge och varmt innan han gick, han stannade i skogsbrynet och vinkade och han tänkte, när han sprang skogsvägen fram för att inte missa bilen som skulle ta upp honom på stora landsvägen, att Inga hade sagt honom det mest häpnadsväckande trösterika, som han någonsin hört:

Jag tror att det var för din skull som allt detta hände. Du ville till världen, du valde oss.

Jag håller kanske på att bli galen, tänkte han. En sådan vanvettig, otrolig, löjlig tanke.

Men den gav tröst.

Han fick en stund över på bryggan med telefonen medan han väntade på båten som skulle hämta dem och han ringde Ruben och sade:

– Han hette Simon Haberman. Och så adressen i Berlin. Kan du forska, farbror Ruben?

– Javisst, Simon. Jag hör av mig.

– Tack.

Jag vet ju att det är meningslöst, att han gick mot ugnarna, tänkte Simon. Men man måste ändå ge det rationella en chans.

De judiska församlingarna världen över arbetade oförtrutet med att knyta ett nätverk mellan de döda och de överlevande. Det tog bara en vecka för Ruben att få fram uppgifterna. Simon Haberman, violinist vid Berlins Filharmoniska Orkester, hade deporterats tillsammans med en syster i november 1942 och gasats i Auschwitz i maj 1944.

Systern hade avlidit av umbäranden tidigare.

Han var ogift, det fanns inga nära släktingar kvar i livet.

Simon var sexton år när han dog, tänkte Ruben. I sexton år kunde mannen ha vetat att han hade en son i Sverige. Nog hade han haft rätt till det.

För första gången kände Ruben ett agg mot Karin. Hon hade del i en orättvisa, tänkte han.

Men sedan slog han bort det, ingen, inte ens hon är ju mer än människa, tänkte han.

I baracken i ytterskärgården väntade ett brev på Simon, poststämplat i Stockholm. Han visste att det var Iza som skrev, att hon sträckte ut klorna för att ta honom nu.

Där fanns ett fotografi, hon var smal, skön, målad som en filmstjärna och hon såg på honom med ögon som brann av hunger.

– Vilken brud, sade grabbarna, vilken vamp. Var i helvete har du gömt henne.

– I Stockholm, sade Simon och kände hur han steg i deras aktning.

– Ska du hälsa på henne?

– Ja, hon skriver att hon vill det.

– Ska du förlova dig med henne?

Simon såg länge och allvarligt på mannen som frågade, sade sedan precis som det var:

– Jag hoppas jag slipper det.

Som vanligt kunde de inte begripa honom, skakade på sina huvuden. Den ljusögde Bengtsson som hade så mycken längtan i sig sade med ett generat flin:

– Om du slipper så kanske du meddelar en annan. För här ser du en som gärna ställer upp.

Skrattet rullade genom baracken och det blev ingen plats för Simon att förklara.

Vad han nu skulle ha kunnat förklara.

25

Simon stod vid Rubens bokhylla och läste om spindlar, Svensk Uppslagsbok, tryckt i Malmö 1935.

... utmärkas av en ansvälld, i regel odelad bakkropp, som stjälkartat är förbunden med framkroppen och försedd med fyra eller sex spinnvårtor ... bära klor /fig. 2/ i vilkas spets utförsgångar för giftkörtlar ligga ... De fyra benparen ha kamlikt tandade klor ... nervsystemets huvudpartier bestå av hjärna ... könsorganen äro pariga, utförsgångarna förenade till en kanal, som mynnar vid basen i bakkroppen ...

Han såg på fig. 2 och rös av obehag.

Nattdjur, läste han. Rovdjur. Gift av okänd sammansättning. De i Sverige förekommande äro alla ofarliga.

Men det fanns en europeisk art, taranteln, vars bett kunde skada människan även om giftverkan begränsade sig till sårets närmaste omgivning.

Inte ett ord om att honorna åt upp hanarna vid parningen.

Han väntade på Isak, som hade tagit körkort och skulle köra Simon tillbaka till förläggningen i Rubens bil. Det var höst, gula löv virvlade av träden utanför och i havsbandet var luften stark och glasklar.

De flesta därute hade haft skördepermission eller några extra lediga dagar av familjeskäl som det hette. Simon gick till kapten Sjövall, ställningssteg, anmälan, men det fanns en lätt skämtsamhet över ritualen när han anhöll om tre dagars extra permission av familjeskäl.

– Vad är det med Larssons familj, sade Sjövall.

– Jag har en flicka i Stockholm, sade Simon.

– Duger inte, sade Sjövall.

– Hon är sjuk, sade Simon och det var ju sant på sätt och vis.

Sjuk fästmö, skrev Sjövall och så var det klart. Simon sade

inte ett knyst till någon därhemma, men på onsdag morgon satt han på snälltåget till Stockholm och försökte minnas vad han läst om spindlarna.

Bilden hade mist sin spänning.

Det är Isaks fel, tänkte han och mindes grälet i bilen. Det hade börjat med att Simon sagt, nästan som i förbigående, att han tänkte hälsa på Iza i Stockholm nästa helg.

Isak hade blivit egendomligt upprörd, skrikit åt Simon att han inte var klok, att han med öppna ögon gick rakt i fördärvet.

Simon hade blivit rädd för utbrottet och för farten, för inom några minuter hade Isak fått upp Rubens gamla Cheva i nästan hundra kilometer och Simon hade ropat, att lugna dig för helvete innan du kör ihjäl oss båda två.

Då hade Isak tagit ner farten och tigit som muren och de hade kört in på parkeringen framför kasernerna i normal fart men med tio minuters marginal. Och Isak hade använt minuterna väl, han hade vänt sig mot Simon och berättat om Olga och vad han och Maria hade kommit underfund med.

– Du har ju frihet att välja om du vill ha ett sådant liv som Rubens med en galen hustru som han fick ro för först när hon måste föras till dårhuset, hade Isak sagt. Och sedan hade han lagt till:

– Men du har förbanne mig ingen rätt att sätta barn till världen med en sådan morsa som Iza skulle bli.

Isak hade varit nära gråten och Simon hade suttit där som träffad av blixten.

– Jag ska väl för fan inte gifta mig med henne.

– Kan hon sätta dit dig för en unge gör hon det. Hon har små chanser att bli gift för hon skrämmer alla normala karlar från vettet. Får hon klorna i dig släpper hon dig aldrig.

– Klor i vilkas spetsar utförsgångar för giftkörtlar ligga, hade Simon sagt.

– Simon, håller du också på att bli galen? Kanske du skulle tala med Maria du med, du kanske kan bli sjukskriven.

Simon hade sett på Isak, försökt skratta.

– Jag ska tänka på ... allt du sagt. Och det var fint att du ville berätta för mig om din morsa.

Han hade förstått att det kostat på. Men sedan hade han

varit tvungen att gå.

Nu satt han här på tåget och försökte locka fram den gamla bilden av Iza som den onda och verkliga.

Men han kände sig barnslig.

Som en som leker med känslor.

Isak är mer vuxen än jag, tänkte han när tåget stannade i Skövde. Ett ögonblick funderade han på att stiga av där och vänta på första bästa södergående tåg. Men han satt kvar. Jag måste besegra henne, tänkte han.

Besegra min bild av henne, rättade han sig och skämdes så att han rodnade. En flicka mitt emot honom i kupén såg förvånad ut och Simon måste gå på toaletten och tvätta ansiktet och händerna och sedan till restaurangvagnen för att dricka kaffe. Där blev han sittande länge och såg landskapet rusa förbi, ätas upp av tåget.

Hon mötte honom på Stockholms Central, sig lik, sig precis lik. Den berömde analytikern i Schweiz hade inte berört henne. Hon demonstrerade stan som om hon ägt den.

– Mot det här är Göteborg bara en håla, sade hon och Simon fick ju erkänna, när han stod i hennes fönster och såg ut över stan, att det var grant, storslaget.

Ruben hade köpt henne en lägenhet på Söders höjder och det var sol över Strömmen, slottet och de tusen taken trots att det var långt lidet i oktober. Simon tänkte på det underliga att i Göteborg talade ingen någonsin om Stockholm, om huvudstaden och att den var vacker. Men han tänkte också på att han kände den rätt väl, trots att han aldrig varit här, kände den från Strindberg och Söderberg och några hundra andra böcker han läst.

Mest av allt ville han ut på upptäcktsfärd, gå Drottninggatan fram mot Blå Tornet, ströva längs Strandvägen, ta färjan till Djurgården, se de berömda ekarna. Men Iza sade:

– Nu ska vi älska, och Simon såg ner i hennes ansikte och tänkte på spindlarna: Kom in i mitt bo så ska jag äta upp dig.

Men det ökade inte lockelsen och för övrigt hade han ju haft fel om spindlarnas kärleksliv.

– Jag är hungrig, sade han. Har du någon mat hemma?

Iza som aldrig kunde vänta blev ursinnig, stampade med

foten, svor, blev melodramatisk när det inte hjälpte, grät:

– Här har jag väntat i månader på min älskade och så vill du bara ha mat.

Men Simon var redan ute i det lortiga köket, öppnade kylskåpet och fann en burk corned beaf och några torra brödskivor.

– Kom nu så äter vi.

Sedan frågade han, elakt:

– När blev jag din älskade.

Då grät hon som ett vattenfall och Simon kände förvånad att han var oberörd. Hon såg hans kyla, slutade tvärt med gråten och det fanns en förtjusning i hennes ögon när hon sade:

– Jag köpte en flaska vin.

De åt och drack, nästan på gott humör, nästan som vänner tills hon sade med den vanliga febriga ivern i rösten:

– Så du har inte kommit hit för att älska med mig, då?

– Nej, mest för att se på stan och ta reda på hur du har det.

– Du skojar?

– Kanske det.

– Åh, du är grym, sade hon och ögonen smalnade av förväntningar och munnen blev våt av lystnad.

Simon drack ur vinet och så var de i sängen och han som var kåt efter månader på skäret hade mycket att bjuda henne, tyckte han själv. Han behövde inte hålla sig tillbaka, hon ville inte ha ömhet, bara uthållighet och hårda nävar.

Men han kunde inte tillfredsställa henne. Hon ville att han skulle slå henne och han tänkte på spindelns kanaler som mynnar i bakkroppen, men han förmådde bara daska och när hon, vild nu, sprang efter en piska som hon hade i garderoben, tappade han både lust och stånd.

Han mådde illa, gick ut i hennes badrum och spydde, försökte tro att det varit något lömskt med konserven de ätit, men kände att hela hans kropp hade knutit sig i avsky. När magen givit upp allt vad den innehöll, tvättade han sig, drog på sig byxorna och gick tillbaka till henne.

Hon låg mycket stilla på rygg och såg med tomma ögon i taket.

– Du är bara en liten skit, Simon Larsson, sade hon.

Det kan du ha rätt i, tänkte han, men han sade ingenting för han hade sett hennes förtvivlan. Han kröp ner i sängen igen, lade sig tätt intill henne.

Och hennes hopp tändes igen, brann snart med förtärande kraft och han lät sig slukas av elden, med hull och hår.

I tre dygn höll de ut, hatälskade, grät, sov någon stund, gick upp någon gång för att äta. Han sprang till mjölkaffären efter bröd och smör, hon gjorde inte en ansats att betala och han tänkte att snart skulle hans pengar vara slut.

Hon sög hans blod, knäckte hans benpipor och han lät det ske och kände det som om han betalade av på en gammal skuld, men hon stötte inte på motstånd.

Och det hatade hon honom för, allt skulle han ha, allt det som hon hade fått utstå. Hon förödmjukade honom, slog honom, plågade och han hade inget att sätta emot, fann sig i allt och hon skrek ut sitt förakt.

När skymningen föll över stan på lördag eftermiddag somnade han ifrån sin egen och hennes förtvivlan. Då väckte hon honom med piskan, skrek:

– Slå mig.

Men han kunde inte slå, reste sig bara ur sängen och var fri, klar med dem alla, Karin och Inga, Ågrenskan och Dolly, han hade mött dem alla och visste att de inte kunde besegras.

Iza låg som den första dagen, blick stilla i sängen med de tomma ögonen i taket.

– Gå, sade hon. Du ska gå nu och jag vill aldrig se dig mer.

Han duschade och drog på sig uniformen, gick rakt ut i den främmande staden där det var kallt och mörkt. Fem kronor och sjuttiofem öre hade han i fickan, han visste det för han hade räknat sista gången i mjölkaffären. Det skulle inte räcka till ett hotellrum.

Han hade returbiljett, han kunde leta sig fram till Centralen och ta första tåg till Göteborg. Men när han gick nerför Katarinaberget tänkte han att han ändå ville se stan, Gamla Stan åtminstone. Det var ingen frost ännu, nog kunde han gå brandvakt en natt.

Han gick över Slussen, längs Skeppsbron och in i gränderna. Isiga vindar pinade sig fram mellan de trötta gamla husen, han frös, han frös besinningslöst där han stod på Stortorget och

222

försökte känna historiens vingslag, men frös.

Jag har inget hjärta längre, tänkte han, det finns ingen pump i bröstet som för blodet runt och håller det varmt.

Men benen rörde sig mot Kornhamnstorg, där caféerna såg billigare ut. Han stod länge framför ett, läste matsedeln i fönstret och räknade ut att han kunde få två ostsmörgåsar och varm choklad för två kronor och tjugo öre.

– Jösses grabben, va blek du är, sade servitrisen på sjungande norrländska och Simon såg att hon liknade Mona men var äldre och ännu mer moderlig.

Han försökte le mot henne men det gick inte bra.

Det viktigaste just nu var att han skulle få sitta här någon timma i värmen med ostmackorna.

Han tog små bitar av brödet och tuggade omständligt, små klunkar av chokladen och svalde försiktigt. Långsamt gick hjärtat igång, värmen spred sig från magen ner till fötterna, där den vände och tog sig den långa vägen upp till huvudet.

När hjärnan började arbeta var lättnaden som han hade känt i sovrummet hos Iza försvunnen och tankarna av allra värsta slag.

Gud i himlen vilket äckel han var. I åratal hade han fantiserat om flickan, den onda som skulle göra honom verklig. Han skulle använda henne, den tusen gånger använda, för att bli delaktig i hennes verklighet och göra den fattbar.

För att han ville ha ondskan, men aldrig vågade den själv.

Han tänkte på Ågrenskan där långt borta i barndomen, hur han dragits till henne för att få hata, skära brösten av henne och sticka ut hennes ögon.

I fantasin, alltid bara i fantasin.

Nu vände det sig i magen igen, om han inte lugnade sig skulle han inte få behålla maten.

Bylund. En lång stund tänkte han på Bylund och kom fram till att de egentligen var rätt lika varandra, men att furiren var hederligare.

Det kom inga tårar och det fick han ju vara tacksam för nu när kaféet började fyllas av folk. Snart skulle han betala, resa sig och gå.

Bylund hade klarat det, tänkte han. Bylund med de fladdrande näsvingarna hade kunnat ge Iza allt vad hon ville ha. Han kunde gå från fantasi till handling.

Men han hade nästan slagit ihjäl Bylund.

Minnet stärkte honom lite, han kunde svälja nästa tugga och känna att den lade sig som den skulle i magen.

Han försökte minnas hur den uppstått, dragningen till Iza.

Han hade stått där på sanatoriet och sett på flickan som var tjock och ful och tänkt att hon var den första människa han mött som var hänsynslöst hederlig i allt som hon sade och gjorde.

Det var ju sant, det är hon.

Sedan mindes han att han stirrat på siffrorna på hennes arm och att tiden stannat.

Hon ägde verkligheten hade han tänkt.

Nu fanns det många skildringar från lägren, skrivna av människor som överlevt. De berättade inte bara om ondskan och lidandet, de talade också om hur det ofattbara som skedde gjorde allt overkligt.

Där överlevde man inte om man gav utrymme åt medlidandet, skrev någon. Och utan medlidande blir världen overklig.

De tar på sig skulden för bödlarnas brott, hade Olof sagt.

Iza?

Nej, han trodde inte att hon kände skuld. Men för att bli verklig måste hon plågas.

Jag ska försöka skriva till henne.

Vad då, vad skulle det stå i brevet?

Verkliga människor är hyggliga, tänkte han, verkligheten är att veta att man kan lita på varandra. Som Karin och Erik. Ruben, Inga, ja hon också ägde verkligheten.

Inte den där svärmiske musikanten, som älskade några veckor i skogen och sedan försvann för att höra av sig ett år senare med ett fjolligt brev.

Tusen kyssar.

Fy fan vad äckligt.

En lång stund tänkte Simon på drömmen om spelmannen som gick mot förintelsen.

Samma sug som hans eget mot ondskan?

Jag har det i generna, tänkte han, det är ett arv som musiken.

Döden?

224

Jag kan gå till stationen, smyga ut längs något spår och hoppa framför loket på ett snälltåg.

Men han visste ju att det kunde han inte göra. För Karins skull.

Han hatade henne för det.

Sedan kom han att tänka på att han inte ville dö.

Det enda han verkligen ville var att åka rakt hem till henne i köket, lägga huvudet i hennes knä och berätta alltsammans.

Men det fick han inte.

Han måste vara ensam om det som hänt.

Ensam, det var det som var att vara vuxen.

För första gången insåg han att han var vuxen och tanken var outhärdlig.

26

– Du ser bedrövlig ut.

Det satt en man mitt emot honom vid bordet nu, en medelålders karl med vänliga bruna ögon, lite sneda.

– Du borde äta riktig mat, sade han.

– Jag har inga pengar.

– Nog kan jag bjuda dig på en tallrik soppa, sade mannen, och servitrisen som länge sett bekymrat på Simon kom nästan rusande med rykande varm mat.

Simon åt med tacksamhet och mannen, som han dunkelt tyckte sig känna igen, sade:

– Andersson.

– Larsson.

De skakade hand, han hade en besynnerligt bred och kort näve, varm och torr.

– Du är inte på rymmen från lumpen?

– Nej, nej, jag ska tillbaka till Göteborg i morgon, jag har haft permission.

– Och varit i Stockholm och slagit runt, kan man förstå.

– Jo, sade Simon med en grimas men måste le mot glittret i de bruna ögonen.

– Jag har returbiljett, sade han.

– Men du kan åka med mig. Jag kör en långtradare till Göteborg i natt.

Simon tänkte att detta var mer än han förtjänat.

– Min farsa hade lastbil i många år, sade han. Det är väl därför jag känner igen dig.

– Jo, vi har nog setts en del när du var barn, sade Andersson och betalade både för smörgåsarna och för soppan. Sedan beställde han tio ostmackor till, nej förresten, fem med ost och fem med leverpastej.

– Vi behöver matsäck, sade han och halade fram två termosar ur unikaboxen under bordet, fick dem fyllda med kaffe.

– Då går vi då.

De gick backen upp mot Slussen, tog av mot Södra Station, där Anderssons bil väntade, lastad och klar. Klockan gick mot tio på kvällen men gatorna var fulla av människor, en rastlös ström utan början eller slut.

– Stockholm börjar bli en sån där stad som inte sover om nätterna, sade Andersson.

Simon nickade, men han var inte intresserad av Stockholm längre, bara av att hålla sig så tätt som möjligt till chauffören, som var häpnadsväckande kort, huvudet mindre än Simon.

En grönmålad Dodge väntade på Andersson, tungt lastad och med presenningarna spända över flaket. Bakom förarplatsen fanns ett bås knappt halvmetern brett, en tunn madrass, några gamla filtar och en förvånansvärt stor och mjuk kudde.

Anderssons korta tumme pekade mot fållan.

– Du behöver sova, Larsson. Jag väcker dig i gryningen någonstans i Mellansverige.

Och Simon sov så gott som ett barn, invävd i vänliga drömmar, susande gräs, ljus trygghet.

Han vaknade i gryningen när de lämnade riksettan och asfalten byttes mot grus. Låg där och kom ihåg var han var, satte sig upp, mötte de sneda ögonen i backspegeln och kände att han var omhändertagen.

– Jag tänkte att vi skulle ta en sväng uppåt Omberg och äta frukost i det gröna däruppe på det heliga berget, sade Andersson.

Det var inte så grönt längre, men en mild höstsol höll på att ta sig upp över östgötaslätten. Det prasslade under hjulen, de körde på en matta av mörkrött guld.

– Boklöv, de har just fällt, sade Andersson och Simon såg de pelarraka stammarna längs vägen. Han hade aldrig sett bok förr, bara läst om den.

– Vad menar du med att berget är heligt, frågade han.

– Omberg, sade Andersson, är ett av jordens åtta heliga berg, nämnt i de hemliga skrifterna sedan urminnes tider.

– Du är östgöte, sade Simon och skrattade.

– Kanske det, sade Andersson och Simon tänkte att de nog var värre än göteborgarna.

– Jag har många bevis, sade Andersson och skrattade han också. Se dig om mot öster, rakt ut mot slätten.

Simon lydde, där låg några faluröda stugor och blinkade sömnigt med fönstren mot solen.

– Där ute höll drottning Omma sitt träskfolk en gång i tiden, sade Andersson. Det var ett magiskt folk som kände dödens gåta och firade den med stora fester var gång månen stod i nedan.

– Du diktar, sade Simon men sedan mindes han att han läst om utgrävningarna vid Dags mosse, en egenartad pålbyggnadsboplats från neolitisk tid.

Andersson nickade:

– De drev ner över tusen pålar i kärret och lade golv på, sade han. Det var inget stort jobb, det var på den tiden när jättarna ännu gick på två ben på jorden.

Simon kunde se det framför sig, hur jättarna drog Ombergs väldiga bokar rakt upp ur jorden, knipsade bort rötterna och strök av grenarna genom att dra stammarna mellan tummen och pekfingret.

– Vi tar pisserast hos de gamla munkarna, sade Andersson och nu såg Simon Alvastras ruiner resa sig mot gryningsljuset.

Andersson bromsade den tunga bilen mjukt, slog av motorn, lade in handbromsen.

– Man får ta henne med lämpor, sade han. Hon är inte så ung längre och har sina nycker, bilen menar jag.

De gick mot ruinen, stod där och kissade med ryggarna mot var sin minnessten, Oskar den andres och Gustaf den femtes bidrag till klostrets historia. Simon såg de sneda solstrålarna krypa genom valvbågarna i kyrkans mittskepp och kände de vingslag han saknat i går kväll i Gamla Stan.

– Tänk dig, sade Andersson, tänk dig en lång rad franska munkar som knallar genom Europa, gubbe efter gubbe som på ett snöre. Med sig har de alla slags frön till medicinalväxter, sticklingar av äpple, päron och körsbär, allt som ska bli stamfäder till det här gamla hednalandets odlingar.

– Föreställ dig, sade Andersson, hur de tar sig genom Smålands urskogar och ber till sin Gud varje morgon att vildmarken måtte ta slut före kvällen, när vargarna börjar tjuta bland träden.

Simon föreställde sig.

– Så en dag är de framme och sätter igång att bygga kyrka och kloster, sade Andersson.

Simon såg dem skymta i resterna efter kapitelsalen, grå cisternienser, den helige Bernhards män.

– Vilket mod, sade Andersson. Det enda de hade att fästa sitt hopp vid var ett brev från en satkäring, som hette Ulfhild och hade haft död på flera äkta män men ändå blev gift med Sverker den gamle och satt här på kungsgården som drottning.

– De litade väl på Gud.

– Jo. Ske din vilja. Det är sånt som kallas tillit och åstadkommer under.

– Besegrar materien och flyttar bergen, sade Simon.

Men Andersson skrattade när han sade att det nog gick åt en del hästar och folk, när munkarna flyttade bergen från kalkstensbrotten i Borghamn för att bygga sin kyrka.

Sedan tvättade de sig i regnvattnet i piscinan i norra korsgången, där också munkarna en gång hade tvått sina händer.

– Undras, sade Andersson, när han lade in ettan och de började krypa uppför berget, förbi det snickarglada turisthotellet och Simon drog efter andan inför utsikten och Vättern som bjöd ut sig åt honom, undras, sade Andersson, om det var det onda samvetet som drev Ulfhild att ta hit munkarna.

– Det var nog politik, sade Simon, som började minnas från skolan och Heidenstam. Det var ju inte bara Gud som gav makt åt den som stod väl med katolska kyrkan.

Andersson log, ett leende av den sorten som visar att man har mer att berätta men håller inne med det. För att det inte finns ord. Eller bara för glädjen med det hemlighetsfulla.

Han liknar en gammal kines, tänkte Simon när Andersson fortsatte:

– Hur det än var så dröjde det inte länge förrän kyrkklockorna började dåna över berget och skrämde bort drottning Omma och jättarna.

– Vart tog de vägen?

Simon älskade stunden, mannen, berget, utsikten, samtalet. Det lade sig alltsammans som läkedom över gårdagens plågor.

– De gick till en annan verklighet och där har de det bra, sade Andersson, så säker i rösten som om han just varit och hälsat på dem.

– Det var skönt att höra, sade Simon och så skrattade de.

– Ner till vänster har du Rödgavelns grotta, som var porten till bergakungens palats, sade Andersson men Simon hann aldrig se de svindlande stupen innan de var i utförslöpan mot Stocklycke ängar, vaktade av stora ekar. Här fanns lärk, den flammade röd mot himlen nu i barrfällningens tid. Men bilen svängde tvärt mot vänster vid turiststugan och började klättra igen, förbi Pers Sten ut mot Älvarums udde. Inte heller här stannade bilen, den rullade uppför Örnslid ut mot branten där man kunde se mot Västra Väggar.

Här bromsade Andersson, sade:

– Du har väl inte höjdskräck?

Simon skakade på huvudet, ordlös av storslagenheten. Som klippan vid Gibraltar möter Medelhavet mötte Omberg Vättern, men skogsklätt, norrländskt storvulet. Sjön var lysande turkos, solen speglade sig i vattnet och svepte in åsarna i blågrönt skimmer.

– Ett sånt ljus, sade Simon.

– Inga ord, sade Andersson och tog unikaboxen och filtarna med sig längst ut mot stupet.

Jag ska skicka honom dikten om havet, tänkte Simon när de satt där och åt de slösaktigt bredda smörgåsarna och drack sitt kaffe.

När Andersson svalt den sista brödbiten sade han:

– Vattnet är grönt för att jättarna tvättar sina skitiga kalsonger i det.

Hos Simon exploderade glädjen i ett stort skratt som började i magen men gav eko i Ommas fornborg flera kilometer längre bort.

Andersson log det hemlighetsfulla leendet, solen värmde nu, han sträckte ut sig på filten, lade skärmmössan över ögonen och sade:

– Är det inte konstigt att alla kunskaper som kommer utifrån försöker få dig att tro, att du bara är en flugskit i universum? Men det som kommer inifrån dig själv talar starkt och envist om för dig, att du är allt och har allt.

Simon hade aldrig tänkt på det, men han funderade en stund och sade:

– Det är väl något biologiskt, någon överlevnadsdrift som intalar en att man är så förbannat viktig.

– Inte, sade Andersson. Det är vetskap, jävligt mycket mer att lita på än vetenskapen.

Han slog bort mössan, reste sig på armbågen och såg länge på Simon.

– Blunda, grabben, sade han. Slå av hjärnan och gå inåt, mot bergakungens sal i ditt eget hjärta. Där får du höra sanningen om att du inte har fötts förgäves.

Sedan lade han sig ner och somnade och Simon gjorde som han sagt, slöt ögonen. Till honom kom andra satsen i Symphonie Fantastique och nästan genast gick han bortom bilderna och ut i vitheten . . .

Han drogs mot världen igen av Andersson som lade sin hand på hans axel, en beröring full av ömhet.

– Vi måste vidare, grabben. Nå, fick du höra sanningen?

– Inte höra kanske, sade Simon. Mer känna.

– Bra, då kör vi då.

Från Borghamn letade de sig tillbaka till Riksettan, när hjulen tystnade för att de fick asfalt igen, började Andersson vissla. Simon spände sig, av gammal vana beredd på obehag, men inte en ton kom snett när Andersson blåste melodistämman i Berlioz' andra sats.

Det hade varit en morgon så full av under att Simon hade slutat att förvåna sig. Det var som det skulle, också att Andersson hade hört musiken som brusat genom Simons huvud där uppe på berget.

När de lagt Jönköping bakom sig och börjat klättra uppför småländska höglandet fick Andersson höra historien om Iza, alltihop.

– Fattar du vilket äckel jag är?

– Det var väl att ta i, sade Andersson. Jag skulle snarare säga att dù är en av dessa stackars satar som går runt i livet och betalar av på gamla skulder. Det ska du sluta med, för det finns ingen skuld annat än i din inbillning.

Simon teg en lång stund, så häpen var han. Men sedan samlade han sig till en fråga:

– Det tjänar inget till då, att försöka avbetala?

– Nej, det går inte, sade Andersson, det finns ingen gångbar valuta. Det är ju självklart, om skulden inte finns kan det ju inte finnas något att betala den med.

– Jag förstår hur du menar, sade Simon, men ...

– Du är fantastisk, sade Andersson och Simon hörde att han drev med honom. Annars brukar det ta hela långa livet innan man inställer avbetalningarna.

Det var tyst länge i bilen medan Simon såg ut över mossarna i Bottnaryd och tänkte så att ansiktet skrynklades ihop. Allt det tunga inom honom, det alldeles för ömtåliga och såriga som han brukade kalla skuld, fanns inte.

– Det är väl sorg då, sade han nästan för sig själv.

– Sorg, sade Andersson, är i allmänhet bara självömkan.

– Nu är du för jävlig, sade Simon, men han måste skratta och just nu var det sant, i denna stund gällde Anderssons ord.

– Det är bara stunden som finns, sade långtradarchauffören.

– Men Herregud, sade Simon ...

– Just det, sade Andersson, Gud är nuets Gud, sådan han finner dig tar han emot dig. Han frågar inte efter vad du har varit, utan hur du är i denna stund.

Han lade bilen i friläge i utförslöpan vid Ulricehamn och fortsatte:

– Du är väl också en av dessa dårar som tror att du kan kontrollera livet. Det är därför du dras mot det som du kallar ondskan, du inbillar dig, att om du förstår hur den fungerar så ska du kunna försvara dig mot den och slippa vara rädd.

Simon drog djupt efter andan, detta var sant, det visste han, och det gjorde ont och gott i honom på samma gång.

Sedan kom Anderssons röst tillbaka, mjukare nu.

– Vad är det du är rädd för, grabben?

– Jag vet inte, sade Simon men i nästa stund visste han, en gammal skräck rörde på sig djupt nere i magen.

Han berättade om Inga, om övergivenheten innan Karin kom. Andersson nickade:

232

– Kroppen har sina minnen, sade han.

De närmade sig Borås, där det regnade som det brukade göra. Andersson drog upp rutan och fick efter visst lirkande igång vindrutetorkarna.

– Det är något märkvärdigt med spädbarn, sade han. Med deras medvetande. Har du sett en nyfödd i ögonen någon gång?

Nej, det hade inte Simon.

Regnet upphörde tvärt i Sjömarken och Simon frågade:

– Har du barn.

– En hel rad, spridda över jorden.

– I Amerika?

– Ja, där och på lite andra håll.

– Så du har ingen kvar här hemma då?

– Jo, jag har en pojke i Sverige, sade Andersson och det gåtfulla leendet var soligare än någonsin när han lade till:

– En jäkla fin grabb.

Enligt klockan hade det gått sex timmar innan de i eftermiddagssolens glans rullade utför Kallebäcks lider och in mot Göteborg. Men för Simon hade resan varit kort som ett andetag, han hade velat sitta där i bilen med Andersson i evighet.

– Här var vi då, sade chauffören och bromsade in framför Centralstationen på Drottningtorget. Du får skynda dig av för en annan börjar få kort om tid.

– Du, jag kan väl få din adress?

Simon stammade av iver där han stod på trottoaren och såg Andersson dra igen bildörren.

– Vi ses, grabben. Vi ses, var lugn för det.

Han skulle till Englandsbåten med lasten som skulle vara stuvad ombord på Britannia före klockan fem och Simon såg bilen försvinna ner mot kajerna.

Han var ohyggligt ensam.

Men han gick in på stationen, kontrollerade kassan som fortfarande var fem och sjuttiofem, fann några tioöringar.

Det var Karin som svarade.

– Hej, morsan, allt är fint med mig. Har du Isak där?

– Nej, han är med Mona på bio.

Simon försökte tänka, vann tid med att fråga:

– Du mår bra?

– Bara fint.

– Du morsan, kan du hälsa Isak att jag klarade det, att det är över nu.

– Men, Simon, vad är det du talar om?

Han hörde oron fladdra, tänkte, fan också.

– Det är ett skämt, mamma, ett vad.

– Jaså, rösten hade en aning syra nu, hon trodde honom inte.

– Mamma, skrek Simon, snart tar mina tioöringar slut men jag har aldrig mått så bra i hela mitt liv, hör du det!

Det trodde hon, då skrattade hon och sedan slogs samtalet av.

När han kom till stan nästa lördag gick han i timmar till lastbilscentralerna, från åkare till åkare, och frågade efter Andersson, en liten gubbe med bruna ögon som körde en grön Dodge.

Nej, ingen kände Andersson.

Det är väl nån fribytare, sade de. Det finns många såna i den här branschen.

27

Karin fick kaffe på sängen av Erik om mornarna. Först hade hon varit generad för det men snart hade det blivit en vana. Ett behov rent av att få stanna kvar i sängvärmen med det nybryggda kaffet och morgonens tankar, som ofta var nya och goda de också.

Denna vårvinter handlade de mycket om Simon, som var glad och harmonisk trots att det inte kunde vara så muntert där ute i kylan och blåsten på öarna.

En dag i februari när det snöade ute och hon hade släckt sänglampan för att se på snöflingorna i gryningsljuset knackade Mona på dörren.

Javisst, ja, tänkte Karin, det är onsdag och flickan är ledig.

– Får jag sitta här en stund hos dig?

Mona kröp ner vid sängens fotända och drog en filt om sig.

– Vill du ha kaffe?

– Nej tack, jag har redan ätit frukost.

Och sedan, mycket fort, som för att få det överstökat.

– Karin, jag är med barn.

Karin kände att hjärtat bar sig konstigt åt en stund, men hon var van och brydde sig inte så mycket om det. Tankar rusade genom huvudet, känslor slog motstridigt i henne, urgammal kvinnorädsla för förlossningar, ömhet för flickan, glädje, oro och svårast av allt, den gamla sorgen för barnlösheten.

Avund, tänkte hon, jag är avundsjuk.

Men sedan slog det henne, jag ska få barnbarn.

Det var ju inte riktigt sant men ändå var det den glädjen som var starkast av alla känslor.

– Herregud, så roligt, sade hon.

Och sedan med ett stort skratt:

– Det borde man ju ha begripit, så mycket kärlek i en sådan trång säng och så bara en liten gummipåse att hålla emot med.

Mona hade berättat om pessaret, visat det för en förvånad Karin, som sagt att aldrig i världen skulle hon våga lita på en sådan där tunn och slinkig gummiblåsa.

Mona hade känt sig kränkt å pessarets vägnar men nu kunde hon ju inte säga som det var, att hon inte hade använt det på länge för att hon ville ha bröllop. Och barn.

Mest av allt ville hon komma bort från sjuksköterskeskolan.

– Nu blir du farmor, Karin lilla, sade hon.

– Nästan som, i alla fall.

Sedan förlorade de sig i kvinnoprat om pojken, nej flickan, sade Mona, jag är nästan säker på att det blir en flicka.

– Hon ska heta Malin.

– Varför det, sade Karin som tyckte att det var ett fult gammalt namn som luktade fattigsverige.

– Det hette min mamma, sade Mona och då fanns det inget att tillägga.

– Visste Isak?

– Nej, inte ännu.

– Ni måste gifta er.

– Mmm, har du hört att frisörens ska flytta till stan, de står väl inte ut med allt skvaller om Dolly längre. Så jag hade tänkt att vi skulle hyra trerummaren på övervåningen hos Gustafssons.

– Det var ju bra, sade Karin och tänkte att livet ändå var snällt, hon skulle få Mona och Isak till närmsta grannar. Och flickan, Karin hade redan börjat tänka på den ofödda som flickan.

– Du kanske kan ringa Gustafsson och fråga.

– Javisst, sade Karin.

Men sedan hamnade de i alla bekymmer. Isak och Chalmers.

– Vi kan leva på studielån, sade Mona. Det är löjligt med tanke på Ruben, men ändå, det får gå.

Hennes ögon vädjade till Karin som skakade på huvudet. På Götaverken hade Isak blivit medveten om pengarnas samband med självkänslan. Han betalade noga för sig hos Karin och Erik. Till Ruben hade han sagt att han själv skulle stå för arvodena till Maria, det var en dryg utgift och han hade förstått att han skulle behöva gå till henne i många år.

De hade varit så fattiga ibland att Mona måst låna spårvagnspengar av Karin.

Karin insåg nog att Isaks inställning var nyttig för honom, men det hände att hon tyckte synd om Ruben.

Nu satt de där i sängen och rabblade tyst i huvudena: Lakan och handdukar, bolstrar, täcken, sängar, möbler, kastruller, tallrikar . . .

– Det får bli enklast möjliga, sade Mona, men när Karin sade att de fick väl titta efter vad de hade undanstoppat i källaren, måste hon slå ner ögonen för att dölja ilskan.

– Det kan inte vara mycket, sade Karin och tänkte på att de hade slängt det mesta när de byggde om huset.

– Det är synd på din utbildning, sade hon för hon hade glatt sig åt Monas sjuksköterskeexamen.

– Äsch, sade Mona, jag vill inte bli sjuksköterska.

– Men du vet, det är bra att ha ett yrke om något skulle hända, sade Karin men tänkte i nästa stund att det aldrig skulle gå någon nöd på Rubens familj.

Ändå suckade hon utan att veta varför.

Innan Lisa kom hann hon ringa Gustafssons, nej de hade inte lovat bort lägenheten, jo det skulle nog gå bra.

Medan Lisa städade huset gick Mona och Karin på promenad längs stränderna. Det hade slutat snöa, en blek vintersol vågade sig fram och målade isen runt bryggorna gyllengul.

– Det är viktigt att Isak får veta, sade Karin.

Mot eftermiddagen for Mona till stan, stod på kajen och såg pråmarna komma över älven med männen från Götaverken. Han fanns redan i den första, blev glad men lite orolig när han fick se henne:

– Du måste hälsa på Onsala.

Mona skakade hand med den långe revolversvarvaren men sedan stod de där ensamma på kajen och hon såg frågan i hans ögon.

– Vi går, sade hon.

Isak ledde sin cykel och försökte samtidigt hålla en arm kring hennes axlar.

– Det har väl inte hänt någonting?

– Jo, sade hon. Vi ska ha ett barn.

Isak släppte både henne och cykeln som for med en skräll i gatan medan han stod där blick stilla och lät glädjen fylla sig. Sedan sade han, just som Karin sagt:

– Herregud, så underbart.

Efter en stund gick han tillbaka till Sänkverket med cykeln, låste den där för natten, tog Mona vid handen, sade:

– Vi går först till pappa.

De flög genom stan, fötterna var aldrig i närheten av trotto-arerna, åtminstone inte förrän de närmade sig Rubens port och Mona landade i verkligheten.

– Vad ska han säga?

– Han blir glad.

Ändå blev Isak förvånad, när han såg Rubens glädje då de stod framför honom, mycket unga och lite rädda, och Mona sade det:

– Vi väntar barn.

Det var en glädje som steg från de stora djupen, från tusenåri-ga källor, blodets glädje, släktets glädje.

Det var som om Mona förstått det för hon sade:

– Det ska bli ett judiskt barn, vi ska gifta oss i synagogan och jag ska anta er tro.

Då gjorde Ruben något oväntat, tände den sjuarmade ljus-staken, lade sina armar om Mona och Isak där de stod framför de stilla lågorna och läste en lång bön på hebreiska.

Den gamla bönen föll in i dem och i barnet som lyssnade, orden gick inte att begripa men de hade en frid som övergick allt förstånd.

Lite senare ringde Ruben till Karin och sade, att kunde de inte komma in på middag i kväll, han hade något viktigt att berätta. Han hörde det ljusa skrattet i rösten när hon svarade att de fick väl försöka, hon och Erik, men det var först när Ruben lagt på luren som han insåg vad det betydde.

Hon visste nog, hans kloka norna.

Vid middagsbordet sade Isak:

– Jo, pappa, jag har tänkt att bli kvar på Götaverken. Det får vara med Chalmers för min del.

Mona slog ner blicken för att dölja vad hon tänkte men Eriks ögon glittrade nyfiket och lite elakt. Nu skulle de få se hur djupt den satt, klasslösheten som Ruben alltid visade. Inte skulle han gå med på att hans son skulle bli en vanlig arbetare, inte om det blev allvar av.

Men Ruben sade:

– Jag har nästan förstått det, Isak. Du trivs ju så bra.

Sedan vände han sig till Erik och skröt:

– Isak kör sin egen svarv nu, en oerhört invecklad maskin.

Erik häpnade, men sedan var det han som slog näven i bordet så att glasen hoppade:

– Men för helvete . . .

– Svär inte, sade Karin och han kom nästan av sig, för Karin var inte dålig på att svära hon heller. Men hon tänkte kanske på barnet i Monas mage . . .

– Isak, sade Erik. Du vet ingenting om hur det blir med tiden, hur man sliter ut sig och får ont i ryggen och reumatism. För att inte tala om hörselskador och usla löner. Jag har själv stått på golvet en gång, jag vet. I längden står man inte ut med skiten och bullret.

– Och ofriheten, sade han, den är värst.

Isak tänkte säga, att han nog sett en del nu, men att han ändå föredrog slitet framför att bli något slags skitfin ingenjör. Men Karin avledde:

– Isak behöver praktik, även om han ska börja på Chalmers. Det kan aldrig skada att han blir kvar några år, så de har någon ordning på livet när barnet är litet.

Sedan berättade hon om lägenheten hos Gustafssons.

– Är den inte för obekväm, sade Ruben.

– Nej, de har lagt in både värmeledning och badrum.

Isak tänkte att Gud är god och att han skulle söka upp Gustafsson redan i kväll men Mona och Karin tänkte på lakan och linne, möbler och madrasser, tallrikar och koppar och annat nödvändigt.

Men ingen av dem sade någonting och när Ruben skålade med Karin såg hon i hans glada ögon att han hade en idé.

Mona berättade att hon skulle konvertera till judendomen, Erik såg förvånad ut men Karin nickade, hon förstod.

Ingen ägnade en tanke åt fiskhandlarn.

De bröt upp tidigt för att Isak skulle hinna träffa Gustafsson. Han kom hem efter en halvtimma och sade att allt var klart, han skulle skriva på hyreskontraktet på lördag.

Det skulle bli dyrare än han räknat med, han nämnde en hyra som fick Karin att tappa hakan.

– Nu tog han till, Gustafsson, sade Erik när de kom för sig själva, han och Karin. Tyckte väl att rike Lentovs son hade råd att betala.

Karin nickade men sade att det är ju bostadsbrist så man får ändå vara tacksam.

Nästa dag gick Mona till sjuksköterskeskolans föreståndarinna och sade upp sin plats. Hon sade som det var, att hon var gravid och den barska damen snörpte fram ett kort:

– Ja, då blir ju Mona ändå relegerad.

Medan flickan fyllde i nödvändiga papper talade föreståndarinnan om ungdomens förvildning och fanns det någon far till barnet, jaså det skulle bli giftermål och fick man fråga vem den lycklige var?

Mona log milt mot henne när hon sade:

– Ja, det är Ruben Lentovs son.

– Tanten såg ut som om hon hade satt i halsen, sade Mona när hon berättade det för Ruben, som log och tänkte, att här var då äntligen ett barn som var stolt över honom. De åt lunch på restaurang som de gjort upp kvällen före.

Sedan drog Ruben ramsan, Karins och Monas ramsa, i något omvänd ordning: Möbler och mattor, porslin och silver, sade han och Mona älskade honom för de vackra ordens skull.

Han tog fram ett kuvert:

– Det här är en gåva till min sonhustru, sade han.

– Men Isak, sade hon.

– Isak har ingenting att göra med din och min vänskap, sade han och ögonen glittrade.

Mona log när hon stoppade kuvertet i handväskan. Hela spårvagnsresan ut till Karin motstod hon frestelsen att öppna brevet, men tänkte bekymrat att det såg tunt ut och att det var mycket som skulle till. Mattor hade Ruben sagt, hon visste ett ställe där de hade underbara röllakanmattor.

240

Hemma hos Karin tog hon fram kuvertet, det var ännu tunnare än hon mindes det:

– Öppna det du, sade hon. Jag törs inte.

Karin tog med stadiga händer fram en kniv och snittade upp kuvertet, som bara innehöll ett papper.

– Det är nog en check, sade hon, ingen av dem hade sett en sådan förut.

– Det står tiotusen på den, sade Karin och Mona fick sätta sig på kökssoffan för att inte svimma av glädje.

De försökte hämta sig vid en kopp kaffe innan de gick för att se på lägenheten, där frisörmästarens fru just hade börjat packa. Så mycket rosor, tänkte Mona, så fult. Men rummen var vackra, stora och ljusa, och köket hade samma rymliga trivsel som Karins.

– Ser du, sade Mona när de stod i sovrumsfönstret och såg över till Larssons. Vi kan vinka åt varandra.

– Hemska möbler och förfärliga tapeter, sade Mona när de kom hem igen. Vi ska måla vitt i varenda rum.

Karin, som aldrig hade tyckt om frisörens men alltid beundrat deras hem med stilmöblerna och kristallkronorna, var förvånad.

– Hur ska ni ha det då?

– Vita väggar, vita möbler, vita gardiner, sade Mona.

– Det låter . . . ljust, sade Karin.

– Få och dyra möbler, sade Mona. Massor av blommor.

Hon var försvunnen i drömmar och Karin förstod att hon haft dem länge.

– Det ska se ut som i en prästgård på landet, sade Mona. Och köket ska vara som ditt med ljusa trasmattor på golvet. Inga kristallkronor och annat tjafs.

Karin förstod att hon skulle känna sig smickrad och teg med att hon länge önskat sig en kristallkrona.

Sedan hörde de Isak vissla på uppfarten, falskt som vanligt, och Mona såg ut som dåligt samvete i ansiktet. Han märkte det genast:

– Vad har du gjort för ont?

Han skojade, men blev lite rädd när Mona sade, att det var bäst att de gick upp till sig själva och talades vid.

– Behöver du hjälp så ropa på mig, sade Karin, som nog var lite ängslig hon också.

Men en stund senare hörde hon Isaks skratt genom trossbottnarna och rätt som det var kom han flygande nerför trappan, kramade Karin och härmade Rubens lite släpiga tonfall med den lätta brytningen: Hälsa Isak, att han inte har ett dugg med Monas och min vänskap att göra.

– Nog är han en jävligt slug gammal jude, farsan.

Isak var lättad och Karin och Mona förstod det samtidigt, att hans huvud också hade malt ramsan: Lakan, linne, möbler, porslin.

28

Några veckor senare inträffade vad som skulle gå till familjehistorien som lördagen när allt hände.

Men för Rubens del började den inte så bra.

– Direktörns systerdotter är i telefon.

Ruben dolde en grimas, sade trött:

– Det är inte min systerdotter, det är min hustrus.

Han insåg att han var löjlig.

Rösten var den vanliga febrila, pockande. Hon ville ha mer pengar.

– Jag svälter, sade hon.

Men han hade härdats genom åren med Iza och han tänkte på Olof Hirtz och att han måste sätta gränser för flickan och sade:

– Du vet att du måste klara dig på det underhåll du får.

Hon spann som en katt i telefon när hon kom tillbaka:

– Simon har bott här en vecka, han åt som en häst och ville se stan och leva på stor fot och så där.

Rubens hjärta blev tungt men rösten var stadig när han frågade:

– När var det?

– Det var ett tag sedan, nu gled stämman iväg med henne och han visste att hon ljög, men knappast om allt.

– Jag skickar en hundralapp, sade han. Hur går det för dig på skolan?

– Jodå, sade hon. Tack, snälla onkel.

Det var lördag morgon, han ringde Karin och frågade om Simon skulle ha permission som vanligt under helgen.

– Ja, vi väntar honom.

– Då hämtar jag vid regementet.

Ruben var arg, och visste att ilskan hade till uppgift att skydda honom mot oron. Så han höll sig till den så gott han

243

kunde: Förbannade pojke.

Simon stod på bryggan och väntade på båten som skulle ta honom till fastlandet. Vinden kom utifrån, nordvästlig och kall som hånet. Men den hade inte varit i stan och förde inga bud om Rubens vrede.

Simon var väl till mods.

Han hade gått vakt på natten vid det svarta havet. Det var enahanda och segt, men han var van nu. I början hade han kommit på sig med att önska ett krig, fientliga fartyg vid horisonten, krypskyttar på skären. Så man fick skjuta och slå larm och föra ett helvetes liv.

Det fanns de som gjort det, blivit utskällda av Sjövall och retade i veckor efteråt av kamraterna, som slitits ur sina sängar av larmet och känt skräcken knyta ihop magarna.

Simon hade sett länge på skären den gångna natten, tänkt att de visste att han stod där och iakttog dem. De har sitt liv i evigheten, hade han förstått, ingenting hade påverkat dem sedan landisen gav sig av för tio tusen år sedan. Men sedan hade han tänkt att de hade en annan tideräkning och fört ett samtal med en atomfysiker, som försäkrat honom att det pågick en dans inne i stenen.

– Jag tror dig, hade Simon sagt och försökt föreställa sig rytmen i graniten, hur den dansar som inte vet vad fruktan är.

Så hade han blivit avlöst och hunnit sova några timmar innan det var dags för persedelvård och transport in till land.

Ruben såg pojken komma emot sig, lång och glad med det vita leendet i det väderbitna ansiktet och intensiteten i rörelserna, handslaget.

Han är vuxen och har rätt till ett privatliv, tänkte Ruben men det var redan försent.

– Du är förbannad på mig, sade Simon.

– Nja, sade Ruben. Hoppa in.

Simon gjorde det inte svårt för honom, han var som han alltid varit, öppen som en bok som ville bli läst och förstådd och inte kunde rå för att innehållet var rikt och komplicerat.

– Iza ringde, sade Ruben, lade in ettan och blinkade sig ut.

Simon blev blodröd, sedan slöt han sig och det blev tyst i

bilen. Han kände sig blottad, som om Ruben rivit av honom alla skyddande förklädnader och avslöjat hans innersta och hemskaste fantasier.

– Varför reste du dit.

– För att jag är barnslig, en som leker känslor.

Lång tystnad igen:

– Jag hade fått för mig att hon skulle göra mig verklig, sade han.

Och sedan:

– Jag misslyckades bara, jag gjorde det värre för henne. Han försökte berätta om spindlarna, om suget mot utplåningen men kom av sig, hörde själv hur sjukt det lät.

– Det fanns en massa skuld också, sade han, idiotiska fantasier om att bli delaktig i hennes öde.

Så blev det tyst igen, han letade efter ord:

– Jag kunde inte göra något för henne.

– Nej, Simon, det kan ingen.

– Det är hemskt.

– Ja.

– Jag skäms som en hund.

– Du ska inte åka dit igen?

– Aldrig i livet.

Ruben var så lättad att han sjönk ihop. Sedan måste han retas lite:

– Men du åt hennes mat och levde runt i stan på stor fot och gjorde slut på hennes pengar.

– Det är lögn, sade Simon och berättade hur han stått på gatan med fem kronor och sjuttifem öre i fickan och fått räkna på örena för att våga gå på kafé och få några ostsmörgåsar.

Ruben skrattade.

– Kan vi stanna ett slag så ska jag berätta något för dig, sade Simon och Ruben letade sig fram till en busshållplats och kröp längst fram på parkeringsfickan.

Så kom historien om Andersson, om Omberg och Alvastra och jättarna som tvättade sina kalsonger i Vättern.

– Han sa de mest fantastiska saker, förstår du, hela tiden. Jag har varit glad ända sedan jag mötte honom.

Ruben kände sig nästan svartsjuk men sedan lät han sig

gripas av historien om bergakungens sal i det egna hjärtat och om hur var och en vet att han inte lever förgäves.

– Men det bästa han sa var det om skulden, sade Simon. Han sa att den inte finns, att det handlar om brott som aldrig begåtts och därför aldrig kan sonas.

– Det har jag också tänkt ibland, sade Ruben. Men det är inte sant, man har alltid svikit och sårat och underlåtit.

– Inte du?

– Jo då. Jag svek Isak när han var liten. Jag sårade Olga genom att gifta mig med henne trots att det inte var henne jag ville ha. För att inte tala om mina föräldrar, hur jag lät bli att tvinga dem med mig till Sverige.

– Hur skulle du ha tvingat dem?

– Det hade gått om jag velat.

– Andersson sa att Gud är nuets Gud och att han bara bryr sig om vem man är nu.

– Så lätt kan inte jag göra det för mig, sade Ruben men Simon hörde inte på, han letade efter andra repliker ur samtalet i lastbilen.

– I vilket fall som helst kan man inte göra upp, det finns ingen gångbar valuta att betala skuld med.

Ruben såg länge på Simon, det är sant, tänkte han, det är vidrigt sant.

– Vad sa han mer?

– Att de flesta fortsätter att göra meningslösa avbetalningar genom livet och grubblar över varför skulden inte minskar.

– Jag skulle vilja träffa Andersson, sade Ruben.

– Det går inte, sade Simon och berättade hur han sökt efter chauffören på stans alla åkerier.

– Det finns inte en människa som känner honom.

– Märkvärdigt.

– Ja.

De såg på varandra i förundran, skakade på sina huvuden och fortsatte resan mot staden.

– Hur mår Mona?

– Bara fint, sade Ruben och fick höra hur Andersson sagt att man skulle se nyfödda ungar i ögonen för att där fanns så mycket att lära.

När de körde ut på Torgny Segerstedtsgatan mot Långedrag frågade Ruben:

– Du har inte så långt kvar till friheten nu.

– Sex veckor till muck, sade Simon. Nu räknar vi dagarna.

– Jag ska resa till Amerika i slutet av april och hem över London och Paris. Jag hade tänkt att bjuda dig med, om du är intresserad?

– Om! Simon skrek. Men sedan sade han:

– Varför vill du ha mig med?

– För att det skulle vara roligt . . .

Simon skrattade högt, det var sant, de hade roligt tillsammans, han och Ruben. Det handlade inte om någon gammal avbetalning till Karin, det handlade om honom, Simon.

Ruben sken som en sol när han sade:

– Jag ställer bara ett villkor. Och det är att du lägger bort det där retsamma farbror. Du är för gammal för det.

– Och du är för ung, Ruben, sade Simon och i nästa stund körde de upp framför husen vid varvet.

En stor och rörig måltid väntade dem, frukostlunchmiddag, sade Karin, för här finns det ingen som har tid att laga mat mer än en gång om dagen. Finrummet hade förvandlats till verkstad och syateljé, i ena ändan av rummet böljade skyar av vit muslin kring Karins gamla symaskin och i den andra stod bordet med skalenliga ritningar, färgprover, pappersmodeller av möbler och travar av broschyrer.

– Brudklänning, frågade Simon och tittade häpet på Mona i allt det vita.

– Nej, din tok, sade hon. Gardiner.

Simon böjde knä för henne, den heliga jungfrun, sade han, du är ju inte gift. Men sedan lade han huvudet mot hennes mage, sade hallå där inne, tittade upp på Mona:

– En flicka, sade han.

– Jaa, sade Mona, visst är det en flicka.

– De där två är inte kloka, sade Isak.

– Gravida kvinnor blir lite galna, sade Karin.

– Jo, jag har förstått det. Och Simon har ju alltid varit tokig.

De stod och åt, det var gående bord och mitt i all röran sade

Simon som i förbigående, att jag skall få följa med Ruben till Amerika när jag har muckat.

Förvåning och jubel. Men Karin sade att de tog livet av henne och kunde det inte räcka med bröllop och bosättning och förlossning utan att det blev amerikaresa mitt i alltihop.

– Men mamma, sade Simon lite ängsligt. Du behöver ju inte bekymra dig för min resa.

– Simon, sade Karin. Jag förstår att det är något magiskt med kronans kläder, de växer i takt med grabbarna inuti dem. Men här hemma kan vi inga sådana trollkonster och jag tror inte du har ett plagg som du går i.

De skrattade, de hade skrattat varenda lördag åt Simons försök att klä sig civilt i tröjor som slutade på halva armen och byxor som såg ut som om någon klippt av dem på vaden. För att inte tala om kavajerna som skulle ha spruckit av bara förskräckelsen om han försökt ta dem på sig.

– Det blir några dagar emellan att ordna klädfrågan, sade Ruben. Men jag måste ha ditt pass, Simon, du har väl ett pass? Simon nickade, han hade skaffat det i sista ring i något slags äventyrlig känsla av att världen var öppen igen och att kanske ...

– Det var tur, sade Ruben och tänkte på McCarthys ande som svävade över passpolisen som över allt annat i USA.

Sedan skickades Simon och Isak till Gustafssons övervåning för att ta nya mått, i köket den här gången. Simon stod länge och tittade på Dollys gamla flickrum och Isak sade att härifrån kan man se rätt in i övervåningen därhemma.

Simon nickade, jo, man kunde det.

Rummen hade målats, allt var vitt som Mona bestämt.

– En annan har inte en chans att tycka något ens, sade Isak när Simon sade att det nästan bländade.

De gick tillbaka till det stora vardagsrummet.

– Du Isak, sade Simon, det är något jag vill säga.

– Ännu mer, sade Isak med spelad rädsla, de hade talat om Iza och stockholmsbesöket så där var det klart mellan dem.

Men tigandet om Bylund hade plågat Simon.

Han fällde benen rakt ut från väggen och blev sittande på golvet. Isak gjorde som han.

– Du förstår, sade Simon, jag slog nästan ihjäl Bylund.

Isaks ögon blev runda, en röd upphetsning spred sig genom hans kropp. Han ville veta allt.

När Simon kom till framtänderna som låg i en blodpöl på golvet i korridoren, kunde Isak inte sitta stilla, reste sig, vacklade som om han varit full och började dansa i det tomma rummet.

– Du vet, jag har alltid varit bra på att slåss, sade Simon med spelad blygsamhet och Isak stannade mitt i dansen och mindes sitt första möte med Simon, hur den lille grabben fällt den långe grevesonen på skolgården någonstans långt borta i barndomen.

Han ville säga att han älskade Simon men fick nöja sig med:

– Fan också, och det var fullt av beundran.

När de kom tillbaka, sade Mona, att det var väldigt vilken tid det tagit och Karin sade, att det hade kommit ett brev i brunt kuvert till Simon från Stockholm.

Simon blev rädd, han hörde det själv när han alldeles för fort sade:

– Var är det?

– Ja, var är det, sade Karin. I all den här röran.

De vände på de vita skyarna, kröp under bord och symaskin men brevet var försvunnet.

– Det kommer väl fram så småningom, sade Karin och Simon stönade, men bara invärtes. Jävlar, tänkte han, hon är tydligen på krigsstigen nu, Iza.

Han bytte en blick med Isak och såg att också han tänkte på orden i bilen: Kan hon sätta fast dig för en unge . . .

Det är snart fyra månader sen, tänkte Simon. Det kan ju inte vara möjligt.

Men han var oroad och smet, ut till varvet där han fann Ruben och Erik i den avbalkning som inretts till kontor. Erik såg bekymrad ut, Simon hade sett det tidigare och han glömde sin egen oro när han frågade:

– Hur är det farsan?

– Erik har det svårt, sade Ruben. Det går lite för bra för honom.

Då måste Erik skratta och så redogjorde de för beställningarna som staplades i hejdlösa högar på varvet som för länge sedan växt ur den plats som fanns till förfogande.

– Jag vill inte utveckla, sade Erik. Det är nåt sjukt i det här att allt måste växa. Varför kan inte jag få bygga tre fyra kostrar om året som jag alltid har gjort.

– Därför att dina kunder kommer att gå till en konkurrent som har större kapacitet och kortare väntetider, sade Ruben såsom han och advokaten hade sagt många gånger förr under vintern.

Till Erik som alltid blev lika arg.

– Det finns ju mark utåt Önnered, sade Simon.

– Ja, för fan, jag har redan en sjötomt på hand i Askim, sade Erik. Men det blir en sådan apparat, Simon, en massa folk och bokföring och papper och bekymmer.

– Du måste anställa en direktör, sade Ruben.

– Ruben Lentov, sade Erik, vi har känt varandra . . .

Men Simon avbröt:

– Farsan, sade han. Anställ Isak, han har Rubens affärssinne i blodet.

Erik kom av sig och alla tre tänkte på hur de skrattat genom åren åt Isak och hans förmåga att köpa billigt och sälja dyrt, tomglas, fotbollsstjärnor i kolapapper och annat sånt.

– Tror ni han vill, sade Erik.

– Han måste ha utbildning, handelsskola, sade Ruben.

– Chalmers, sade Erik.

Men då sade Simon, att Chalmers, farsan, det var din dröm för Isak, aldrig hans.

Erik måste skratta:

– Du är ett geni, Simon.

– Ja, sade Simon, jag är inte obegåvad.

Ruben var nöjd. Om allt gick väl kunde han så snart Eriks självkänsla tillät föra över sitt kapital i varvet på Isak.

Sedan var pojken tryggad.

Men de satt där alla tre och tänkte på Götaverken som hade blivit grunden för Isaks självkänsla.

– Vi måste fråga honom, sade Erik.

– Jag hämtar honom, sade Simon.

Han kom, han blev oerhört förvånad och lika intresserad.

– Det här är en häpnadsväckande dag, sade han. Får man

betänketid, jag måste tala med Mona och så där.

Men han hade redan bestämt sig och när han gick frågade han:

– Hur lång är den där handelsutbildningen?

– Jag tror du klarar dig med något år, sade Ruben.

Det blev sent innan Simon kom upp på sitt rum och där låg brevet, ordentligt på hans skrivbord, ett stort brunt kuvert, just som Karin sagt.

Han slet upp det och sedan skrek han, for som jehu utför trappan och skrek. Ruben var kvar som väl var och Simon kastade sig i hans armar och fortsatte att skrika:

– De tar den, de ger ut den, havsdikten.

Karin måste sätta sig på kökssoffan, hennes kinder brann och hennes ögon lyste av stolthet.

Hennes pojke hade blivit författare, det skulle komma en bok med hans namn på pärmen. Han hade läst den långa dikten för henne, hon visste att den var vacker, att den sjöng som havet och var obegriplig som det.

Också Erik sken av stolthet.

Men Ruben, som låtit renskriva dikten och sänt in den till förlaget, var inte så förvånad.

– Får jag se på kontraktet, sade han.

Simon skulle få fyrahundra kronor och det var de första pengarna som han tjänade i livet.

Det räcker till kläder, tänkte han.

29

New York, New York, stadens stora hjärta slog och Simon njöt av pulsen. Allt fanns i slagen, liv och död, gråt och skratt, skräck och tillit, grymhet och medlidande. Ur rytmen frigjorde sig en melodi, steg mot skyarna, tog kraft av det stora hjärtats dunk, dunk, blev oanständig, övermodig, skrattade över hustaken.

En ung sång, full av hopp, New York, New York.

Det fanns stunder när Simon, som var tjugo år, kände sig gammal, en sliten främling från en åldrad värld. Men oftast var han i samklang med staden som höjer livskänslan.

– Det är fantastiskt, sade han till Ruben över middagsbordet på hotellet och omdömet gällde allt, även maten.

Ruben nickade och tänkte på hur, ja, just fantastisk hans resa blivit tack vare Simon. Se, titta, har du nånsin, lyssna, smaka – allt blev nytt även för Ruben. Som var en man av konservativa vanor och ensam skulle ha besökt de berömda konstmuseerna och möjligen Metropolitan.

Han hade varit här före kriget och plågat sig med bullret, trängseln, den skamlösa prostitutionen och den eländiga fattigdomen mitt i världens största överflöd. Nu njöt han som Simon med alla sinnen, kunde komma på sig med att längta bort från sina sammanträden, ja också från möten med gamla vänner i förlagsvärlden.

– Det stämmer, sade Simon, och ändå stämmer det inte. Du förstår, jag har varit här förut.

Han berättade om skolan och om ledan som kröp i vrårna och hur han lärt sig att fly. Noga beskrev han hur han tränat sig att hitta skärningspunkten mellan två linjer i högerhjärnan för att kunna smita ut mellan tinningbenet och skallen.

Ruben skrattade.

– Jag for ofta hit, sade Simon. Det såg ut som det gör i stort sett, men jag missade det väsentliga, intensiteten, rytmen.

Ruben skålade med honom, i ett fylligt kaliforniskt vin som han fann lite för sött, och motstod tanken att hålla tal för Simon och tacka honom för att han gjorde resan så upplevelserik.

De hade kommit över med M/S Stockholm, åtta dygn av vila och behaglig lyx för Ruben. Men Simon hade skaffat sig vänner överallt bland befäl och manskap, försvunnit i skeppets slamrande hjärta och plågat maskinister och motormän med sina frågor.

Hela sista natten hade han stått på bryggan, som var förbjudet område för passagerarna, och sett med spänd förväntan mot den berömda profilen med Frihetsgudinnan och skyskraporna och i gryningen hade han väckt Ruben: Du måste se det.

Ruben hade tigit med att han sett det förut, följt med pojken, och förstått att han inte sett det förut.

Det hade gått fort de sista dagarna hemma med Simon som kom ur lumpen och skulle ekiperas, ur affär i affär med Mona travande bredvid, som smakråd, sades det. Men det blev hon som bestämde och det var hennes förtjänst att han under hela resan kände sig rätt klädd, lagom.

Själv hade han köpt för enkelt eller för prålligt.

Bröllop hade de haft också, en enkel ceremoni i synagogan och efter den middag på Henriksberg. Ingen av Monas släktingar hade hedrat vigseln med sin närvaro, men vid middagen förde Ruben mostern till bordet. Karin som var värdinna tog hand om fiskhandlarn och på ömse håll fann man nödtorftiga samtalsämnen.

Efteråt hade man besett hemmet, trerummaren hos Gustafssons, och där var så skönt och självklart att Simon slutade att retas med Mona för hennes heminredningsdille och Ruben sade:

– Jag undrar om det inte bor en konstnär i dig, flicka lilla.

Sista kvällen i New York for de upp i Empire State Building, stod och såg ut över jätten med de tusen ljuden och de många tusen ljusen. Simon sörjde avskedet, men lät sig tröstas av att de skulle flyga över Atlanten i morgon.

Sedan blev flygresan en besvikelse, Simon fick ge Ruben rätt i att flygning är ett tråkigt sätt att ta sig fram i världen.

– Tråkigare än att gå, sade Simon som avskydde promenader.

Men London tog emot dem med solsken, en gammal, lite sliten men vänlig tant, svårt ärrad av kriget men trofast och klok.

När de sovit ut och ikapp på ett hotell på Embankment steg livsandarna igen, de åt en tung och präktig lunch och Ruben sade:

– Här har jag mycket att göra och lite tid över.

– Jag klarar mig, sade Simon.

– Stan är inte fullt så snäll som den ser ut, Simon. Den är större och farligare.

– Jag ska ta en buss till British Museum, sade Simon och det gjorde han och sedan såg han inte mycket mer av London. På fyra dagar hann han bli välkänd för vaktmästarna i fornsalarna, the Swedish boy, som man alltid måste leta efter innan man stängde.

Rubens kvällar fylldes av berättelserna om de väldiga skatterna, de otroliga samlingarna från Grekland och Rom, Egypten och Tvåflodslandet.

– Jo du, inte drog sig de engelska imperialisterna för plundring, sade Ruben.

– Nej, man kan ha åsikter om det, sade Simon, en massa åsikter. Men just nu är jag himla glad för att det finns här, samlat på ett ställe.

Sedan for de över kanalen, våren slog ut runt dem, det var varmt, nästan hett på tåget och Rubens ögon glänste, när de dundrade in i Paris. Som också var en äldre dam, finare i kanten, elegantare och syrligare än London, men tärd och sliten hon också, av kriget.

– Det här var min ungdoms stad, sade Ruben, mina drömmars stad där jag mötte nästan allt som skulle bli avgörande, musiken, konsten, de stora andarna.

Rebecca, tänkte han, vi möttes här en vår.

– Strindberg, sade han och när han såg Simons förvåning:

– Inte personligen, men hans böcker som jag kom över på

tyska, billigt, i ett av stånden på kajerna vid Seine.

Nästa dag skulle Ruben på sammanträden och Simon till Louvren. De gjorde upp om att mötas i museets hall klockan tre på eftermiddagen. Ruben kom på utsatt klockslag, men Simon höll inte tiden.

När klockan drog mot fyra var Ruben rädd, jag skulle ha sagt honom att den här stan är farligare än London.

Då kom han och Ruben såg på långt håll att något hänt, att han var blek som om han sett ett spöke.

– Farbror Ruben, sade han, du måste komma med mig.

När Ruben sprang efter Simon uppför trappan och genom de långa gallerierna, tänkte han att det var första gången under resan som Simon återfallit i den gamla vanan att säga farbror.

Simon stannade i en av fornsalarna framför en halvmeterhög staty av en liten man, som med outgrundlig vishet såg på dem genom seklerna.

Gudea, läste Ruben, sumerisk prästkonung, 22:a århundradet f.Kr.

– Det är han, sade Simon, mannen som jag berättat om, han som fanns i hela min barndom och kom tillbaka i Berlioz' symfoni.

Ruben kände hur håren på överarmarna reste sig på urfolksvis. Han tänkte på Strindberg igen, författaren som fått honom intresserad av Swedenborg och Sverige. Men inte ens Swedenborg skulle ha haft förstånd på det här.

Ruben såg från Simon till statyn, från pojkens rädda ögon till de orientaliska, överlägset lugna.

Till slut sade han, men rösten var inte så stadig som han ville ha den:

– Hur det än förhåller sig med det obegripliga i tillvaron så är vi här nu, Simon. I dessa kroppar som behöver mat och vila.

Till sin lättnad såg han att pojken kunde skratta.

De åt under tystnad, förmådde inte uppskatta den goda franska maten på den dyra restaurangen vid Champs Elysées. De skulle ha gjort Paris by night, men gick på tyst överenskommelse till sitt hotellrum och Ruben var glad för att de inte hade fått de två enkelrum han beställt utan ett stort dubbelrum.

De duschade, drog på sig pyjamas, Ruben tog en konjak men

inte heller den kunde bringa någon ordning i hans tankar. Eller dämpa hans oro för Simon, som fortfarande var blek.

Men när de legat där någon timma och tittat i taket rasslade Rubens hjärna igång, den logiska delen.

– Jag tänker på en känd parapsykologisk studie som jag har läst om, sade han. Man utgick från människor som under hypnos kunde erinra sig vad de trodde var tidigare liv. Där fanns bland många andra en man som talade klingande latin.

– Ja, sade Simon, satte sig upp och tände lampan, han var intresserad, guskelov.

– Det var långa ramsor, alltid desamma. Men det var märkligt ändå för mannen var amerikan och saknade all klassisk bildning.

– Ja.

– Jo, man försökte kartlägga mannens liv, allt han hade varit med om, stort och smått. Så småningom kom han ihåg, att han i samband med ett dramatiskt uppbrott från en kvinna som han älskade, hade suttit i timmar på ett bibliotek, fullständigt utom sig av förtvivlan. För att få vara i fred hade han lånat en bok, slagit upp den och stirrat utan att se på två sidor, som innehöll just den text som han läste utantill under hypnosen. Den hade passerat det medvetna men satt som ristad i det omedvetna.

– Ja, sade Simon.

– Det slår mig, sade Ruben och rösten blev fastare, allt mer övertygad, att detta är vad som har hänt dig. Någon gång när du var trött eller så liten att du inte kan minnas det, har du sett en bild av statyn på Louvren.

– Och bilden har gjort ett stort intryck i mitt omedvetna, menar du. Simons röst var full av tvivel.

– Ja, sade Ruben och berättade att han nyligen sett en bild av Gudea i en bok, en tysk bok om arkeologi av en författare som hette Ceram och som höll på att översättas till svenska.

– Har du den?

– Ja, den tyska, du kan få låna den så snart vi kommer hem. Vad jag menar med det här är att det är känd figur, återbildad i många sammanhang. Har du katalogen med Louvrens fornsamlingar?

Ruben var ivrig, Simon flög ur sängen, fann den. På gemensam trevande franska läste de om Ernest de Sarzek, fransk diplomat, som grävde vid foten av en kulle i Lagash och fann statyn, som lastades på ett skepp till Louvren.

Den hade väckt ett väldigt uppseende på sin tid, för den hade bekräftat att det hade funnits en kultur som var äldre än assyriernas, äldre till och med än den egyptiska.

– När levde de Sarzek, sade Simon.

Det stod inte i broschyren men Ruben gissade på slutet av artonhundratalet.

– 80-talet skulle jag tro. Om du lugnar dig lite skall jag se om jag kan minnas mer från Cerams bok.

Det blev tyst, men bara en liten stund för Ruben hade gott minne.

– Det var så här, sade han, att man länge på olika vetenskapliga indicier, främst språkliga, hade gissat sig till att det funnits ett okänt folk före de semitiska högkulturerna i Tvåflodslandet, före Sargon. Fyndet av Gudea bevisade att man hade haft rätt och sumererna trädde in i historien.

Simon var intresserad, han hade återfått färgen och mindes plötsligt från skolan, från den märkvärdiga dagen när kriget bröt ut och den unge läraren sade: Historien börjar med sumererna.

– Vad jag vill ha sagt, sade Ruben, är att statyn är välkänd, säkert har förekommit i svenska tidningar i samband med någon artikel på kultursidorna eller något reportage om arkeologi. Du har sett bilden och eftersom du är som du är, har den kommit att påverka din fantasi, dina drömmar och så småningom ditt inre liv.

Han var på säker mark nu och hans trygghet återverkade på Simon. När de vaknade nästa morgon för att ta sig ut till flygfältet och planet till Köpenhamn, hade det gåtfulla tappat sin makt över deras sinnen.

Väl hemma hann Simon läsa Cerams bok, som han fann andlöst spännande, innan Ruben bjöd honom på middag tillsammans med Olof Hirtz. Snart hade Simon berättat historien om hur han återfunnit prästkungen från sina drömmar i en dioritskulptur i Louvren.

Ett slag såg Olof besinningslöst förvånad ut, Ruben kunde

nästan se hur håren reste sig på urtidsvis på honom också. Men sedan redogjorde Ruben för sin teori om bilden som lagrats i Simons omedvetna och Olof nickade lättad.

Nästan entusiastisk.

– Skriv om det, Simon, sade han. Skriv en dikt eller varför inte en novell om en dag i en barndom, en fulländad dag, som skapad för att forma ett bestående mönster i barnets känsla. Solen lyser, det finns en mildhet i moderns röst, hon tar barnet vid handen, strövar förbi kiosken vid stranden och köper en veckotidning. Sedan sitter de i sanden och de höga gräsen i strandsvålen vajar i vinden och strandängen är utan slut, ur det lilla barnets perspektiv. Modern njuter av värmen, bläddrar förstrött i sin tidning och ser på pojken som gräver kanaler i sanden och leder vattnet från sjön upp i dem.

Hon halvslumrar när pojken återvänder till henne, han ser tidningen som ligger uppslagen bredvid henne med ett reportage från det gamla Mesopotamien. Han kan inte läsa men bilderna förtrollar honom, lejonen med sina manshuvuden, kanalerna, templen och tornen som reser sig över gräshavet. Allra mest ser barnet på bilden av gudakungen med den egendomliga runda hatten och en mildhet över dragen som stämmer överens med dagens frid. Pojken är så liten att han ännu inte har börjat föra in några minnen i hjärnans databank, alltsammans går till det omedvetna, får färg av dagens skönhet, moderns kärlek och det varma ljuset över älven.

Simon måste skratta:

– Skriv själv, sade han. Du som är så säker.

– Men jag är ingen poet.

– Jo, det har du just bevisat, sade Ruben och så skrattade de tillsammans.

Men Simon tänkte att han aldrig skulle skriva novellen, även om uppslaget var gott och förklaringen rimlig, rent av trolig.

Min vän, långtradarchauffören Andersson, skulle aldrig gå på det, tänkte han.

30

Professorn var en liten man med nyfikna ögon och ett leende som kvickt sprang fram och åter över ett oskuldsfullt ansikte. Den historiska institutionen i Göteborg var känd för sin vitalitet.

Det sades att studenterna blev mer begåvade än de var av naturen och kanske låg det något i det. I vart fall förutsattes här både intelligens och fantasi och de flesta blev som det förväntades. Studenter med stort behov att hävda sig försvann efter någon termin till Nordiska språk där möjligheterna att synas var större.

Simon fick ett kort samtal med professorn och sade att han efter fil kand ville specialisera sig på kilskriftsforskning. Det snabba leendet kom:

– Det var roligt, de flesta var så fixerade vid asar och vikingar.

Men sedan gick leendet igen:

– Sverige är ju inte just någon god åker för assyrologer, sade han. Det kanske får bli London, så småningom.

I Simons drömmar dansade Apollo över de elyseiska slätterna.

Hans säng stod hos Ruben, i Isaks gamla rum. Det hade blivit bråk om det hemma, liksom om pengarna.

– Pappa, jag tänker ta studielån.

– I helvete heller. Mina barn ska inte låna pengar så länge jag kan försörja dem.

Temperaturen steg i köket, detta handlade på ömse håll om mer än pengar.

– Det blir mycket dyrare än läroverket.

Men Erik hade glömt pengagnället kring läroverket för länge sedan.

– Bli tack skyldig, som det alltid varit, sade Simon till Karin när de blivit ensamma.

– Det är dumt att skuldsätta sig i onödan sade hon och Simon som såg att hennes ögon var ledsna, teg. Lite fick han ju hålla med, särskilt sedan Ruben dragits in i diskussionen och ställt sig på Eriks sida.

– Man kan hävda sin självständighet på annat sätt än med pengar, sade han och tänkte på hur han tagit emot hjälp av sin familj när han började bygga upp sin verksamhet i Göteborg. Men sedan insåg han att det var ett judiskt arv, självklart som luften.

Simon hävdade sig genom att säga att han tänkte flytta hemifrån.

Erik blev fly förbannad, han hade förutsatt att allt skulle bli som förr nu när pojken skulle på skolbänken igen. Men Simon, som mycket väl mindes hur man kunde få äta upp Eriks bröd både en och två gånger så länge man satt vid hans bord, stod på sig. Han fick oväntad hjälp av Karin.

– Du tycks ha glömt hur det var att vara vuxen och bo hemma hos mamma, sade hon till Erik.

– Det är ju skillnad på morsor, sade Erik. Dessutom försörjde jag mig själv och bidrog med pengar som hon förbannat väl behövde.

– Där kom det, sade Simon.

Men Karin sade, att nu fick det vara nog och båda såg samtidigt att hon inte hade långt till gråten. Så Erik försvann med svansen mellan benen och Simon stannade kvar och tröstade och ingenting blev utrett i grunden.

Allt var som det alltid varit.

Nu fanns det inga lägenheter i Göteborg och de hyresrum som kunde uppbringas via Högskolan gick till studenter som inte hade sina föräldrahem i staden. Det var Ruben som kom med förslaget att Simon skulle hyra rum hos honom och som med kraft sade ifrån när Eriks ilska steg röd över kinderna:

– Det är inte mer än rättvist, ni har haft Isak boende här i åratal.

För en gångs skull blev Erik svarslös.

Ruben som hade blivit betagen i Monas syn på heminredning, lät reparera våningen. Alla väggar blev vita, ut åkte sammet och plysch och uppför fönstren kom samma slags vita skyar som Mona hade.

Till och med den gamla sittgruppen med de stora lädersofforna fick göra den nesliga resan till soptippen där den överraskade en renhållningsman och nästan gav hans fru hjärtslag av lycka.

In i Rubens våning steg på nätta fötter Carl Malmstens ljusblå soffor och vita matsalsbord med graciösa stolar.

– Här ser ut som på en herrgård i Värmland, sade Karin som varit på Mårbacka en gång i sin ungdom.

De kinesiska mattorna klarade sig, lyste som smycken på de nyslipade parkettgolven. Och de gamla glasade bokhyllorna hade aldrig ens varit i riskzonen.

– Snart kan man ju se hur mycket fin konst du har, sade Simon, när Ruben och Mona efter oändliga diskussioner hängde de färgsprakande tavlorna på den nya vita väggarna.

Simon berättade hur han hade stått som barn framför de obegripliga dukarna och försökt att förstå dem med hjärtat. Nu kunde han det, åtminstone ibland.

När hans radiogrammofon kom och ställdes mot den vita väggen i det stora rummet mot gården, sade Mona att den var förskräcklig.

– Jag har aldrig sett förut hur ful den är.

Men Simon skrattade:

– Jag förlåter den så gärna.

I hemlighet var han glad för att han skulle bo hos Ruben.

Han hade en gyllenröd hästsvans framför sig på en föreläsning om vetenskaplig metodik. Solen lyste, fick svansen att gnistra. Han kunde inte minnas att han sett håret tidigare, så han väntade med spänning på att flickan skulle vända på huvudet. När hon gjorde det blev han besviken, en lång hals, en orimligt hög panna i ett smalt ansikte, blekt och med många fräknar. Men han log lite mot henne när de reste sig efter föreläsningen och han upptäckte att hon var nästan lika lång som han och hade en generös mun och stora grågröna ögon.

Klara Alm hade lagt märke till Simon redan första dagen, att han var snygg men också något annat, en oro som inte var av det nervösa slaget, utan mer som om han ständigt var upptagen av livets gåtfullhet och förväntade sig att de fantastiska svaren skulle uppenbaras vilket ögonblick som helst.

Som vanligt hade hon haft två tankar samtidigt:

Där har vi kursens don Juan.

Han kommer aldrig att se åt mig.

Hon fick fel i det första, det skockades visserligen flickor runt Simon i början, han var vänlig mot alla men inte mer. Han har knappast vett att vara smickrad en gång, hade hon tänkt, förvånad.

Men resten stämde, han såg henne inte.

Nu när han log mot henne, tänkte hon, att gud vilken intensitet han har. Sedan blev hon rädd för att börja svettas, för våta fläckar under armarna och dålig lukt.

Någon dag senare frågade Simon en av flickorna om Klara, fick veta att hon skulle bli läkare.

– Hon har redan en med.kand., sade flickan. Så hon kopplar väl bara av här med lite humaniora innan hon fortsätter.

Simon blev förvånad, Klara måste vara äldre än hon såg ut. Men flickan fortsatte:

– Hon är hemskt begåvad, tog studenten som privatist när hon var sexton. Den intelligenta och iskalla typen, du vet.

Men Simon tänkte att det var fel, Klara Alm är inte kall, jag undrar vad hon är rädd för.

Sedan glömde han bort henne tills han en dag återfann henne vid det röda kaffebordet, där direktör Nordbergs kvickkäftade son höll hov som vanligt och talade om nödvändigheten av en marxistisk historiesyn, redan på grekerna.

Klara blev plötsligt och överraskande blodröd och arg, reste sig så att kaffekopparna skvimpade över och sade:

– Du gör det lite för lätt för dig. Jag tycker att du ska skilja mellan den privata och den politiska revolutionen och ta en försenad pubertetsuppgörelse med din pappa.

Sedan gick hon, många skrattade, Nordberg sade ursinnigt att hon var en jävla apa, men Simon reste sig och följde efter Klara.

När han hann ifatt henne i hallen sade han:

– Du är inte rädd av dig.

– Nej, sade hon. Men jag är dum. Nu stämplar de ut mig som höger.

262

– Och det är du inte?

– Nej, jag håller ju med honom i stort. Men han är så tvärsäker och lånad, om du förstår vad jag menar. Han rabblar Marx och laddar det med sin barnsliga aggressivitet.

– De nya revolutionärerna plockar borgerlighetens frukter av kunskapens träd och betalar med pengar som kapitalistiska fäder tjänat på mer eller mindre hederligt sätt, sade Simon och skrattade.

– Du är ju riktigt intelligent, sade hon.

– Varför skulle jag inte vara det?

– Du vet, sade hon. Vackra pojkar . . .

– Du har fel, sade han. Det är vackra flickor som är dumma i huvudet.

– Javisst, jag glömde det, sade Klara. Som du kanske har förstått är jag mycket intelligent.

– Varnar du mig?

– Kanske det.

– Det behöver du inte, sade Simon och hon tänkte att det visste hon, han var bara allmänt road av hennes elakhet. Men Simon fortsatte:

– Du förstår, jag är ett geni så mig kan du inte hota.

Hon blev idiotiskt glad men det passade ju med ett skratt så det förstod han inte.

När de gick mot cykelställen berättade Simon om sin pappa.

– Han var lastbilschaufför, politiskt väldigt klarsynt. Om allt utom Sovjet. Nu när det inte längre går att blunda för att arbetarnas paradis är en polisstat har han tappat intresset för politik överhuvudtaget.

– Så du är arbetarklass, sade Klara förvånad.

– Ja. Det vill säga, saker och ting har ju förändrats en del, sade Simon och när han såg nyfikenheten i hennes ögon måste han ju fortsätta:

– Farsan blev arbetslös som så många andra när beredskapen var över. Så han satte igång att bygga båtar, segelbåtar. Nu har han ett varv och en massa bekymmer och anställda.

– Från kommunist till kapitalist, sånt ger väl också politiska tomrum, sade Klara.

– Mmm. Han är en bra människa, sade Simon lite överraskande.

– Det kunde man ha begripit, sade Klara, att du har en fin pappa, menar jag.

– Hur då?

– Jo, du är ju en sådan där ovanlig grabb utan en massa behov av att hävda sig och spela över.

Simon blev oerhört förvånad.

– Jag är visserligen ett geni, sade han. Men jag är obekant med den psykologiska jargongen, så jag har lite svårt att hänga med. Ska vi ta en öl så du kan undervisa mig?

När de cyklade ner mot Allén och vidare mot Rosenlundskanalen och Fiskekyrkan där det fanns en ölhall, tänkte hon, att nu skulle hon sätta in alla sina krafter på att vara snäll och sig själv.

– Berätta om dig, sade han när de fått var sin öl och satt där och såg på varandra tvärs över bordet.

Och hon hörde ju vad han sade:

Vem är du?

– Min pappa har ett sågverk i Värmland, sade hon, nämnde en ort. Mamma rymde med en annan karl när jag var elva år och det gör ont ännu. Men jag kan förstå henne, för, ja, han är svår och så där, min pappa, super.

Simon försökte hålla fast hennes blick, men hon tog den tillbaka och det var som om den var alldeles ensam därinne i de grågröna ögonen.

Simon ansträngde sig att förstå hur det kunde kännas att ha en mamma som övergav en när man var liten, han tänkte på Karin och hur arg han varit på henne när hon höll på att dö ifrån honom. Men sedan insåg han ju att det aldrig kunde jämföras.

Efter en stund började Klara berätta om sina studier och blicken lämnade ensamheten och mötte honom igen, hon glömde att vara rädd och Simon tänkte, att herregud, hon är ju vacker.

– Jag har tänkt att bli psykiater, sade hon. Och nu har jag blivit alldeles besatt av tanken på de gamla mytologierna, på att de var något annat också. Att de hade en psykologisk funktion, nästan en terapeutisk, förstår du?

– Ja, sade Simon och hon såg att han var intensivt intresserad som om han just stod inför ett av de fantastiska svar han alltid sökte.

– Jag tänkte mycket på folksagorna, sade Klara, hur de berättar om en massa svåra känslor som barn har, men inte får lov att ha och aldrig tala om. Du vet, grymma fantasier och våld och sånt där.

Simons hjärta slog hårt nu, flickan gav honom en bit av den sanning som skulle göra honom friare, men hon förstod det inte, bara fortsatte:

– Jag tänkte koncentrera mig på den grekiska parnassen och försöka hitta samband mellan alla dessa gudar och människans förbjudna fantasier.

Simon satt mycket stilla på stolen. Det är min flicka, tänkte han och ett ögonblick tyckte han att han hörde långtradar-chauffören Anderssons skratt slå eko mellan de kakelklädda väggarna i ölhallen.

Sedan sade Klara att många före henne hade varit inne på samma tankar.

– Diktare?

– Ja, men också vetenskapsmän, sade hon och berättade om Carl Gustav Jung, det kollektiva omedvetna och arketyperna, hjälten, den vise gamle mannen, den stora modern, det heliga barnet.

– Han forskade i myterna och fann gemensamma grunddrag i alla kulturer, sade hon. Om man vill veta något om människan ska man se på hennes myter, menade han.

Detta har jag alltid vetat, tänkte Simon.

– Du kan få låna några böcker, sade hon.

På något sätt fick de två öl att räcka en hel timma, sedan beställde de två till och fyra smörgåsar. När de äntligen bröt upp sade Simon att det var något konstigt med avskyvärda pappor som fick underbara döttrar.

– Jag känner en till, hon är gift med min bäste vän, sade han och Klara tänkte att nu svimmar jag.

De skildes åt i Allén, det var redan mörkt när de cyklade åt var sitt håll och kände det som om de hade en hemlighet tillsammans.

Ruben var bortrest och det var Simon glad för. Han behövde tänka.

Och tankarna kom, den ena rediga och klara tanken efter den andra. Inte var det här kärlek, inte släkt ens på långt håll med det han sett hända mellan Isak och Mona. Det fanns inget ljus kring Klara, de två skulle aldrig bli självlysande.

Hon var en elak människa, hon hade sagt det själv och han hade både sett och hört det. Le, stickig, det blev hon när hon drog in blicken. Och ful. Lång och platt som en planka och så alla dessa äckliga fräknar i ansiktet och på armarna, till och med på händerna. Som var vackra, hemlighetsfulla med sina långa fingrar och sina mjuka dynor på insidorna med livslinjer som djupa diken.

Och när hon log . . .

Nej, han skulle glömma alltsammans, det var lätt för det fanns ingenting att glömma.

Ändå var hans sista tanke innan han somnade att tillsammans med henne var han hos sig själv.

Han drömde att han gick längs stranden och Livet kom emot honom och hade gyllenrött hår och ett äpple i handen, som var långfingrad och fräknig.

Nästa dag sade Simon, när han satte sig bredvid henne i föreläsningssalen, att du måste tycka om musik?

– Ja, sade Klara.

– Jag har två biljetter till Konserthuset på lördag. Det är Nystroems havssymfoni.

Han hade inga biljetter men han skulle hinna köpa.

– Vill du följa med?

– Ja, tack, sade Klara och höll ögonen slutna för att han inte skulle se hur glad hon blev.

– Jag hörde den vid uruppförandet, sade Simon. Den gjorde ett sådant intryck på mig att jag skrev en lång dikt.

Då slog hon upp ögonen och såg förvånad på honom och han kunde inte motstå frestelsen:

– Den ska ges ut på Bonniers förlag.

Sedan började föreläsningen.

I enrummaren i Haga gick Klara igenom de kläder hon hade och fann att ingenting dög. Men det var bara lördag morgon och hon skulle hinna ner till Linnégatan där det fanns en butik i vars fönster hon ofta drömt om en annan och vackrare Klara.

Nu köpte hon tunna nylonstrumpor för hon hade snygga ben. Och sitt livs första högklackade skor, för han var ju trots allt längre än hon. Sedan mindes hon en pojke på anatomin som sagt att hon hade ett läckert akterkastell så hon provade en kjol, som kröp snävt över stjärten.

– Den sitter som gjuten på damen, sade expediten och hämtade en grön sidenblus med vida ärmar och en krage som en schal att leka med runt halsen.

– Men jag har ingen barm, sade Klara som såg hur sidenet följde kroppen och avslöjade allt. Och hon hatade tanten som tvingat Klara att nämna det pinsamma.

Men expediten bara log och sade att det kan vi lätt ordna och innan Klara visste ordet av hade hon köpt en behå med inlägg av toppigt gummi.

Jag är inte klok, tänkte hon.

När hon tvättat håret därhemma och rullat det på handduk för att få en tjock page, kom hon att tänka på armsvetten. Hon hade aluminiumklorid, men den hjälpte dåligt om man blev rädd.

– Klara Alm, sade hon högt till sig själv. Du kommer inte att känna skräcken i kväll.

Innan hon klädde sig bäddade hon sängen med rena lakan. Allra sist målade hon ögonfransarna, de var bra, långa. När han kom klockan halv sju som uppgjort var, lyste han till av glädje:

– Du är ju hemskt söt, sade han och hon tänkte att det hade varit gott att få dö nu, innan allt skulle förstöras.

Men sedan log hon:

– Vet du att folk brukade säga om mig därhemma att sågverkarns fula dotter hade den leaste käften i byn.

– Nu är hon inte ful längre, sade Simon. Så käften kanske blir snällare.

– Det är just det som är frågan, sade Klara och såg ut som om hon skulle börja gråta.

Då kysste han henne.

Men de kom i tid till konserten och musiken slog sin trollring runt dem. Hon sade ingenting, guskelov sade hon ingenting efteråt heller.

De gick genom stan och Simon berättade för henne om indiankvinnorna, som tvättade sina barn i flodens källa och om vågen som vandrade över Atlanten för att slås i spillror mot Bohusläns klippor.

– När jag hörde symfonin första gången tänkte jag att vågen inte kan dö eftersom den aldrig blir personlig. Förstår du?

– Ja, sade hon. Jag tror också att personlighet mest är försvar. Det är därför jag har en sådan stark och utpräglad.

Då kysste han henne igen, mitt på mun och mitt på Östra Hamngatan.

Simon hade aldrig trott att en flicka skulle överlämna sig åt honom med en sådan tillit. Hon var så villig och oskuldsfull, så naket och barnsligt öppen att han ville gråta. Men han fick henne med sig och kunde ge henne njutning och tillfredsställelse.

Hon blödde lite, han förstod och kände att också det var en gåva.

Klockan var två på natten när hon gick ut i köket för att tvätta sig under kallvattenskranen och när hon kom tillbaka i en blå badrock, sade hon:

– Jag skulle egentligen vilja dö nu. Men innan dess ska jag spela för dig.

Hon tog fram en flöjt och Simon ville ropa nej, gör det inte, lilla Klara, låt bli.

Men hon satte sig vid sängens fotända och spelade Carl Nielsens flöjtsolo om hur dimmorna lyfte och lättade, lite trevande i början som om hon varit otränad, men snart allt säkrare, rikt och varmt.

Simon låg stilla i sängen så länge efteråt att hon måste fråga:

– Du somnade väl inte?

– Du är inte klok, sade Simon. Och sedan:

– Du är ingen amatör?

– Jag fick den bästa utbildningen på flöjt som man kunde få i Värmland, sade hon och berättade om den judiske flöjtisten i Karlstad, han som flytt från Filharmonikerna i Berlin och försörjde sig som musiklärare.

– Han var underbar, sade hon. Det var tack vare honom jag överlevde när mamma försvann.

Simon tänkte på dolda underjordiska samband.

– Jag fick behålla min mamma. Det var kanske därför jag inte lärde mig spela fiol.

– Ville du det?

– Klara, det är en så lång historia och jag har nog inte förstått den ännu.

Men han tänkte på Simon Haberman, violinist hos Berlinfilharmonikerna och frågade:

– Lever han, din lärare i Karlstad?

– Ja.

– En gång ska vi fara och hälsa på honom, sade Simon och sedan sov de.

Till tolv på söndagen när de vaknade och var mycket hungriga och fann en krog i hamnen som hade söndagsöppet, sill och rimmad oxbringa. Simon beställde två snapsar och när de skålade i den brännande drycken, sade Klara att hon aldrig hade smakat något så gott i hela sitt liv.

I fjorton dagar var de vidöppna för varann och kvar i paradiset. Sedan sade Simon, att han ju hade en familj och Ruben och Isak, och att hon måste komma med hem och hälsa på Karin.

Han såg att hon blev rädd men han visste ingenting om demonerna, som nu kom loss i hennes hjärta och obevekligt steg mot huvudet, där de genast började styra och ställa.

Men när han gick och sade, att då hämtar jag dig på lördag så bjuder morsan på middag, kände han väggen mellan dem.

31

Simon måste ringa Karin och berätta om sin flicka. Men han drog sig för samtalet och skyllde på Klara och hennes oro. På fredag förmiddag, mellan två föreläsningar, besegrade han olusten och slog de välkända siffrorna, hörde Karins röst, varm och glad:

– Det var längesedan, Simon. Var har du hållit hus?

– Jo, du förstår mamma, att jag har träffat en flicka.

– Jaså. Rösten kom långt bortifrån tyckte han och ville förklara, säga, att mamma det är en sådan underlig flicka, skör och stark på en gång och ful och vacker och jag tror att jag älskar henne vad det nu betyder, men hon är så himla rädd för dig.

Men naturligtvis sade han inte det, bara:

– Jag tänkte komma ut med henne i morgon så ni får lära känna henne.

– Ni är välkomna, pojken min.

Det var inte heller vad Karin ville säga, men hon var glad för att hon fick det ur sig och att rösten lät nästan som vanligt.

– Hon är läkare, sade Simon. Det vill säga hon är snart färdig läkare.

– Det var värst, sade Karin och sedan blev det tyst igen tills hon äntligen fann vanliga välsignade ord.

– Vi äter middag klockan två, som vi brukar om lördagarna. Jag ska köpa piggvar och laga något riktigt gott.

– Då kommer vi då. Hej så länge.

– Hej. Hon ville säga något mer men kom inte på något. Också han ville få något annat sagt, men det blev bara:

– Hälsa pappa.

– Det ska jag göra, Simon.

Illa till mods och arg på sig själv för det gick Simon tillbaka till föreläsningssalen. Karin lade på luren, lutade sig mot väggen i hallen och tänkte på hjärtat.

Men det slog, lugnt och fast.

Beslutsamt.

Hon hade ju vetat att det skulle hända. Förr eller senare måste Simon möta en flicka, han som Isak, och Karin försökte finna tröstens tankar. Det kunde vara en flicka lik Mona.

Men vid den tanken måste Karin ta sig ut i köket, sätta sig på kökssoffan och tala allvar med hjärtat.

– Såja, sade hon. Såja, nu tar vi det lugnt, nu slår vi som vi ska, långsamt och bestämt.

Hjärtat lydde och Karin visade bort tanken på Mona, den som gjort så ont därför att den följts av vissheten, att om Mona hade varit Simons flicka skulle Karin ha avskytt henne.

Hon såg sig om i köket, i tryggheten, och mindes ett annat kök, mindre och sjabbigare med fattiglukt i väggarna, den elaka lukten som kom sig av att man kissade i köksvasken därför att dasset låg tre trappor ner på landshövdingehusets gård. Där satt en annan kvinna och höll handen mot hjärtat som för att hindra det att gå sönder och framför henne på golvet stod Erik med armen runt en ung flickas axlar.

Det var en vacker flicka, vars raka näsa pekade nästan mot skyn och vars bruna ögon blixtrade, när hon sade:

– Det är ju meningen det, att de gamla ska dö undan för att ge plats för de unga.

Allt ska betalas, tänkte Karin, men minnet av svärmodern hjälpte henne. Som Eriks förbannade morsa skulle hon aldrig bli, hon hade sin stolthet. Nej då, hon skulle bli den bästa av svärmödrar så som hon varit den bästa av mödrar och ingen skulle någonsin ana vad det skulle kosta henne.

Hjärtat slog, kallhamrat, det fanns is i bröstet nu. När Lisa kom en stund senare, hade Karin satt på kaffet och kunde säga:

– Kan du tänka dig att Simon skaffat sig en flicka.

– Men det var väl roligt, sade Lisa och hennes påpassliga ögon som alltid jagade damm och hemligheter, fick glans av spänningen.

– Vem är hon?

– Hon är läkare, sade Karin, så var det sagt och hon kunde njuta lite av Lisas förvåning och le åt det snörpiga:

– Jo, jag tackar jag. Men han har ju alltid varit lite förmer.

271

Högfärdsvalsen skulle gå i stugorna igen, förstod Karin, den eviga trallen om Larssons med sina rika judiska vänner, sitt varv och pojken som tog studenten och gick på högskolan för att läsa fornhistoria. Sumerer, hon kunde höra hur det fnystes och känna som de, när de sade att Simon var bortskämd och trodde att livet var en lekstuga.

– Vad heter flickan? sade Lisa.

– Herregud, det glömde jag fråga. Du förstår, jag blev ju så förvånad.

– Ja, du hade väl trott att du skulle få ha honom för dig själv resten av livet, sade Lisa och log lite för att ta udden av elakheten.

Karin rodnade av vrede och reste sig för att gå, ville inte ge Lisa tillfredsställelsen att se ilskan. Hon gick till varvet, fann Erik på ritkontoret och sade fort som för att få det undanstökat:

– Simon har träffat en flicka. Hon är läkare. De kommer hit i morgon.

Erik tappade både penna och passare, strök av sig glasögonen:

– Det var en glad nyhet, Gud i himlen, Karin, vad roligt, sade han och hon såg ju, att hans glädje var alldeles äkta.

– Är han kär?

– Jag antar det, sade Karin och hennes leende var brett och nästan naturligt.

Erik följde med in till kaffet, detta måste firas, och pratade oavbrutet om hur livet lekte när man var ung och kär och om hur innerligt han hade önskat Simon att bli förälskad.

Sedan skrattade han stort och sade att han ju alltid hade hoppats att få en läkare i familjen. Jävlar anamma, sade han, Erik Larsson får det som han vill. När pojken inte vill bli doktor skaffar han en. Stiligt.

Karin stämde in i skrattet, men det gick frusna änglar genom rummet när hon såg hans glädje och tänkte på flickan han älskat en gång, henne som svärmodern skrämt bort. Erik hade sörjt sig till soten, legat på sanatorium.

Sedan tänkte Karin på beslutet att bli en god svärmor, tänkte så intensivt att ansiktet slöt sig, blev stramt och fast.

272

– Det var värst vad du ser allvarlig ut, sade Erik. Du är väl inte svartsjuk?

– Nej vet du vad, sade Karin och ögonen sköt blixtar och han måste snabbt dra sig ur:

– Jag skojade, begriper du väl, sade han och hon kunde le, det ovana falska leendet.

Svartsjuk, det var ett fult ord, tänkte hon när hon gick sin vanliga promenad. Det var inget ord som passade för sorgen hon kände och som liknade en annan sorg efter en annan förlust för länge sedan.

Petter, tänkte hon, hade haft vett att dö. Men Simon svek. Ändå kunde hon inte hata honom, bara flickan. Nej, inte flickan heller.

Plötsligt tänkte hon på hur hon alltid avskytt läkare, övermänniskor med makt över liv och död.

Hon gick till fiskaffären i Tranered, fick sin piggvar, slog på stort med ett halvt kilo räkor. Nog skulle hon få en furstlig välkomstmiddag, flickan. Ingen skulle ha något att andraga mot Karin.

På hemvägen undvek hon ekarna, ville inte höra några sanningar denna dag. Men hon tog omvägen över den gamla vildträdgården, där hon lekt med Simon när han var liten och tänkte att ingen någonsin skulle kunna älska honom som hon.

Vid kvällskaffet var det Erik som var nervös. Trodde Karin att flickan var överklass? Tänk om hon var snorkig? Skulle de tvingas till umgänge med någon idiotisk grosshandlarfamilj?

– Jag vet inte, sade Karin. Men Simon brukar ju ha gott omdöme.

– Omdöme har väl för fan inget med förälskelse att göra.

Erik nästan röt och eftersom han aldrig stod ut med att inte veta ringde han till Simon. Han var inte hemma, men Ruben svarade och visste lite mer även om inte heller han hade träffat flickan.

När Erik kom tillbaka till Karin var han lugnare:

– Flickan hette Klara Alm, var dotter till en sågverksarbetare som gift sig till pengar och tagit över sågverket där uppe i Värmland.

– Det låter ju bra, sade Karin.

– Nja, sade Erik. Det var visst så att fadern söp. Det hade blivit skilsmässa. Klara var mycket duktig i huvudet, men hon hade inte haft det lätt.

Hon kom närmare nu, flickan, Karin tyckte inte om det. Men sedan sade Erik att Ruben sagt, att Simon knappast varit hemma på fjorton dagar och att han var kär som en klockarkatt.

Erik skrattade belåtet, han var så uppfylld av sin glädje att han inte såg att Karin styvnade, att den välsignade kylan kom tillbaka till henne igen.

Klara hade kämpat hela natten med demonerna. Och förlorat, hon insåg det i samma stund som Simon kom för att hämta henne, stod där i dörren och fyllde hela rivningslägenheten med sin intensitet.

Hon höll helt med demonerna, både den som sade, att det var löjligt att hon skulle få en sådan karl, och den andre, den som viskade: Gud vad han kommer att skämmas för dig.

Klara hade satt på sig en svart jumper, som kom henne att se blekare ut än vanligt. Fräknarna lyste i det vita ansiktet och under ögonen hade hon ringar i färg med jumpern. Hon såg att han ville be henne byta till något snyggare men var tacksam för att han lät bli. På den svarta jumpern skulle svetten under armarna inte synas.

De gick till Järntorget och tog den breda spårvagnen till Långedrag. Han försökte prata med henne om skolan som de for förbi och annat intressant längs den väg som varit hans under så många år. Men hon lyssnade inte, hon tänkte som hon gjort hela natten på det han berättat om sin familj och denna underbara mamma, som Klara redan hatade. Till sist blev han arg och sade, att du ser ut som om jag förde dig till slakthuset. Men hon svarade inte på det heller, tänkte bara att nu har det börjat, nu gör jag honom illa som jag måste.

När de gick vägen från hållplatsen ner mot älven försökte han igen, berättade om Äppelgren som räddat honom när han var liten och gått vilse. Han fick lite gensvar, hon lyssnade och frågade:

– Men varför rymde du?
– Rymde, sade han. Det var väl att ta i, jag kom bort mig så

274

där som nyfikna ungar gör.

Men det fanns en undran i rösten, hon förstod att han aldrig själv ställt sig frågan och att hon nu slagit första skärvan ur bilden av den underbara barndomen och att hon borde vända på klacken och försvinna, innan hon förstört för mycket för honom.

Alltsammans avlöpte just så illa som Klara föreställt sig, hon stod där som en humlestör i köksdörren när han hälsade på Karin, och Klara tyckte att bandet mellan mor och son var så tjockt, att det borde kväva dem båda och hon såg på Karin och såg till sin förtvivlan, att hon inte bara var god, hon var något mycket värre.

Vacker, tänkte Klara. Och intelligent, tänkte hon när de kloka ögonen såg på henne, tvärs igenom henne och underkände allt.

– Välkommen, sade Karin men sedan blev det onaturligt för henne också, den fula rödhåriga flickan med sin kallsvettiga hand och Simon som såg så rädd ut.

Det är inte klokt, tänkte Karin, min pojke och så den där . . .

Men sedan kom Erik från varvet med rullar av ritningar under armen och sin vanliga naturlighet:

– Du var mig en lång och grann tös, sade han och såg med glada ögon på henne och försteningen släppte och Klara kunde le och blev riktigt söt och Simon kramade sin pappa, skrattade av lättnad och skröt:

– Hon är snart färdig läkare, farsan.

Det kunde ha vänt där för Erik sade, att det var som tusan, unga flickan, och Klaras leende blev bredare. Men sedan sade demonerna, att Simon skäms så att han måste ursäkta mig med min utbildning och i nästa stund kom Isak och blev så rädd för Klara, att han avskydde henne och inte kunde dölja det.

Han försvann mot varvet med Eriks ritningar, ropade över axeln att jag börjar, Erik. Kom när du har tid.

De skulle göra en översyn av vad de måste hinna med innan varvet skulle flyttas.

Erik såg förvånad ut men travade snart efter Isak och så var de tre ensamma igen i köket där Karin dukat med nystruken duk och finaste porslinet.

Piggvarsgratängen med räkorna var god som alltid, men Klara tuggade som om det varit trä, hade svårt att svälja och kände hur svetten rann om henne.

Hemma hos Mona sade Isak, att det var en underlig brud som Simon dragit hit, lång som en kran, ful och stel och högfärdig som fan själv. Så Mona måste gå för att låna socker, hon var vackrare och mer päronformad än någonsin, och kunde ha stigit ur en renässansmålning av den väntande Maria.

Klara avskydde henne för det mjuka moderskapets skull och för att hon var så vänlig och naturlig. Men Mona gick hem till Isak och sade att Klara inte var högfärdig.

– Hon är bara rädd, ser du väl.

Nej, Isak kunde inte se det och förresten var det idiotiskt, här fanns väl ingenting att vara rädd för.

– Jag skulle vara döängslig om jag var Simons flicka och skulle träffa Karin för första gången, sade Mona.

Efter middagen gick Klara med Erik och såg på varvet, det hjälpte henne lite. Här var dragigt och kallt så svetten torkade och Erik var stolt över sitt varv och Klara tyckte alldeles uppriktigt att kostrarna var stiliga, de två som snart var färdiga och skulle sjösättas i höst.

I köket vädjade Simon förtvivlat till Karin:

– Hon är rädd, morsan, ser du inte det?

– Jo, jag ser nog, men vad kan jag göra?

– Ta med henne upp på berget, mamma, se på utsikten och prata, du brukar ju alltid . . .

Så när Klara kom tillbaka från varvet sa Karin beslutsamt:

– Vill du gå med ut en stund, Klara.

Klara nickade, gick med som om hon skulle ha gått till en domstol och på förhand beslutat att hon skulle erkänna alla brott och finna alla straff rättvisa.

De satt på berget, Karin pekade ut fästningen, talade om havet och att det kunde ha sina sidor ibland att bo så nära. Till slut stod Klara inte ut:

– Varför håller du på så där. Varför säger du inte med en gång, att du tycker att jag är avskyvärd och borde dra åt helvete.

– Nej, vet du vad, sade Karin.

– Jag kommer att hålla med dig, jag tycker inte jag är värd honom och vet att jag kommer att förstöra hans liv.

Karin blev jublande glad, måste dölja det, sade:

– Jag kan ju inte tycka illa om en människa som jag inte sett förut.

– Det var stiligt, men du har nog sett tillräckligt, sade Klara som tveklöst lämnade över till demonerna nu.

– Klara lilla, sade Karin, du kanske skulle börja med att berätta lite om dig själv.

– Jag, sade Klara, är sågverkarns fula dotter som är least i käften i hela Värmland.

– Hur blev du det?

– Kanske var det när mamma försvann med en ny karl när jag var liten. Men jag vet inte, jag är nog elak av naturen.

– Hörde du aldrig av henne?

Karins fråga var rutinmässig, hon hade besvär bara med att dölja den innerliga belåtenheten i rösten. Hon klarade det dåligt, de kände den båda och Klara hånskrattade men svarade ändå:

– Nej, inte ens hon kunde väl älska mig för jag har aldrig fått ett livstecken från henne.

– Då får du väl söka upp henne nu när du är vuxen, sade Karin som om det var den enklaste sak i världen och flickan tänkte på telefonnumret i anteckningsboken, det som hon försökt ringa i tre år.

– Det var ett gott råd, sade hon.

– Du måste tycka bra illa om dig själv för att vara så där arg på andra, sade Karin.

– Javisst, sade Klara. Det kallas på fackspråk för projektion.

– Försöker du imponera på mig.

– Nej, jag förstår ju att det inte går.

– Jag har svårt för folk som inte tycker om sig själva, sade Karin. De låter andra betala så dyrt för det.

– Jovisst, sade flickan. Jag förstår mycket väl att du hade unnat Simon ett bättre öde. Vi är överens om det. Du kan lita på mig, Karin, stora moder. Den är snart slut nu, den korta kärlekssagan.

Hon förvandlade sig till en bildstod, som fjärrsynt såg ut över havet utan att se och Karin, som nog förstod att detta var flickans sätt att hålla tårarna borta, fick ont i samvetet och blev förbannad.

– Försöker du lägga skulden på mig?

– Nej, sade Klara. Den goda modern är alltid utan skuld. Det måste hon vara för att överleva.

Det gick in, det gjorde ont, det satt som en kniv i själva livskänslan, men Karin lyckades hålla rösten stadig när hon sade:

– Du är nog den elakaste människa som jag har träffat.

– Jag nämnde ju det, sade flickan men hon såg rädd ut när hon tittade på Karin och såg att hon var blek som ett spöke och höll handen hårt knuten mot hjärtat.

Simon hade berättat om infarkten.

När de gick nerför berget visste Klara att hon måste härifrån fort, innan hon slagit sönder för mycket. Så snart de kommit in i köket, där det var fullt av folk nu, gick hon runt och sade ajö, tackade för maten och beklagade att hon måste hem och tentamensläsa. Till Karin sade hon tyst:

– Du kan lita på mig.

Ruben Lentov var där, hon räckte honom en slappsvettig hand.

Simon följde henne till spårvagnen, de bytte inte ett ord på vägen. Men när vagnen kom, sade han.

– Jag kommer upp till dig och äter middag vid fem i morgon. Då kanske vi har lugnat oss, båda två.

Hela söndagen gick Klara runt i den mörka enrummaren i Haga och tänkte på löftet hon givit Karin och var så ledsen som en människa kan bli. Halvfem öppnade hon en burk champinjonsoppa och bredde några ostsmörgåsar och precis på slaget kom han.

Han försökte le mot henne, ta om henne, men hon stötte bort honom:

– Var det så hemskt, sade han.

– Nej, visst inte, sade hon. Alla var ju så där fina som du sagt.

Erik är rar och Isak trevlig och Mona väldigt söt. För att inte tala om din mamma, som är fantastisk. Den Stora Modern som låter sig tillbedjas i sitt tempel, anspråkslöst förvandlat till ett kök.

278

– Håll käften, sade Simon men Klara kunde inte hejda sig:

– Till och med den rike mannen var där, beredd att kyssa marken som Den Stora Modern går på, sade hon.

– Vem talar du om?

– Om Ruben Lentov, denna typiska representant för den kultiverade judiska kapitalägarklassen.

Simon satt mycket stilla på stolen. Men hans ögon brann:

– Jag har aldrig förstått hur en sådan som du ska kunna bli psykiater, sade han. Du har ju inte minsta vett när det gäller människor. Men jag visste inte att du var antisemit.

Det fanns något i hennes ansikte nu som bad om förskoning, men det var försent.

– Vi ska ta en sak i sänder, sade han. Karin är ingen stor moder för hon har aldrig kunnat få några barn. Det är hennes livs sorg, en del av den.

Så fortsatte han mycket långsamt:

– Själv är jag adopterad. Ett judiskt barn. Min far var en typisk representant för de judar som gasades i Auschwitz. Där du skulle ha gjort bra ifrån dig, bland bödlarna, skrek han och sedan gick han och slängde igen dörren så att det var konstigt att det gamla landshövdingehuset inte föll sönder och samman.

Klara tog fyra sömntabletter, sedan hejdade hon sig.

32

Klara vaknade nästan morgon illamående och med bultande huvudvärk. Det var bra, mycket bättre än ångesten.

Hon ringde historiska institutionen och sade upp sin plats, blev utskälld, fick veta att hon inte skulle få terminsavgiften tillbaka.

Sedan slog hon numret till docenten på Sahlgrenska och frågade om hon kunde få börja sin AT-tjänstgöring nu.

– Fröken har en månad att ta igen, sade han torrt. Men han tyckte om henne för hennes snabba intelligens, så han tillade att det nog skulle gå bra.

– Det var ju roligt att hon har slagit de psykologiska fantasierna ur huvudet, sade han.

Hela måndagen skrev hon på ett brev:

"Simon. Jag är en hemsk människa och du skall vara glad att det blev slut mellan oss. Men jag är inte antisemit och jag tror inte att jag skulle ha varit bland bödlarna i Auschwitz, där din far dog.

Det vill säga, jag hoppas inte det. För vem kan egentligen veta . . ."

Sedan trasslade hon till det för sig, men det kunde göra detsamma. Hon skickade aldrig brevet och på tisdag morgon stod hon i yttersta svansspetsen i den långa ronden på invärtesmedicin och hennes ögon var mer fjärrskådande än någonsin.

Men hon hörde på och det var guskelov så med henne, att ju mer hon stängde av hjärtat desto klarare blev hjärnan. Demonerna hade fått sitt för ett bra tag framöver. De teg.

Simon hade aldrig trott att det kunde göra så ont i honom, så rent fysiskt ont i bröstet. Luften var klar, septembers klara sol lyste givmilt över staden men hans värld var grå. Det kunde han stå ut med.

Men det onda, det som satt där skulden brukat plåga honom genom uppväxtåren, var outhärdligt.

Den här gången var det inte skuld, sade han sig. Han ångrade inte ett ord av vad han sagt, tvärtom. Det enda som gav lisa var att hitta på värre saker, ondare ord som han borde ha sagt. Fascistjävel.

Ibland tänkte han att det var något fel på honom, på hans förhållande till kvinnor. Först Iza och sedan denna satmara som var ondare ändå.

Han mindes fantasierna om ondskan som skulle göra hans liv verkligt. Nu satt den i bröstet på honom och tillvaron hade aldrig varit så overklig. Ruben talade med honom, men Simon kunde inte lyssna. På föreläsningarna var det på samma sätt, han hörde inte för denna förbannade smärta i bröstet.

Han försökte i varje stund att inte tänka på Karin.

Ruben ringde Erik och sade att han var orolig för Simon.

– Man dör ju inte av det, sade Erik. Men man kan bli sjuk.

Ruben mindes vad Erik sagt en gång, om hur han fått tuberkulos efter en hjärtesorg i ungdomen.

– Vi måste göra något, Erik.

– Ingen kan göra något. Men det var jävligt synd, det var en bra flicka, en ovanlig en.

– Vad hände, Erik?

– Ja, vad hände?

Efter fjorton dagar fick Simon feber, nu kunde ingenting döljas för Karin. Hon kom nästan samtidigt som läkaren, som Ruben ringt efter och som konstaterade att Simon hade lunginflammation.

– Det är ju inget farligt längre, sade doktorn och sprutade antibiotika. Men för säkerhets skull ville han ändå ha pojken på sjukhus.

Karin följde med i ambulansen.

Så låg Simon på Sahlgrenska och drömde återigen att han sprang efter en flicka i gräshaven, hon var långbent och smal, gäckande som en solstråle, han fick fatt i henne och visste att det var Klara, men när hon vände sig om var det Iza som skrattade åt honom. Då hörde han en flöjt och såg att dimman lättade över floden, men han ville inte gå dit, ville inte se att det var Iza som spelade och skrattade honom rakt i ansiktet.

Karin vakade genom natten vid Simons säng och bad för första gången i livet till Gud om förskoning och förlåtelse. Men när dagsljuset kom och han andades lugnare försökte hon tänka att det var bäst som skett.

Och att hon, Karin, var oskyldig.

Det gick bra, särskilt sedan läkarna undersökt Simon vid ronden och försäkrat att han skulle bli frisk. De litade helt på den nya medicinen och nog var den tilliten handfastare än nätternas jämmer till den okände guden, som hon inte trodde på.

Karin fick kaffe och tänkte att flickan var galen och skulle ha förstört Simons liv, att det var bäst som skett.

Själv hade hon varit så vänlig som någon kunde begära.

Men då började Simon skrika i sömnen och efteråt tyckte Karin att han slutade andas och hennes rädsla var väldig och bara Gud, som måste blidkas fanns, och hon hörde modern kraxa sitt: Synd om, synd om, och hon såg sig själv som ung i svärmoderns kök, när hon sade att de gamla måste dö undan för att ge de unga plats, och hon förstod att med de orden hade hon ingått en pakt med Djävulen och att han kommit nu för att kräva sin rätt.

Han kom inte själv, tänkte Karin. Han sände en flicka, en häxa som slog sönder min självtillit, den som pojken levt av. Därför måste han dö.

Nu skrek Karin i vild förtvivlan och Erik var där och Ruben och de sade att hon måste spara sig och sedan kom hennes gamle hjärtläkare, ditkallad av Ruben. Han undersökte Simon och konstaterade att han snart skulle vara på benen igen, att sulfan bitit och febern vänt och sedan gav han Karin en spruta och hon skulle aldrig minnas hur hon kom hem, men efter fjorton timmar vaknade hon i sitt eget sovrum och fick te på sängen av Erik, som berättade att Simon sovit gott hela natten och nu var feberfri.

Hon dåsade i sängen på förmiddagen och tänkte på den Gud, som hon inte trodde på, och på hur förunderligt stor hans makt var. Vad Djävulen beträffar förstod hon ju att hon mött honom i sitt eget hjärta, att han fanns hos henne som hos alla människor, bara ovanligt förnekad och gömd.

Hon låg där och mindes hur hon blev sjuk av freden, av all ondskan som uppenbarades den hemska våren för fyra år sedan. Och hon kom ihåg alla drömmarna hon haft på hjärtkliniken. Länge dröjde hon vid minnet av Petter och den natten han kommit till henne i sömnen. Han hade velat säga henne något, men hon hade varit för trött för att lyssna.

Jag ville inte, tänkte hon.

För hon visste nu att det som Petter sagt var, att ondskan finns inom människan, inom varje människa och att det är först med den insikten som den kan förstås och bekämpas.

Då tog hon sig ur sängen, slog upp Klara Alm i katalogen och ringde.

Flickans röst åkte i taket av förvåning och något annat också.

Glädje, tänkte Karin.

– Jag vet att det är slut mellan er och jag har nog tänkt att du kan ha rätt i mycket av det du sade till mig om goda mödrar, sade Karin osammanhängande. Men nu är det så att Simon är så hemskt sjuk och jag tänkte att du som är läkare kanske kan . . .

– Är Simon sjuk, Klaras röst skrek av rädsla.

– Han ligger på Sahlgrenska, Karin rabblade avdelning och rumsnummer.

– Jag åker dit med en gång. Och du, jag ringer dig.

Klara tog en taxi men ångrade sig, det hade gått fortare med cykeln. Men till slut kom hon ändå fram. Vit rock, på med rätt min. Avdelningssköterskan var hövlig, men höll distans tills Klara sade, att hon ville höra hur det stod till av privata skäl och såg ut som om hon skulle börja gråta.

Lilla kandidaten är kär, tänkte sköterskan men inte ovänligt och tog fram journalen.

Lobär pneumoni. Antibiotikan hade fungerat, han hade röntgats efter febernedgången. Inga kvarvarande fläckar på lungan.

– Det går an att titta in, sade sköterskan och Klara fick mod när systern tillade att han nog sov och att kandidaten säkert förstod att han inte borde väckas.

Han låg privat, på enskilt rum, guskelov, och han sov som syster sagt och herregud så vacker han var.

Hon stod länge och såg på honom och det var som om han känt hennes närvaro för han öppnade plötsligt ögonen och sade:

– Dra åt helvete, din fascistjävel.

När hon vände sig om för att springa därifrån stötte hon ihop med Ruben Lentov, som måste ha stått där en stund, sett på henne och hört vad Simon sagt.

Nu kom gråten, hon stod så absolut stilla som hon brukade, men det hjälpte inte den här gången, ögonen sprutade och floder sköljde över ansiktet. Hon var knappast medveten om den stora näsduken, som han tog fram, men hon kände hans värme när han torkade hennes ansikte och försökte trösta:

– Så ja, Klara lilla, så ja.

Då samlade hon sig, försökte säga något, försökte igen och lyckades till sist:

– Vill ni hälsa Simon att den enda människa som jag älskade när min mor försvunnit och som brydde sig om mig var en jude, som spelade flöjt.

– Jag ska komma ihåg det, sade Ruben. Men han var förbannad på Simon, Klara såg det när hon sprang.

Hon kom hem, försökte bli lugn, ringde Karin:

– Jag har varit där, sade hon. Jag har läst journalen. Det är ingen fara med honom, han blir utskriven om några dagar.

– Tack, sade Karin. Tack snälla du.

– Jag är mycket ledsen, sade Klara och rösten var inte stadig men den höll, jag ber dig förlåta mig . . . för det där jag sade . . . om goda mödrar och som gjorde dig så ledsen.

– Du ska inte ta tillbaka det, sade Karin. Jag har tänkt på det, det finns en sanning i det. Ändå är mödrar nödvändiga, inte sant?

– Karin, jag ska ringa henne.

– Gör det och hör av dig om du behöver prata.

– Men Simon . . ., sade Klara.

– Men det här har ju inte han med att göra, sade Karin. Och så fort som om hon var rädd för att ångra sig:

– Simon är en svårbegriplig människa, det har han alltid varit. Han kommer inte att finna en söt och rar flicka, en sådan som svärmödrar drömmer om.

– Jag skulle passa då.

284

– Jag tror det, sade Karin. Jag inser just att du skulle passa alldeles förbannat bra.

Hennes röst vibrerade av ilska, Klara hörde det och förstod.

– Det är inte lätt för dig det här, Karin, sade hon.

– Nej, sade Karin, livet är överhuvudtaget svårt att begripa. Och Klara, det är en annan sak som du inte vet om Simon. Han ger aldrig upp.

– Mig har han nog givit upp, sade Klara. Jag var ju inte klok de där dagarna, du vet.

Karin lade på luren och kände att hon fortfarande hatade flickan men att det fanns något storslaget över henne. Hon är den enda jag har mött, som har sett min djävul och som jag aldrig kan lura, tänkte hon.

Klara gav sig ingen tid att tänka efter eller ens ta av sig kappan. Hon beställde ett samtal till Oslo.

En varm norsk röst, Klara kände genast igen den och hennes hjärta fladdrade som en instängd fågel. Men hon sade:

– Kan jag få tala med fru Kersti Sörensen?

– Det är jag.

– God dag, det är Klara.

Det blev så stilla som om jorden stannat i sitt lopp, det fanns inte en bil som förde oljud varken i Oslo eller i Göteborg. Gud stannade tiden, tänkte Klara. Sedan hörde hon att modern grät.

– Jag hoppades ju att du skulle ta kontakt, jag har drömt om det i alla år.

– Men varför ringde inte du?

Sedan stod jorden stilla igen tills moderns röst kom tillbaka:

– Jag vågade inte. Men jag vet att du läser medicin i Göteborg, jag är så stolt.

– Mamma, varför hörde du aldrig av dig då när jag var liten och hade behövt . . .

– Men jag skrev, Klara, jag har hela högar av brev, som din pappa sände tillbaka oöppnade. Jag bråkade om vårdnaden, jag använde hela mitt morsarv på advokater. Men då för tiden var det hårt, jag hade ingen chans, jag hade ju varit otrogen.

– Mamma. Det var ett rop.

– Vi kom så långt att vi tvingade din far att skriva över min del av sågverket, av pengarna, på dig. Mot löfte att jag aldrig hörde av mig.

– Mamma, Klara grät nu.

– Du var ju så intelligent, Klara, jag ville säkra din utbildning och jag visste ju hur snål han var.

– Men jag har fått tigga om varenda öre och läser på studielån.

– Ring advokat Bertilsson i Karlstad, gör det, Klara. Och du, får jag din adress så ska jag skicka de gamla breven.

– Har du sparat dem?

– Ja, jag har tänkt att . . . de ger ju en bild av hur det var, hur jag kände, förstår du.

Fem perioder, sade telefonisten.

Klara lämnade sin adress.

– Vi ses mamma, jag kommer och hälsar på dig till jul.

– Herregud så roligt.

De närmaste timmarna var det tur för Klara Alm att hon hade sin vrede, sin stora ilska. Hon fick tag i advokaten i bostaden i Karlstad och han bekräftade förvånad att det fanns ett konto i hennes namn, hade funnits där ända sedan skilsmässan.

– Hur mycket, sade Klara.

– Kring tjugofemtusen, sade han. Det har ju vuxit som det skulle, det kanske rent av är trettio nu.

Hon ringde sågverkarn, hörde redan på rösten att han var full.

– Du är en stor jävla skitstövel, sade hon och lade på luren.

Men sedan glömde hon pengarna, för mammas skull, för rösten där hon känt igen varenda tonfall och där det fanns så mycket smärta och kärlek.

Jag har en mamma, tänkte hon. Jag också, Simon, har en mamma som bryr sig om mig.

Efter två dagar kom breven från Oslo. Klara ringde sig sjuk, en höstförkylning, sade hon.

Sedan läste hon och grät. Och läste.

Tills hon kunde dem alla utantill. Då ringde hon Karin och berättade.

– Det är underbart, sade Karin. Och Klara hörde att hennes röst återtog sin gamla styrka.

Som om också hon fått upprättelse.

33

I fåtöljen hos Ruben låg Simon och tänkte att det värsta var över nu, förälskelsen hade läkt ut med lunginflammationen. Han kunde inte längre bli riktigt glad. Glädje är bara för de oskyldiga, tänkte han.

Men en kväll sade Ruben att jag råkade höra vad du sa till Klara den där eftermiddagen på sjukhuset.

– Det var en dröm, sade Simon.

– Tyvärr var det inte det, sade Ruben och Simon såg att han var ursinnig.

– Jag yrade.

– Du kallade henne fascist. Efter allt som har hänt är det oförlåtligt att slänga runt med sådana ord. Det handlar om anständighet, Simon, respekt för de döda.

Simon kippade efter andan inför vreden i Rubens blick.

– Du vet väl för fan inte vad hon har sagt.

– Jag vet vad hon sade till mig, när du hade somnat igen och det räcker. Hon bad mig framföra det till dig och det var så viktigt att jag skrev upp det, ord för ord.

Han tog fram sin plånbok, fann anteckningen, läste:

"Den enda människa som jag älskade när jag var liten och som brydde sig om mig var en jude som spelade flöjt."

Simon tänkte att nu går det igång igen.

Det var tyst länge, sedan sade han:

– Den mannen kände min far.

– Simon Haberman?

– Ja.

Simon hade egentligen bara en tanke, att det onda i bröstet varit skuld trots allt. Som det alltid varit.

– Jag ska skriva och be henne förlåta mig, sade han.

– Gör det, sade Ruben.

I två dagar höll han på med brevet, en hel papperskorg blev full av förlagor. I brevet som skickades stod:

"Klara. Jag ber dig förlåta mig för de fula saker jag sagt till dig. Naturligtvis vet jag att du inte är fascist. Simon."

Han fick ett svar:

"Simon. Tack för ditt brev. Jag kan förstå din reaktion för själv var jag för jävlig. Klara."

Det var bra, men det minskade inte Simons plåga. Skuldkänslan gnagde honom och det fanns ögonblick när han tyckte sig ana att den gällde någon annan än Klara. Men det slog han bort.

De stretade ensamma hela hösten, sammanbitna och flitiga som de alltid varit. Simon började intressera sig för politik, för de oändliga diskussionerna bland Rubens vänner om den unga staten Israel.

Det hände att han tänkte: Jag far dit.

Men han var inte jude på papperet och hans löjliga utbildning hade man ingen användning för i ett land som slogs för sin överlevnad.

När jullovet kom och Mona födde sin flicka kände Simon för första gången på många månader vad glädje är. Han satt på KK två och såg som Andersson lärt honom in i den nyföddas ögon. De var obegripliga som Simons egen tanke: Jag har fått en syster.

Dagen före julafton tog Klara flyget till Oslo. Hon hade väskan full av presenter, till mamma men också till småsyskonen som hon aldrig sett.

Det blev ingen enkel jul, Kersti mötte på Fornebu och de hade inga ord för vad de ville säga varann. I många dar trevade de efter orden, men kom inte mycket längre än till prat om ockupationen och hur mycket bättre det trots allt hade blivit med mat och så.

Småsyskonen sade på behändig norska, att vi har alltid hört talas om hur märkvärdig du är.

Hon förstod att hon inte motsvarade deras förväntningar.

Den nye mannen var alkoholist han också, men snällare, inte så förgörande som sågverkarn. Men Klara såg ju att Kersti inte hade det bra.

I mellandagarna sade Kersti att du borde göra något åt håret, ditt vackra hår. Lite fnittriga steg de in i en elegant salong mitt i storbyn och Klara blev klippt och permanentad och fick den lugg som hon alltid borde ha haft.

– Du går inte att känna igen, sade Kersti och Klara såg förvånad på sin egen bild i skyltfönstren och allt annat som hon kunde spegla sig i.

De träffade Kerstis vänner:

– Min dotter. Hon läser medicin i Göteborg.

Hon var stolt, det gjorde Klara gott.

Dagen före nyårsafton flög hon hem, satt på planet och insåg att hon nästan inte tänkt på Simon på en hel vecka. Hon skulle gå jour på Sahlgrenska på nyårsdagen, också det kändes bra.

Men komma hem var svårt, Gud så hon hatade den smutsiga rivningslägenheten. Iskall dålig luft, mörkt.

Ett råttbo.

Där låg ett paket och väntade, hon kände genast igen handstilen på omslagspapperet: Doktor Klara Alm.

Han driver med mig.

Men hon öppnade sitt paket, det var hans bok och på försättsbladet stod: Till den älskade.

Då svor hon, långa, fula ramsor.

Men vreden fungerade inte, det var som om hon förlagt den i Oslo. Så hon satt kvar på sängen med boken och tänkte att hon kanske vetat det hela tiden, att det inte fanns någon väg bort och att det var för Simons skull som hon måst resa till Norge.

För att inte förgöra honom.

Till slut frös hon så hon skakade, fick eld i köksspisen och drev den kalla fukten ur lägenheten så gott det gick.

Packade upp, gick ner till butiken om hörnet och köpte bröd och smör, kaffe, undvek fisken som såg på henne med ögon som varit döda alltför länge och köpte fyra fläskkotletter så hon skulle ha mat över nyårshelgen.

Egentligen tyckte hon inte om fläskkotletter.

Hela tiden tänkte hon på att han inte borde ha använt ordet, att det var fel. De hade aldrig talat om kärlek. Nu var det sagt, nu stod ordet där som ett hus och gjorde det som växt och glatt och plågat verkligt. Krävande.

Nu måste de in i det huset, leva och bo där.

Det tog henne två timmar att få det såpass varmt, att hon kunde krypa ner i sängen. Men hon var tvungen att ha vantar på där hon låg under alla sina täcken och läste havsdikten:

"inse då äntligen,
att sanningen bara kan finnas i det outsagda . . ."

Just det, Simon Larsson, det skulle du ha tänkt på innan du skrev din dedikation. Ord gör allt slutgiltigt. Verklighet är något annat, ständig rörelse, omöjlig att fånga.

Hon läste dikten om och om igen. Innan hon somnade tänkte hon att hon kunde ha skrivit den själv.

Om hon hade kunnat skriva.

Och därmed blev det också ord på en vetskap som hittills fått växa fritt i det omedvetna, att Simon och hon var mycket lika.

Hon sov hela natten och när hon tände i spisen nästa morgon tänkte hon att det hon kände nu var lycka, bara det och inget annat.

Det var slut på dubbelheten.

Det måste vara detta som folk kallar frid, tänkte hon och mindes hur misstänksam hon alltid hade varit mot ordet. Hon hade aldrig förstått det. Men hon kände igen känslan, hon måste ha ägt den förr.

Som barn, innan mamma försvann.

Och i musiken, i livet därinne i tonerna när man kunde ge efter och flöjten fick spela av sig själv.

Hon var lugn också när hon ringde. Det var Ruben Lentov som svarade, hon sade sitt namn och bad att få tala med Simon. Hon hörde att han blev glad och tog det till sig utan invändningar.

Men Simon var inte hemma, han var ute hos sina föräldrar där de förberedde nyårsfirandet.

– Jaså, sade Klara besviket, hon ville inte ringa dit.

– Du skulle inte vilja äta lunch med mig? Jag har länge tänkt att jag skulle vilja prata med dig.

Ruben lät blyg, så konstigt.

– Det vill jag gärna, sade hon men tänkte att det inte längre fanns så mycket att tala om.

– Kan jag komma och hämta dig?
– Nej, för Guds skull. Klara nästan svimmade vid tanken på Lentov här i lägenheten i Haga.
– Jag kommer till er, sade hon.
– Ta en taxi så hittar vi någon restaurang som kan ha öppet.
– För min del är det inte så viktigt med mat, sade Klara.
– Inte för min heller. Då tar vi bara några smörgåsar ur mitt kylskåp.

Hon borstade det nya lockiga håret så det gnistrade och letade rätt på kjolen som hon haft när hon gått med Simon på konserten. Fann den gröna sidenblusen, strök den. När hon lade färg på ögonfransarna tänkte hon att i dag ska jag inte lipa. Först när hon satt i taxin kom hon ihåg att hon glömt aluminiumkloriden i armhålorna, men tänkte att det gjorde inget. I dag skulle hon inte svettas heller.

Ruben öppnade själv och när hon såg in i hans ögon mindes hon hur snäll han varit mot henne på sjukhuset. Hon lyckades tacka honom för näsduken, han log och sade att han varit rasande på Simon och att han framfört hennes budskap.

– Jag förstod ju det när jag fick hans brev, sade hon.

Sedan blev det tyst och lite stelt mellan dem tills Klara sade:

– Jag har läst havsdikten. Och jag har just förstått att vi är lika, Simon och jag.

Då nickade han och hon visste äntligen vad den mycket speciella egenskapen, som utmärkte Ruben Lentov, var.

Närvaro, tänkte hon.

– Det var det jag ville tala med dig om, sade Ruben. Och så förstås om detta egendomliga som kallas kärlek och är så svårt.

– Jag är rädd för det ordet, sade Klara.

– Strunt i ordet. Låt oss tala om hur ovanligt det är, det som kallas kärlek och som de allra flesta förväxlar med otillfredsställda behov.

– Inte jag, sade Klara och när hon såg att det ryckte i hans munvinklar fortsatte hon trotsigt:

– Jag menar, att om jag hade förmågan att förväxla min otillfredsställelse med kärlek, skulle jag ständigt vara förälskad.

Det kunde de skratta åt, båda två och Ruben tänkte att det

var en ovanlig flicka just som Erik sagt. Och Klara tänkte att Ruben var en underbar människa och tänk om jag vågade säga honom det.

Sedan sade hon det:

– Ni är en underbar människa, direktör Lentov.

Han rodnade som en skolpojke och sade att kandidat Alm skulle säga Ruben så att han fick fortsätta att säga Klara.

Han bjöd på sherry, gick ut i köket och hämtade smörgåsarna.

Sedan sade han beslutsamt:

– Jag hade tänkt berätta för dig om något som jag aldrig nämnt tidigare för någon enda människa.

Han fick söka efter ord i början när han skulle beskriva Rebecca, flickan som han älskat och med vars syster han gift sig.

– Vi var avsedda för varandra, Rebecca och jag, sade han. Jag kanske romantiserar, nej, det gör jag inte, vi var menade för varandra. Men hon ville bort från judendomen och jag som såg hur stark hennes längtan efter frihet var lät henne gå. Till en tysk officer med ett adligt namn som skulle garantera henne plats i ariernas rike.

Klara lade ner sin smörgås.

– Jag hade fel i allt, sade Ruben. Det fina tyska namnet hjälpte henne inte när Gestapo kom. Hon dog i koncentrationslägret tillsammans med två av sina barn.

Klara insåg att hon inte skulle ha satt på sig ögontuschet men också att det kunde göra detsamma med de svarta ränderna på kinderna.

Han berättade om hur de mötts i hemlighet på en restaurang i Paris, staden som han älskade.

– Jag hade så ädla tankar, sade han och sedan med plötslig hetta:

– Fy fan så mycket ont det kom ut av de tankarna, det idiotiska beslutet att avstå från henne och gå mot naturens och Guds vilja. För henne, för hennes syster som jag tog med mig hit och som blev galen av skräck och brist på kärlek.

– För dig själv, viskade Klara.

– Ja.

Nu måste Klara gå i badrummet för att tvätta ansiktet och

skölja det med kallt vatten. När hon kom tillbaka var han lugnare, sade:

– Jag vill inte att du för det här vidare, inte ens till Simon.

– Jag lovar, sade hon.

Sedan drack de ännu ett glas sherry innan han sade:

– Jag ska vara ute hos Larssons vid femtiden. Tror du att du vågar följa med mig?

– Ja, sade hon. Det vågar jag.

I bilen ut berättade han att han blivit farfar, om barnet som fötts och sade, att det sägs att hon är lik mig.

– Här kommer jag, sade Ruben. Och med mig har jag en stor överraskning.

Karin stirrade på Klara som om hon inte vågade tro sina ögon, men sedan kom glädjen, och förtvivlan och vreden och glädjen igen. Klara kunde se hur känslorna sköljde i vågor genom henne och sade lite oroligt:

– Vi borde kanske inte utsätta dig för sådana här chocker.

– Det kan väl inte vara farligt med glädje, sade Erik och kramade Klara så att det gjorde ont, och Klara tänkte att jag måste ta reda på vad det är för fel på hennes hjärta.

Simon var ute med Isak och övningskörde Eriks bil. Mona fanns mitt i köket och skötte maten och dukade bordet och övervakade kalkonen som stod i ugnen och luktade gott.

– Ta flickan och försvinn så här blir någon ordning på arbetet, sade hon och där stod Klara med ett nyfött barn i sina armar, såg från det lilla ansiktet till Rubens, sade med stort allvar:

– Det är riktigt, hon är lik dig.

– Nu har vi läkarord på det, sade Mona.

Så gick Karin och Klara med barnet in i det gamla finrummet, som också fått vita väggar och skyar för fönstren. De gamla ekmöblerna var kvar och såg skamsna ut i allt det vita.

Klara berättade för Karin om sin mor, om hennes nye man som också var alkoholist.

– Kan du begripa, sade Karin, varför livet är så svårt.

– Nej, sade Klara och båda såg på barnet som var enkelt och gott.

Men sedan hörde de en bil och Karin blev nervös.

– Klara, sade hon. Han kan ju få slag. Spring upp på rummet så vi får förbereda honom lite.

Klara gav Karin barnet, hon hade hjärtklappning nu så det gjorde ont i henne, men det fanns inga demoner i hennes rädsla när hon sprang uppför trappan.

– Dörren till höger, ropade Karin.

Hon gick in i Simons gamla pojkrum, kände att allt här var genomträngt av honom och hennes knän skakade så hon måste sätta sig på sängen.

När Simon kom in i köket blev Karin stum, såg bara på det magra ansiktet där plågan brann i ögonen och tänkte att Gud i himlen, vad säger man.

Men Erik, som var glad som en speleman, fann ord:

– Hör du Simon. Den fantastiske Ruben Lentov har kommit hit igen med en julklapp till dig. Den väntar på dig där uppe i ditt rum. Bered dig på det värsta, för det här är stiligare än grammofonen.

Simon måste skratta, sedan sade han till Ruben att du får sluta med dina julklappar och förresten har jag ju redan fått en. Han började gå mot trappan, men Karin hejdade honom:

– Du kanske skulle ha en sup, Simon. Det lugnar ju.

Ruben visste inte om han skulle skratta eller gråta, Mona valde att skratta, men Simon sade:

– Du är inte klok, morsan.

Så försvann han och huset höll andan, men trots att det var så tyst kunde de inte höra ett ord.

Bara en dörr som stängdes.

– Nu glömmer vi dem, tills maten blir färdig, sade Mona och satte igång igen och skramlade med kastrullerna.

Simon stod i dörren och såg på flickan på sängen. Sedan stängde han tyst, gick fram till henne och började utan ett ord att klä av henne, den fina blusen, den smala kjolen, nylonstrumporna, behån, alltsammans. När han var färdig lade han sig bredvid henne på sängen och älskade henne så som han gjort i tusen drömmar det senaste halvåret, starkt och allvarligt.

– Åh, tack, sade hon efteråt, men han lade ett finger på hennes mun och frågade:

– Har du din flöjt med dig?

– Nej.

– I morgon, sade han, ska du spela för mig.

– Ja.

De tyckte att det bara gått ett ögonblick när Mona knackade på dörren och sade att man inte kan leva bara av kärlek och att de hade väntat med maten i nästan två timmar.

Då skrattade Simon.

Jag hade glömt vilket stort skratt han har, tänkte Klara när hon klädde på sig.

De kom nerför trappan hand i hand och de sade nästan inte ett ord på hela kvällen och det var svårt att se på dem för de var så nakna, avklädda ända in på själen. Bara Karin vågade en lång blick på Simon och den sade henne vad hon redan visste, att nu hade hon förlorat honom och att nu var han lycklig.

När tolvslaget slog höjde alla sina glas för dem:

– För eran kärlek, sade Erik. Var nu rädda om den, för helvete.

34

Klockan sex nästa morgon höll Klara på att skrämma slag på det sovande huset: Herregud Simon jag har jour, jag måste vara på Sahlgrenska före sju och inga skor har jag och går det några spårvagnar?

– Du skulle ju spela flöjt för mig, sade Simon, men sedan insåg också han stundens allvar och väckte Erik, som grymtande drog på sig byxorna utanpå pyjamasen och gick för att köra ut bilen.

Karin fann ett par bekväma lågskor, sade:

– Sån tur att vi har samma nummer.

– Karin, sade Klara som skämdes för uppståndelsen, säg som det är att du är arg och tycker att jag är en slarva, som glömt sjukhus och jobb och allting.

– Jag undrar hur länge du ska hålla på och bestämma vad andra tycker, sade Karin. Jag tycker möjligen att du är dum som inte förstår att vem som helst kan tappa huvudet efter en kväll som den igår.

– Jag är inte säker på att jag hittat det än, sade Klara.

– Det blir värst för de sjuka, sade Erik som kört fram bilen.

I veckan som kom flyttade Klara från rivningslägenheten in i Simons rum hos Ruben. De pratade, före trettonhelgen hade de pratat så mycket att det kunde räcka för ett helt liv.

Som Simon sade.

På påsklovet följde han med till Oslo för att hälsa på hennes mamma. Inte det minsta rädd, tänkte Klara, säker på att han skulle ta Kersti med storm.

Som han också gjorde.

När våren slog ut gjorde de ett hastigt besök hos sågverkarn, mest för att Klara skulle få gå bruksgatan fram och åter och visa upp honom. Han förstod det, stannade villigt här och var där fönstren satt tätt och kysste henne.

Hennes pappa var värre än Simon föreställt sig, grov i mun och hat i blick. Som driven av en djävul slog han sönder varje försök till gemenskap.

Simon blev rädd, han kände igen.

De bilade, för nu hade han fått sitt körkort och lånat Eriks bil. På vägen mot Karlstad sade han det:

– Det är din pappas spel du spelar när demonerna tar dig.

De kom till Joachim Goldberg, hennes gamle flöjtlärare. De hade förberett besöket, skrivit och frågat om han mindes Simon Haberman.

– Nu är det jag som är nervös, sade Simon när de gick uppför trappan i hyreshuset, där fru Goldberg väntade med kaffe och kakor och den gamle mannen tog emot Klara med stor värme. Till Simon sade han:

– Jag är rädd att jag måste göra dig besviken.

Det hade funnits mer än trettio judiska musiker i Berlins Filharmoniska Orkester, Goldberg kunde bara vagt erinra sig en skygg fiolspelare vid namn Haberman.

– Han hörde till de godtrogna, de som stannade kvar och vägrade tro, att det kunde ske som skedde hela tiden runt om oss, sade Goldberg.

På hemvägen besökte de Trollhättan, stod där och såg på de döda fallen och var snart inne i ett ursinnigt gräl om allt och ingenting. Sedan teg de sig ner genom älvdalen.

De gifte sig på midsommarafton 1949, i Oslo där Kersti rustade till ett bröllop som blev större och ståtligare än någon av dem ville. Simons familj var med, Karin tyckte om Klaras mamma från första stund och stannade några dagar i Oslo för att besöka de kusiner som hon under hela kriget sänt matpaket till. Hon insåg snart att de avskydde henne, den rika från det skyddade grannlandet.

– Det gick inte att föra ett samtal utan att få tysktågen körda i halsen på sig, sade hon till Mona när hon kom hem.

35

Karin satt i köket med en gryta i knät. Den hade aldrig varit märkvärdig och nu var den bucklig och sned efter många års användning. Det ena örat hade lossnat.

Hon såg på den nästan förvånad och kom ihåg hur glad hon varit för den en gång, stått där i butiken på Övre Husargatan och drömt om alla goda soppor hon skulle koka i den.

Antagligen hade hon gjort det också under åren som gått, men när drömmar går i uppfyllelse lägger man sällan märke till det.

Tänkte Karin och sade:

– Ajö med den.

Så hivade hon den i den stora sopsäcken framför sig.

Det var en eftermiddag under den heta sensommaren 1955 och så varmt att det var omöjligt att vara ute. Köket var svalare än skuggorna under träden, åtminstone om man kunde få en aning tvärdrag. Men det var inte lätt det heller, för luften stod stilla. Karin hade svårt att andas.

De hade hittat på, hon och Lisa, att de skulle använda de varma eftermiddagarna till att röja i skåpen och slänga sådant som tjänat ut.

Karin hade alltid haft svårt för att kassera saker. Nu fann hon nästan nöje i det, gamla svartskaftade bestick, soppslevar av plåt som hon alltid tyckt illa om, den löjliga blommiga kaffeservisen som hon fått av sin bror när hon gifte sig, allt gick samma väg, ner i säcken som de ställt mitt på golvet.

Lisa suckade ofta, gnällde ibland. När kaffeservisen med gräddkanna och allt gick i säcken jämrade hon.

– Men ta den om du tycker om den, sade Karin och hejdade sig för ett ögonblick. Men sedan suckade de båda för de visste ju hur fullt det var i Lisas skåp också.

De var drabbade av det nya överflödet och hade inte minsta

298

vett på hur man skulle hantera det.

På torsdagseftermiddagen blev himlen äntligen medveten om jordens plåga och sin egen barmhärtighet. Åskmolnen tornade upp sig, blixten sprättade upp dem och med dunder och brak strömmade vattnet över hav och land. Jorden drack, slurpade i sig.

Alldeles utan tacksamhet.

Som jorden alltid gör, tänkte himlen och tjurade, blev kall och grå utan att ge mer vatten fast marken inte på långt när druckit sig otörstig.

Kvällen efter skyfallet ville Karin inte gå och lägga sig, hon satt kvar i trädgården och drog in kylig luft och blåste ut varm ända tills hon frös och förstod, att nu hade hon svalnat såpass att hon skulle få sova ordentligt.

Också nästa dag var himlen sur, men Karin gladde sig, nu skulle hon få ströva igen i markerna så som hon var van. Hon smet lite skuldmedvetet uppför stigen på baksidan av huset, rädd för att barnen skulle se henne och vilja följa med.

I dag ville hon vara ensam med bergen och havet, älven och de gula ängarna. Hon gick mot den gamla badplatsen, stod där på klipporna och tänkte, att det inte var så länge sedan som Simon lärde sig dyka här.

Tiden rinner mellan fingrarna på en, fortare ju äldre man blir, tänkte Karin.

Nu kunde ingen bada här längre, älvmynningens vatten stank, brunt och fett. Karin såg på de nya husen, lådorna som högfärdigt satt sig på bergen och på några få år lyckats slå sönder linjerna i det landskap som havet, älven och bergen byggt under årtusenden.

Aldrig hade Karin anat att välfärden skulle bli så ful. Som hon drömt om den, tiden som skulle komma när folkhemmet stod färdigt och människorna skulle slippa förtrycket som följer fattigdomen. Nu var det här, alla hade det bättre, det var bra, det var underbart. Oron för överlevnaden härjade inte längre livet och den andra ångesten, den som alltid finns på djupet, kunde än så länge sövas med saker och ting. Tusentals nya begär, som ingen anat tidigare, fanns där plötsligt och nästan alla kunde tillfredsställas i det nya och fula överflödet.

Jag tänker som en gammal reaktionär, sade Karin och hutade åt sina känslor. I de fula lådorna som förstört landskapet bodde folk i bra bostäder, fria människor som inte behövde ängslas eller krusa och som hade både varmvatten och avlopp. Som rann rakt ut i havet och blandades med avfallet från de stora industrierna längs älven.

Hon vände sig bort från stranden, tog stigen över ängarna där det snart skulle märkas ut för radhus och tänkte, att de lådorna skall jag i alla fall slippa att se. Riktigt vad hon menade med det visste hon inte, men när hon kom till ekarna och tog sin rast, kände hon ett plötsligt behov att berätta om grytan.

– Ni förstår, sade hon till träden, att det var en sådan gammal gryta, den hade tjänat ut. Den stal ström också, kunde inte stå ordentligt på spisen längre.

Ekarna lyssnade och förstod.

Men när hon fortsatte att berätta om hur ful grytan varit, hur bucklig och sne med sitt trasiga öra, höll de inte med henne. Den hade haft en gammal trofast skönhet, ansåg ekarna och Karin tyckte nog att det låg en del i det.

Sedan talade hon som hon brukade om Simon och de andra barnen, om hur bra det gick för dem och hur mycket hon hade att vara tacksam för.

För fjärde året i rad studerade Simon vid universitetet i London och det måste ju vara något betydelsefullt som han höll på med eftersom han fick statliga pengar till det. År efter år kom stipendiet som gjorde det möjligt för honom att återvända till de underliga tecknen på gamla lertavlor från Mesopotamien.

Karin förstod inte vad det var som var så viktigt med dem eller varför man strävade efter att begripa ett språk som ingen talat på många tusen år.

Det var en gåta, som välfärden och fulheten.

Jag börjar väl bli gammal, sade hon till ekarna som skrattade åt henne. Och hon fick ju erkänna att det inte var sant det heller, hon hade fyllt femtio år förra året och det var ingen ålder att skryta med.

Hon borde tänka på sådant som hon begrep, ansåg ekarna och då fortsatte hon en lång stund att glädja sig åt att Simon hade det bra med Klara, som var i Schweiz och snart skulle vara färdig med sin långa utbildning.

De fick inte vara mycket tillsammans, men det var nog nyttigt för kärleken.

Karins tankar dröjde vid Klara, flickan som visste mer om henne än någon annan men aldrig skulle stå henne nära. Respekt, ömsesidig respekt, var det som fanns mellan dem.

Hon hade slutat skämmas nu för det som hände när Klara kom hem till dem första gången. Det hade varit en svår tid, när Karin gått ensam bland bergen och insett att hon nog inte var så olik sin svärmor.

Viktigast av allt i Karins liv, viktigare än Simon rent av, var ju hennes bild av sig själv som den goda och kloka. Den stora modern, som Klara kallat den. Karin kunde skratta lite åt det nu och tänka att det ju inte var någon dålig bild egentligen, bättre än den vanliga som kvinnor skapar av otillräcklighetskänslor.

Hur det än är strävar man ju efter att göra bilden av sig själv till sanning och den goda och kloka Karin hade varit bra för barnen. Hur den varit för henne själv kunde diskuteras, för hon hade slitits hårt och med åren blivit rätt så uttjänt och bucklig.

Som grytan hon slängt.

Klara hade ett yrke, hon ägde det som Karin alltid hade velat ha. Hon var inte beroende av en man för överlevnadens skull.

Ändå var hon mer beroende av Simon än Karin någonsin varit av Erik.

Det var förvånande, men det var likadant för Mona och Isak, att äktenskapet var så fullt av krav. De skulle dela allt med varann, förstå allt om den andre.

Det ledde till besvikelser, det blev ofrånkomligt så att man sårade. Hon kunde se det tydligt hos Isak och Mona, hur förtvivlan växte på ömse håll tills de tog nya tag, nya gräl för att komma närmare. I stället för att låta vara, tänkte Karin, som aldrig kunde övertalas att tro att en man och en kvinna skulle kunna förstå varandra på djupa plan.

Hon hade försökt säga det till Mona:

– Vi kommer från skilda världar.

Men Mona lyssnade inte, även om hon för en tid kunde slå

ner på sina anspråk när hon påmindes om hur skör den var, grunden som Isak stod på.

I sluttningen ner mot huset kom Malin springande mot henne. Välsignade unge, tänkte Karin som nästan alltid när hon såg barnet med det stora allvaret och den stora glädjen.

Simon kallade henne lillasyster, men det kunde då inte bero på att de var lika varann. Där han var ivrig som elden var flickan lugn som träden, där han var sprängfull av frågor var hon rik av vetande.

Karin satte sig på berget för att ta flickan i famn.

– Malin, sex år och hjärtats fröjd, sade hon som nästan högtidlig hälsning. Sedan gjorde hon som hon brukade, trädde fingrarna genom det tjocka bruna håret och snusade flickan i nackgropen. Hon hade en stark, egenartad doft.

– Du luktar som du kom från himlen, sade Karin.

– Jag såg dig gå och tänkte springa efter, sade barnet. Men sedan förstod jag att du ville vara ensam.

– Det var bra, sade Karin. Nu vill jag inte vara ensam längre, nu vill jag vara med dig.

– Vad var det du måste tänka på?

Ja, vad var det? Karin funderade en stund och sedan sade hon, själv förvånad:

– Det var en gammal gryta som jag slängde i går. Jag tyckte att jag måste få tänka igenom det.

Malin fann det inte underligt, hon delade Karins känsla av förlust.

– Kunde du inte ha gett den till mig? Jag kunde ju ha lekt i sandhögen med den.

– Men du har ju så många fina nya sandhinkar.

– Fast jag älskar gamla grytor sade Malin och Karin måste anstränga sig för att inte skratta.

Sedan gick de hand i hand nerför berget och ut i den stora nya trädgården.

Trädgården, ja. Trots den grå himlen bredde den ut sig i prakt och rikedom framför dem, de allvarliga morellträden, jordgubbslanden som var slutplockade för i år, den mjuka gräsmattan som smög så fint till alla träden, askarna vid berget längst ner mot älven och granhäcken, som det inte var så mycket med ännu, men som skulle ge skydd om några år mot nordvästen.

Karin satte sig i den gamla däcksstolen på träbryggan vid dammen och såg på de manshöga krolliljorna, som vrängt sina mörklila kalkar ut och in och spretade fräckt med de eldfärgade ståndarna. De var på väg att gå i frö och skulle fortsätta att glädja Karin med sina eleganta fröställningar, som kunde torkas och sättas i krukor inne.

Malin satt tyst vid hennes fötter och matade nyckelpigor med bladlöss.

– Jag tycker inte om fångade djur, sade Karin. Sätt dem på rosorna är du snäll.

– Snart, sade barnet och såg bort mot de tunga rosorna vid dammen, svårt tagna av hettan och skyfallet.

När Karin lutade huvudet bakåt kunde hon se de gamla äppelträden vid gränsen till den första trädgården, den som hon och Erik anlagt en gång i tidens början. Det var Åkerö, de knotiga gamlingarna skulle ge rik skörd.

I år bryr jag mig inte om att ta vara på dem. Mona får ta vad hon vill, resten får bli fågelmat.

Malin var tyst som om hon trodde att Karin återigen behövde vara ensam med sina tankar, som var glada nu och handlade om trädgården och allt vad den skänkt henne.

Hemlig glädje i början, då när varvet flyttade och Mona och hon fick en idé. Hela den vårvintern, när Malin var baby och gick ur famn i famn eller slumrade på en kudde på kökssoffan, hade de fantiserat och ritat. Mona hade drömt sig en vildäng med prästkragar och akleja, blåklint och vallmo i hörnet mot söder. En rejäl köksträdgård med jordgubbar och hallonland som avslutning, hade Karin bidragit med. Mot klipporna skulle de ha krypande mossbräcka och primula för vårens glädje och lysande blå gentiana för höstens.

– Sedum, hade Karin sagt, nyktert.

– Vet du, hade Mona sagt, att det finns tjugo olika vitsippor, lila och gula. Och vita men dubbla som små rosor.

Nej, det hade Karin inte vetat och hon hade nog tyckt, att vitsippor skall vara vita och vanliga under den korta tid som är deras.

De hade tiggt trädgårdsböcker av Ruben och med dem tog drömmarna ny fart, växte sig hejdlösa.

Sedan hade det gällt att prata omkull Erik. Det hade inte varit lätt, nästan det värsta.

– Du kommer bara att arbeta ihjäl dig, hade han sagt. Dessutom behöver jag ta ut kapitalet ur marken.

Då hade Karin blivit arg.

– Du talar som den värsta kapitalist, din utsugare, hade hon skrikit, så förbannad att det rätta ordet försvann. Först senare hade hon kommit på det, exploatör.

Han hade också blivit rasande, men sedan hon blev sjuk i hjärtat hade grälen mellan dem aldrig tagit riktig fart och han hade gått så som han brukade med sin ilska, till verkstaden.

Bara Isak hade stött dem i början, hållit med dem om att det skulle vara storslaget med en trädgård ända ner mot älven. Ruben hade skakat sitt huvud och varit benägen att hålla med Erik, hur skulle hon och Mona orka sköta en stor trädgård. Han hade väl tänkt på ägandeförhållandena också och att Isak och Mona bara hyrde hos Gustafssons.

Ingen vet hur det skulle ha gått om inte Gustafssons hade dött så lägligt, först gubben och sedan efter bara några månader den gamla frun, som hackat på sin man i sextio år men inte klarade att leva utan honom. Deras arvtagare hade inte velat bo i det stora huset med alla sina obekväma vinklar och vrår, sina burspråk och många spröjsade fönster. Och det skulle kosta en förmögenhet att modernisera det, få räta vinklar och perspektivfönster.

Så de blev bara glada när Isak lade ett rimligt bud. Mona jublade högt, Karin i sitt hjärta.

Första sommaren hade de inte hunnit så långt, men fått folk och maskiner som städade upp och planade ut efter varvet. Lass efter lass med matjord hann de få dit innan frosten kom. Träd och buskar kom i jorden före vintern, som åtgick till att bygga om Gustafssons hus. Från början hade där funnits åtta rum och två kök, nu var där bara sex rum för Mona var inte den som var rädd för att riva väggar och skapa ljus och luft omkring sig.

Det gamla köket i övervåningen hade blivit vävstuga, Mona hade gått på kurs och lärt sig väva medan Karin passat Malin.

När trädgården anlades hade Mona varit med barn igen, suttit stor och otymplig i stenpartiet med magen ivägen för planteringsspaden. Och Erik hade anställt en karl, en gammal trädgårdsmästare som fortfarande kom en dag i veckan och gjorde de tunga sysslorna.

Nästa vinter hade tvillingarna kommit, två pojkar som var alldeles olika varandra. Den ene svart som natten, judisk, inåtvänd och fundersam. Och den andre blond, glad och som det tycktes enkel och okomplicerad.

– Lik fiskhandlarn, hade Mona sagt.

– Nej men tyst med dig, hade Karin ropat alldeles förskräckt, men Mona hade bara skrattat, kramat sin lintott och sagt, att trots allt älskade hon ju fiskhandlarn och att han vuxit snett hade då inte berott på arvet.

– Du vet, hade hon sagt, min farmor var ett hår av hin.

– Som min svärmor. Jag undrar hur de i sin tur blev sådana de blev.

Gyllene år, tunga av sötma och samma slags självklarhet som när Simon var liten, tänkte Karin.

Sedan tog hon med sig Malin in, Lisa hade gått för dagen, och Karin och barnet beslöt sig för att baka en tårta till kvällskaffet, rörde ägg och socker, strödde mjöl över köksgolvet, vispade grädde och hade roligt.

De glömde bort kakan i ugnen så den blev lite bränd, men de enades om att det inte var värre än att de kunde skära bort kanterna.

– Du får sopa golvet, sade Karin. Jag är lite trött, förstår du.

Och Malin sopade och eftersom hon var den hon var blev det ordentligt gjort.

När hon gick sade hon, att nu är du väl inte ledsen längre för din gryta och Karin svarade, att nej, det var hon nog inte.

Lagom till söndagen hade himlen kommit över sitt dåliga humör, sopade undan molnen och lät solen leka fritt med träd och människor. Ruben hade kommit för att äta middag hos Isak och Mona, som han brukade om söndagarna. De satt i trädgården och pratades vid, han och Karin, och hon berättade ännu en gång om grytan hon slängt men inte kunde få ur tankarna.

– Det är väl konstigt, sade hon. Jag hade ju inte sett grytan på många år, så jag kan ju inte sakna den.

Ruben berättade om en rabbin, som sagt att man skulle leva varje dag på så sätt att man tog avsked av allt, alla ting man ägde och alla människor man älskade. Om man förmådde det skulle livet bli verkligt, hade rabbinen påstått.

Karin såg länge på Ruben, tagen av orden. Och en skugga gick genom honom och han ångrade sina ord utan att riktigt veta varför.

När Karin skulle somna den kvällen tänkte hon, att det var nog detta hon höll på att lära sig, att göra sig fri från människorna och tingen.

Grytan hade bara varit början, det var därför den fanns i hennes tankar.

Och kanske var det så att livet hade blivit verkligare efter skyfallet, att det växte något nytt i henne. Nej, inte nytt, det hade nog alltid funnits men skymts bakom oron för barnen och allt det oberäkneliga, som alltid kan hända med livet.

Hon sov som ett barn om nätterna, djupare och godare än på länge. Och strövtågen i bergen blev friare, hon hade färre minnen och mer glädje av iakttagelsen.

– Jag tror att jag håller på att sluta tänka, sade hon en dag till Malin.

– Det var väl bra, sade flickan. Tankarna krånglar bara till det för det mesta.

– Ja, det kan du ha rätt i, sade Karin och såg på den nya människan, hon som just hade börjat att tänka i stället för att vara.

Karin satt länge under ekarna och sörjde för att hon alltid jagat vidare, gjort allt i sitt liv för att raskt få det färdigt. Vad hade hon gjort sedan, med tiden som hon hade arbetat in?

Det kunde hon inte minnas.

Men ekarna tröstade henne som vanligt, de visste ju som hon att det är dumt att sörja sådant som aldrig kan göras ogjort. När hon gick hemåt var hon utan minnen igen och besynnerligt fri.

– Du är så tyst, sade Erik. Du är väl inte sjuk?

– Ånej, sade Karin, jag har aldrig känt mig friskare. Det är bara så med mig, förstår du, att jag har slutat oroa mig.

– Då finns det inget att prata om, menar du?

– Ja, och lite att tänka på också.

– Man kan ju säga att det var på tiden att du slutade oroa dig, sade Erik men Karin såg nog att det fanns misstankar i hans ögon.

Men hon brydde sig inte om det heller.

Han får ta det som han vill, tänkte hon.

Erik och Isak skulle resa till Amerika i slutet av november för att studera småbåtsvarv. De var båda ängsliga inför resan, mest Erik som inte kunde språket och inte stod ut med underlägen. Men det kunde han ju inte erkänna, ens för sig själv.

Han ville ha Karin med, men hon hade sagt som det var, att hon inte orkade med en så lång resa och tänkt, att du kan inte hålla mig i kjolarna genom hela livet, Erik Larsson. Det är dags för dig att stå på egna ben.

September regnade, men i början av oktober kom indiansommaren, mild och gyllene. Karin hade hittat ett ställe längs stranden där vassen var så hög att den dolde allt utom himlen och älven. Hon kunde sitta där länge och iaktta.

Hon hade aldrig varit så klarsynt som nu när hon gjort sig fri från alla idéer om vad livet borde vara.

Nu visste hon vad det var och hur det skulle levas.

Denna dag, en tisdag, kom sidensvansarna, en hel flock på resa söderut. De slog ner runt henne och hon såg på de solgula ränderna på vingarna och de lustiga huvudena med de trotsiga tofsarna. Och återigen hörde hon sången, den egendomliga, mitt mellan glädje och svart sorg.

Hon blev förvånad ändå, när insikten blev medveten och hon förstod att detta var det som alla tecken pekat mot och den stora friheten förberett.

Så tyst hon kunde för att inte störa fåglarna lade hon sig ner, gjorde det bekvämt för sig. Låg där lugnt och gav uppmärksamt akt på hur hjärtat saktade takten för att så småningom sluta att slå.

36

Mona slängde ut teet, som stått för länge och dragit och var kallt nu. Det är idiotiskt att oroa sig, sade hon, högt den här gången.

Men sedan kom Malin och grät och sade att hon varit på berget minst hundra gånger nu för att möta Karin.

– Varför kommer hon inte, mamma?

Då beslöt Mona att ta sin oro på allvar, ringde till Lisa och bad henne sitta barnvakt någon timma.

Sedan gick hon, hon kunde ju i stort stigarna där Karin strövade så hon gick säkert, lugnt i början. Hon sitter väl här någonstans, har kanske somnat, jag får inte komma springande och skrämma henne.

Men sedan tog förnuftet slut för Mona. Hon sprang under ekarna, över bergen och ängarna, längs stranden. Det tog en timma, det tog två, ingenstans ett spår.

När hon vände hemåt igen hade hon ett litet hopp om att Karin skulle sitta där som vanligt i trädgården med Malin. Men egentligen visste Mona.

Isak var hemma, guskelov. Erik var kvar på varvet, det var bra. Hon bad Lisa stanna och sprang med Isak mot stranden:

– Jag har letat överallt, kanske har hon fallit i vattnet.

Isak hade ögon som svartnat av skräcken. Tillsammans sprang de längs älvstranden, in i de höga vassruggarna. Och där låg hon ju så fridfullt som om hon sov.

– Karin, ropade Isak, det fanns lättnad i rösten, men när hon inte svarade såg han på Mona och förstod. Ville inte, högg tag i hennes axlar, skakade henne och sade:

– Mona, det får inte vara sant. Säg att det inte är sant.

Men det var det. De stod där och höll varandra i handen som barn, ingen hade några tårar, men när Mona gjorde sig fri och plockade några av sommarens sista blommor för att sätta dem i

Karins händer och båda kunde se att hon redan var stel, skrek Isak ut sin fasa. Inte förtvivlan, för den hade inte nått honom ännu, och den stora sorgen som skulle komma kunde han inte ens ana i detta ögonblick.

Men Mona, som var vit som snö ända ut på läpparna, sade, att nu Isak måste vi vara lugna, en av oss stannar här och håller vakt medan den andre går hem och ringer en läkare.

– Jag stannar, sade han, för när fasan fått utlopp ville han det, ville sitta ensam en stund hos Karin och tala med henne så som han alltid gjort när han haft det svårt genom åren.

– Herregud, sade Mona, när kommer Erik?

– Han höll på med en ritning, ville bli färdig, sade Isak.

Mona sprang, först till Lisa hemma hos sig och bad henne stanna och lägga barnen.

Malin såg på henne med stora ögon:

– Hon har gått sin väg, mamma? Det har hon, va?

– Ja, sade Mona. Älskade Malin, du måste vara en stor och duktig flicka nu.

– Ja.

Mona sprang mot Larssons hus, till sin förtvivlan fick hon se Eriks bil på uppfarten.

– Jag blev orolig när Karin inte svarade i telefon, sade han, men han såg inte orolig ut utan glad som vanligt och Mona tänkte att vad säger jag, vad i Jesu namn säger jag. Hjälp mig, Gud.

– Karin är . . . sjuk, sade hon. Vi måste få tag i en läkare. Och hon ringde doktorn, den gamle som skött dem genom åren, och hon höll ett stadigt tag i Eriks hand när hon sade till läkaren att han måste komma genast, att de skulle vänta vid vägen utanför huset och visa honom platsen där Karin låg.

– Men släpp mig, Mona!

Erik skrek av ilska, men hon släppte inte handen, satte honom på kökssoffan och föll på knä framför honom, sade:

– Hon är död, Erik.

Sedan såg hon ju att han inte trodde henne.

– Han kommer väl doktorn, han har med sig sprutor.

I nästa ögonblick var doktorn där, det gick fort, fort alltsammans nu och Erik kastade sig in i bilen och skrek till läkaren att göra sprutan klar och när vägen tog slut sprang Mona före längs stigen och doktorn såg ju i en enda blick att allt var försent. Men Erik såg det inte, kastade sig ner över Karins kropp, ruskade den, skrek i ursinne.

– Men så vakna då, människa.

Det var hemskt. Isak fick använda alla sina krafter för att dra Erik från den döda och föra honom in i bilen, där läkaren gjorde en annan spruta klar och stack den i armen på Erik, vars vrede utplånades i mörker.

– Vi för henne hem, sade Mona. Vi ska hålla likvaka hos henne åtminstone tills Simon hunnit hem från England.

Och så blev det, Mona bäddade med skakande händer sängen med Karins finaste linne, Isak höll vakt hos Erik men också i telefonen.

Ruben först. Isak kunde höra hur han skrumpnade där i andra ändan av telefontråden, försvann.

– Pappa, skrek han. Pappa, vi får inte ge efter nu. Du måste få tag i Simon. Och Klara.

Rösten kom tillbaka från ingenstanslandet, den var spröd men den sade:

– Jag ordnar det och sedan kommer jag ut.

Och Ruben fungerade, hann tänka, att detta bud ska Simon inte få per telefon, beställde samtalet till Zürich och hörde Klaras lugna röst.

Som blev iskall av ansträngningen att hålla tillbaka sorgen och sade att hon säkert skulle få en plats på kvällsplanet till London. Därifrån skulle hon och Simon ta första flyg till Torslanda nästa morgon.

– Var rädd om pojken, sade Ruben.

– Men hur i himlens namn skall jag kunna det, skrek hon och isen var borta ur rösten nu och rädslan smulade sönder den.

Men hon lyckades få plats på planet. Från Zürichs flygplats telegraferade hon till Simon: Kommer i kväll till Heathrow, möt kl 23. Din Klara.

De ringde ut telegrammet, Simon blev glad och hade inte mycket tid att tänka, inte förrän han satt på flygbussen ut och det slog honom att detta var olikt Klara och att något måste ha hänt henne.

310

Sedan såg han det ju, när hon kom emot honom i hallen, såg att hon hade tagit tillbaka sin blick som hon gjorde när något var svårt. Men rösten var lugn, när hon sade:

– Du passar min väska vid bandet, den vanliga röda du vet. Jag ska ordna biljetter för i morgon.

– Ska du åka redan i morgon?

Men hon svarade honom inte, satt bara tätt tryckt mot honom i bilen på vägen tillbaka till London och vid det laget visste Simon att de körde mot något ofattbart stort och förtvivlat.

Han var rädd.

– Klara, kan du inget säga.

– Simon, inte här.

Men när de kommit upp på hans rum sade hon det, det kunde inte uppskjutas och inte göras varsamt.

– Karin dog i eftermiddags.

Sedan såg hon ju att han dog han också, stod där rakt framför henne och blev stelare för varje minut som gick. Efter en stund började han frysa, hon fick ner honom i sängen och lade sig bredvid honom. Inte ett ord sade han, men någon gång mitt i natten kände hon att han grät och hennes spänning släppte lite.

På morgonen klädde han sig mekaniskt och följde med henne som en docka till taxin och flygplanet. När de satte fast säkerhetsbältena öppnade han munnen för första gången sedan i går kväll:

– Jag hoppas vi störtar.

– Vi klarar oss nog, sade hon. Vi måste, för Eriks skull.

Då kunde Simon tänka på Erik och tankarna förde honom ut ur försteningen, åtminstone lite, åtminstone för en stund.

Planet sattes ner snyggt och prydligt på Torslanda där Rubens bil väntade med en av hans anställda vid ratten.

Göteborg var sig skamlöst likt.

I trädgården vid älven hade Erik gått bärsärk, hans ursinne var sådant att det kunde flytta träd och rubba klippor.

Det var inte möjligt, ingen jävla människa fick behandla honom så här.

Isak hade gått vid hans sida hela natten, försökt hålla om honom när det var som värst och i gryningen hade doktorn kommit med tabletter.

311

Ruben och Mona hade vakat hos Karin. Malin också, som kommit vid tretiden i sitt vita nattlinne och bara satt sig där vid deras sida och sett på Karin.

Det var hon som hade sagt det, det som de alla vetat, att Karin varit på väg att gå ända sedan det regnade och hon slängde sin gryta.

– Hon ville vara ensam, sade barnet.

Lisa kom och kokade morgonkaffet, de måste ju ändå äta, sade hon. Och Mona tuggade en smörgås men hade svårt att svälja, men Ruben drack kopp efter kopp av det svarta kaffet och blev onaturligt vaken, vilket ökade hans plåga.

En kort stund gick Mona hem till barnen, de skulle vara med tant Lisa i dag, sade hon med sådant allvar att ingen kom sig för med invändningar.

Sedan gick hon tillbaka, Erik sov guskelov ännu och doktorn hade sagt att när han vaknade fanns det en möjlighet att han skulle förstå och finna sig.

Han kommer aldrig att finna sig, tänkte Mona. Inte i djupet av sin själ i alla fall.

Så var Simon där. Och Klara. Äntligen en vuxen människa till, tänkte Mona när hon kramade Klara och båda kunde gråta och hon fick sagt i Klaras öra, att här var alla galna och värst var det med Erik, som nästan mist förståndet.

Simon gick rakt in i rummet till sin mamma, satt där medan ljusen brann ner och vad han tänkte eller sade till henne fick ingen någonsin veta.

När Erik vaknade var han lugnare, bara när han fick syn på Simon återföll han för ett ögonblick i ursinnet, i detta som han sagt hela natten, att det var orättvist och att ingen skulle få behandla dem på detta sätt.

Och Simon skrek som han, att det hade han jävlar i mig rätt i och Klara suckade lättad.

Framåt middagstid hämtade begravningsbyrån Karins kropp och vägen där likbilen rullade var kantad av gråtande grannfruar och tysta barn. Ruben ville inte se när de bar bort henne, han satt som en bildstod i trädgården och tänkte, att nu var hon död, den andra kvinnan som han älskat och att han inte hade rätt till sorgen den här gången heller.

312

Sedan beslöt han sig för att åka hem, i sin egen våning kunde han kanske skrika som Erik.

Klara såg honom gå mot bilen och kände att en orätt skedde med Ruben. Hon tvekade, men bara ett ögonblick, sedan ringde hon Olof Hirtz på Sahlgrenska.

Också han blev skakad av Karins död. Och orolig för Ruben, sade att han skulle söka upp honom så fort han slutat för dagen.

– Judar tar sällan livet av sig, sade han men om det var tänkt som en tröst för Klara förfelade det sin verkan. Hon lade på luren och stod där och bet ihop om skriket som steg upp från magen.

Så småningom blev det i alla fall som det brukar, att bestyren inför begravningen tog hand om dem alla en vecka framåt. De gjorde den så storslagen att Karin skulle ha skämts, tänkte Klara där hon stod i kyrkan och hörde de hopplösa kristna orden:

Av jord är du kommen, jord skall du åter varda.

Simon som var kvar i sitt ursinne, tänkte att det är inte sant, det är faktiskt en stor helvetes lögn för ett liv är så oändligt mycket mer än några spadtag mull.

Inga var där bland de närmast sörjande, men det var Klara som kom på idén, fick Inga i enrum och frågade:

– Kan du tänka dig att stanna hos Erik ett slag, tills han är över det värsta.

Inga kunde.

Mona genomdrev att Isak och Erik for till Amerika som uppgjort var. När Erik kom tillbaka hade Inga flyttat in i huset vid älven och låst dörren om torpet vid sjön. De var kusiner, hade alltid tyckt om varandra. Nu blev hon hans hushållerska, höll huset snyggt och Erik borta från brännvinet.

Hon var snällare än Karin, fogligare. Genom henne återfick Erik så småningom känslan av att ha kontroll över livet.

Men glad blev han aldrig mer, den barnsliga glädjen, som varit gudarnas gåva till Erik, hade gått förlorad en tisdag i oktober nere vid älven.

37

Från luften såg de Norge teckna sin kust mot det blå havet och Simon sade:

— Det är konstigt men mitt i kaos finns en styrka.

Klara som just erkänt för sig själv hur trött hon var, fick skärpa uppmärksamheten igen.

— Du är förvånad?

— Ja, du förstår att jag har alltid trott att om inte hon fanns så skulle jag inte finnas. Trott är fel ord . . .

Han tystnade.

— Om Karin dog skulle Simon dö också?

— Något sånt, inte tänkt, mer självklart, som marken eller natten.

— Men det var inte så?

— I början var det ju det, då när du kom och berättade det. Men inte nu längre.

Klara stannade en vecka på studentpensionatet vid Queen Boswell, höll sig tyst intill honom när han tog fatt i sin avhandling igen. Hon satt bredvid honom i det jättelika läsrummet på British Library och tänkte på Karl Marx, på hur han känt det när han suttit här dag efter dag och forskat. Kanske det inte funnits plats för annat än Kapitalet, kanske hade han glömt sin usla ekonomi, sin bedragna hustru och de arma barnen.

Klara såg på Simon och avundades männen deras förmåga att göra en sak i sänder och helt gå upp i den.

En kväll när de åt middag på en av de små indiska restaurangerna i studentkvarteren, fortsatte han samtalet:

— Det är som att födas på nytt, sade han. Under stora plågor.

Klara flämtade och drack vatten, nästan tårögd av kryddstyrkan i kycklingen.

— Jag inser ju att det som gör det annorlunda nu är att du

finns, sade han. Jag blir inte övergiven den här gången.

Klara blev fjärrskådande. Han såg det och skrattade:

– Hallå där, kom ut ur stenen.

Och då gjorde hon det och tårarna i hennes ögon kunde lika gärna bero på kryddorna.

– Jag har fått en idé, sade hon. Men jag är lite rädd för att tala om den.

– Försök ändå, sade Simon.

Då berättade hon om en liten Volkswagen som hon sett, en röd med sufflett. Hon hade tittat på den när Simon var på föreläsningen på eftermiddagen.

– Den är begagnad och inte så dyr. Och vi har ju pengar.

Hon hade fruktat ett långt samtal om lättköpt tröst och annat inveklat. Att Simon ofta var överraskande praktisk hade hon glömt.

– Jag vågar aldrig köra bil i London.

– Jodå, vi prövar i morgon.

Nästa dag for de på provtur i den röda folkan och Simon fick skärpa alla sina sinnen för att ta sig fram genom djungeln i miljonstaden. Det var roligt.

– Nå, sade Klara när de parkerade utanför bilhandeln och han torkade svetten ur pannan.

– Jo, sade Simon och hon såg att han var glad.

– Du behöver den, här är ju så långa avstånd till allt.

– Jag tänker mest på att jag kan komma ut på landet ibland, sade han. Du vet, det är inte riktigt detsamma med träd i parker.

Bilen gav glans åt de dagar de hade kvar innan Klara måste återvända till Zürich, det är inte klokt, sade Simon, och egentligen borde jag väl skämmas för att jag har roligt. Klara höll inne med det hon förstått, att det inte var bilen i sig som skänkte befrielse, det var körningen med sina krav på full närvaro.

Så for hon och han var oförberedd på ensamheten och Skulden, som väntade på honom i rummet på pensionatet. Den hade bara dröjt ett tag, väntat på Klaras försvinnande.

Den började mjukt för att inte skrämma vettet ur honom med en gång:

Varför var jag inte hemma? Jag kunde ha gått med henne längs stranden och hållit henne fast vid livet. Förra gången ville hon ju leva för min skull.

I början hade han tillgång till förnuftet, som sade som doktorn hade sagt, att är hjärtat slut så är det.

– För övrigt, sade han högt till Skulden, så är det inte sant. Jag kunde inte göra henne glad åt livet, inte alltid. Inte ofta ens, för det mesta låtsades hon, och det vet du.

Men med de orden hade han blottat sig för Skulden, som kunde angripa rätt i barnets hjärta.

Det var mitt fel att hon inte var glad.

Sedan var de över honom, de tusen gamla tankarna om det som var så ont i honom, att hans mamma alltid var ledsen. När de sagt sitt blev det tyst och avgrunden öppnade sig. Hans fasa var så stor att munnen torkade, svetten rann och hjärtat slog så att det dunkade i väggarna.

Det fanns en halv flaska vin kvar i bokhyllan, han drack den och fick såpass avstånd till fasan att han kunde tänka igen. Kom ihåg att Klara sagt att hon lagt en ask med tabletter i skrivbordslådan.

– Bara om det blir outhärdligt, hade hon sagt.

Nu var det det, han tog två piller och somnade så fort som om han slagits medvetslös. Vaknade på morgonen, det var stumt i bröstet där Skulden bodde och det var mycket viktigare än huvudvärken.

J.P. Armstrong föreläste, hälsade Simon välkommen med en nick, sade:

– Jag beklagar.

Det var ett erkännande av Simons förlust, mycket engelskt, det räckte bra och Simon kunde nästan le när han sade: – Tack, sir.

På kvällen ringde Klara och hörde genast hur det var fatt:

– Du får inte ta tabletter varje dag, Simon, hör du det.

– Du har ju ingen aning om hur det är.

– Jag kommer tillbaka, sade Klara.

– Nej, skrek Simon och slängde på luren.

Han hatade henne som han hatade Karin, dessa kvinnor som bara avlöste varandra, förmanade och övergav.

Men en timma senare beställde han ett samtal, fick sagt:

– Förlåt mig, men jag måste ju igenom det ensam.

– Du har nog rätt, sade Klara. Men lova att du ringer innan du tar nya tabletter.

– Det blir dyra piller, sade Simon och det kunde de ju skratta åt, båda två.

När han gick upp till sitt rum, tänkte han, att det här att jag bar mig illa åt mot Klara, det fick du inte, skuldjävel.

Han var rädd när han lade sig på sängen och mindes det plötsliga hatet mot Karin och Klara. Det hade alltid funnits ett svart hat i honom.

Hade Karin sett det?

Det är klart att hon hade, sade Skulden och vred om kniven som var säkert placerad i hjärtat nu.

Han sov inte alls den natten men förnuftet högg efter paniken och lyckades för det mesta koppla ett grepp om den.

På morgonen satte han sig vid skrivbordet och tog fram sina anteckningar.

Kilskrift, sumerer, ett försvunnet språk som skulle återupprättas. Så idiotiskt, så ofattbart idiotiskt. Att en vuxen människa kunde sysselsätta sig med sådant nonsens, det var ju inte klokt.

Han började skratta, fortsatte tills han grät, måste lägga sig på sängen igen. När Skulden vred om kniven ännu en gång erkände han allt:

Mamma, jag vet ju att du hade blivit glad om jag hade gjort något vettigt i livet. Jag kunde ha varit läkare nu, morsan, och herregud så stolt du hade varit om jag hade varit kirurg och stått på Sahlgrenska och räddat liv. Då hade du känt att ditt liv fått värde.

Kanske hade du velat leva vidare?

Det var inga lätta tankar men Simon hade lärt av natten att tankarna ändå är bättre än den ordlösa skulden, avgrunden som slukar en. Upptäckten intresserade honom, till slut så mycket att han satte sig upp och nästan hade ro för Skulden därför att han måste tänka så intensivt.

Han hade ju ofta sysselsatt sig med hur orden begränsar. Nu

behövde han dem för att överleva. Sätt namn på trollet och det spricker, det gör det, insåg Simon. Det var kanske för trollens skull som orden måste finnas.

När Klara ringde berättade han om sina nya tankar, hon skrattade:

– Vad tror du att psykoterapi är, sade hon. Mitt jobb är ett enda ständigt letande efter ord som kan befria en människa.

– Jag är ofta hemskt dum, sade Simon.

– Nej, sade Klara, men du är så total.

Han förstod inte vad hon menade med det men försäkrade att han mådde bättre.

Efter samtalet återgick han till avgjutningarna av lertavlorna på skrivbordet, fragment som skulle visa på vad i det stora Gilgamesheposet som var Babylons lån från sumerisk tid. Det var knepigt, men han erövrade lertavlan bit för bit och tjusades av historien om huluppiträdet vid Eufrat, det som räddades av gudinnan Innana från att dränkas i floden. Hon förde plantan till sin trädgård och vårdade den ömt, för när det vuxit upp skulle hon göra sig en säng av dess virke.

Men när huluppiträdet nått sin fulla längd kunde det inte fällas. Vid dess fot hade ormen, som ingen kan tjusa, byggt sitt bo och i dess krona bodde Lilith, demonen, som är den onda kvinnan också i judarnas legender.

Han översatte, Innanas bittra tårar för allt som hänt hennes huluppiträd, hur hon så småningom fick hjälp av Gilgamesh, som dödade ormen och drev Lilith på flykten. Men Innana gjorde ingen säng, hon byggde en trumma av trädet.

Det var egendomligt och trösterikt.

Namn på trollen, tanken sysselsatte honom. Han kom att tänka på Samuel Noah Kramer, amerikanen som varit i London och föreläst.

Simon letade fram sina anteckningar.

Tidiga sumeriska skrifter bestod av listor, långa upprepningar av fåglar och djur, växter och träd, stenarter, stjärnor. Alla utmärkta av sina synliga egenskaper. Det var ordning och reda i sumerernas universum, också gudarna som synliggjordes i konsten, hade bestämda uppgifter.

Alla transcendentala kvaliteter saknades, hade Kramer sagt.

Det hade varit en sakinriktad kultur, ändå den mest religiösa som världen kände.

Det gamla folket, som kallade sig själva svartskallar, hade trott att enda sättet att behärska världen och dess ofattbara krafter var att benämna allt som ingick i den.

I begynnelsen var ordet, det skapade världen och besegrade fasan.

Ur den insikten föddes magin, tänkte Simon. Och så småningom naturvetenskapen som i stort sett hade samma funktion.

Den kvällen skrev han ett långt brev till Klara och berättade vad Skulden sade om honom, hans svek och hans oförmåga att göra Karin glad. Han skrev som ett barn, struntade i formuleringarna och tänkte att han skulle strunta också i svaret. Men han fick hjärtklappning när svarsbrevet låg där en dag.

"Simon, jag sade i telefon att du är så total i allt, särskilt när det gäller Karin. Men du har ju ett vuxet förnuft. Kan du inte se hur barnsligt och egocentriskt ditt förhållande till henne är. En freudian skulle kalla det en ouppklarad oidipuskonflikt.

Kan du inte inse att du inte var allt i hennes liv, kanske inte ens det viktigaste. Vad hennes sorg beträffar fanns den långt innan du kom till världen . . ."

Han läste inte mer.

För en gångs skull fanns vreden där genast, den steg som glödgat järn genom kroppen på honom och exploderade i huvudet i ett vitt raseri.

Han hade inte bett om en diagnos. Länge hade han misstrott psykologin även om han varit fascinerad av tolkningarna, av den suveräna benägenheten att sätta ord på sådant som ingen kunde veta något om.

Vad visste Klara, vad kunde hon veta, känna, förstå om ett förhållande som det som Karin och han haft! Hon gjorde som så många andra inför det obegripliga, hittade några fraser och distanserade sig.

"Tidigt och omedvetet har du tagit på dig skulden för hennes sorg . . .", javisst. På medvetet plan har jag vetat i många år att hennes sorg fanns före mig. Men detta enkla faktum förändrar ingenting på djupet.

Hur skulle Klara kunna ana något om det fina tusentrådiga

nätet av sorg och skuld, innerlighet och sammansmältning som alltid funnits mellan honom och Karin.

Alltid, tänkte Simon. Det var urgammalt, ödesbestämt, tvinnat genom årtusenden.

Karin snackade inte så mycket, hon visste att det viktigaste i livet inte gick att snacka om.

Han slängde brevet på skrivbordet, tyckte att det slog gnistor om handen, hörde telefonen ringa i pensionatets hall, tänkte att nu ringer hon och Gud vad jag hatar henne.

Men samtalet var inte till honom, det gav honom andrum. Han måste ut ur huset innan hon ringde, den skitfina psykoanalytikern som ingenting begrep.

Han sprang mot New Oxford Street, vid Tottenham Court Road fick han en buss och en fönsterplats på övre däck och kunde se ut över staden där människorna rörde sig och skymningen föll.

Han såg utan att se.

Men när han steg av bussen och förenade sig med strömmen, den aldrig sinande strömmen av människor på väg, tog han in dem. Tusen öden på väg mot sin fullbordan, tusen vägar, liv som levdes och slutfördes enligt ett okänt mönster, som bara kunde anas.

Utanför Harrods på Brompton Road stod en storvuxen indier i grå kavaj och ovanför den ett mörkt ansikte och ögon, som stirrade oavbrutet in i ett skyltfönster, en köksinredning med kastruller och skärbräden, knivar och brödrostar. Han var djupt försjunken och så förundrad som om han trott att tingen i fönstret talade ett hemligt språk, ägde en kunskap om västerlänningens själ.

Simon ville skaka mannen, säga att det finns ingenting att begripa, det är bara yta.

Har du förresten hört talas om olösta oidipuskonflikter, ville han fråga. Utan att begripa? Ja. Då kan jag tala om för dig att det finns inget att begripa, de är som köksinredningen.

Han drogs till de mörkhyade, det stod en klunga svarta pojkar i en bioö, Simon slöt upp, höll sig nära dem som om han ville ha kraft av människor, som ännu visste att de var bärare av det stora ödet, det som aldrig kunde rymmas innanför huden och aldrig beskrivas av människan.

De svarta männens vita skratt visste mer om livet än någon jävla psykolog, tänkte Simon, tvärvände framför biografens biljettlucka och sprang ut på stan igen. Han skulle inte sitta stilla och låta sig underhållas bort från ursinnet.

Han var verklig.

Som Karin alltid varit, tänkte han. Det var sorgen som gjort henne verklig, att hon var modig nog att aldrig söka efter ord som skulle befria henne. Hon hade alltid vetat att livet inte skulle förklaras, bara levas. Uthärdas.

Och att det kostade på.

Han gick rakt på en gatflicka, stannade, såg in i det vita ansiktet med den röda munnen, sminkad till ett sår av förtvivlan, försökte tränga in i hennes ögon, i den kunskap hon hade när hon fullföljde sitt öde, som var att gå till botten, sjunka mot djupen där skammen, miljonstadens skam som hon var bärare av, skulle utplåna henne.

– What a nice boy, sade hon och det gick inte att missta sig på förvåningen men han var besluten, i kväll skulle han sjunka med henne.

Han uteslöt alla detaljer i det sjaskiga rummet, den slappa fetman i hennes halvgamla kropp, det absurda i situationen. Bara yta. Han ville nå hennes förtvivlan, låta sig brännas ner av den.

Naturligtvis lyckades han inte, han log, hon log, de låg med varann, nästan kyligt. Han betalade, gick, ville tvätta sig men avvisade tanken, ner i lorten, i verkligheten ville han ju.

Efteråt gick han på närmsta pub och söp sig full och hade aldrig något minne av hur han så småningom kom hem igen. Men när han vaknade i sin egen säng nästa morgon fann han två lappar som talade om att Zürich sökt, kl 19 och kl 21,35.

Hon var säkert orolig nu, det var rätt åt henne, tänkte han.

Men han mådde dåligt på universitetet och ringde upp efter sista föreläsningen.

– Tack för brevet, sade han. Det var okänsligt och vettlöst.

– Simon, jag vädjar till ditt förnuft. Du måste . . .

– Jag måste ingenting, skrek han, men hann säga innan han

slängde på luren, jag skriver.

Och det gjorde han, kvar ännu i vreden, järn som kallnat.

"Jag ångrar att jag öppnade mig för dig och tycker du skall ta alla dina fina ord om Oidipus och stoppa upp i häcken. Du har ingenting begripit, varken om mig eller oidipusmyten . . ."

Det var rått, men han tyckte att det var roligt, så han skickade brevet och mådde ännu mer illa nästa dag då han ringde henne och bad henne riva sönder brevet oläst.

Det skulle hon inte göra, sade hon, men de lyckades tala med varandra om små saker i ett tonläge som skulle försäkra dem om att allt var som det skulle mellan dem.

Den natten drömde han att han låg i sin säng och förlorade tyngden, lyfte, flöt mot taket, genom det, genom den smutsgrå dimman över London och upp mot det blå.

På dagarna var han intensivt upptagen av sumerernas ursprung, gåtan som bara kunde lösas via språket. Men språket var inte likt något annat, varken de indoeuropeiska eller de semitiska. Han fascinerades av hettiternas skrifter, de första indoeuropéerna i Mellanöstern. Med dem fick lertavlorna en välbekant klang, trots att orden var långa och obegripliga. Men där fanns något, en rytm, en anad melodi som var i släktskap med honom själv.

I början av december kom Ruben till London för en bokmässa. Han stannade över helgen, de åkte ut på landet i den röda folkan och fann ett Coaching inn, med lång historia och varm inredning. På söndagen strövade de genom landskapet, över åkrar och genom avlövade dungar. Det var dimma.

– Jag skulle vilja tala om Karin, om hur hon var den sista tiden, sade Ruben.

Det var tungt, men Simon behövde veta så mycket som möjligt om hur hon hade tänkt och känt.

Han berättade om samtalet om grytan, den första gången han anat att något nytt var på väg att ta form i Karins sinne.

– Jag citerade en gammal rabbin, som brukade predika om att man skall leva varje dag som om man tog avsked av allt, människor och ting. Det gjorde ett oerhört intryck på henne.

Simon såg förvånad på Ruben.

– Sedan sade Mona, att Karins promenader blev allt längre, fortsatte Ruben. Jag blev lite orolig och en dag frågade jag henne om vad hon tänkte på under alla dessa vandringar. Då sade hon, att hon hade slutat att tänka, att hon var fri från både känslor och tankar.

Simon måste stanna där på stigen för att riktigt kunna ta emot vad Ruben berättade.

– Det var något underligt över henne, något nytt, sade Ruben. När jag kom hem till mig den kvällen försökte jag förstå det, tyda uttrycket i hennes ögon.

– Ja?

– Jag kom fram till att Karin var lycklig, sade Ruben. Det nya var en lycka, för första gången sedan jag träffat henne var hon utan sorg. Du vet ju att där fanns en sorg hos henne?

– Säkrare än något annat i livet, sade Simon.

– Jag har förstått det.

– Tror du att hon visste att hon skulle dö, att det var därför?

– Jag vet inte, hon visste det kanske men inte med huvudet. Jag tror inte att hon tänkte på det.

Simon grät men det gjorde inget i dimman och Ruben fortsatte:

– Jag har funderat mycket på det, att det finns en djupare mening i döden än att kroppen förintas, att det handlar om att psykologiskt komma till ett slut. Allt som jag har levt, alla mina kunskaper, min lycka och mitt lidande, mina minnen och strävanden ska gå mot ett slut. Det kända, familjen, barnen, hemmet, idéerna, idealen, allt det som du har identifierat dig med ska lämnas.

Simon tänkte på vågen som dött mot Bohusläns klippor och måst ge all sin erfarenhet till det stora havet innan den fick födas på nytt.

– Det måste ju vara detta som döden är, sade Ruben, detta avstående. Och det är väl det som all dödsrädsla gäller, inte sant?

– Jag antar det.

– Jag ville att du skulle veta, sade Ruben igen, att Karin dog fri, hon lämnade allt och var lycklig innan hon gick.

När Ruben rest kom Sorgen till Simon. Den var stor och vemodig. Men där den fanns kunde skulden inte vara, de uteslöt varandra.

Till slut tänkte han att han fått Karins sorg i arv.

Detta är hennes land, tänkte han, det var här hon levde och verkade. Det är stort och ensamt men inte outhärdligt. Man kan bo och leva här och utföra dagens sysslor med omsorg.

38

De for hem till julen, Klara och Simon, möttes på Kastrup och tog tåget upp.

Det var ingen lätt helg. Dagarna rörde sig framåt under stor möda, tunga som hus, långa som Karl Johansgatan. Men människorna tog sig igenom dem, gjorde sitt bästa för barnens skull, som de sade.

Klara och Simon bodde i det gamla pojkrummet hos Erik. Hans uppror mot ödet var slut, han hade krympt och mildrats. Simon tyckte att det var hemskt, hans pappa skulle vara stor och arg.

Över Isak och Mona hade det kommit en stillhet.

Klara var färdig med studierna i Schweiz och fick en tjänst på Sahlgrenskas psykiatriska klinik, där hon inte hade användning för vad hon lärt hos jungianerna i Zürich. Simon hade bara två tentor kvar i London, redan i mars skulle han vara hemma igen för att skriva färdigt sin avhandling. De stod i bostadskö, men Ruben lurpassade på en änka, som fyllt nittio och hade en trerummare i hans hus i Majorna.

En regnig dag i slutet av februari bad J.P. Armstrong att få tala med Simon. Han ombads rent av att sitta ner i det vackra rummet, där professorn samlade böcker och avgjutningar av assyriska lejon. I sin ungdom hade han deltagit i sir Leonard Woolleys berömda utgrävningar av kungagravarna i Ur, men han var specialiserad på assyrierna.

— Pennsylvaniauniversitetet håller på med en del detaljgrävningar i Girsu. Det gäller Eninnu-templet.

Han smålog när han såg Simons intresse.

— Nu har en man blivit sjuk där, skriftexperten. De har vänt sig till oss för att snabbt få ner en ersättare och jag hade tänkt fråga om ni var intresserad?

Inte ens om den sumeriska solguden hade stigit ner från sin

himmel och talat med honom, hade Simon kunnat bli mer förvånad. Och om Innana själv hade bjudit honom till sitt kärleksläger hade han inte blivit gladare.

– Ni är ju praktiskt taget färdig här, jag gratulerar för övrigt till resultaten. Det kanske skulle roa er att se det hela ur lite mer handfasta perspektiv, sade professorn.

Roa, tänkte Simon. Detta var Gudeas femtigudstempel utanför Lagash och roa var ett mycket engelskt ord för det jubel som fyllde honom.

– Jag är verkligen mycket tacksam, sir, sade han och det var mycket sagt här, men professorn log nådigt.

Sedan gick allt mycket fort, visum, pengar, biljetter. Simon hann packa ihop sin avhandling och skicka den till Sverige. Bilen fick stå där den stod, på pensionatets gård. Han ringde, Ruben som blev uppriktigt glad, Erik som förstod att man inte kunde tacka nej till ett sådant äventyr och Klara som blev ledsen.

– Det blir bara några månader, de avbryter när värmen kommer, sade Simon.

– Var rädd om dig, sade Klara och han tänkte ilsket att hon blir mer och mer lik Karin, en skuldsättare.

– Du kan väl förstå att jag måste ta en sådan här chans.

– Javisst, jag förstår.

Säger hon "pojken min" blir jag galen, tänkte Simon och kände att han alltid hade hatat denna eviga självutplånande förståelse. Men sedan kom Klaras röst tillbaka, ilsken:

– Jag har väl rätt att vara besviken, sade hon.

Då var det över och de kunde skratta tillsammans. Men det sista hon ropade i telefonen var ändå detta förbaskade:

– Var rädd om dig.

Han flög till Basra, med mellanlandningar tog det tretton timmar, och han sov nästan när han skrev in sig på det engelska kolonialhotellet, som såg ut som en teaterkuliss där det låg i fonden av flygfältet. Där fanns en park på andra sidan byggnaden, han begrep att det som rasslade utanför hans fönster var vinden som gick genom palmkronorna. Men han orkade inte med fler intryck.

Klockan åtta nästa morgon slog David Moore upp hans dörr

med ett brak och sade, att nu, my boy börjar livets allvar.

– Det väntar på dig här utanför i skepnad av en gammal jeep, sade han och var så amerikansk att han kunde ha klivit ur en västernfilm.

– Hinner jag duscha.

Simon hörde hur engelsk han lät och såg att Davids ögon smalnade av avsky när han sade, att gud allena vet hur Hennes Majestät Viktorias rörmokare klarat sitt jobb i det här mausoléet, men en dusch kanske kunde frambringas ur något rostigt rör. Simon skrattade, kom ur sängen och sträckte fram handen.

– Larsson, sade han, Simon Larsson. Jag är svensk så du kan inte reta mig för imperialism, kolonialhotell, gentlemannaskap och annat brittiskt. Jag är oskyldig, fattar du?

David Moore skrattade så han måste kasta sig i en gammal korgstol, som skrek av skräck.

– En svensk. Från University of London. Hade de ingen annan?

Tanken gladde honom.

De åt en stadig engelsk frukost och sedan packades Simon med väska och allt i jeepen. David drog omsorgsfullt igen suffletterna, tejpade en reva vid Simons dörr.

– Fryser vi?

– Du kommer strax att förstå, sade David.

Inom en halvtimma var de ute ur staden, följde vägen norrut och Simon mindes Grimbergs ord: "Ett dödens och den stora tystnadens land är Mesopotamien, tung vilar Herrens hämnande hand över det."

Det var öken så långt ögat kunde nå, sand i förrädiska kullar. Här och var försvann vägen under flygande drivor men jeepen körde runt i terrängen ett slag och hittade alltid tillbaka.

– Inte så olikt snödrev, sade David. Det är väl du van vid?

Simon skrattade och fick munnen full med sand. Den heta vinden blåste sanden in i bilen, in i ögon och mun, in under skjortkragen, ner efter rygg och mage där den blandades med svett och gav klåda.

De rastade på ett värdshus på kajen i träskstaden al-Shubaish, sköljde sand ur ansiktet med smutsigt vatten.

– Tro inte att du kan få en öl, sade David. Här råder profeten

Mohammed över dryckesvanorna, men skölj inte munnen med vatten, för fan. Du får ta en Cocacola.

Det var ett bedrövligt värdshus, byggt av vass som såg ut att ge upp. Men Cocacolan hade nått hit, drycken svalkade och han fick bort det värsta gnisslet mellan tänderna.

– Jag brukar ta hit de unga och rosenkindade, sade David Moore. Det är en sån nyttig plats för romantiska dårar. Här får du nämligen se ett folk som lever och bor under samma villkor som på de gamla sumerernas tid.

Han slog ut med handen längs kajen och Simon såg träskfolkets kanoter, spetsiga, av samma modell som den berömda silverkanoten i Meskalamdugs grav i Ur. Men mest såg han på männen som stakade och på de utmärglade barnen i kanoterna. De hade ögonen täckta av flugor.

– Här finns allt, sade Moore, malaria, spetälska, tbc, bilharzia. Det är bara att välja. Till villkoren hör också ett jävla kvinnoförtryck, grymheter av skiftande slag, blodshämnd och den bedårande vanan att skära bort kvinnornas blygdläppar.

Det var Simons första möte med nöden och han var oförberedd på skammen han kände, den brännande känslan av hur lång och välgödd, vit och utbildad han var.

– Inte så långt härifrån ligger Edens lustgård, sade David Moore. Ingenting förvånar mig mer än människans förmåga att ljuga.

Simon såg bort från kvinnan som passerade dem på kajen, skygg som ett djur, och så mager att den gravida magen såg grotesk ut.

– Är du kristen, sade Moore.

– Formellt är jag lutheran, sade Simon. Men Skandinavien är ju rätt avkristnat.

– Blir det bättre av det?

– Jag vet inte, kanske blir det mer handlingskraftigt.

– Här satt engelsmännen år efter år. Men tror du att de gjorde något annat än blandade kinin i sina drinkar och bevakade oljans väg till havet.

De hyrde en kanot och Simon skämdes när den gröna dollarsedeln bytte ägare och han förstod, att detta var det största som hade hänt träskaraben, som log ett egendomligt milt leende.

– Apropå kinin, sade David, så finns här en del små förtjusande Anopheles.

– Vad är det?

– Malariamygg.

Det var en egenartad värld som de stakade sig fram igenom, en värld byggd av människor för tusentals år sedan av deltalandets lera. Här och var fanns husen av samma typ som på gamla sumeriska reliefer, vassknippen böjda till runda valvbågar.

– Här skulle man sätta in bulldozers och dika upp, spruta DDT av bara fan, sätta ungar i skola, bygga sjukhus och dra av kvinnorna slöjan, sade Moore. Då skulle vi göra nytta i stället för att rota i ruinhögarna i öknen.

– Varför blev du arkeolog?

– För att jag var en tok, som du.

När de satt i bilen igen och inte kunde prata för sanden, försökte Simon tränga undan bilderna av barnen. Han kom att tänka på den något ovidkommande frågan om hans religion. Hade Moore anat juden?

– Vad har du själv för religion, sade han.

– Jag, sade David Moore, är varmt troende jude.

När de korsade huvudvägen och Eufrat för att fortsätta norrut mot Tello sade David:

– Gubben väntar på dig med stora förväntningar. Han heter Philip Peterson, vår egen lille professor från Pennsylvania, och han tror saligt att alla förbannade lerskärvor som vi hittat ska röja stora hemligheter.

– Vadå, sade Simon förskräckt.

– Ja, t ex om var Akkads huvudstad låg, det mångomsjungna och försvunna Agade. Det finns ju en chans, vår vän Gudea var väl med om att jämna det med marken.

– Knappast, sade Simon. Det gjorde bergsfolken, gutierna.

– När det gäller Mesopotamien kan man aldrig vara säker. Någon sätter en spade i öknen någonstans och så ändras historiens lopp.

– Ja, sade Simon och tänkte på bilderna av det stora kriget, dem han sett första gången när han hörde Berlioz' symfoni.

Sedan var de framme, Moore presenterade.

– För undvikande av alla missförstånd, sade han, så är det

här Simon Larsson, en viking från Sverige. Han har bara hedrat London några år med sin närvaro.

Alla skrattade, Peterson lättad. Han var en man runt de femio, stabil. Simon tyckte om honom från första stund.

De höll på med att frilägga skrivarnas kvarter, det såg ut som om en galning till jätte hade kastat sönderslagna murar på månen. Ett stort tält hade rests för sortering av alla lerskärvor som kommit i dagen.

– Jag hoppas att ni inte blir besviken, sir, sade Simon.

För guds skull, jag heter Philip, sade professorn. Vad menar du, du är väl sumerolog, skriftexpert?

– Ja.

Han fick en mugg soppa, tjock, amerikansk konserv och sedan var det bara att gå rätt in i tältet där skärvorna ordnats i prydliga rader.

Det mesta var lagerlistor, det visste de redan. Men kanske, Peterson log, sade, sätt igång, son. Så Simon hann bara kasta en blick på Eninnu-templets ruiner innan han satt där i tältet och tänkte att så här varmt kan det inte vara ens i helvetet.

De bröt först när himlen svartnade, snabbt som om någon slagit av en lampa. Peterson såg förhoppningsfullt på Simon, som skakade på huvudet:

– Det jag hittills sett är bara det gamla vanliga.

En man, som inte funnis där vid lunchen, kom fram och hälsade:

– Thackeray, sade han. Engelsman, sonson till författaren. Jag är läkare i det här cowboy-lägret. Du lät väl inte den förbannade Moore dra runt med dig i träsken?

– Hade jag något val, sade Simon.

Thackeray stönade, sade:

– Jag hoppas du är en man med tur. Är du inte det har du ungefär tio dagar på dig.

– Vad talar du om?

– Malaria.

En tablettask på hans bord, kinin. – Du löser fyra tabletter i kokt vatten varje morgon och kväll, sade doktorn och gick.

– Det är ingen farlig sjukdom, sade bordsgrannen, som var från New York, hade rågblond kalufs, tröstande utstrålning och kallades Blondie. Men fem man har fallit hittills och forslats hem med flyg och hög feber.

– Det är ju inte klokt, sade Simon.

Mannen mitt emot honom vid bordet skrattade och sade, att detta var den plats som en berömd krigare menat, när han talade om att de överlevande skulle avundas de döda.

Efter några dagar i hettan och sanden förstod Simon vad han menat.

Inte blev det bättre av att Simon dag efter dag måste göra Philip Peterson besviken. Humöret steg en dag i gruppen när Simon fick nya skärvor och genast kunde konstatera att detta var något annat, vida intressantare. Med klappande hjärta översatte han, Philip Peterson hängde över hans axlar:

"Han kapade snärten på piskor och spön och satte dit bitar av tackors ull. Modern klandrade inte sitt barn, barnet satte sig inte upp mot sin moder, ingen motsatte sig Gudea, den gode herden, som byggde upp Eninnu."

Nästan samtidigt kände de igen texten från Gudeas berömda cylindrar i Louvren. Vad de funnit var kopior eller möjligen förlagor.

Peterson var otröstlig.

Två gånger tog sig Simon upp på murarna av templet, väldiga döda ruinhögar. Stumma, utan ett tecken till liv, inte en anad viskning om Gudea.

Simon visste inte riktigt vad han väntat sig, men hans besvikelse var lika stor som Petersons.

Sent om kvällen på det tionde dygnet, när Simon var ensam i sitt tält, kände han den första frossbrytningen. Han visste att nu hade han bara en timma på sig innan febern helt skulle ha honom i sitt våld och han sprang mot ruinen, klättrade upp på muren ända till krönet.

Det var månsken.

– Gudea, sade han. För den barmhärtige gudens skull.

Han frös så att tänderna klapprade, men han fick det som han ville. Det stod en man på muren och väntade på honom.

39

Det gåtfulla leendet kunde bara anas, var mest en antydan och en förstärkning av den milda visheten i de halvmånsformade ögonen.

När Simon ställde den fråga som han grubblat på sedan barndomen: Vad gör du i mitt liv? blev leendet bredare, växte till ett skratt, som klingade mellan murarna och mångdubblades av ekot. Simon kände hur febern erövrade hans kropp och ville skrika av raseri och förtvivlan, för han var ju så nära nu, nästan framme vid svaret på gåtan som han sysslat med genom livet, men skulle inte nå fram för den förbannade malarians skull, den som inte gick att motstå längre och som snart skulle utplåna hans medvetande.

Han kände hur han föll, att han slog sig i fallet utför muren och blev liggande på en avsats där ökenvinden kylde av febern men ökade plågan i benet till det outhärdliga.

I nästa stund sträckte Gudea fram sin hand, Simon tog den, en liten hand, besynnerligt fast i greppet. Lätt som om han varit av dun lyfte handen honom över murkrönet och i samma stund återupprättades templet inför hans ögon. De gyllene tjurarna klädde väggarna mellan pelarna vid det stora torget och Zikkuraten reste sig mot skyn, tung och lätt på samma gång, ett väldigt vittnesbörd om människans förening med Gud.

Det var ljust, solen flödade över templet som var en hel stad, gav glans åt allt det storslagna, slog reflexer i blå lazur, svart diorit, vit alabaster. Men mest i allt det guld som klädde tak och väggar, det skimrande, varma guldet.

Simon var avlägset medveten om att utanför murarna rådde natten och öknen som förut och att Steven Thackeray, han som var sonson till författaren, fann Simons kropp, fick fram folk och bår, sträckte det brutna benet och gjorde allt som borde göras. Men Simon glömde mörkret och verkligheten för de svindlande synerna där inne i tempelstaden, men mest för mannens skull, han som funnits i drömmarna och vars hemlighetsfulla godhet nu fyllde Simons sinne.

– Hur lät det språket, som du återgav livet?

Gudea log det där knappt anade leendet och Simon tyckte att det fanns en antydan till sorg i det den här gången.

– Det är inte som du tror, sade han. Det gällde inte Sumers språk i sig, nej något mycket större. Sumeriskan fanns ju i skrifter och böner, men mina drömmar rörde sig om dess ursprung. Det fanns ett urgammalt språk, människornas äldsta, det som kunde talas med djuren och träden, himlen och vattnen.

Han suckade och det var ingen tvekan längre, det fanns sorg i leendet när han fortsatte:

I den talade sumeriskan, i folkets språk, fanns ännu rester av det första språket. Jag trodde att jag ägde nyckeln till det, skulle kunna låsa upp och återupprätta förbundet. Men det var försent, vägen till den stora verkligheten var stängd och våra sånger kunde inte öppna den. Det sumeriska språket hade mist sin makt, det måste låna av Akkad, ord och uttryck som vi inte behövt under den gamla tiden när allt ännu var enkelt och helt. Han tillade:

– Det var kanske det sista stora försöket som gjordes på jorden för att få människan delaktig igen.

Men sedan skrattade han:

– Nu gör den stora Guden ändå ett nytt bemödande med varje barn som föds, ett försök att upprätta helheten. Några år i början av varje liv, kan människorna fortfarande meddela sig med allt som lever, med floderna och himlen. Sedan går det mesta förlorat.

Gudea slog ut med handen och på torget växte ekarna, Simons ekar från barndomslandet och framför dem stod en liten pojke med ursinnet brinnande i ögonen och ropade ut sin avskiljning, mätte, bedömde, värderade och namngav träden.

Simon skrek av smärta och någonstans stack man en nål i hans arm och den vilda plågan vek.

– Du börjar ändå inse nu, sade Gudea, att den som bedömer förlorar verkligheten, att varhelst ett omdöme fälls slipper helheten undan.

Sedan tog han Simon vid handen:

– Vi måste börja vår vandring med att hälsa Guden, han som bor i våra hjärtan och aldrig förtröttas i sin strävan att återupprätta förbundet.

Simon såg att sorgen vikit nu ur Gudeas ansikte och att halvmåneögonen var fulla av tillförsikt.

De gick in i templet vid tornets fot och Simon häpnade inför salens storhet och styrka. Men när han vände blicken mot Guden som väntade dem längst fram i salen, hejdade Gudea honom.

– Ingen kan se honom utan att förgöras. Honom får du bara skåda i ditt eget hjärta, i det tempel där han alltid väntar på dig och som inte känner några gränser.

Sedan knäföll de båda, sida vid sida, och världen försvann, både den stora öknen kring ruinerna och det gyllene templet i solen. Simon dröjde sig kvar tills Gudea lade sin hand på hans axel, en lätt beröring fylld av ömhet som Simon kände igen.

– Nu skall du framföra din hälsning till Ur-Babus dotter Nin-alla, hon som är översteprästinna hos månguden och min hustru.

Simon följde Gudea, som var huvudet kortare än han själv, uppför Zikkuratens breda trappa till det första planet från vilket han kunde se över den lysande tempelstaden och ut i mörkret som stod svart bortom murarna.

Men Gudea ledde honom vidare, hunda trappsteg till, tills de nådde mångudens tempel på toppen, högt som om det svävade över marken.

– Prästinnan sover och får inte väckas före nästa nytändning, sade Gudea. Hon behöver alla sina krafter för att styra silverskeppet över himlen.

Simon bugade för den sovande som han kände, kände väl, och vars röda hår flätats till en fin krans runt den höga pannan.

På vägen nerför trapporna hörde de fiolspel, en melodi av vild skönhet, och Gudea sade:

– Ja, du måste lyssna på vår fiolspelare, honom som du jagar som vinden, men aldrig får möta.

Och då visste Simon att det var Haberman som spelade och

han sprang efter ljudet, men det gäckade honom, försvann bland pelarna i det stora palatset. Bara en gång, en kort stund, fick han skymta ryggen på spelmannen och den var alldeles sådan som han mindes den från drömmen, skygg, undflyende.

Nu är jag förlorad, tänkte Simon. Jag hittar aldrig ut ur detta palats utan början och slut. Och han ropade ut sin rädsla och i samma stund böjde sig den långe Aron Äppelgren över honom, just så som det skulle vara och han lyftes upp på cykeln. De gick som de brukat över ängarna därhemma och Aron härmade alla fåglars läten och retade de stora måsarna och Simon skrattade som när han var barn, och kissade på sig så som han brukat när han var liten.

Sedan mindes han var han var och ropade:

– Gudea.

– Men jag är alltid här, sade den milda rösten i hans närhet, och Simon visste att det var sant och att det inte fanns något att vara rädd för.

Nu stod de i ett beduintält, den svarta duken åt upp ljuset och det tog en stund innan Simons ögon vant sig såpass att han såg kvinnan, som bugade för dem i tältets mitt.

– Jag var barnlös, sade hon. Det är ett öde värre än döden hos vårt folk. Så du kan förstå min glädje när Ke-Ba, prästinnan, kom en natt och bad mig ta hand om pojken, som hon fött i lönndom.

– Du vet ju, sade hon, att Gatumdus prästinna inte kan bli havande, att hennes sköte står öppet för många män och ger stor fröjd åt de utvalda men att säden tillhör gudinnan och inte kan gro i prästinnans liv.

– När Ke-Ba blev havande visste hon därför att barnet var gudens eget och vågade aldrig tala om det för Akkads präster, de som skulle ha förgjort det heliga barnet.

Simon nickade och hon fortsatte:

– Därför fick Gudea växa upp här hos mig och han skänkte mitt liv värde och blev till välsignelse för hela sitt folk.

Simon såg länge på kvinnan, det fanns något också hos henne som han kände igen. Men inte förrän de bjöd farväl och han såg att tältets väggar vek för den stora nordiska skogen, insåg han att det var Inga som talat till honom och att den långa sjön fanns där, blå och sval i den ändlösa öknen.

Men då var de redan tillbaka i tempelstaden och Gudea sade, att jag vill att du skall möta min mor, den stora Ke-Ba.

Och han förde Simon till ännu ett gyllene gemak med lysande blå väggar och tak, täckt av guld.

En kvinna väntade i rummets mitt.

– Jag lämnar er ensamma, sade Gudea.

Och Ke-Ba, hon som fött barnet men inte fått behålla det, vände sig långsamt om, varma bruna ögon mötte hans.

– Mamma, sade han, Karin, älskade mamma.

Hon log det gamla breda leendet och han tänkte, gud, gode gud, jag har glömt hur vacker hon var, och han kände igen varje ton i den fasta rösten när hon sade:

– Simon, pojken min.

De stod där bara och höll varandras händer och glädjen mellan dem var så stor att den sprängde rummets väggar. Sedan sade hon med hela den gamla uppfordrande kraften i orden:

– Jag tycker inte om den här skulden du plågar dig med. Du var till glädje varenda dag i huset vid älven. Ingenting som du gjorde, hör du det, skulle ha varit annorlunda.

– Mamma, sade han, varför dog du?

– Jag valde att gå när jag tyckte att jag gjort mitt, Simon. Det var ett gott liv, men jag ville inte gå kvar och skräpa och bli gammal.

Han öppnade munnen för att säga emot, hon såg det och skrattade:

– Jag skämtar, Simon. Det fanns något som du inte visste.

Hon berättade för honom om Petter och sidensvansarna och han såg den äntligen, sorgens källa i hennes hjärta.

– Livet är stort, Simon, sade hon, mycket större än vi anar.

Han såg sig om och slättens oändlighet mötte havets och bakom Karin fanns skogarna, de djupa skogarna och över dem himlen utan slut.

Men sedan kom det en oro över Karin och hon sade som hon gjort i alla år, att Simon, vi försummar oss, du måste skynda.

– Spring, sade hon och hängde ryggsäcken med skolböckerna över hans axlar.

– Du hinner, sade hon. Ta det långa benet före.

Han nickade, han var trygg, hon sörjde för honom som hon alltid gjort. Han skulle komma i tid.

Men han vände sig om i köksdörren som han brukade och hon stod där som hon skulle vid spisen och skrattade sitt:

– Skynda dig, pojken min.

40

Och han hann och han slog upp ögonen i ett grått sjukhusrum en vanlig svensk eftermiddag och hörde röster utanför dörren, välsignade svenska röster.

Jag är hemma, tänkte han och egentligen var han inte så förvånad, för någonstans fanns ju också ett medvetande om sprutor och bårar, flygplan och vita rockar, Klaras ansikte böjt över honom, de svala händerna som vänt kudden och torkat hans panna, Ruben med oro i ögonen, Erik med rädsla.

Han var ledsen, han ville inte tillbaka till den verklighet som många menar är den enda som finns.

Hon lurade mig, tänkte han om Karin.

Men i samma stund visste han att hon gjort det hon måste.

Efter en stund blev han klar över att rösterna utanför dörren talade om honom.

– Vi kan inte låta det fortsätta så här. Det verkar ju vara ett förvirringstillstånd, som är oberoende av malarian, sade den unga rösten.

– Hjärnskakning och feber, det räcker som förklaring.

Det var en äldre röst och den fortsatte:

– Hans anhöriga har ju försäkrat att han är psykiskt stabil, ingen neurotisk typ. Och hans fru, som är psykiater, är inte orolig.

– Men han har hallucinerat i fjorton dagar, också mellan feberanfallen när han borde varit lugn.

Det var den unga rösten och Simon avskydde den.

Han blev inte rädd, men han anade en fara och fick tid att tänka för rösterna avlägsnade sig. Jag måste hålla stånd mot synerna, inte ge efter längre, tänkte Simon.

Ta det långa benet före.

I nästa ögonblick blev han medveten om att det andra benet var gipsat och avlägset kunde han erinra sig att han brutit det i fallet från muren.

Han försökte sova, bilderna kom men han drev dem på flykten och vaknade innan han var mitt i strömmen. Det fanns en ringklocka vid sängen, han ringde, det kom en nattsyster.

– Kan jag få en sömtablett, sade han. Jag har svårt att sova.

Han såg hennes förvåning, sedan kom en jäktad jourläkare och mätte hans puls, gav order om att de skulle ta bort droppet i armen och ge patienten en mugg välling.

– Välkommen igen till verkligheten, sade doktorn och försvann. Simon log.

Och åt sin välling och tog sin tablett, fick en drömlös natt i stor, svart vila.

Nästa morgon var avdelningsläkaren där, han med den unga rösten, och Simon upptäckte att de kände varandra, var studentkamrater.

– Hej, hur är det med dig?

– Jo tack, trött bara.

Per Andersson såg på feberkurvan som vänt neråt, tog pulsen, lyssnade på hjärtat och Simon förstod att alltsammans hade till uppgift att dölja att läkaren var nyfiken.

Han talade en stund om malarian, att tillfrisknandet skulle gå fort nu och att benet läkte som det skulle.

– Du får se till att komma upp och träna, helst redan i dag, sade han.

Sedan måste han gå. Men i dörren vände han, kunde inte lägga band på nyfikenheten längre:

– Vem är Gudea?

– En sumerisk kung, en av de sista.

– Vad är det för märkvärdigt med honom?

– Ja, han byggde ett stort tempel och försökte blåsa liv i det sumeriska språket som nästan glömts bort. Hans namn betyder Kallad. Men varför i helvete är du intresserad av honom?

– Du har yrat om honom i snart fjorton dar.

– Jaså, sade Simon och lät förvåning fylla ordet.

– Men det är kanske inte så konstigt, sade han. Jag håller på med en avhandling om honom och jag har ju haft hög feber.

– Vi tyckte nog att det var konstigt, långvariga hallucinationer hör inte till sjukdomsbilden.

– Jaså, sade Simon igen.

– Ett tag trodde jag nästan att du var besatt, sade Per Andersson.

– Besatt, sade Simon och nu var förvåningen äkta. Tror läkarvetenskapen på sådant?

– Det finns mycket mellan himmel och jord, sade doktorn och försvann. Han verkade nästan besviken.

Simon låg kvar i sängen och tänkte att han klarat det, att han nog skulle klara det i fortsättningen också. Men han kände ingen tillfredsställelse över segern, det var ont om glädje i honom.

Klara kom och jo, han blev glad att se henne.

– Du kan skrämma en, Simon, sade hon tyst.

– Det ville jag inte, sade han.

– Mötte du honom, Gudea?

– Ja, åtminstone i drömmarna, sade Simon och blev rädd för att hon skulle börja tala om jungska arketyper eller något annat tröttsamt, som han inte skulle orka försvara sig mot.

Men hon satt där bara och höll hans hand medan han somnade.

På tredje dagen måste hon fråga:

– Han tog väl inte livsviljan från dig, Simon?

Då såg hon att han grät, men han kunde inte berätta för henne att det inte var för Gudeas skull, utan för Karins och för att hon fått honom att springa från köket.

Erik var där en stund men han såg ju att Simon var trött och inte orkade prata så han satt mest och var blank i ögonen:

– Jag har varit så jävla orolig.

– Det behövde du inte, pappa. Du har ju lärt mig att slåss.

De orkade skratta lite.

Ruben kom med blommor och böcker, han hade flickan med, Malin, och det var gott att se henne.

I korridoren talade de om att sätta in antidepressiva mediciner, men Klara avstyrde.

– Han klarar sig utan, han behöver bara tid, sade hon men Simon visste att hon var orolig.

Någon dag senare sade Per Andersson, avdelningsläkaren:

340

– Vi får hit en engelsman, en lord någonting som är expert på malaria.

De var fler än vanligt vid ronden nästa dag, det vimlade av vita rockar. Vid överläkarens sida stod en liten man, som talade the Queens English.

Per Andersson redogjorde på tafatt engelska för Simons fall:

– Vi var oroliga för patienten ett slag, han hallucinerade nästan oavbrutet i flera dar.

– Det händer ibland, sade lorden, excuse me. Han drog upp Simons ögonlock med en van gest och lyste ett slag med en lampa in i pupillen.

– Inga tecken på bestående skador, sade han och såg i journalen, det var ju ett fall också, en trolig hjärnskakning i kombination med febern.

Det gick en stöt genom Simon, hela hans väsen fick skärpa när han kände igen handen, beröringen. Han stirrade på de korta fingrarna, vågade höja blicken upp mot ansiktet och såg in i ögonen som log sitt hemlighetsfulla leende.

Jag är galen, tänkte Simon.

Varningsklockor ringde, akta dig, akta dig för tusan.

Men när de skulle gå, hela långa raden, tog ändå behovet att veta makt över rädslan och han frågade:

– Förlåt mig, men har inte vi setts förut, sir?

Hans engelska var nästan lika nasal som lordens, han hade inte legat fyra år vid London University förgäves. Och han visste att rösten var stadig.

Engelsmannen vände på klacken och gick tillbaka till sängen, såg på Simon, på feberkurvan med namnet och sade utomordentligt förvånat och nästan muntert:

– Simon Larsson, javisst. Jag minns mycket väl den där morgonen på Omberg.

Åhmbörg, sade han, det var inte troligt att de omkringstående kunde placera namnet i geografin, men alla såg överraskade ut och överläkaren sade som folk brukar, att världen är liten.

Simon kände hur skrattet steg i honom, rätt in i magen och han frågade:

– Tror ni att jättarna tvättar sina kalsonger i Vättern ännu, sir?

– Of course, sade lorden och hans ögon glittrade och skrattet sprängde fram i Simons kropp och exploderade i rummet. Det var så väldigt att Simon tänkte, att det nog gav eko i drottning Ommas borg, som förr en gång.

Alla skrattade, de flesta osäkert, och det fanns de som tänkte att den typiska engelska humorn var påfrestande i all sin obegriplighet.

Men lorden vände sig till sina kolleger och sade i beklagande ton:

– Ni förstår, jag tillbringade en hel dag med den här unge arkeologen för att på alla sätt göra klart för honom var någonstans i världen han skulle leta efter bergakungens sal. Men tror ni han lyssnade. Nej, han skulle raka vägen till malariaträsken i Irak och ruinhögarna i Lagash.

Alla nickade, ingen förstod, leendena blev alltmer ansträngda men Simon envisades:

– Hur mår era barn, sir?

– Jag har haft lite bekymmer med en son, men det är bättre nu, sade lorden. Så har jag fått en liten dotter.

– Jag gratulerar.

– Tack.

Lorden lade den korta handen på Simons axel, det strömmade kraft ur den och han sade:

– Vi ses igen, Simon Larsson.

Och borta var han men kvar i rummet fanns hans glädje och en stor trygghet som slog rot i Simons hjärta, mitt i bergakungens sal.

Han blev frisk, häpnadsväckande fort, åt som en häst, sov som ett oskyldigt barn med mjuka och vänliga drömmar.

Klara kom och hämtade honom den dag han skrevs ut.

– Jag har en överraskning åt dig på gatan, sade hon.

Där stod hans bil, den röda folkan som skeppats från London.

– Jag kan köra om du har svårt med benet, sade hon.

– Gör du det.

Det var roligt att se på världen, som var full av upplevelser, verkligheter att njuta av. I huset vid älvmynningen väntade de andra på honom, han tog Malin i sina armar och viskade:

– Jag kan hälsa från Karin.

Hon nickade, inte alls förvånad.

Bordet stod dukat hos Mona och Isak, Simon haltade genom den stora trädgården och såg att våren hade börjat sitt arbete. I smått med blåsipporna som hade slagit ut och tävlade i blåhet med scillan under askarna.

När de satt sig till bords och höjde sina glas, sade Simon:

– Vi skålar för Karin, för minnet av henne.

Och det gjorde de och Simon kände att sorgen hade mist sin plåga nu, hos dem alla.

I skymningen gick Simon uppför berget, över ängen mot ekarna i barndomslandet – för att återupprätta förbundet.